Jens Bühler
Geister

AF202227

Das Buch

Kriminalhauptkommissar Jo Lasker ist Leiter des Einsatz- und Fahndungskommandos der Frankfurter Polizei. Die Aufklärungsquote des EFKO ist außergewöhnlich hoch. Seit Langem halten sich Gerüchte, dass die Angehörigen der Einheit es mit dem Gesetz nicht so genau nehmen, auch wenn alle internen Ermittlungen hierzu im Sande verliefen. Der neuen Führung im Präsidium ist Laskers Dienststelle ein Dorn im Auge, sie soll einer Umstrukturierung zum Opfer fallen.

Bei einem letzten Einsatz fahnden die Polizisten nach einem Tatverdächtigen, der einen Doppelmord begangen haben soll. Was zunächst nach grausamer Routine aussieht, entwickelt sich für alle Beteiligten zu einer Grenzerfahrung, bei der völlig unklar ist, wer am Ende übrig bleibt, um darüber zu berichten.

Der Autor

Jens Bühler, Jahrgang 1970, lebt mit seiner Familie im Rhein-Main-Gebiet. Der Kriminalhauptkommissar ist Angehöriger einer Operativen Einheit (OPE) der Frankfurter Polizei. Zuvor arbeitete er mehrere Jahre als Sachbearbeiter beim Fachkommissariat K12 für Raub, Erpressung, Entführung und Geiselnahme.

Jens Bühler

GEISTER

Ein Jo-Lasker-Thriller

Die Erstausgabe erschien 2015 unter dem Titel »Geister« im Selbstverlag.

Veröffentlicht bei
Edition M, Amazon Media EU S.à r.l
5 Rue Plaetis, L-2338, Luxembourg
April 2016
All rights reserved.
Copyright © der deutschsprachigen Ausgabe 2016
By Jens Bühler

Umschlaggestaltung: bürosüd⁰ München, www.buerosued.de
Umschlagmotiv: © www.buerosued.de
Lektorat, Korrektorat und Satz:
Verlag Lutz Garnies, Haar bei München
www.vlg.de
Printed in Germany
By Amazon Distribution GmbH
Amazonstraße 1
04347 Leipzig, Germany

ISBN 978-1-503-93591-4

www.amazon.de/editionm

PROLOG

Es war eine sternenlose Dezembernacht. Vom Wind gepeitschter Regen ging über dem Wald nieder. Aufgeschüttete Erdhügel und verfallene Baubuden erinnerten an eine vor langer Zeit aufgegebene Großbaustelle. In einem dieser Hügel steckte ein Kanalrohr, das ohne erkennbaren Nutzen nach wenigen Metern endete. Gemeinsam mit acht weiteren armenischen Flüchtlingen verbarg sich Tigran in der Betonröhre vor dem Regen und der Polizei. Ihr Versteck lag zehn Kilometer nördlich der Kleinstadt Demirköy auf türkischem Staatsgebiet. Die bulgarische Grenze war zum Greifen nah. Zweihundert Meter entfernt durchschnitt eine Landstraße schnurgerade den Wald. Wenn die anderen für einen Moment den Mund hielten, hörte Tigran das Rauschen des Verkehrs. Bei Sonnenaufgang würde ein Lastwagen auf einem Parkplatz in der Nähe halten und die Gruppe aufnehmen. Versteckt zwischen der Ladung, mussten sie darauf vertrauen, dass die Schlepper die richtigen Grenzbeamten geschmiert hatten. Die Chancen standen bestenfalls ausgeglichen.

Tigran beobachtete zwei Leidensgenossen, die versuchten, mit feuchtem Holz und Abfall ein Lagerfeuer zu entfachen. Tatsächlich schafften sie es. Einige der anderen begannen zu tuscheln. Ihnen passte das Feuer nicht.

Tigran kannte die anderen Flüchtlinge nicht. Er hatte sich alleine aus Armenien auf den Weg gemacht. Was ihn mit den anderen verband, war das gemeinsame Ziel: Deutschland.

Wie die anderen auch, wusste Tigran, dass er als Armenier keinerlei Anrecht auf Asyl in Deutschland besaß. Aber es gab einen Trick. In Syrien lebte eine armenische Minderheit, die vor langer Zeit auf der Flucht vor den Türken dort gestrandet war. Heutzutage lebten etwa einhunderttausend Armenier in Syrien. Vorrangig in der Stadt Aleppo.

Die Idee war, sich als armenische Syrier auszugeben. Dass keiner von ihnen Arabisch sprechen konnte, ließ sich erklären. In vielen Ländern lebten abgeschottete Minderheiten, die sich der Landessprache verweigerten.

Bis zu dieser Betonröhre im Wald war seine Reise unproblematisch verlaufen. Von der armenischen Grenze aus hatte er in überfüllten kleinen Überlandbussen die Türkei in Richtung Westen durchquert. Erst als er Istanbul hinter sich gelassen hatte und der griechischen und bulgarischen Grenze näher kam, stieg für ihn die Gefahr, entdeckt zu werden. Die türkischen Behörden hatten kein Interesse daran, Flüchtlinge aufzuhalten, die das Land verlassen wollten. Gleichgültig, auf welchem Weg und wohin. Aber wenn er geschnappt würde, wäre er gezwungen, sich freizukaufen, und je näher er der westlichen Welt kam, umso mehr kassierten die Polizisten ab. In Edirne, einer Stadt mit einhundertvierzigtausend Einwohnern, hatte er ersten Kontakt mit den Schleppern gehabt. Sie hatten ihn einer kleinen Gruppe von Flüchtlingen zugewiesen. Das war gestern gewesen.

Nun saßen sie gemeinsam im Wald und warteten darauf, dass die Nacht vorbeiging. Die schicksalsschweren Geschichten seiner Mitreisenden wollte Tigran nicht hören. Er wäre lieber alleine gewesen. Ein Wunschgedanke, den er am besten gleich wieder vergaß. Die anderen Flüchtlinge waren bis auf einen in Tigrans Alter. Ende zwanzig. Wie er selbst trugen die meisten gefälschte Markentrainingsanzüge von Nike und Adidas.

Den älteren Mann schätzte Tigran auf fünfzig. Die angegrauten langen Haare reichten ihm weit über die Schulter, sein

Vollbart war verwildert. Er trug eine abgenutzte Stoffhose und eine Cordjacke. »Das Feuer ist zu auffällig«, sagte der Mann.

»Man kann es nicht sehen«, verteidigte einer der Feuermacher sein Werk.

»Aber man kann es riechen.«

Das stimmte. Trotzdem glaubte Tigran nicht, dass es eine Rolle spielte. »Schau dich mal um. Überall Müll«, sagte Tigran zu dem Langhaarigen.

»Na und?«

»Hier verstecken sich ständig Flüchtlinge. Die Polizei kennt den Ort. Wenn sie wollen, werden sie kommen und uns holen. Egal, ob Feuer brennt.«

»Warum bist du dann hier?«

»Weil ich nicht glaube, dass die bei dem Regen Lust haben, im dunklen Wald herumzustolpern.«

»Dann lasst das Feuer eben an.«

Tigran hatte sich gegen eine mögliche Route durch Griechenland entschieden. Die Griechen waren schlecht auf Flüchtlinge zu sprechen und gingen ruppig mit ihnen um. Außerdem schirmte sich das Land jeden Tag mehr ab. Man konnte den Stahlzäunen regelrecht beim Wachsen zusehen. Die bulgarische Grenze hingegen war nahezu unbewacht. Was darauf zurückzuführen war, dass weite Teile des Grenzverlaufs als mit Landminen verseucht galten. Hinzu kamen in Knöchelhöhe gespannte Felder aus verrostetem Stacheldraht und ein Netz von mit Sprengfallen gesicherten Panzergräben. Dies alles waren Überbleibsel des Kalten Krieges, als die Türkei und Bulgarien verfeindeten militärischen Blöcken angehört hatten. Ob das mit den Minen und Sprengfallen stimmte, wusste niemand genau. Gut möglich, dass die Schleuserbanden diese Geschichten nur verbreiteten, um ihr Geschäft zu erhalten. Jedenfalls wirkte es. Die Angst war groß, und nur wenige wagten es, die grüne Grenze zu überqueren. Tigran wollte es mit dem Lastwagen versuchen. Sollte der Plan scheitern, würde er es beim nächsten Mal darauf ankommen lassen.

Er spürte, dass der Mann, der das Feuer hatte löschen wollen, ihn musterte. Immer wieder ließ er seinen Blick länger als nötig auf ihm ruhen. Tigran ignorierte ihn und schloss die Augen. Seine Hände und Füße schmerzten vor Kälte. Die Röhre, in der sie hockten, hatte einen Durchmesser von drei Metern. Bequemes Sitzen war unmöglich. Er schloss die Augen und versuchte, sich in Gedanken von diesem Ort zu entfernen.

Als Tigran die Augen öffnete, fühlte sich sein Körper taub an. Der Schlaf hatte ihn trotz der ungastlichen Umgebung übermannt. In ihrem Unterschlupf war es jetzt still, das Feuer erloschen. Die Männer dämmerten vor sich hin. Ein Blick auf die Uhr sagte ihm, dass sie in einer Stunde aufbrechen mussten. Tigran kam auf die Beine und stolperte ins Freie. Es regnete immer noch. Er bahnte sich einen Weg durch die Büsche, blieb stehen und schob die Jogginghose nach unten, um auszutreten. Dicke Wassertropfen fielen ihm auf die Schultern. Zweige knackten. Er drehte sich um und erkannte den älteren Langhaarigen, der zwei Schritte hinter ihm stand. Die nassen Haare klebten glatt an seinem Kopf. Er sah aus, als ob er seit Jahren alleine im Wald hauste. »Ich weiß, wer du bist«, sagte er. Tigran reagierte nicht. »Ich weiß auch, wo du deine Narben herhast.« Der Mann strich sich mit dem Zeigefinger waagerecht über den Hals und anschließend vom rechten Auge abwärts bis zu seinem Kinn, zeichnete Tigrans Narben im eigenen Gesicht nach. Er grinste. »Und mir ist klar, was du vorhast.«

Sagte der Mann die Wahrheit? Wusste er wirklich etwas? Das Risiko konnte Tigran nicht eingehen. Der Mann drehte sich um und ging zurück in Richtung Unterschlupf. »Ich weiß es«, kicherte er.

Inzwischen goss es wie aus Kübeln. Wasser lief Tigran in die Augen. Er hatte von Anfang an gewusst, was ihn auf seinem Weg erwarten würde. Aber dass es so früh passierte, damit hatte er nicht gerechnet.

Tigran setzte sich in Bewegung und folgte dem Mann.

Mit der rechten Hand zog er ein Messer aus der Jackentasche und klappte es auf. Sein Opfer stapfte, ohne sich umzudrehen, durch das Unterholz. Als Tigran direkt hinter ihm war, verschloss er ihm mit festem Griff den Mund. In der freien Hand hielt er das Messer. Dreimal stach er in Höhe der Leber zu. Der Langhaarige sackte lautlos zusammen, und Tigran zerrte ihn unter die Büsche. Für einen Augenblick überlegte er, was zu tun sei. Sein Puls raste, der Atem überschlug sich. Nie zuvor hatte er einen Menschen getötet. Dafür war ihm die Tat verdammt leichtgefallen. Er stolperte den Hügel in Richtung Landstraße hinab. Jetzt würde er herausfinden, ob die grüne Grenze nach Bulgarien wirklich so gefährlich war, wie alle behaupteten.

EIN JAHR SPÄTER

BLITZEINBRECHER

Das Frankfurter Bahnhofsgebiet bestand im Wesentlichen aus einer Aneinanderreihung von Bordellen, Dönerbuden und billigen Hotels. Lasker stand in der Niddastraße und beobachtete das Treiben der Junkies vor dem Druckraum auf der gegenüberliegenden Straßenseite. Es war Mitte Januar, und aus dem Nachthimmel fiel Schneeregen. Zwei Nonnen in Ordenstracht schleppten einen Metallkübel heran und stellten ihn in einer überdachten Hauseinfahrt auf. Sie öffneten den großen Blechbehälter und füllten Suppe in Plastikschalen. Eine Menschentraube bildete sich um die beiden Frauen.

Zehn Meter links von ihm zog ein Junkie an einer Crackpfeife. Augenblicklich verwandelte die Droge jeden halbwegs vernünftigen Gedanken in seinem Kopf in Brei. Die Gravitation zerrte den Junkie wie einen besoffenen Skifahrer in die Abfahrtshocke. Kein Rückgrat mehr, keine Muskelspannung. Jedes Mal, wenn Lasker dachte, dass der Typ auf den Boden aufschlagen müsste, stemmte sich ein Muskelreflex im letzten Moment gegen die Schwerkraft und drückte den im Wachkoma Gefangenen wieder ein Stück nach oben. Der Junkie pendelte hin und her wie ein wippendes Fragezeichen.

Sieben Tage die Woche, zweiundfünfzig Wochen im Jahr. Was von jedem einzelnen Tag übrig blieb, waren Einwegspritzen, Taschentücher, Zigarettenfilter und Erbrochenes. Wenn sich am Morgen die ersten Sonnenstrahlen in den Fensterfronten der Banktürme spiegelten, summten gelb blinkende

13

Reinigungsfahrzeuge um die Ecken, saugten den Unrat ein und bereiteten die Bühne für die kommende Nacht.

»Wenn das nicht der Herr Hauptkommissar ist«, ertönte es neben ihm.

Lasker sah in das Gesicht von Brando. Der obdachlose Deutschrusse trug einen zu großen Trenchcoat und Turnschuhe, an denen sich die Sohle löste. Er hatte die Arme vor der Brust verschränkt. Seine Beine zitterten. Ihm war kalt, und das würde auch erst einmal so bleiben. Heute, morgen und nächste Woche. Lasker trat einen Schritt zurück.

»Ich sollte mal duschen«, stellte Brando fest.

»Dafür ist es zu spät.«

Brando grinste. »Lang nicht mehr gesehen. Hattest du Urlaub?«

»Ja.«

»Ich hab nie Urlaub.«

»Du hast lebenslänglich.«

»Gut, dass das absehbar ist.« Beim Lachen zeigte Brando seine urinfarbenen Zähne. »Wo sind deine Jungs?«, fragte er.

»Die treffe ich gleich. Hast du das Auto gefunden?«

Der Junkie reichte Lasker einen zusammengefalteten Zettel. »Typ, Farbe und Kennzeichen. Die Kiste steht in Höchst bei einem rumänischen Autohändler auf dem Hof. Steht alles da drauf.«

Lasker faltete den Zettel auf und überflog die Notiz.

»Zufrieden?«

»Warum denkst du, dass es das Fahrzeug ist, das ich suche?«

»Ich habe mich informiert. Tagsüber wird die Karre nicht bewegt. Fast jede Nacht kommen vier Rumänen. Die fahren das Auto gegen ein Uhr vom Hof, stellen es um vier Uhr wieder ab und laden schwere Sporttaschen aus. Ich glaube, die Chancen stehen gut.«

Anstelle einer Antwort reichte Lasker Brando ein kleines Zellophantütchen. »Hier sind drei Gramm Crack.«

»Woher hast du nur immer dieses Zeug?«

»Woher schon. Nimm es und halt die Klappe.«

»Habe ich das nicht immer getan? Es ist eine Freude, mit dir Geschäfte zu machen.« Statt zu gehen, fing Brando an, von seinem abgebrochenen Studium der Literaturwissenschaften zu erzählen, und wechselte dann unvermittelt zu einer Anekdote, der er seinen Spitznamen verdankte. Die Geschichten kannte Lasker bereits.

Nach wenigen Sätzen hörte er Brando nicht mehr zu. Ihm war ein zierliches Mädchen aufgefallen, das scheinbar verloren bei den Junkies herumlungerte. Sie hatte lange braune Haare, die ihr in Wellen über die Schultern fielen. Vermutlich um die zwanzig. Soweit Lasker das von seiner Position beurteilen konnte, war sie hübsch. Aber das mochte sich bei näherem Hinsehen relativieren. Gut möglich, dass sie ihm attraktiv erschien, weil sie zwischen den Versehrten stand. Ein fröhlich spielendes Kind in einer Gruppe lebender Leichen. Wenn sie süchtig war, dann erst seit Kurzem.

»Wer ist das?«, unterbrach Lasker Brando in seinem Redeschwall. Der sah ihn fragend an. »Das Mädchen in der roten Jacke. Wer ist sie?«

Brando lachte. »Nettes Ding. Bei der könntest du glatt landen. Die steht auf alte Männer. Gestern hab ich gesehen, wie ein Glatzkopf sie mit seinem Sportwagen am Bahnhof abgesetzt hat.«

»Ist sie abhängig?«

»Nein. Die ist was ganz Besonderes.«

»Was soll das heißen?«

»Die Kleine verkauft Steine.«

»Du verarschst mich.«

»Nein. Ich schwör's dir. Die ist voll am Crackdealen.«

15

Lasker zog die Augenbrauen hoch. »Was sagen unsere nordafrikanischen Freunde dazu?«

»Vermutlich wissen die das noch nicht. Sie ist seit knapp drei Wochen im Gebiet unterwegs. Dealen tut sie aber erst seit ein paar Tagen.«

»Woher hat sie den Stoff?«

Brando hob die Schultern. »Von mir nicht.«

»Wenn die Nordafrikaner mitbekommen, dass das Kind in ihrem Revier wildert, werden sie ihr den Hals umdrehen.«

Der Junkie wickelte sich enger in seinen Mantel. »Schon möglich. Ich mach mich ab. Ist schweinekalt hier.«

»Meinst du, an der nächsten Ecke ist es wärmer?«

»Die Kunst liegt darin, in Bewegung zu bleiben.«

Lasker fasste sich mit der Hand an den Bauch und beugte sich leicht nach vorne. Es fühlte sich an, als hätte er ein Nagetier lebend hinuntergeschluckt, das sich nun seinen Weg ins Freie bahnen wollte. Diese verdammten Schmerzen kamen und gingen, wie sie wollten.

»Was hast du?«

Die Koliken hielten nur wenige Sekunden an und verschwanden dann völlig. Als hätte er sich die Krämpfe nur eingebildet. »Magenschmerzen. Habe ich öfter in letzter Zeit.«

»Damit ist nicht zu spaßen. Du solltest zum Arzt gehen.«

»Willst du mich verarschen? Du rennst hier als Todgeweihter herum und sagst mir, ich soll zum Arzt gehen?«

»War ja nur gut gemeint.«

»Zu deiner Beruhigung: Ich habe mich bereits untersuchen lassen.«

»Und?«

»Die Ergebnisse stehen noch aus.«

»Du machst dir einfach zu viel Stress. Das kann auf Dauer nicht gesund sein.« Mit den Worten setzte sich Brando in die Moselstraße ab.

Lasker beobachtete weiter das Mädchen. Sicher eine Ausreißerin. Wie es aussah, hatte Brando keinen Mist erzählt. Die Kleine wurde von den Umstehenden in einer Tour bedrängt und angequatscht. Nach kurzem Palaver verschwand sie mit ihrem Gesprächspartner in einer Hofeinfahrt. Eine Minute später erschienen sie wieder auf der Straße. Das Mädchen ging zurück zu den Junkies. Der vermeintliche Käufer verzog sich mit schnellen Schritten in die entgegengesetzte Richtung. Laskers Zehen begannen vor Kälte zu schmerzen. Was tat er hier eigentlich? Er vergrub seine Hände tief in den Jackentaschen und machte sich auf den Weg zum Hessenhof. Ein hochtrabender Name für ein drittklassiges Hotel am Rande des Bahnhofsgebiets. Er hatte nur wenige Hundert Meter zu gehen. Das Hotel lag in der Karlstraße unweit vom Hauptbahnhof.

Beim Eintreten grüßte er den Portier mit einem Nicken und nahm die Glastür, die in ein zum Hotel gehörendes kleines griechisches Restaurant führte. Der vorherige Pächter hatte hier eine Kneipe im altdeutschen Stil betrieben, was man dem Ambiente noch ansah. Die jetzigen Betreiber hatten es nicht für nötig befunden, die Einrichtung dem neuen Verwendungszweck anzupassen. Die Beleuchtung war gedimmt, sodass große Teile des abgelebten Inventars im Schatten verborgen blieben. Die Bedienung, eine Dreißigjährige mit fleischigen Oberarmen, stand hinter dem Tresen und wusch Biergläser aus. Außer einem alten Mann, der gekrümmt vor dem Tresen hockte und der Frau bei der Arbeit zusah, saßen an einem Tisch in der Ecke drei weitere Personen. Das waren seine Leute. Das letzte Überbleibsel vom Einsatz- und Fahndungskommando der Frankfurter Polizei. Splatter, Cora und Tanner.

Lasker trat an den Tisch, gab jedem einzeln die Hand und setzte sich.

»Sind die anderen wirklich alle weg?«, fragte Splatter. »Die können uns doch nicht einfach die Leute verschleppen.« Splatter war dreiunddreißig, einen Meter neunzig groß, muskulös und hatte beide Arme vom Handgelenk bis zu den Schultern volltätowiert. Die rabenschwarzen Haare trug er glatt nach hinten gegelt. Splatters Schlüsselqualifikation bestand darin, dass er selbst dann kaum als Polizist durchging, wenn er in einer Uniform steckte.

Lasker hob beschwichtigend die Hände. »Das sind temporäre Personalverschiebungen aufgrund einer aktuellen Einsatzlage.«

»Glaubst du das im Ernst? Die haben uns über Nacht sechs Mann abgezogen. Da könnten sie das EFKO gleich ganz dichtmachen. Was soll das für eine Lage sein?«

»Salafisten.«

Splatter grunzte. »Immer wenn sie irgendeinen Mist durchsetzen wollen, kommen sie mit diesem Salafistendreck. Und schwups, schon geht alles.«

»Morgen habe ich einen Termin beim Leiter der Abteilung Einsatz. Danach weiß ich mehr.«

»Die wollen uns kaputtmachen«, sagte Tanner und schlürfte den letzten Schluck aus seinem Bierglas. Mark Reinders, den sie einfach nur Tanner nannten, war einmal ein echter Frauenheld gewesen. Jetzt war er siebenunddreißig, verheiratet und hatte ein Kind. Die Sache mit dem Helden hatte sich in jeder Beziehung erledigt.

Natürlich hatte Tanner recht. Lasker wusste das am allerbesten. Aber jetzt war der falsche Moment, um mit dem Schicksal zu hadern. Tanner und Splatter begannen damit, sich gegenseitig aufzustacheln. Das fehlte Lasker gerade noch. »Ich habe euch einbestellt, weil wir einen Job zu erledigen haben. Es wäre wünschenswert, wenn wir uns darauf konzentrieren könnten«, sagte er leise. Die beiden verstummten und sahen ihren Chef an.

Die Bedienung tauchte aus dem Dunkel der Gaststätte auf und stellte Lasker einen Becher Kaffee auf den Tisch. »In einer Viertelstunde schließen wir«, sagte sie.

Lasker nickte und wartete, bis die Frau gegangen war. »Ihr habt alle von den Blitzeinbrechern gehört, die seit Monaten das Frankfurter Umland in Schrecken versetzen. Die Bande sucht sich bevorzugt Parfümerien in kleinen Ortschaften aus. Sie fahren nachts vor, schlagen mit einem schweren Hammer die Schaufenster ein und räumen die Regale in Minuten leer. Dann rasen sie davon, als wäre der Teufel hinter ihnen her. Vor einer Woche trafen die Neubürger in der Nachtatphase zufällig auf eine Funkstreife. Die Streife zog die richtigen Schlüsse und nahm die Verfolgung auf. Leider mussten die Kollegen die Verfolgung abbrechen, weil die Bekloppten mit zweihundert Sachen durch eine geschlossene Ortschaft rasten.« Lasker nahm einen Schluck von seinem Kaffee. »Diese Irren werden langsam nervig und stellen ein lohnendes Ziel dar.«

»Das Ziel mag lohnend sein«, sagte Cora. »Aber wo sollen wir anfangen? Soweit ich weiß, gibt es nur wenig Informationen über die Bande.«

Cora Wagner war dreißig Jahre alt und die einzige Frau im EFKO. Sie sah ziemlich gut aus. Als sie sich vor drei Jahren bei Lasker vorgestellt hatte, hätte er sie fast wegen ihres Aussehens abgelehnt. Attraktive Menschen waren schwierig verdeckt einzusetzen. Sie fielen dem polizeilichen Gegenüber auf und blieben in Erinnerung. Das konnte gerade bei einer Observation fatale Folgen haben. Allerdings war sich Cora der Problematik von Anfang an bewusst. Gleich zu Beginn ihrer Probezeit färbte sie sich die blonden Haare dunkel, verzichtete auf Makeup und kleidete sich in einem Schlabberlook, den man bestenfalls als unvorteilhaft bezeichnen konnte. In letzter Zeit schien irgendetwas mit ihr nicht zu stimmen, sie wirkte abwesend und melancholisch. Aber das ging ihn nichts an. Solange sie ihre

Arbeit machte, gab es für Lasker keinen Grund, in ihrem Privatleben herumzustochern.

»Das stimmt«, sagte Lasker. »Allerdings werden einige der Tatorte mit Videokameras überwacht. Die Täter sehen osteuropäisch aus.«

»Rumänen?«, fragte Splatter.

»Vermutlich. Außerdem haben wir eine Beschreibung ihres Fluchtfahrzeugs. Einen schwarzen Škoda Octavia Combi RS. Das behauptet jedenfalls die Streifenbesatzung.« Bevor jemand etwas sagen konnte, sprach Lasker weiter. »Unser Freund Brando ist aktiv gewesen und hat genau so einen Wagen ausfindig gemacht. Er steht in Höchst auf dem Gelände eines Autohändlers und wird praktisch jede Nacht von vier Rumänen genutzt. Es spricht viel dafür, dass das unsere Männer sind.«

»Wenn das die Richtigen sind, dann sind sie bei ihrem Fahrstil kaum zu observieren. Zu viert schon mal gar nicht. Wir brauchen einen Sender unter dem Fahrzeug«, sagte Cora.

»Wir haben nur ein paar Vermutungen. Damit bekommen wir niemals einen richterlichen Beschluss«, warf Tanner ein.

»Richtig«, sagte Lasker. »Und daher machen wir was?«

»Wir nehmen unseren eigenen Sender«, antwortete Splatter, der sich zu Recht angesprochen fühlte. »Und ich werde ihn anbringen«, ergänzte er.

Lasker grinste. »Das nenne ich Engagement.« Er drückte Splatter Brandos Zettel in die Hand. »Du solltest aufbrechen. Das Zeitfenster schließt sich.«

Splatter brummte etwas Unverständliches. Dann stand er auf, legte einen Zehneuroschein auf den Tisch und stapfte aus dem Raum. Lasker nahm den letzten Schluck aus seinem Becher. »Deckt euch mit koffeinhaltigen Getränken ein. Könnte eine lange Nacht werden.«

* * *

Lasker betrachtete die Eisblumen, die sich an der Windschutzscheibe des BMW bildeten. Sie brachen das Licht einer nahen Straßenlaterne und verwandelten das schmutzige Weiß in einen Regenbogen. »Kannst du mal den Motor starten? Ich friere gleich am Sitz an.« Lasker hatte sich zu Splatter in den Wagen gesetzt. Gemeinsam standen sie auf einem kleinen Betriebsparkplatz der Höchster Farben AG.

»Ich bin gerade beschäftigt«, sagte Splatter. Sein Blick klebte am Bildschirm des Laptops, der auf seinem Schoß lag.

»Lässt deine Multitaskingfähigkeit das Betätigen der Kupplung zu?« Splatters linkes Bein bewegte sich unmerklich. »Dank auch schön.« Lasker nahm den Gang heraus und drückte auf den Startknopf. Der Diesel begann zu brummen und versetzte den Wagen in leichte Vibration. Nach einer Minute begann sich der Innenraum zu erwärmen.

»Und wie sieht's aus?«, fragte Lasker.

»Das GPS-Signal ist weiterhin stabil. Jetzt müssen die Herrschaften nur noch losfahren. Aber ich sag's dir: Irgendwann schlagen wir mit dieser illegalen Sendergeschichte ganz furchtbar auf.« Splatter stellte den Computer auf den Rücksitz und sah auf die Uhr. »Viertel nach eins. Wenn die Typen arbeiten wollen, dann müssen sie bald los.«

Lasker drehte den Sitz zurück und machte es sich so bequem wie möglich. Wie viele Stunden hatte er bereits so verbracht? Im Auto sitzend und darauf wartend, dass irgendetwas geschieht. Vermutlich waren Stunden die falsche Zeiteinheit. Monate würden besser passen. »Irgendetwas stimmt nicht mit Cora«, sagte Lasker.

»War das eine Frage oder eine Feststellung?«

»Beides. Klärst du mich auf? Als Chef bekommt man vieles nicht mehr mit. Die Leute halten sich bedeckt.«

»Ich denke, ich kann dich einweihen. Du bist vermutlich ohnehin der Einzige, der es nicht weiß. Cora hat sich vor einigen Monaten von ihrem Mann getrennt.«

»Cora war verheiratet?«

»Willst du mich verarschen?«

»War nur ein Scherz. Was ist passiert?«

»Hast du ihren Ex mal kennengelernt?«

»Nein. Ich habe mit ihr nie viel über Privates geredet.«

»Er ist ein spielsüchtiger Trottel, der nichts drauf hat, aber gerne auf großem Fuß lebt.«

»So hätte ich Cora nie eingeschätzt. Ich meine, dass sie sich so einen Typen aussucht.«

»Ja, da kann man sich gewaltig täuschen.«

»Und weiter. Das ist ja schon eine Weile her. Aber ihre Wesensveränderung ist mir erst seit ein paar Tagen aufgefallen.«

»Ihr Wesen hat sich verändert, als sie erfahren hat, dass sie auf dreihunderttausend Euro Schulden sitzt. Ihr Mann hat einen Offenbarungseid geleistet und ist unbekannten Aufenthalts.«

Lasker pfiff durch die Zähne. »Alle Achtung. Aus der Nummer kommt sie in ihrem Leben nicht mehr raus.«

»Vermutlich nicht. Darum ist sie ziemlich fertig. Sie stellt sich die Frage, ob sie überhaupt noch arbeiten soll.«

»Wie hat der Kerl so viele Schulden produziert?«

»Das bleibt sein Geheimnis. Tatsache ist, dass er es geschafft hat.« Splatter sah Lasker an. »Hat Tanner noch nicht mit dir geredet?«

»Worüber?«

»Die beiden sollten besser kein Team mehr bilden.«

»Warum?«

»Wie du vielleicht weißt, ist Tanner reich verheiratet. Sehr reich. Coras Lage ist ihm irgendwie unangenehm.«

»Denkt er, dass er ihr das Geld schenken soll?«

»Weiß ich nicht. Aber Cora macht jetzt dauernd bescheuerte Andeutungen in die Richtung. Das will er nicht.«

»Dann soll er es ihr sagen.«

»Kann er nicht. Er will sie nicht verletzen.«

»Wie edel. Aber es spielt ohnehin keine Rolle mehr. Bald ist bei uns Schluss, dann geht jeder seinen eigenen Weg.«

»Also machen die uns dicht?«

»Was denkst du denn?«

»Das klang vorhin anders.«

»Ich musste die Motivation für den anstehenden Einsatz hochhalten. Was soll ich denn sonst machen?«

Splatter nickte. »Scheiß drauf. Stört es dich, wenn ich einen Film schaue?«

»Meinetwegen.«

Dass Cora finanziell gestorben war, tat Lasker leid. Das hatte sie nicht verdient. Aber das kam davon, wenn man sich mit so kaputten Typen einließ. Aus den Augenwinkeln beobachtete Lasker, wie Splatter sich auf seinem Tablet einen Horrorfilm ansah. Gerade wurden einige Teenager geschlachtet.

Lasker verzog angewidert das Gesicht. »Zumindest hast du deinen Spitznamen nicht von ungefähr. Das …«

Der Laptop auf der Rückbank meldete sich.

»Ich fahr bei dir mit«, sagte Lasker, während er sich den Computer griff und gleichzeitig die Funktaste drückte. »Achtung! Achtung! Zielfahrzeug hat sich in Bewegung gesetzt. Aufwachen, ihr beiden.« Keine Antwort. »Tanner! Cora! Es geht los.«

»Ja, ja, wir haben es mitgekriegt. Hast du schon eine Richtung?« Tanners Stimme klang müde.

»Moment.« Lasker sah sich die Landkarte auf dem Laptop an. Ein rot blinkender Punkt bewegte sich in Richtung eines Autobahnzubringers. »Die fahren auf die A 66.«

»Sehr gut«, sagte Tanner über den Funk. »Dann sind sie auf dem Weg zur Arbeit.«

»Das denke ich auch.« Er wandte sich an Splatter, der im Begriff war, den Wagen auszuparken. »So, mein Freund. Einmal haben wir noch Spaß. Genieß es.«

HANDLANGER

Vor einem Jahr hatte sich Tigran durch Bulgarien und Rumänien geschlagen, ohne dass man Kenntnis von ihm genommen hatte. Das Ziel eines Flüchtlings war Mitteleuropa. Niemand floh aus seiner Heimat, um in Rumänien ein neues Leben anzufangen. Daher gab es keinen Grund, ihn aufzuhalten. In Ungarn wurde es dann gefährlich. Kurz vor der Grenze zu Österreich traf er drei Landsleute, die das gleiche Ziel hatten. Frankfurt am Main, Deutschland. Sie schlossen sich zusammen. Gemeinsam schliefen sie in Güterwaggons, schlichen nachts in Wäldern herum und wären dabei fast erfroren. Nach endlosen Tagen standen sie schließlich am Frankfurter Hauptbahnhof.

Tigran konnte es kaum fassen. Er hatte es tatsächlich geschafft. Dreitausendsechshundert Kilometer hatte er zurückgelegt. Von Armavir in Armenien nach Frankfurt. Anstatt herumzulungern und darauf zu warten, dass man ihn aufgriff, ging Tigran in die Offensive und suchte ein Polizeirevier auf, um dort einen Asylantrag zu stellen. Seine Reisebegleiter folgten ihm frohen Mutes. Sie hatten Geschichten in der Heimat gehört. Geschichten, die besagten, dass jeder Flüchtling in Deutschland willkommen sei und als Begrüßungsgeschenk einen Mercedes bekam. Tigran war weniger optimistisch. Warum die Deutschen von Menschen begeistert sein sollten, die in der Regel kaum ihren eigenen Namen schreiben konnten, erschloss sich ihm nicht. Er ging pragmatisch an die

Sache heran. Flüchtlinge waren nirgends willkommen. Egal, in welchem Land. Im Prinzip rechnete er damit, dass man sie zusammenschlug und in irgendein Loch warf. Zu seiner Erleichterung geschah das nicht. Der Polizist, der ihren Asylantrag aufnahm, zeigte zwar wenig Begeisterung und war auch nicht sehr freundlich, aber man tat ihnen nichts. Sie bekamen eine Aufenthaltsgestattung und eine Unterkunft in einem Asylantenheim im Stadtteil Griesheim. Dort wohnten sie mit Menschen aus der ganzen Welt zusammen. Man teilte ihnen ein Dreibettzimmer zu. Damit blieben sie unter sich. Auch das war für Tigran angenehmer als befürchtet. Seine Begleiter hingegen waren entsetzt. Sie hatten mit einer nobleren Unterkunft gerechnet. Tigran aber hatte den ersten Teil seines Plans erfolgreich abgeschlossen. Er war lebend in Frankfurt angekommen.

Es dauerte nicht lange, bis er über die kleine Gemeinde armenischer Flüchtlinge Kontakt zur Arkadaş bekam: einer türkisch-armenischen Mafiazelle. Normalerweise gingen sich Türken und Armenier aus dem Weg. Die mehrheitlich muslimische Türkei und das orthodox-christliche Armenien verband eine alte Feindschaft einschließlich eines nicht aufgearbeiteten Völkermords. Aber der Duft des Geldes überdeckte den Gestank armseliger Erbfeindschaften.

Tigran hatte sich die Kontaktaufnahme wesentlich schwieriger vorgestellt und konnte sein Glück kaum fassen. Aber er freute sich zu früh. Die Arkadaş besorgte ihm einen Job. Mehr nicht.

Er arbeitete mit anderen Flüchtlingen illegal auf Großbaustellen, schleppte Zementsäcke und Steine, brachte den Bauschutt weg. Als er sich von seinem mickrigen Lohn Sicherheitsschuhe mit Stahlkappen kaufte, lachten sie ihn aus. Wenig später explodierte einem Syrer der Fuß, weil ihm beim Transport ein Palisadenstein aus der Hand rutschte. Niemand lachte mehr. Tigran bekam vier Euro die Stunde und arbeitete zehn bis zwölf Stunden am Tag. Da Unterkunft und Verpflegung staatlich finanziert waren und man von den Behörden sogar etwas Taschengeld erhielt, empfanden die meisten das Auskommen als hervorragend. Dass sie ausgebeutet wurden, merkten sie gar nicht. Für Menschen, die es gewohnt waren, nichts zu besitzen, fühlte sich das Geld in der Tasche gut an und nährte die Hoffnung auf mehr. Aus ihrer Sicht war der Wohlstand in greifbare Nähe gerückt. Tigran wusste, dass sie einer Illusion aufsaßen. Die Einzigen, die von dem System profitierten, waren die Bauunternehmen und die Mafia.

Ihm war das gleichgültig. Er wollte Teil der Arkadaş werden. Aber das war unmöglich zu erzwingen. Entweder er wurde angesprochen oder nicht. Eigene Aktivitäten in diese Richtung galten als Frevel, und es war besser, solche Unverschämtheiten zu unterlassen. Und genau an diesem Punkt stockte es. Er war seit Monaten in Frankfurt, und es ging nicht weiter. Er bekam einfach keinen Zugang.

Tigran stand in der fünfundzwanzigsten Etage eines Hochhausrohbaus und sah durch die frisch eingebauten Fenster auf die Stadt hinab. Es war ihm, als blickte er in ein Aquarium. Auf den Straßen unter ihm floss der Verkehr in völliger Stille. Alles wirkte sauber und gepflegt und in bester Ordnung.

Er hatte seit dem Mittag gearbeitet und spürte die Müdigkeit in den Knochen. Als Letztes hatten sie das Stockwerk aufräumen sollen, damit die Handwerker am nächsten Morgen direkt mit der Arbeit beginnen konnten. Das war nun erledigt.

Sein Blick wanderte zur Taunusanlage. Durch die kahlen Bäume erkannte er in der Grünanlage ein Denkmal, das auf einem von Büschen umrahmten kleinen Hügel stand. Er kannte die Stelle. Junkies setzten sich dort gerne eine Spritze. Es roch nach Urin, und der Boden war voller Unrat. Kein schöner Ort. Von hier oben sah es idyllisch aus. Wie die Welt ist, schien eine Frage des Standpunkts zu sein. Je weiter man sich vom Erdboden entfernte, umso makelloser erschien sie.

»Du sollst runterkommen.«

Tigran drehte sich um. Einer der anderen armenischen Arbeiter war mit dem Lastenaufzug zu ihm heraufgefahren.

»Warum?«

Der Mann reagierte genervt. »Nicht fragen. Mitkommen.«

Tigran stieg ein. Der Aufzug rumpelte los und erreichte nach scheinbar endloser Fahrt das Erdgeschoss. Bevor er Fragen stellen konnte, erklärte ihm der Mann, was er tun sollte. »Auf der Straße steht ein weißer Audi. Geh da hin.«

Tigran wurde nervös. Er überlegte, ob er etwas getan hatte, was ihm zum Verhängnis werden könnte. Ihm fiel nichts ein. Das musste allerdings nichts heißen. Es spielte ohnehin keine Rolle. Seine Wahlmöglichkeiten waren begrenzt. Er setzte sich in Bewegung.

»Warte!«

Tigran blieb stehen.

»Dein Helm.« Der Mann streckte die Hand aus. »Gib mir deinen Helm. Den brauchst du heute nicht mehr.«

»Denkst du, dass ich ihn morgen wieder brauche?«

Der Arbeiter kicherte. »Wollen wir es für dich hoffen.«

Der weiße Audi stand direkt vor der Ausfahrt, durch die tagsüber Lkws die Baustelle mit Materialien belieferten. Ein Mann lehnte an der Fahrerseite und rauchte. Als er Tigran bemerkte, schmiss er die Zigarette auf den Boden und trat sie aus. Tigran war der Mann vom Sehen bekannt. Er kannte seinen Namen nicht, wusste aber, dass er zur untersten Führungsriege der Arkadaş gehörte.

»Bist du Tigran Bedrossian?«

»Ja.«

»Ich soll dich fragen, ob du den Freunden einen kleinen Dienst erweisen könntest.«

Tigran nickte. Der Mann lächelte. Er trug eine Art Luxusausführung eines Nike-Sportanzugs. Um seinen Hals baumelten mehrere goldene Panzerketten. Für das Wetter war er unpassend angezogen. Aber wer aussehen wollte wie das billige Abziehbild eines Gangsters, der musste eben leiden. Der Kerl war eine Witzfigur. Tigran bemühte sich, seine Gedanken zu verbergen. »Was soll ich tun?«, fragte er.

Der Clown drückte ihm ein Plastiktütchen in die Hand. »Das ist Crack. Crack ist eine Droge.«

Allein dafür sollte er dem Kerl in die Fresse schlagen. »Ich habe Medizin studiert. Ich weiß, was Crack ist.« Tigran biss sich auf die Zunge. Wie dumm von ihm. Mit seinem Stolz würde er noch alles kaputtmachen.

Das Gesicht des Mannes verfinsterte sich. »Du hältst dich wohl für ziemlich schlau.«

»Also, was soll ich tun?«, versuchte Tigran abzulenken.

Sein Gegenüber steckte sich eine neue Zigarette an. »Du sollst das einem Professor bringen. Vielleicht ist das ja der Grund, warum du den Auftrag kriegst. Du weißt schon, so von Arzt zu Arzt.« Der Goldkettenträger erklärte ihm, wie und wo er die Drogen zu übergeben hätte. Dann stieg er in seinen Wagen und fuhr mit quietschenden Reifen davon.

Tigran sah auf die Uhr. Viel Zeit blieb ihm nicht. Er sollte die Friedensbrücke überqueren und das Crack an einer Tankstelle übergeben. Die Tankstelle sollte Tigran bereits von der Brücke aus sehen können. Wenn er jetzt loslief, würde er es gerade so schaffen. Allerdings war es keine gute Idee, mit einer Tüte Crack in der Tasche nachts durch die Straßen zu laufen. Wenn die Polizei ihn damit erwischen würde, bekäme er ernsthafte Probleme. Besser wäre es, die Straßenbahn zu nehmen. Dort fiel er weniger auf. Außerdem fuhren in der Straßenbahn keine Streifenwagen auf und ab. Er machte sich auf den Weg zur Haltestelle.

Warum gaben sie ausgerechnet ihm diesen Auftrag? Wahrscheinlich wollten sie ihn testen. Ob man ihm trauen konnte. Ob er schlau genug war, seine Finger nicht in die Tüte zu stecken. Aber warum? Hatte ihn jemand empfohlen? Idioten für einen solchen Job gab es zur Genüge. Es bestand keine Notwendigkeit, ihn deswegen von einem Wolkenkratzer herunterzuholen.

Als er sich der Haltestelle näherte, sah er die Straßenbahn einfahren. Er rannte los und sprang noch in den Wagen, als die Türen gerade zugingen. Die Bahn war nur mäßig gefüllt. Tigran fiel ein, dass er nach der Arbeit fürchterlich riechen musste. Er setzte sich in eine freie Viererbank. Nach etwa zehn Minuten überquerte die Bahn die Friedensbrücke. Zweihundert Meter voraus auf der rechten Seite lag die Tankstelle. Er stand auf und stieg an der nächsten Haltestelle aus. Neben dem Tankstellengebäude konnte er im Halbdunkel ein weißes Porsche-Cabrio stehen sehen. Das musste der Professor sein. Warum zum Teufel sollte er einem Professor Crack bringen? Tigran war sich sicher, dass der Mann wirklich ein Medizinprofessor war. Dieses Detail war dem Trottel vorhin herausgerutscht und wohl kaum für seine Ohren bestimmt gewesen. Das nächste Rätsel war, warum er für die Drogen nichts kassieren sollte. Das hatte ihm die Goldkette so aufgetragen. »Du legst das Zeug neben einen Mülleimer, und dann haust du ab«, hatte er gesagt. »Sieh zu, dass er dich dabei sieht.«

Genauso machte er es. Er näherte sich dem Wagen. Durch die Scheiben erkannte er den Fahrer, Mitte fünfzig, Halbglatze mit Brille. In den Brillengläsern des Mannes spiegelte sich das Licht der Tankstellenbeleuchtung. Tigran sah, wie der Blick des Mannes ihm folgte. Er legte das Tütchen, das er zuvor in eine leere Zigarettenpackung gesteckt hatte, neben einem

Mülleimer ab. Dann ging er zurück zur Haltestelle. Zunächst geschah nichts. Erst als die Bahn einfuhr und Tigran einstieg, sah er durch die Fensterscheibe, wie die Fahrertür des Porsche aufschwang. Dann geriet die Szene außer Sicht.

Am Hauptbahnhof musste Tigran umsteigen. Er war todmüde und wollte auf dem schnellsten Weg ins Bett. Während er auf die Bahn wartete, die ihn nach Griesheim bringen würde, bemerkte er zu seiner Überraschung den Porsche, der aus Richtung der Friedensbrücke kam, nach links zur Nordseite des Bahnhofs abbog und am Straßenrand mit gesetztem Warnblinker anhielt. Keine Minute später tauchte ein Mädchen in einer knallroten Winterjacke aus einem der Abgänge zur B-Ebene auf. Sie rannte zu dem wartenden Porsche und klopfte gegen die Fahrerscheibe. Das Fenster glitt nach unten, und der Mann drückte dem Mädchen etwas in die Hand. Es wurden ein paar Worte gewechselt. Dann raste der Porsche davon. Das Mädchen überquerte die Hauptstraße vor dem Bahnhof und lief in Richtung Taunusstraße, mitten hinein ins Bahnhofsgebiet. Tigran vergaß seine Bahn und folgte ihr.

Auf der Straßenseite, auf der das Mädchen ging, gab es einen pakistanischen Kiosk. Der Kiosk hatte einen Vierundzwanzig-Stunden-Betrieb und war einer der Hotspots, an dem sich die Junkies im Bahnhofsviertel trafen. Sie erreichte den Kiosk und wurde sofort von einem Dutzend Abhängiger umringt. Das Mädchen gestikulierte wild und zog auf ihrem Weg die ganze Schar mit sich wie ein Magnet die Eisenspäne.

Tigran hatte genug gesehen. Er ging zurück zur Haltestelle, setzte sich auf eine Bank und zog sich gegen die Kälte den Kragen seiner Jacke über den Mund. Die Arkadaş versorgt einen Professor mit Drogen. Der beliefert damit ein Mädchen, das das Zeug an die Bahnhofsjunkies verkauft. Das war merkwürdig genug, um Tigrans Interesse zu wecken.

TOD EINER DIENSTSTELLE

Jörg Tauber war Leiter der Abteilung Einsatz und damit für Lasker der wichtigste Mann der Frankfurter Polizei. Ihm unterstand das operative Geschäft der Behörde: die Kriminaldirektion und die Direktionen der Schutzpolizei. Über ihm standen der Polizeipräsident und dessen Stellvertreter.

Tauber führte sein Amt seit einem drei viertel Jahr. Im Gegensatz zu seinem Vorgänger, der das EFKO gegründet hatte und dem Lasker seinen Job verdankte, verfolgte Tauber ein völlig anderes Konzept. Ein Konzept, dem bereits einige Köpfe zum Opfer gefallen waren. Lasker wusste, dass ihm das Gleiche blühte.

Tauber wollte eine transparente Polizei. Eine Polizei ohne Filz, ohne Seilschaften, ohne Gemauschel. Eine Polizei, die sich in jedem Moment ihres Auftrags bewusst war, dem Bürger diente und in keiner Situation das Recht beugte oder gar brach.

Genauso gut hätte er verlangen können, dass die Regierungen der Welt sich vereinigen und eine Föderation nach dem Vorbild der *Star-Trek*-Filme bilden sollten. Grundsätzlich gab Lasker seinem Vorgesetzten in vielen Punkten recht, begriff sich selber aber nicht als Teil des Problems.

Richtig war, dass er gelegentlich bei Sicherstellungen von Drogen einen kleinen Teil für sich behielt. Er brauchte die Drogen als Verhandlungsmasse, mit der er seine Hinweisgeber bezahlen konnte. Die Informationen, die er auf diesem Weg erhielt, brachten Verbrecher ins Gefängnis. Das Bahnhofsgebiet war ein Gravitationszentrum für Arschlöcher. Sie stiegen in den billigen Hotels ab, gingen in den Puff, besorgten sich Stoff. Die Verbrecher hielten sich im Bahnhofsgebiet auf, ohne zu verstehen, dass um sie herum ein ganzes Netz von verdeckten Ermittlern agierte. Wie Topfpflanzen in einem Großraumbüro standen die Junkies überall herum und hörten jeden Tratsch, weil sich niemand ihrer Gegenwart bewusst war. Sie waren spektral verschoben. Die Menschen sahen sie nicht, wichen ihnen im besten Fall reflexhaft aus. Das war der Schlüssel zu Laskers Erfolg. Polizeiliche Informationsgewinnung durch Weitergabe von Drogen.

Was tat er sonst noch? Ab und zu einen GPS-Sender illegal anbringen. Und wenn schon. Schließlich observierten sie nicht Herrn Müller von nebenan. Und dass die Typen bei der Festnahme hin und wieder ein paar blaue Flecken abbekamen? Geschenkt. Vor einigen Monaten hatte er einem Straßenräuber beim Zugriff die Nase gebrochen. Das war nicht zwingend erforderlich gewesen. Allerdings hatte der Mann einige Tage zuvor einer achtzigjährigen Frau eine Goldkette vom Hals gerissen und sie dabei die Treppe zur U-Bahn hinuntergestoßen. Die lag nun mit einem Unterschenkelhalsbruch in der Klinik. Damit war ihr Leben beendet. Davon erholt sich ein Mensch in ihrem Alter nicht mehr.

Im Laufe der Jahre staute sich auf diese Weise eine Menge Wut an. Die musste man irgendwie loswerden. Keine Frage, man konnte sich einer Selbsthilfegruppe anschließen und als Work-out Daunenkissen verprügeln. Aber seine Methode empfand er als befreiender. Wenn Tauber das wüsste, würde er vermutlich einen Herzinfarkt bekommen. Insgesamt interessierten Lasker Taubers edle Pläne herzlich wenig. Bedauerlicherweise war jedoch gerade die Zerschlagung des Einsatz- und Fahndungskommandos ein wichtiger Baustein in seinem Weltenumbauprojekt. Und nun hatte er Lasker zum Gespräch gebeten.

Taubers Sekretärin führte ihn in einen Besprechungsraum und bot ihm einen Kaffee an. Dann ließ sie ihn mit den Worten allein, der Chef käme gleich zu ihm.

Der Besprechungsraum sah aus wie alle anderen im Präsidium. In der Mitte ein von Stühlen umringtes Rechteck aus zusammengeschobenen beigefarbenen Tischen. An einer Stirnseite hing eine Leinwand für Projektoren. In der Ecke stand ein vollgekritzeltes Flipchart. Lasker trommelte mit den Fingern auf der Tischplatte und sah wiederholt auf die Uhr. Er hatte eine lange Nacht hinter sich und war müde. Nach zehn Minuten ging die Tür auf, und Tauber kam herein. »Herr Lasker«, sagte der Abteilungsleiter und streckte ihm die Hand entgegen. Lasker erhob sich einige Zentimeter, ergriff sie kurz und ließ sich wieder in den Stuhl zurückfallen. Tauber schmiss eine mit Dokumenten gefüllte Laufmappe auf den Tisch. Der Knall ließ Laskers Ohren schmerzen. Dann rückte er sich einen Stuhl zurecht, hielt mit einer Hand die Krawatte fest und setzte sich Lasker gegenüber. Der Leiter der Abteilung Einsatz trug einen dunklen Anzug. Er war sonnengebräunt und sportlich gebaut. Seine Kiefermuskeln zuckten wie die Flanken eines Pferdes. »Wie ich gelesen habe, waren Sie gestern Nacht wieder aktiv.« Tauber schien das Wort »erfolgreich« absichtlich zu umgehen.

»Ja.«

»Eine Bande Blitzeinbrecher aus Frankfurt.«

»Ich würde sagen, aus Rumänien.«

»Rumänische Staatsbürger, die in Frankfurt amtlich gemeldet und somit Bürger unserer Stadt sind.«

Laskers Herz begann zu pochen. Er durfte sich nicht aus der Reserve locken lassen. »Wie Sie meinen«, sagte er.

»Nach der Gruppierung wurde bereits längere Zeit gefahndet. Und wie so oft hat das EFKO sie gefunden. Das nenne ich Zufall.« Tauber setzte ein Haifischlächeln auf. »Ich habe zwei Fragen an Sie. Wie kann es sein, dass Sie jedes Mal die finden, nach denen andere vergeblich suchen? Und warum liegen die Festgenommenen im Bürgerhospital?«

»Ich gehe davon aus, dass Sie meinen Bericht gelesen haben.«

Tauber schlug die Laufmappe auf und blätterte in dem Stapel von DIN-A4-Blättern herum. Er zog einige Seiten heraus und hielt sie Lasker hin. »Sie meinen diesen Bericht?«

Lasker beugte sich nach vorne. »Ja, genau den.«

»Den habe ich gelesen. Ich würde das Ganze trotzdem gerne noch einmal von Ihnen hören. Als mündlichen Sachvortrag.«

Was sollte das? Hielt der Kerl ihn für einen Anfänger, dem der Schweiß von der Stirn tropft, wenn man ihn auf manipulierte Berichte anspricht? »Gerne. Nach losen Hinweisen aus dem Milieu hatten wir den Verdacht, dass das Tatfahrzeug, mit dem die Frankfurter Bande ihre Straftaten verübt, regelmäßig im Bereich Höchst abgestellt wird. Daher haben wir uns in den frühen Morgenstunden in diesem Bereich verteilt. In der Hoffnung, das Fahrzeug aufzunehmen, wenn es in der Nachtatphase abgestellt werden soll. Um drei Uhr fünfzehn konnte der Kombi durch einen Kollegen aufgenommen werden. Eine Observation war aufgrund der taktischen Gegebenheiten unmöglich, und das Fahrzeug geriet außer Kontrolle. Daraufhin haben meine Leute getrennt voneinander den Bereich abgesucht, in dem das Fahrzeug verloren wurde. Tatsächlich konnte die Kollegin Cora Wagner das Tatfahrzeug auf dem Gelände eines Autohändlers feststellen. Die Gruppe war damit beschäftigt, die Beute aus einem zuvor verübten Einbruch in Taunusstein auszuladen. Die Kollegin wurde angegriffen, wir konnten aber noch rechtzeitig eingreifen. Die Festgenommenen wurden ins Bürgerhospital verbracht, weil es zu dieser Zeit Notaufnahme hatte.«

Lasker wusste, dass Tauber aus anderen Gründen nach der Unterbringung der Festgenommenen im Krankenhaus gefragt

35

hatte. Aber darauf wollte er nicht eingehen. Eigentlich hätten sie die Arschgeigen bereits beim Einbruch in Taunusstein festnehmen können, aber der Zufall, warum sich eine Frankfurter Zivileinheit zum richtigen Zeitpunkt in der Nacht nach Taunusstein verirrte, wäre schwer zu erklären gewesen. Also hatten sie mit dem Zugriff gewartet, bis die Bande Frankfurt erreicht hatte und ihr Fahrzeug abstellte. Lasker hatte Cora als Opfer vorgeschickt. Die hatte nur gesagt: »Ihr schuldet mir was.« Als Cora die Rumänen stellte, gingen die ihr, wie erwartet, an den Kragen. Und dann hatte es geknallt.

Wer sagte, dass Arbeit keinen Spaß machen darf? Im Prinzip konnte man handeln, wie man wollte. Man sollte nur vermeiden, ein ungeschriebenes Gesetz zu brechen. *Jede Lüge musste in der Wahrheit wurzeln. Je tiefer, desto besser.* Bei einer späteren Vernehmung würde sich herausstellen, dass die Einbrecher die Kollegin tatsächlich angegriffen hatten. Danach waren alle weiteren Fragen bezüglich der Gewaltanwendung der Polizeikräfte hinfällig. Selbst liberale Richter hatten wenig Probleme damit, wenn Polizisten eine Kollegin schützten.

»Warum haben Sie keine Unterstützung angefordert, als Sie das Fahrzeug entdeckt haben?«, fragte Tauber.

»Das Zeitfenster war zu klein. Wir mussten sofort handeln.«

»Vier gegen vier. Das war ziemlich riskant.«

»Wir sind von der Polizei. Da muss man bereit sein, ein gewisses Risiko zu tragen.« Eigentlich war da kein Risiko gewesen. Splatter alleine hätte die Typen fast unangespitzt in den Boden gerammt.

»Wie alt sind Sie?«, fragte Tauber.

»Achtundvierzig.«

»Und seit wann sind Sie bei der Polizei?«

»Seit 1993.«

Tauber lehnte sich zurück. »Sie erinnern mich an meinen Vater. Der war auch Polizist. In den Siebzigerjahren. Wenn

Sie etwas älter wären, könnte man glauben, Sie beide hätten zusammengearbeitet. Im Prinzip sind Sie ein Relikt aus einer längst vergangenen Zeit. Türen eintreten und mit dem Knüppel draufhauen. Das sind Ihre Methoden.«

»Und Straftäter festnehmen.«

Der Abteilungsleiter lachte auf. »Ich weiß, worauf Sie hinauswollen. Die Mär vom bösen Polizisten, der Gutes bewirkt. Mit diesem Argument sind Sie bei mir an der falschen Adresse.«

»Trotzdem ist es ein Fakt. Wenn Sie die Erfolge meiner Einheit betrachten, werden Sie nicht leugnen können, dass wir eine der erfolgreichsten Dienststellen in der Geschichte der Frankfurter Polizei sind.«

»Das mag sein. Aber ich frage Sie, zu welchem Preis?«

»Preis? Weil ein paar Verbrecher eins auf die Nase bekommen haben? Sie werden es überleben. Außerdem war es in jedem Fall gerechtfertigt.«

»Gerechtfertigt. Das ist der Punkt, wo Sie und Ihre Leute sich von den Sheriffs der alten Zeiten unterscheiden. Sie sind eine verschlimmbesserte Version. Sie haben das Geschick und die Erfahrung, sich unangreifbar zu machen. Schade, dass Sie Ihr Talent in die falsche Richtung gelenkt haben. Die Polizei muss sich an die Regeln halten.«

»Regeln? Die andere Seite hält sich an keine Regeln. Und was ist, wenn ein Kind entführt wird? Wenn ein ernsthafter Anschlag geplant ist? Dann hofft die Führung auf solche Idioten wie mich. Dann braucht man plötzlich Kollegen, die auf die Regeln scheißen und das tun, was nötig ist. Dann will nur irgendein Clown später bei einer Pressekonferenz in ein Mikrofon nuscheln und stolz verkünden, dass alles unter Kontrolle ist. Dann bin ich gut genug.«

»Werden Sie nicht theatralisch. Ich kenne genügend Leute, die das anders sehen.«

»Nur solange es nicht das eigene Kind ist.« Nach einer kurzen Pause fügte Lasker hinzu: »Ich kenne ebenfalls genügend Leute in der Behörde, die meine Ansicht sofort unterschreiben würden.«

»Und genau diese Leute kann ich hier nicht gebrauchen.«

»Womit wir beim eigentlichen Thema wären. Sie haben mir einen Großteil meiner Leute für eine Arbeitsgemeinschaft des Staatsschutzes abgezogen. Es geht um Salafisten, wie ich gehört habe.«

»Der radikale Islamismus ist *das* polizeiliche Thema der Zukunft. Ich nehme an, Sie werden das nicht abstreiten.«

»Nein. Aber warum meine Jungs? Warum die besten Fahnder für politisch motivierten Aktionismus verschwenden?«

»Die AG Einwanderer ist kein Aktionismus. Es geht um das getarnte Einsickern von Terroristen unter dem Schutz des Asylrechts. Die eingeleiteten Ermittlungen basieren auf Erkenntnissen verschiedener Dienste.«

»Die AG wird das Einsickern von Terroristen kaum verhindern.«

»Und darum sollten wir es erst gar nicht versuchen?«

Lasker musste aufpassen, dass er sich jetzt nicht verrannte. Das war die falsche Argumentation. »Das habe ich nicht gesagt. Aber es gibt noch andere Ressourcen. Das EFKO ist nicht die einzige Dienststelle, bei der Sie Personal abschöpfen können.« Taubers Gesicht zeigte keine Regung. »Es sei denn«, fuhr Lasker fort, »Sie wollen die Dienststelle auflösen. Das ist doch der eigentliche Plan. Sagen Sie mir, wenn ich mich irre.«

Tauber griff in sein Jackett und holte eine kleine Blechdose aus der Innentasche. Er öffnete sie, streute sich eine Prise Schnupftabak auf den Handrücken und zog sich die Krümel in die Nase. Lasker war in seinem Leben noch keinem begegnet, der Tabak schnupfte. Er stellte sich vor, dass es Koks war, und musste ein Grinsen unterdrücken.

»Wenn ich mir das Organigramm der Behörde ansehe, fällt auf, dass das EFKO nicht der Kriminaldirektion angegliedert ist, sondern direkt der Abteilung Einsatz. Warum, denken Sie, ist das so?«, fragte Tauber, nachdem er die Dose weggesteckt hatte.

»Ihr Vorgänger wollte eine Einheit, die völlig losgelöst von lähmenden Unterstellungsverhältnissen effektiv arbeiten kann. Aus diesem Grund unterstehen wir einzig dem Abteilungsleiter.«

»Genau das ist mein Problem. Sie unterstehen mir. Verstehen Sie, was ich meine?«

»Man wird Ihnen das, was wir tun, persönlich anrechnen. Im Guten wie im Schlechten.«

»Herr Lasker. Ich wünsche Ihnen trotz allem einen schönen Tag.« Mit diesen Worten stand Tauber auf und verließ den Raum. Lasker blieb sitzen. Er hatte es begriffen. Wenn es nach Tauber ging, würde er das EFKO mit sofortiger Wirkung auflösen. Aber niemand war völlig frei in seinen Entscheidungen. Das galt auch für Abteilungsleiter. Selbst wenn Tauber den Präsidenten auf seiner Seite wusste, musste er dem Innenministerium und dem Landespolizeipräsidenten eventuell erklären können, warum in aller Welt er seine erfolgreichste Einheit aus dem Organigramm der Behörde gestrichen hatte. Es war für ihn taktisch klüger, das EFKO ausbluten zu lassen. Die Terrorbekämpfung war politisch gewollt. Die besten Männer dafür einzusetzen war argumentativ leicht zu begründen. Es war eine Sache der Prioritätensetzung. Das EFKO bestand jetzt lediglich aus drei Beamten und einer Beamtin. Damit waren sie nicht mehr einsatzfähig. Einer im Urlaub, ein anderer krank, der Nächste hatte dienstfrei, und schon saß Lasker alleine da. Sie waren erledigt. In einigen Wochen würde Tauber das EFKO im Interesse der Terrorbekämpfung auflösen. Er würde sagen, dass er sich zu diesem bedauerlichen Schritt gezwungen sah.

Sie würden Lasker die Hand schütteln, ihm für seine Dienste danken und ihm eine Stelle ohne Außenwirkung zuweisen. Irgendwo im Keller der Behörde.

Als Lasker die Leitung des EFKO übernommen hatte, wähnte er sich am Ziel seiner beruflichen Träume. Eine Einheit wie im Film, die agieren konnte, wie sie wollte. Alles, was man von ihm verlangte, waren Erfolge. Und die hatte er geliefert. Ein ums andere Mal. Das hatte ihm Prestige eingebracht. Niemand hatte sich an ihn herangewagt. Völlig gleichgültig, wie viele Sterne der Betreffende auf seiner Schulter angesammelt hatte. Er war binnen fünf Jahren zu einer lebenden Legende geworden. Jetzt erteilte ihm das Leben eine wichtige Lektion: Kaum etwas war vergänglicher als der Erfolg. Alles nur Schall und Rauch.

Lasker stand auf, als sich sein Magen plötzlich krampfhaft zusammenzog und ihm der Schweiß auf die Stirn trat. Er ließ sich auf den Stuhl zurückfallen und schloss die Augen. Nach einigen Sekunden war der Krampf vorbei. Das musste aufhören. Morgen hatte er einen Termin in der Uniklinik. Dann würde man ihm endlich die Untersuchungsergebnisse mitteilen. Er hatte ganz sicher ein Magengeschwür. Vorsichtig stellte er sich auf die Beine. Er hatte Angst, eine falsche Bewegung zu machen. Nichts blieb einem erspart.

Lasker hatte den Fahrstuhl genommen und das Präsidium durch eine Nebentür zum Innenhof verlassen.

»Was machst du denn hier? Hast du uns nicht schon genug Arbeit beschert?«

Lasker drehte sich um. In der Raucherecke stand ein Kollege vom Einbruchskommissariat. »Dankbarkeit hört sich anders an«, sagte Lasker.

»Dankbarkeit? Ich sollte dir eine verpassen. Vier Haftsachen, alle mit Krankenhausbewachung, und Parfüm im Wert von achtzehntausend Euro. Die Kollegen sind immer noch mit der Asservierung beschäftigt.«

»Warum habt ihr den Fall? Der Tatort war außerhalb von Frankfurt.«

»Keine Ahnung. Tatsache ist, dass wir ihn haben.«

»Rainer. Trag es mit Fassung.«

»Dass ich die Fassung behalte, liegt einzig und allein daran, dass ich Gott sei Dank in der Situation bin, andere zum Arbeiten zu verdonnern.«

Rainer Müller war Ermittlungsgruppenleiter beim Einbruchskommissariat. Der Kripomann schleppte einen stattlichen Bierbauch vor sich her. Er war um einiges jünger als Lasker, sah aber zehn Jahre älter aus. Er hielt Lasker eine Schachtel Marlboro hin.

»Ich rauche schon lange nicht mehr«, sagte Lasker.

»Glückwunsch.« Müller steckte die Schachtel wieder ein. »Jetzt im Ernst. Ziemlich lässige Festnahme. Wo sind denn deine Leute?«

»Die schlafen hoffentlich. War eine lange Nacht.«

»Wie kriegt ihr das immer hin?«

»Das werde ich öfters gefragt.«

»Und ich nehme an, du gibst jedes Mal die gleiche Antwort.«

Lasker nickte. »Betriebsgeheimnis.« Sein Blick fiel auf einen rosafarbenen S-Klasse-Mercedes, der auf einem der Besucherparkplätze stand. »Wer fährt denn so was?« Das Kennzeichen unterstrich die Lächerlichkeit des Wagens. F-BI 666.

»Der gehört einem Geisterbeschwörer.«

»Einem was?«

»Einem Typen, der deine Zukunft auspendelt und den Kontakt zu deinem verstorbenen Hund herstellen kann.«

»Woher weißt du das?«

»Ich habe eine Kollegin vom K2 getroffen. Der Clown

ist bei denen. Angeblich hat er Informationen zu einem alten Entführungsfall, bei dem das Opfer niemals gefunden wurde.«

»Und diesen Schwachsinn hören sie sich an?«

»Da haben die keine Wahl. Vielleicht weiß er tatsächlich, wo die Leiche vergraben liegt.«

»Woher soll er das denn wissen?«

»Möglicherweise hat er die Leiche selbst vergraben und macht sich jetzt auf psychopathische Art wichtig. Man muss mit jeder Art von Irrsinn rechnen.«

»Verstehe.«

»Der Kerl ist häufig im Präsidium. Ist er dir nie aufgefallen?«

»Nein. Und was macht er hier? So viele Entführungsfälle wird es ja wohl nicht geben.«

»Ich glaube, dass er hin und wieder Tipps gibt. Vermutlich hat er Kontakte in alle Richtungen.«

»Also eine halbseidene Persönlichkeit.«

»So könnte man das nennen. Der Kerl ist genauso lächerlich wie sein Auto. Der macht einen auf Jesus. Groß, lange Haare, Vollbart, weite Oberhemden aus Leinen.«

Lasker schüttelte den Kopf. »Es gibt vermutlich genügend Leute, die auf den Mumpitz hereinfallen.«

»Darauf kannst du wetten. Der macht damit richtig Kohle. Werksseitig wird eine so alberne Lackierung nicht angeboten. Dafür musst du tief in die Tasche greifen. Aber in seinem Geschäft ist Auffallen die halbe Miete.«

»Wie auch immer. Ich bin müde und muss ins Bett. Man sieht sich.« Lasker wollte sich umdrehen, als Müller ihn am Ärmel festhielt. »Was ist?«

»Dass ich dich getroffen habe, ist eine Fügung.«

»Ich habe keine Ahnung, was du meinst.«

»Ich war gerade bei dem Wagen der Rumänen und habe

ihn noch einmal durchsucht. Du weißt schon, traue nur deiner eigenen Arbeit.«

»Und?«

Müller reichte Lasker eine REWE-Einkaufstüte. »Vielleicht täusche ich mich. Aber ich glaube, du weißt am besten, was damit zu tun ist. Pass auf dich auf.« Müller klopfte ihm auf die Schulter und ging ins Präsidium.

Als Lasker in die Tüte sah, stockte ihm der Atem. Da lag ihr GPS-Sender. Sie mussten vergessen haben, ihn abzubauen. Solche Nachlässigkeiten durfte er sich nicht leisten. Hatte Splatter nicht gestern geweissagt, dass sie irgendwann auffliegen würden? Das war bereits haarscharf.

Er konnte dem Herrn danken, dass Müller und nicht einer der Kinderkommissare den Sender gefunden hatte. So einer wäre gleich nach oben gerannt und hätte »Herr Lehrer, ich weiß was!« geschrien.

Lasker würde jetzt auf direktem Weg in seine Wohnung fahren, Handy und Türklingel abschalten, sich hinlegen und die Decke über den Kopf ziehen. Das schien der einzige Weg zu sein, den Tag nicht noch beschissener zu machen.

FAMILIENBESUCH

>> **T**anner. Wie gefällt dir mein Haus?«, fragte Enno.
Außer seiner Frau Sylvia und seinem Vater nannte ihn jeder bei seinem Spitznamen. Sogar sein Schwiegervater. Allerdings klang es bei ihm wie eine Beleidigung. Enno Friedrich – Tanner durfte ihn freundlicherweise Enno nennen – stammte aus Norddeutschland und war Inhaber einer Immobilienfirma. Einer äußerst erfolgreichen Immobilienfirma. Der Mann roch in jeder Minute des Tages frisch geduscht. Er würde auch in der Wüste nicht schwitzen. Für ihn war das eine Frage des Willens. Als Sylvia angekündigt hatte, dass ihr Vater zu Besuch kommen würde, hatte sich seine Laune schlagartig verschlechtert. Er war nach der Festnahme von letzter Nacht erst gegen elf Uhr ins Bett gekommen und um fünfzehn Uhr schon wieder aufgewacht. Er fühlte sich wie ein überfahrenes Eichhörnchen.

»Das Haus ist sehr schön«, antworte Tanner artig. Das war die Wahrheit. Vor drei Wochen hatten sie die Villa im sogenannten Goldstaubviertel in Frankfurt-Bockenheim bezogen. Bei dem Gedanken, in ein Haus zu ziehen, das seinem Schwiegervater gehörte, hatte sich Tanner fast übergeben. Aber Sylvia hatte an der Idee festgehalten. Sie konnte seinen Widerwillen nicht nachvollziehen.

»Tanner. Du kannst dich glücklich schätzen, dass du meine Tochter bekommen hast.«

»Enno. Da hast du recht.«

Tanners Sohn Patrick saß seitlich auf dem Schoß seines

Großvaters und hatte den Kopf gegen dessen Brust gelehnt. »Und du, kleiner Mann, wirst einmal meine Firma übernehmen.« Bei den Worten kitzelte Enno Patrick am Bauch. »Das willst du doch, oder?«

»Ja!«, schrie Patrick.

Tanner hasste es, wenn Enno so mit seinem Sohn redete. Sicher gab es schlimmere Zukunftsaussichten, als eine Firma zu leiten, die mehr als fünfzig Millionen Euro wert war. Aber es gefiel ihm nicht. Es roch irgendwie nach Leibeigenschaft.

»Das macht mein kleiner Engel ganz bestimmt«, sagte Sylvia.

Tanner reichte es. »Warten wir ab, was er dazu sagt, wenn er erwachsen ist.«

»Was hast du?«, fragte Enno, während er seinem Enkel über den Kopf strich. »Soll er etwa Polizist werden?« Das Wort »Polizist« betonte er, als handele es sich dabei um etwas Anstößiges.

»Nein. Aber vielleicht möchte er Tierarzt werden.«

»Tierarzt?«, wiederholte Enno.

»Oder Schreiner.«

»Hör auf damit«, sagte Sylvia.

»Lass gut sein«, sagte Enno zu seiner Tochter. »Wechseln wir das Thema. Wie gefällt euch das Haus?«

Hatten sie die Frage nicht bereits abgehandelt? »Es ist wunderbar. Ein Traum. Ich weiß gar nicht, wie ich dir danken soll«, strahlte Sylvia.

»Das musst du nicht. Für meinen Enkel und meine Tochter nur das Beste.« Er wandte sich an Tanner. »Tanner. Wie geht es deinem Vater?«

Das blöde Arschloch wusste genau, wie es seinem Vater ging. Als Tanners Mutter vor vier Jahren urplötzlich einem Schlaganfall erlag, hatte sein Vater damit begonnen, sich totzutrinken. Lange hatte Tanner versucht, ihn aus dem Loch zu ziehen. Alle Bemühungen waren gescheitert. Der Mann hatte beschlossen, seiner Frau zu folgen. Und Tanner hatte gelernt, sich damit abzufinden.

»Meinem Vater geht es gut«, log er.

»Es ist ein Jammer, wenn Menschen die Kontrolle über sich verlieren«, sagte Enno.

»Das würde dir sicher nicht passieren.«

»Nein. Kontrolle ist alles.«

Das hatte Tanner nicht als Kompliment gemeint. Enno waren Gefühle wie Trauer und Mitleid unbekannt. Da legte Tanner sich fest. Sylvia hatte seinen Kommentar richtig gedeutet und sah ihn böse an.

Tanner wollte eine Eskalation vermeiden. Er stand auf und ging in die Küche. Er schenkte sich ein Glas Wasser ein und sah durch die Terrassentür in den Garten. Die Villa verfügte über dreihundertzwanzig Quadratmeter Wohnfläche, aufgeteilt auf zehn Zimmer. Platz, den kein gewöhnlicher Mensch brauchte. Das Schlimmste aber war, dass sie das Haus vollständig eingerichtet übernommen hatten. Die Tapeten, die Möbel, die Kücheneinrichtung. Alles nach dem Geschmack seines Schwiegervaters. Der war durchaus exzellent. Jeder Raum besaß ein anderes Farbthema. Die Möblierung war modern, ohne die Kälte verrückter Designermöbel auszustrahlen. Enno hatte es sich nicht einmal nehmen lassen, das Schlafzimmer auszustatten. Als Tanner seinen Unmut darüber äußerte, hatte Sylvia gesagt, man solle ihrem Vater den Spaß gönnen. Was für einen Spaß? Ihr Leben durch seine Kontrollsucht zu bestimmen und bis in ihr Ehebett hinein zu regulieren?

Den ersten Konflikt mit Enno hatte Tanner kurz nach der Hochzeit gehabt. Damals hatte ihm sein Schwiegervater angeboten, einen Posten in seiner Firma zu übernehmen. Das hatte Tanner, ohne zu zögern, abgelehnt. Das Polizistendasein war für ihn zwar nicht gerade die Verwirklichung eines Kindheitstraums. Aber in Ennos Firma einzusteigen stand für ihn außer Debatte. In diese Art der Abhängigkeit würde er sich niemals freiwillig begeben. Seine Absage traf sowohl bei Enno als auch bei Sylvia auf Unverständnis. Damit konnte er leben. Womit er nicht leben konnte, war Ennos unablässiges Einwirken auf Patrick. Vor einigen Wochen war es deshalb zum Eklat gekommen. Während eines Streits mit Sylvia hatte Tanner ihr gesagt, dass es besser gewesen wäre, sie hätte ein Kind mit ihrem Vater gezeugt als mit ihm. Noch während er die Worte aussprach, wusste er, dass er es überzogen hatte. Dinge, die einmal gesagt wurden, sind nur schwer wieder aus der Welt zu schaffen. Seitdem redete Sylvia nur noch das Nötigste mit ihm. Das konnte er ihr nicht übelnehmen.

Tanner hing seinen Gedanken nach, als er merkte, dass seine Frau hinter ihm stand. Er drehte sich um. Sylvia stemmte die Hände in den Rücken und machte ein Hohlkreuz. »Hast du Rückenschmerzen?«

»Ein wenig.«

»Wo ist Patrick?«

»Papa hat ihn mitgenommen.«

»Er schläft bei ihm?«

»Warum nicht?«

Tanner spürte die Wut in sich aufsteigen. »Hast du darüber nachgedacht, ihn zur Adoption freizugeben? Dein Vater würde sicher zuschlagen.«

»Was willst du eigentlich? Du magst es nicht, wenn meine Eltern sich um ihren Enkel kümmern? Dann frage ich dich: Wo ist dein Vater? Wünschst du dir das für deinen Sohn?« Sylvia verließ die Küche. Er hatte es schon wieder geschafft. Offenbar hatte er ein erstaunliches Talent dafür entwickelt, es sich mit seiner Ehefrau zu verscherzen. Allerdings war auch Sylvia nicht perfekt. Er hatte sie beobachtet. Wie sie dasaß, wie sie sich bewegte, sie war irgendwie verändert. Und dann verschwand sie auch noch ständig, manchmal sogar für mehrere Stunden. Angeblich, um Freundinnen zu treffen. Etwas stimmte nicht mit ihr, und Tanner fürchtete sich davor, herauszufinden, was es war.

DROGENHANDEL

Die Taunusstraße zwischen Moselstraße und Elbestraße bildete das Zentrum des Bahnhofsgebiets. Nach dem gleichen Prinzip, das auf Schulhöfen herrschte, hatten die einzelnen ethnischen Gruppen ihren jeweiligen Bereich abgesteckt. Die Armenier beanspruchten einen Platz an der Ecke Taunusstraße/Elbestraße und lungerten Tag und Nacht vor und in der Spielothek Metro herum. Je nach Tageszeit befanden sich zwischen zwanzig und vierzig Männer vor Ort. Sie standen entweder gelangweilt an die angrenzenden Gebäude gelehnt, tranken Bier und kauten Sonnenblumenkerne, oder sie saßen in der Spielothek und verspielten die paar Euro, die sie besaßen. Sie redeten kaum, was daran lag, dass es wenig zu bereden gab. Es geschah einfach nichts.

Tigran saß in der Spielothek auf einem der Hocker und beobachtete einen Landsmann, wie er einen Automaten mit Silbergeld fütterte. Er hasste diesen Ort. Um ihn herum sahen alle gleich aus. Sie trugen Jogging- oder Jeanshosen und waren ausnahmslos mit schwarzen Jacken aus Lederimitat bekleidet. Um jeden Hals hing eine klobige Kette mit einem Kruzifix als Anhänger. Nur die wenigsten konnten lesen oder schreiben. Die Dummheit stand den Männern ins Gesicht geschrieben. Tigran verachtete sie. Aber er hatte keine Wahl. Es war sein freier Tag, und an dem musste er sich in der Gemeinschaft zeigen. Nur hier fand man Kontakte zur Arkadaş. Das Problem war, dass es die Organisation praktisch nicht gab. Niemand redete über sie. Ihm blieb nichts anderes übrig, als an diesem grauenhaften Ort mit seinen widerlichen Menschen zu warten. Und das tat er jetzt seit einem Jahr. Mit jedem Tag, der verging, wurde seine Hoffnung kleiner. Aber die Aktion der gestrigen Nacht hatte ihm Aufwind gegeben. Für Tigran stand fest, dass sie etwas von ihm wollten.

Tigran saß gerade eine halbe Stunde in der Spielothek, als sich die Tür öffnete und der Goldkettentyp vom Vortag herein-polterte. Er stellte sich breitbeinig in der Mitte des Raumes auf und musterte die Anwesenden. Als er Tigran bemerkte, bleckte er die Zähne, was wohl ein Lächeln simulieren sollte. »Da ist ja der Doktor«, sagte er und ging einen Schritt auf Tigran zu. »Komm mit, ich muss mit dir reden.«

Dass ausgerechnet dieser Idiot seine Eintrittskarte zur Arkadaş sein sollte, war ein Albtraum. Doch Tigran wusste längst, dass das Leben kein Wunschkonzert ist. Wortlos stand er auf und folgte dem Mann. Er nahm sich vor, diesmal die Klappe zu halten. Besserwisser waren unbeliebt, und Tig-ran wusste, dass er einen Hang zur Klugscheißerei besaß. Das konnte ihn die Zähne kosten, wenn er Pech hatte, sogar das Leben.

»Ich heiße Narek«, sagte die Goldkette, als sie einige Schritte die Taunusstraße entlanggegangen waren. »Ich habe ein Geschäft abzuwickeln. Dabei brauche ich Begleitschutz. Ein Mann fehlt mir noch. Bist du bereit?«

»Ja.«

»Willst du gar nicht wissen, worum es geht?«

»Das wirst du mir schon sagen, wenn es so weit ist.«

»Gute Einstellung.« Narek zog einen Autoschlüssel aus der Jackentasche. Die Warnblinker des Audi leuchteten auf. »Steig ein.«

Tigran setzte sich auf den Beifahrersitz. Am Rückspiegel hing ein Wunderbaum. Er hasste den Geruch von künstlicher

Vanille. Noch während er mit dem Sicherheitsgurt herumhantierte, wurde er durch die Beschleunigung in den Sitz gedrückt. Hinter ihnen ertönte ein Hupen. Narek fuhr wie ein pubertierender Teenager. Bei dem Geschäft, das sie abwickeln wollten, schien Unauffälligkeit keine Rolle zu spielen. Sie verließen das Bahnhofsgebiet in Richtung Messe. »Mach das Handschuhfach auf.« Tigran gehorchte. Auf einem Stapel aufgerissener Briefumschläge und CD-Hüllen lag eine Pistole. »Kennst du dich damit aus?«

»Ja.«

»Ich habe gehört, dass du Türkisch sprichst. Wie kommt das?«

»Mein Vater war Türke.«

»Also bist du ein Bastard.«

Tigran überlegte kurz, wie er auf die Beleidigung reagieren sollte. Er kam zu dem Schluss, dass er am besten einfach die Klappe hielt und seinen Stolz hinunterschluckte. Er nahm die Waffe aus dem Handschuhfach und stellte fest, dass sie nicht durchgeladen war. Es gab ein lautes ratschendes Geräusch, als Tigran am Schlitten zog und ihn nach vorne schnellen ließ. Ihm entging nicht, dass Narek neben ihm leicht zusammenzuckte. Diese Genugtuung musste fürs Erste reichen.

»Wohin fahren wir?«, fragte Tigran, als sie die Messe hinter sich ließen und auf die A 648 fuhren.

»Jetzt wirst du also doch neugierig. Aber du hast recht. Du musst es ohnehin erfahren. Wir fahren nach Kelkheim und holen jemanden ab.« Narek zündete sich eine Zigarette an und öffnete das Fenster einen Spaltbreit. »Danach verkaufen wir zehn Kilo Heroin an die Russen.« Damit war erst einmal alles gesagt. Einige Minuten später fuhren sie wieder von der Autobahn ab. »Und? Hast du Schiss?«, fragte er.

»Nein.«

»Das ist gut.« An einer geschlossenen Tankstelle hielten

sie an. Narek schaltete den Motor aus und begann sich umzusehen. »Wo ist der Penner?« Tigran beobachtete, wie Narek mit einem Bein wippte, als würde er mit dem Fuß eine Bass Drum spielen.

Die hintere Wagentür wurde aufgerissen. Jemand sprang auf die Rückbank. »Na endlich. Darf ich vorstellen? Sam, das ist der Doktor.« Narek deutete mit einer fahrigen Geste auf Tigran. »Doktor, das ist Sam.« Er zeigte mit dem Daumen über die Schulter.

Tigran drehte sich im Sitz herum und blickte in das Gesicht eines Jungen. Seine von Akne zerfressenen Wangen waren nur vereinzelt von Flaumbart bedeckt. Das konnte Narek nicht ernst meinen. Dieser Möchtegernmafioso gab ihm eine Waffe, erzählte was von Heroin und Russen, und dann nahmen sie zur Unterstützung ein Kind mit? War das irgendeine besonders tiefsinnige Art von Humor?

»Sam ist reinrassiger Armenier. Nur sein Name ist verwirrend.«

»Mein Vater ist ein großer Freund der Amerikaner«, sagte Sam und grinste, als würde er sich auf einen Klassenausflug freuen.

Tigran hatte die Schnauze voll. »Du fragst mich, ob ich Angst habe, und nimmst ein Kind mit? Was soll der Quatsch?«

»Ich bin kein Kind. Ich bin achtzehn.«

»Mach dir wegen Sam keine Gedanken.«

Tigran machte sich keine Gedanken um Sam. Er machte sich Gedanken um Narek. Entweder war dieses angebliche Drogengeschäft ein Witz, oder er befand sich in akuter Lebensgefahr. Vielleicht war das ein Test. Möglich, dass man nur herausfinden wollte, wie es um seine Nerven bestellt war.

Narek startete den Motor und wendete den Audi. »Wir fahren jetzt zu einer Lagerhalle zwischen Kelsterbach und Raunheim.« Das sagte Tigran nicht viel. Er meinte sich zu erinnern, dass Kelsterbach in der Nähe des Flughafens lag. Aber außerhalb der Innenstadt kannte er sich praktisch gar nicht aus.

Sie kehrten zurück auf die A 648, wechselten an einem Autobahnkreuz die Fahrtrichtung, fuhren dann ab und bewegten sich weiter über Landstraßen. Tigran hatte längst die Orientierung verloren. Er hasste es, nicht zu wissen, wo er sich befand. Tigran nahm sein Handy und startete die Navigations-App. In solchen Fällen hatte er es sich angewöhnt, die Bewegungsaufzeichnung zu aktivieren. So konnte er wenigstens später nachvollziehen, wo er gewesen war.

Die Fahrt verlief schweigend. Nach einigen Minuten schob Narek eine Scheibe mit armenischer Schlagermusik in den CD-Schlitz. Gleichzeitig begannen die beiden einen Hit mitzusingen.

Einige Lieder später bogen sie von der Landstraße in ein Industriegebiet ein. Sie kamen an Autohändlern vorbei und an Lagerhallen mit gewaltigen Rolltoren, vor denen vereinzelt Lastwagen standen. Menschen waren nicht zu sehen. Zwischen Gebäuden hindurch glaubte Tigran das Schimmern von Wasser zu erkennen. Das musste der Main sein. »Du solltest uns langsam in deinen Plan einweihen«, sagte Tigran.

»Was für einen Plan?«

»Wie das Geschäft ablaufen soll.«

»Mach dir keine Gedanken. Das läuft ohne Probleme.«

»Warum bin ich dann hier?«

»Damit ich nette Gesellschaft habe. Außerdem wollte da jemand, dass ich dich mitnehme. Jemand, dem ich keinen Gefallen ausschlagen kann. Und jetzt halt die Klappe. Wir sind da.«

Narek lenkte den Audi auf ein Gelände, das von einem stark beschädigten Zaun umgeben war. Gras und Buschwerk hatten begonnen, die Betonbodenplatten aufzusprengen. Gebäude gab es nicht. Dafür standen gestapelte Frachtcontainer in mehreren Reihen herum und rosteten vor sich hin. Als sie die Einfahrt passierten, fiel Tigran ein Wagen auf, der rechts von ihnen im Dunkeln parkte. Sekundenlang wurde der Innenraum des Fahrzeugs vom Schein eines Handydisplays beleuchtet. Tigran erkannte wenigstens zwei Männer im Auto.

»Rechts von uns sitzen zwei Typen in einem Wagen«, sagte er.

»Alles in Ordnung.« Narek wirkte völlig entspannt.

Sie rollten in eine der Containergassen. Vor ihnen schaltete ein Auto das Fernlicht ein. Instinktiv beschirmte sich Tigran mit einer Hand die Augen. Narek stoppte den Audi, legte den Leerlauf ein, zog die Handbremse an und öffnete die Tür. Tigran bekam eine Gänsehaut. Er konnte sich absolut nicht vorstellen, dass hier alles in Ordnung war. Im Gegenteil. Trotzdem folgte er Nareks Beispiel. Beim Aussteigen vergewisserte er sich, dass die Pistole halbwegs sicher in seinem Gürtel steckte. Verbrecher trugen keine Holster. Die Gefahr, sich selber das Gemächt wegzuballern, hatte wohl ihren Reiz. Und dass man die Pistole viel schlechter ziehen konnte, schien ebenfalls keine Rolle zu spielen.

Die Temperaturen waren inzwischen unter null. Eiskristalle auf dem Boden reflektierten das Scheinwerferlicht des anderen Fahrzeugs. Er hörte, wie sich Autotüren öffneten. Im Gegenlicht sah er die Schattenrisse von vier Männern, die ausgestiegen waren. Das machte bereits mindestens sechs Russen. Wenn man das Kind an ihrer Seite als Streichergebnis betrachtete, war das Kräfteverhältnis niederschmetternd. Hatte der Junge überhaupt eine Waffe? Vermutlich war es besser, wenn er keine hatte.

»Da sind welche zwischen den Containern«, flüsterte Sam. Tigran hatte sich auf das Fahrzeug der Russen konzentriert und nicht mitbekommen, dass sich der Junge hinter ihn gestellt hatte.

»Wo?«

»Links von uns. Ich habe es durch die Lücke gesehen. Ich glaube, es waren zwei.«

Wenn das nicht die Typen aus dem anderen Fahrzeug waren, zählte er bereits acht. Narek rief den Männern, die aus dem Wagen gestiegen waren, etwas auf Russisch zu. Sam trat einen Schritt näher an Tigran heran. »Das ist eine Falle.«

Es war verblüffend. Während er selber noch zögerte, hatte Sam die Situation erfasst und trocken bewertet. Tigran war blockiert. Mit neunzigprozentiger Wahrscheinlichkeit sollten sie abgezockt werden. Blieben zehn Prozent übrig. Wenn er den Deal platzen ließ, obwohl alles seine Ordnung hatte, konnte er den Einstieg in die Arkadaş vergessen. Mehr noch: Er müsste froh sein, mit dem Leben davonzukommen. Aber wenn Sam recht behielt, sah die unmittelbare Zukunft kaum besser aus. Ohne Ware oder Geld nach Frankfurt zurückzufahren war keine Option. Er hatte nur zwei Möglichkeiten: aktiv werden oder abwarten. Beides war riskant.

Tigran lief um den Audi herum zur Fahrerseite. »Steig ein«, sagte er im Vorbeigehen zu Sam. »Narek.« Der Mafiosi reagierte nicht. »Narek, wir müssen hier weg. Das ist eine Falle.«

»Halt deine Fresse. Du machst die nervös.«

»Die Einzigen, die nervös sein sollten, sind wir.«

Einer der Russen aus dem Auto rief ihnen etwas zu. »Was hat er gesagt?«, fragte Tigran.

»Sie wollen die Ware sehen.«

Natürlich wollten sie das. Nur wenn die Russen sicher waren, dass sie das Heroin dabei hatten, lohnte sich ein Überfall. Einen Bandenkrieg zettelte man nicht zum Spaß an. Tigran hörte ein Geräusch und drehte sich um. Hinter ihnen, am Ende der Containergasse, hatte sich ein Wagen quergestellt. Sie waren gefangen. »Steig ein! Wir hauen ab«, rief er Narek zu.

»Bist du irre?«

Ohne sich weiter um Narek zu kümmern, riss Tigran die

Tür auf und schwang sich auf den Fahrersitz. Narek zögerte kurz. Dann besann er sich und rannte zur Beifahrerseite. Alleine hierzubleiben war für ihn offensichtlich keine Alternative.

»Du fällst gerade dein eigenes Todesurteil!«, schrie Narek, nachdem er sich auf den Beifahrersitz geschwungen hatte.

Tigran hörte nicht auf ihn. Er legte den Rückwärtsgang ein und gab Vollgas. »Haltet euch fest. Ich ramme sie.«

»Du verrücktes Arschloch!«

Die Räder des Audi drehten durch, dann fanden die Reifen auf dem frostigen Untergrund Halt. Der Wagen machte einen Satz. Tigran presste sich gegen die Rückenlehne und versuchte, das Auto nur über den Rückspiegel zu lenken. Er musste das Fahrzeug hinter ihnen mit maximaler Geschwindigkeit rammen und konnte nur hoffen, dass es ausreichte, um es zur Seite zu schieben. Was geschehen würde, wenn bei der Aktion die Hinterachse brach, wollte er sich nicht ausmalen. Die Containerwände zogen an ihnen vorbei. Sam hatte sich auf die Rückbank gelegt.

Der Wagen im Rückspiegel wurde größer. Dann erfolgte der Aufprall. Es knallte. Das zersplitterte Verbundglas der Heckscheibe flog im Innenraum herum. Tigran wurde durch die plötzlich einsetzende negative Beschleunigung in die Rückenlehne gepresst. Für die Dauer eines Wimpernschlags glaubte er, gegen eine Wand gefahren zu sein. Der Eindruck täuschte. Der Audi schob den Wagen der Russen zur Seite. Der Weg war frei, und sie beschleunigten wieder. Tigran war die ganze Zeit auf dem Gas stehen geblieben. Nun riss er mit der rechten Hand die Handbremse nach oben und schlug gleichzeitig das Lenkrad ein. Der Audi begann über die Hinterachse zu rotieren. Als sie sich annähernd um hundertachtzig Grad gedreht hatten, löste Tigran die Handbremse und prügelte knirschend den ersten Gang rein. Jetzt mussten sie beten, dass ihr Wagen weiterhin fahrbereit war. Sie hoben kurz ab, als sie über eine Bodenwelle rasten, und erreichten die Ausfahrt. Tigran trat auf die Bremse und kurbelte wie wild am Lenkrad. Er schaffte es, links abzubiegen und den Audi auf der Straße zu halten. Tigran fuhr die Gänge aus, bis der Motor die Drehzahl begrenzte. Im Rückspiegel war nichts zu sehen. Langsam ließ der Adrenalinschub nach. Tigrans Atmung beruhigte sich.

»Das hast du gut gemacht«, sagte Sam, der sich wieder hingesetzt hatte und aus der zerstörten Heckscheibe blickte. »Richtig coole Aktion.«

»Ja. Eine richtig coole Aktion«, sagte Narek mit emotionsloser Stimme.

In Tigrans Magen begann es zu kribbeln.

Narek lotste Tigran mit knappen Anweisungen in einen Vorort von Frankfurt. Zwischen den Bäumen blitzten die Lichter der Wolkenkratzer auf. Sie passierten ein gelbes Straßenschild, auf dem Frankfurt-Niederrad stand. Wenig später hielten sie auf dem Parkplatz eines leer stehenden Bürogebäudes. Tigran stellte den Motor ab. Narek sprang aus dem Wagen und entfernte sich einige Meter. Während er mit schnellen Zügen eine Zigarette rauchte, tippte er auf seinem Handy herum. Sam und Tigran begutachteten inzwischen das Heck des Audi. Mit der zersplitterten Heckscheibe, dem eingedrückten Kofferraum und dem kaputten Rücklicht sah der Wagen zwar übel aus, der Schaden hätte aber durchaus schlimmer sein können.

Narek kam zu ihnen zurück. »Wir warten hier«, sagte er und setzte sich auf den Fahrersitz. Er machte keine Anstalten, den Zustand des Wagens zu begutachten. Das beunruhigte Tigran mehr als alles andere.

Nach etwa einer halben Stunde fuhr ein Passat Kombi auf den Parkplatz.

»Jetzt kannst du was erleben.« Nareks Laune hatte sich nicht gebessert. Tigran und Narek stiegen aus. Als Sam ebenfalls den Wagen verlassen wollte, herrschte Narek ihn an, er solle sitzen bleiben. Der Kombi blieb stehen, der Motor wurde abgeschaltet, und das Licht ging aus. Weiter geschah nichts. Tigran spürte die Angst in ihm hochkriechen. Wer auch immer in dem Wagen saß, stand hierarchisch über Narek. Der trat von einem Bein auf das andere und sah zu dem Passat hinüber. Er fühlte sich offensichtlich auch nicht wohl in seiner Haut.

Die Fahrzeuginnenbeleuchtung wurde eingeschaltet. Tigran sah, wie ein Mann sich an irgendetwas zu schaffen machte. Dann erlosch das Licht, und die Fahrertür schwang auf. Wenn er jetzt nicht überzeugend rüberkam, war er tot. Der Mann, der ausstieg und auf sie zukam, war um die fünfzig und kaum einen Meter siebzig groß. Er hatte die ausgezehrte Figur eines Trinkers. Die Haut spannte sich über seinen Wangenknochen. Der Kopf wirkte überproportional groß und saß wackelig auf den schmalen Schultern. Tigran bemerkte, wie Narek sich anspannte.

»Was ist passiert?«, fragte der Mann auf Türkisch.

Narek erzählte seine Version der Geschichte. Dafür, dass er Tigran als Bastard bezeichnet hatte, verhielt er sich jetzt ziemlich unterwürfig gegenüber dem Türken. Narek sprach ein holpriges Türkisch mit Akzent. Er bezichtigte Tigran, die Nerven verloren zu haben. Nareks Schilderung ließ Tigran schlecht aussehen. Er konnte nur hoffen, dass der Mann ihn überhaupt anhören würde, ohne direkt ein Urteil zu fällen.

Nach einiger Zeit begann sich Narek zu wiederholen. Der Mann hob eine Hand, und Narek verstummte. Er sah Tigran an. »Komm mit. Lass uns ein Stück gehen.«

Wurde ihm jetzt direkt an Ort und Stelle in den Kopf geschossen? Der Mann stellte körperlich keine Gefahr dar. Aber war er wirklich alleine? Dass Tigran niemanden sah, hieß nicht, dass niemand hier war. Als sie sich ein Stück von dem Audi entfernt hatten, sagte der Mann: »Du heißt Tigran?«

»Ja.«

»Du kannst mich Aktan nennen. Tigran, was ist passiert? Berichte mir nur das Wesentliche, und halt dich nicht mit Details auf.«

»Das Wesentliche.« Tigran dachte kurz nach. »Das Wesentliche ist, dass am Übergabeort mindestens zehn Russen auf uns gewartet haben. Sie hatten uns umstellt. Wir waren nur zu dritt. Ich hielt die Gefahr eines Überfalls für so groß, dass ich das Geschäft ohne Absprache mit Narek abgebrochen habe.«

»Aber ob die Russen euch tatsächlich überfallen wollten, das kannst du nicht sicher wissen.«

»Nein.«

»Also hast du dich von deiner Angst leiten lassen.«

»Ja. Allerdings hätte man mir die Angst im Voraus nehmen können. Dann wäre das nicht passiert.«

»Wie?«

»Wir hätten für ein Gleichgewicht der Kräfte sorgen sollen. Das verringert die Wahrscheinlichkeit, dass eine Seite die andere überrumpeln kann. Außerdem hätte man den Übergabeort überwachen müssen. Es wäre sicher möglich gewesen, bereits am Nachmittag einen Mann in die Nähe des Geländes zu bringen, um aus einem Versteck heraus die Umgebung zu beobachten. Dann hätten wir früh genug gewusst, was auf dem Gelände los ist. Außerdem stellt sich die Frage, warum man so ein Geschäft nicht im Schutz der Öffentlichkeit durchführt. Zum Beispiel mit Schließfächern am Bahnhof. Es ist ein unnötiges Risiko, mit zwei Männern und einem Jugendlichen so eine schlecht geplante Aktion zu starten.«

Aktan musterte ihn. »Wo kommst du her?«

»Ich bin in Armavir geboren.«

»Das ist nahe der türkischen Grenze.«

»Ja.«

»Erzähl mir von deinem Leben.«

»Meine Eltern sind bei einem Autounfall ums Leben gekommen, als ich ein Kind war. Die Großeltern meiner Mutter haben mich aufgenommen. Ich habe in Jerewan Medizin studiert. Allerdings habe ich für mich keine Zukunft in Armenien gesehen. Jetzt bin ich hier.«

»Denkst du, dass du hier eine Zukunft hast?«

»Ich hoffe es.«

»Warum sprichst du so gut Türkisch?«

»Mein Vater war Türke.«

Aktan zog die Augenbrauen nach oben. »Ein Türke, der eine Armenierin heiratet. Das ist selten.«

»Mein Vater gehörte der christlichen Minderheit in der Türkei an. Da ist das nicht ganz so außergewöhnlich.«

»Ich verstehe.« Während sie weiter über den Parkplatz schlenderten, schien Aktan in Gedanken versunken. Nach einer Weile sagte er: »Manchmal denke ich, dass Religion mehr schadet, als dass sie nützt. Aber das soll nicht unser Problem sein. Du sprichst Armenisch und Türkisch.« Der alte Mann wechselte ins Deutsche. »Kannst du auch Deutsch?«

»Ja. Allerdings lerne ich noch.«

»Sehr gut. Wo hast du Deutsch gelernt?«

»An der Universität. Ich habe davon geträumt, mein Studium in Deutschland zu beenden.«

»Jetzt bist du hier.«

»Ich hatte es mir anders vorgestellt.«

Aktan lachte und fiel ins Türkische zurück. »Das Schicksal treibt mit uns allen sein Spiel. Ich habe auch nie gedacht, dass ich einmal zur erweiterten Führungsriege der türkischen Mafia gehören würde.«

Tigran hielt den Atem an. Niemand sprach über solche Dinge. Aktan sah ihn von der Seite an. »Keine Sorge. Sieh es als

Beweis meines Vertrauens, dass ich offen zu dir spreche. Was weißt du über die Arkadaş?«

Tigrans Puls schnellte nach oben. »Genaueres weiß ich nicht. Man sagt, dass die Arkadaş eine türkisch-armenische Vereinigung ist, die zur türkischen Mafia gehört.«

»Findest du es glaubhaft, dass Türken und Armenier zusammenarbeiten?«

»Gemeinsame Interessen überwinden den Hass.«

»Du bist nicht dumm.«

»Ich wollte nicht altklug sein.«

»Das war ein Kompliment. Es ist genau so, wie du sagst. Aber es gibt trotzdem genügend Komplikationen. Deine Landsleute haben Probleme damit, dass die Führung ausschließlich in türkischer Hand liegt. Allerdings ergibt sich das zwingend aus der Tatsache, dass wir eine gefestigte Basis in der Gesellschaft dieses Landes haben. Wir kennen uns hier aus, wir haben die Kontakte. Mit anderen Worten: Wir haben uns ein breites Netzwerk aufgebaut. Das haben die Armenier nicht. Zumindest nicht in dieser Ausprägung.«

»Die Armenier unterdrücken ihren Hass. Das wird nicht immer so bleiben.«

Aktan blieb stehen. »Hass ist eine der widerstandsfähigsten Krankheiten, die den menschlichen Geist befallen kann.« Er machte eine kurze Pause. »Geh nach Hause und schlaf dich aus. Du wirst den Weg finden. Ich muss mit Narek reden. Wenn es Gott gefällt, sprechen wir uns bald wieder.«

Tigran überlegte, ob er einen weiteren schlauen Satz anbringen sollte. Er entschied sich dagegen. Es gibt Momente, da ist es am besten, den Mund zu halten. »Gute Nacht«, sagte er, drehte sich um und ging, die Hände in den Jackentaschen, in Richtung Hauptstraße davon. Aktan rief ihm nach: »Eine Frage habe ich noch.«

Tigran blieb stehen und drehte sich um.

»Woher hast du die Narben in deinem Gesicht?«
»Als meine Eltern starben, saß ich mit im Wagen.«
Aktan nickte. »Gute Nacht, Tigran.«

Die Straße war menschenleer. Tigran hatte keine Ahnung, wie weit es bis zur nächsten Haltestelle war. Aber ein kleiner Spaziergang kam ihm entgegen. Das machte den Kopf frei. Hatte er sein Ziel wirklich erreicht? Ein Jahr hatte er gewartet. Und jetzt? Einfach so? Er konnte es kaum glauben. Der Schreck saß ihm noch in den Gliedern, nur langsam löste die Angst ihren Griff. Er war keine hundert Meter gelaufen, als ein Geräusch ihn zusammenzucken ließ. Tigran erstarrte. Er blieb stehen und lauschte. Dreimal wiederholte sich das metallische Klacken. Eine Waffe mit Schalldämpfer. Zweifellos. Der Schalldämpfer unterdrückte die Geräusche, die, bedingt durch den Gasdruck, aus der Mündung austraten. Das mechanische Klacken der Nachladeautomatik wurde nicht gedämpft. Und das war laut genug. Viel lauter, als die meisten glaubten. Die Angst packte wieder zu. Das Spiel hatte begonnen.

ZEITVERLUST

Lasker wachte mit zerknittertem Gesicht auf dem Sofa auf und stellte fest, dass er bereits angezogen war. In einer halben Stunde sollte er in der Uniklinik sein. Im Bad putzte er sich oberflächlich die Zähne und schmierte sich Deo unter die Achseln. Den Kaffee trank er im Stehen.

Bis zur Uniklinik waren es mit dem Auto knappe fünf Minuten. Da er keinen Parkplatz fand, stellte er den Audi in einer Feuerwehreinfahrt ab. Unter dem Beifahrersitz zog er die Polizeikelle hervor. Zusammen mit einem Zettel, auf dem er seine Handynummer notiert hatte, legte er die Kelle auf das Armaturenbrett. Wenig später betrat er ein funktionales Gebäude aus Stahl und Glas. Am Eingang hing ein großes Schild. *UCT – Universitäres Centrum für Tumorerkrankungen Frankfurt.* Lasker nahm den Fahrstuhl in den zweiten Stock, folgte dem Flur und öffnete eine Tür, über der *Anmeldung* stand. Der Raum roch antiseptisch. Hinter einem weiß furnierten Tresen saß ein junger Mann im blauen Sweatshirt und telefonierte. Auf seiner linken Brust prangte das Logo der Universitätsklinik. Lasker stellte sich vor den Tresen. Der Angestellte sah zu ihm auf und bedeutete ihm, sich einen Moment zu gedulden. Lasker wartete.

Der Mann legte den Hörer auf. »Ja, bitte?«

»Mein Name ist Lasker. Ich habe um neun Uhr fünfundvierzig einen Termin bei Professor Goldmann.«

Nach kurzem Suchen im Computer nickte ihm der Mann

zu. »Nehmen Sie bitte im Wartezimmer Platz. Sie werden aufgerufen.«

Im Wartezimmer saßen fünf Personen, die sich mit maximalem Abstand zueinander auf den Stuhlreihen verteilt hatten. Aus versteckten Lautsprechern plätscherte leise Fahrstuhlmusik. Lasker setzte sich. In seiner Nähe stand ein kleiner Beistelltisch, auf dem verschiedenste Broschüren lagen. Krankenkassen, Medikamente, Tipps für Menschen, die keine Ratschläge mehr nötig hatten. Er nahm sich eines der dünnen Heftchen und blätterte lustlos darin herum. Auf jeder Seite lachten ihn junge und gesunde Gesichter an. Er warf den Prospekt zurück auf den Tisch und schloss die Augen. In ihm wuchs der Drang zur Flucht.

»Herr Lasker?«

»Ja.«

»Kommen Sie bitte mit.«

Lasker wurde in ein stattliches Büro geführt. An einem antik wirkenden Schreibtisch saß Professor Goldmann. Der Professor hatte ein rundes, von zu hohem Blutdruck gerötetes Gesicht. Die grauen Haare trug er militärisch kurz. Auf seiner Nase schwebte eine filigrane Nickelbrille. Er stand auf und lächelte Lasker an. »Herr Lasker, nehmen Sie Platz. Möchten Sie einen Kaffee?«

»Nein, danke.« Nachdem sich Lasker gesetzt hatte, blätterte der Professor in der vor ihm liegenden Krankenakte. Schließlich lehnte er sich zurück und nahm die Brille von der Nase. »Wie geht es Ihnen?«, fragte er.

»Die Schmerzen kommen und gehen. Die Magenkrämpfe dauern zwar nie lange, aber dafür sind sie heftig.«

Der Professor nickte. Er sprach mit sanfter Stimme. »Ich will nicht lange darum herumreden. Sie haben Krebs.«

»Krebs?« Lasker umklammerte die Armlehnen seines Stuhls. Ihm wurde schwindelig.

»Sie haben ein Pankreaskarzinom. Bauchspeicheldrüsenkrebs. Aber das ist leider nicht alles. Der Krebs ist inoperabel.« Lasker fiel dazu nichts ein. Er hatte mit einem harmlosen Magengeschwür gerechnet, das man mit Tabletten und gesunder Ernährung aus der Welt schaffen konnte, nicht damit, dass die Krankheit ihn aus der Welt schaffen würde.

»Sind Sie sicher?«, krächzte Lasker.

»Ich habe die CT-Bilder vorliegen. Ihnen wurde vor der Untersuchung ein Kontrastmittel gespritzt, wie Sie wissen. Das Mittel hat die Eigenschaft, sich vorrangig in Krebszellen abzulagern.« Goldmann zog ein Bild aus einem Umschlag und legte es vor Lasker auf den Tisch. »Sehen Sie die weißen Flecken?«

»Sind das Krebszellen?«

»Richtig. Das Primärkarzinom befindet sich hier.« Goldmann tippte mit dem Kugelschreiber auf das Bild. »Die Ausdehnung beträgt mehr als fünf Zentimeter.« Der Arzt zeigte auf eine andere Stelle. »Wie Sie hier sehen, ist ein ausgeprägter Befall der Lymphknoten vorhanden. Außerdem haben sich eine ganze Reihe von Fernmetastasen gebildet.«

Lasker sah nichts auf dem Bild. Sein Blick war auf die Spitze des Kugelschreibers fixiert, die unentwegt hin und her wanderte. Er bemerkte nicht, dass der Professor aufgehört hatte zu reden. Der Kugelschreiber war aus Laskers Sichtfeld verschwunden und hatte den Blick auf einen kleinen Text freigegeben. Pankreaskarzinom. T3 N3 M1. Inoperabel. »Was bedeuten die Buchstaben und Zahlen?«, fragte er.

»T3: größte Tumorausdehnung, mehr als fünf Zentimeter. N3: starker Befall der Lymphknoten. M1: Fernmetastasen vorhanden.«

Drei Buchstaben, drei Zahlen. Mehr gab es nicht zu sagen.

»Möchten Sie etwas trinken?«, fragte der Professor.

»Was?«

»Ich habe gefragt, ob Sie etwas trinken möchten.«

»Danke. Ich habe keinen Durst.«

»Ich meinte einen Whisky.«

Lasker sah den Arzt verstört an. Dann begriff er und nickte. Der Professor öffnete die Schublade eines Rollcontainers und stellte eine Flasche und ein Glas auf den Tisch. Er schob das Glas in Laskers Richtung, stand auf und schenkte ihm ein. Lasker trank es in einem Zug leer. »Wie lange?«, fragte Lasker, nachdem er das Glas auf dem Schreibtisch abgestellt hatte.

Goldmann ignorierte die Frage. »Noch kann ich etwas für Sie tun.«

»Wenn ich das richtig verstehe, hat mein Körper die Kampfhandlungen bereits eingestellt. Der Krieg ist vorbei.«

»Das ist im Wesentlichen leider richtig. Aber ich kann Ihnen im Rahmen einer palliativen Therapie helfen. Wir können etwas gegen die Symptome unternehmen und eine Chemotherapie einleiten.«

»Wozu eine Chemotherapie?«

»Das kann den Krankheitsverlauf verzögern. Ich würde es gerne mit einer Kombinationstherapie von Gemcitabin und Erlotinib versuchen.«

»Also gewinne ich Zeit. Muss aber die Nebenwirkungen ertragen.«

»Ja.«

»Wie lange habe ich?«, wiederholte Lasker seine Frage. »Ich meine, mit und ohne Therapie.«

Der Professor seufzte. »Ich gebe ungern Prognosen ab. Sie müssen verstehen, dass ich das unmöglich genau sagen kann.«

»Ich verspreche Ihnen, dass ich Sie später nicht deswegen verklagen werde.«

Goldmann lächelte gequält. »Haben Sie Kinder? Sind sie verheiratet?« Der Arzt schien Zeit gewinnen zu wollen.

»Nein.«

»Wollen Sie wirklich nichts mehr trinken?«, fragte der Professor. Lasker schüttelte den Kopf. Goldmann fasste sich ein Herz. »Ohne Therapie etwa sechs Monate. Mit Therapie vielleicht … zwölf Monate. Möglicherweise etwas länger.«

Lasker spürte, wie sein Kreislauf absackte. »Sechs Monate«, wiederholte er mit dünner Stimme.

»Es tut mir leid. Überlegen Sie sich, ob Sie die Therapie machen wollen. Denken Sie darüber nach. Aber nicht zu lange.«

»Spielt es eine Rolle, ob man sechs oder zwölf Monate lebt?«

»Was soll ich Ihnen darauf antworten? Spielt es eine Rolle, ob man sechzig oder siebzig Jahre lebt? Ich weiß es nicht. Es gibt Patienten, die um jeden einzelnen Tag kämpfen, weil sie ihre Kinder nicht im Stich lassen wollen. Andere akzeptieren das Unumgängliche und sehen in der Verlängerung ihres Lebens lediglich eine Verlängerung ihres Leidens. Bei der Frage, ob man sich für eine palliative Therapie entscheiden sollte, gibt es kein Richtig oder Falsch.« Der Professor schraubte den Verschluss der Whiskyflasche auf.

»Nein, danke. Ich muss noch arbeiten.«

»Arbeiten? Ich schreibe Sie natürlich krank.«

Lasker schüttelte den Kopf. »Ich will lieber zur Arbeit. Das lenkt mich ab.«

»Ihre Beschwerden haben sich in den letzten Tagen nicht verschlimmert?«

»Seit letzter Woche leide ich öfter an Übelkeit als am Anfang. Ab und zu habe ich diese Magenkrämpfe. Ansonsten geht es mir gut. Wirklich verschlimmert hat es sich nicht.«

»Dass Sie annähernd beschwerdefrei sind, ist eine gute Nachricht, aber in Ihrem Stadium ungewöhnlich. Sie müssen sich darauf einstellen, dass sich Ihr Zustand jederzeit dramatisch verschlechtern kann. Gut möglich, dass Sie in den nächsten Wochen fast keine Beschwerden haben. Es ist aber genauso möglich, dass Sie mein Büro verlassen und zusammenbrechen. Das muss Ihnen bewusst sein.« Der Arzt reichte Lasker eine Plastikkarte. »Tragen Sie diesen Ausweis bei sich. Wenn Sie kollabieren, weiß der behandelnde Arzt, dass Sie palliativ therapiert werden, und wird Ihnen entsprechende Schmerzmittel verabreichen.« Der Professor öffnete eine Schublade, holte zwei Medikamentenpackungen heraus und legte sie vor Lasker auf den Tisch. »Das eine ist gegen die Übelkeit, das andere«, er zeigte auf eines der Medikamente, »ein starkes Schmerzmittel. Die Dosierung entnehmen Sie dem Beipackzettel. Seien Sie bitte vorsichtig mit dem Schmerzmittel, das ist kein Paracetamol.«

Lasker steckte die Karte und die Medikamente in seine Jackentasche.

»Wenn ich mich richtig erinnere, sind Sie Polizist.«

»Ja.«

»Was machen Sie genau?«

»Ich bin Leiter des Einsatz- und Fahndungskommandos.«

»Das heißt vermutlich, dass Sie eine Waffe tragen und hin und wieder mit Blaulicht durch die Stadt fahren.« Lasker nickte. »Dann können Sie auf keinen Fall mehr arbeiten, das wäre unverantwortlich. Suchen Sie das Gespräch mit Ihrer Behörde. Vielleicht bieten die Ihnen eine Tätigkeit im Innendienst an.«

»Ich verstehe.«

»Leben Sie alleine?«

»Ja.«

»Das ist in Ihrem Zustand nicht ratsam. Es wäre besser, wenn nachts jemand da ist, der Ihnen im Notfall helfen kann.«

»Ich denke darüber nach.« Lasker wollte gerade aufstehen, als ihm etwas einfiel. Er ließ sich zurück auf den Stuhl sinken.

»Es gibt doch ständig klinische Studien und Versuche? Vielleicht ist es möglich, dass ich in ein solches Programm aufgenommen werde.«

»Darüber wollte ich noch mit Ihnen reden. Es gibt vielleicht wirklich etwas. An der Uni Göttingen wird ein neues Verfahren der Immuntherapie getestet. Dabei werden körpereigene T-Zellen so manipuliert, dass sie die Krebszellen attackieren. Ich möchte Sie gerne für das Programm vorschlagen.« Obwohl Lasker keine Regung zeigte, hob Goldmann beschwichtigend die Hände. »Aber machen Sie sich keine allzu großen Hoffnungen. Die Chancen, in das Programm aufgenommen zu werden, sind nicht sehr hoch. Und selbst wenn, ist nicht vorhersehbar, wie die Therapie anschlägt.«

»Könnte sie mir helfen?«

»Wie gesagt, schwer zu sagen. Eine völlige Heilung würde ich aber ausschließen.«

»Aber sie könnte mein Leben um unbestimmte Zeit verlängern. Vielleicht um zwei oder drei Jahre.«

»Im besten Falle.«

»Versuchen Sie es.«

Vor dem Klinikgebäude blieb Lasker einen Moment lang unschlüssig stehen. In der einen Hand hielt er die auf drei Monate ausgestellte Krankmeldung. Möglicherweise die letzte seines Lebens. In sechs Wochen würde er seinen neunundvierzigsten Geburtstag feiern. Der fünfzigste würde wohl ausfallen. Was sollte er jetzt machen? Er dachte an den Ausweis, den er von Goldmann bekommen hatte. Wenn er zusammenbrach, würde der Notarzt einen Blick darauf werfen und ihm eine ordentliche Ladung Morphium verpassen. Er war jetzt ein Junkie. Viele von denen trugen einen Substitutionsausweis herum, um Methadon zu bekommen. Lasker gab sich einen Ruck und ging in Richtung seines Autos. Er würde zu McDonald's fahren und etwas Ungesundes essen. Das war immerhin ein Anfang. Es war erstaunlich. Vor Kurzem hatte er noch gedacht, dass die Arbeit ihm einen Haufen Probleme bereitete. Jetzt begriff er, dass er bis vor wenigen Minuten überhaupt keine Probleme in seinem Leben hatte. Goldmann hatte gesagt, dass er sich keine Hoffnung auf einen Therapieplatz machen sollte. Lasker versuchte es und schob den Gedanken daran so weit weg, wie es ging.

An der Südseite des Hauptbahnhofs stellte Lasker seinen Wagen auf einem Parkstreifen ab und ging langsam durch die Haupthalle zu McDonald's. Die Menschen liefen, mit Taschen und Koffern beladen, von einem Gleis zum anderen. Sie rannten, um die S-Bahn zu erreichen, stolperten in Buchläden, um in den Sekunden, die ihnen blieben, eine Zeitung zu kaufen. Sie stöhnten auf, wenn die Anzeigetafel erklärte, dass der ICE eine halbe Stunde Verspätung hatte. Die Herde hatte es eilig. Lasker war nicht mehr Teil von ihr. Jeder Grund zur Beschleunigung war ihm genommen.

Im McDonald's bestellte er ein Menü mit Cola. Mit dem Tablett in den Händen suchte er nach einem Fensterplatz. Da entdeckte er das Mädchen von gestern. Sie saß alleine an einem Tisch, die Beine über Kreuz geschlagen. Mit der einen Hand tippte sie auf ihrem Handy herum, während sie mit der anderen in einer Tüte Pommes herumfingerte. Einen Augenblick lang war Lasker versucht, sich an ihren Tisch zu setzen, dann schüttelte er über sich selbst den Kopf und suchte sich einen eigenen Tisch. Er packte seinen Hamburger aus und sah zu dem Mädchen hinüber. Sie hatte gerade einen Anruf bekommen und fuchtelte wild mit den Armen, während sie telefonierte. Dann sprang sie auf und rannte durch den Hintereingang nach draußen. So war das im Drogengeschäft. Immer im Stress. Lasker nahm zwei Bissen von seinem Hamburger, dann warf er ihn auf das Tablett. Er hatte Hunger, aber überhaupt keinen Appetit.

Lasker nahm sein Handy und rief den Führungs- und Lagedienst an. Dem Kollegen vom FuL erklärte er, dass das EFKO an diesem Tag nicht zur Verfügung stand. »Ist das nicht wie immer? Ihr macht doch sowieso, was ihr wollt«, sagte der Polizeiführer vom Dienst und beendete das Gespräch. Lasker tippte eine WhatsApp-Nachricht, um den jämmerlichen Rest seiner Truppe über den freien Tag zu informieren. Dann fiel ihm ein, dass er seiner Belegschaft die Ergebnisse des Gesprächs mit dem Abteilungsleiter schuldete. Er verschickte eine zweite Nachricht. Sie würden sich um zweiundzwanzig Uhr im Hessenhof treffen. Es dauerte wenige Sekunden, und die Botschaften wurden quittiert. Dann stand er auf und ging nach Hause. Sein fast unberührtes Mittagessen ließ er stehen. Vielleicht fand sich jemand, der mehr Hunger hatte.

Es hatte begonnen zu schneien. Lasker saß im Wohnzimmer und beobachtete, wie kirschgroße Schneeflocken am Fenster vorbeischwebten. Nach zwei Stunden, die ihm wie eine Ewigkeit vorkamen, ging er in die Küche, um sich einen Kaffee zu kochen. In diesem Moment klingelte sein Handy. Er beachtete es nicht. Er goss Kaffee in einen Becher und setzte sich an den Küchentisch. Das Handy wurde still, nur um im nächsten Moment erneut Lärm zu machen. So ging das vier- oder fünfmal. Zwischen den einzelnen Anrufen lagen nur wenige Sekunden. Lasker platzte der Kragen. »Was soll denn der Scheiß?« Er ging ins Wohnzimmer und griff sich das Handy vom Tisch. »Was ist?«

»Sprich nicht so mit deiner Mutter.«

Lasker setzte sich auf das Sofa. »Tut mir leid. Ich dachte, es wäre jemand anderes.«

»Hast du Streit mit Sandra?«

»Nein. Alles in Ordnung.« Er hatte keine Lust zu erklären,

dass Sandra sich bereits vor einem Monat von ihm getrennt hatte. Wie lange es doch her war, dass er das letzte Mal mit seiner Mutter gesprochen hatte.

»Wie geht es ihr denn? Ich habe schon so lange nicht mehr mit ihr gesprochen.«

»Sandra geht es gut.«

»Ihr müsst uns unbedingt besuchen kommen.«

»Das werden wir sicher bald.« Lasker hörte, wie seine Mutter seufzte. »Alles in Ordnung?«, fragte er.

»Mir geht es gut. Aber dein Vater bereitet mir Sorgen. Gestern ist er einfach umgekippt. Der Arzt hat ihm Medikamente gegen seinen hohen Blutdruck verschrieben. Es geht ihm ziemlich schlecht.«

»Kommst du klar?«

»Es geht schon. Deine Schwester ist hier. Das hilft mir sehr. Ich wollte einfach nur deine Stimme hören.«

»Wenn ich kommen soll, dann sag es bitte.«

»Nein, nein. Das wird schon wieder. Ich habe noch gar nicht gefragt, wie es dir geht.«

Lasker zögerte kurz. »Gut. Mir geht es gut. Alles in Ordnung. Wie immer.«

»Schön. Warte mal kurz.« Lasker hörte, wie seine Mutter mit jemandem im Hintergrund sprach. »Ich muss jetzt Schluss machen«, sagte sie. »Wir haben einen Termin bei Dr. Berg. Kann ich dich später noch mal anrufen?«

»Natürlich.«

»Pass auf dich auf.« Seine Mutter beendete das Gespräch.

Was hätte er sagen sollen? Ein Sohn bleibt ein Sohn, und eine Mutter bleibt eine Mutter. Das Alter spielte keine Rolle. Niemand sollte gezwungen sein, das eigene Kind zu beerdigen. Um nicht weiter diesen düsteren Gedanken nachzuhängen, zog er eine Jacke an und verließ die Wohnung. Zwanzig Minuten später parkte er seinen Wagen auf dem Kundenparkplatz eines

Jaguar-Händlers auf der Hanauer Landstraße. Im Ausstellungs-
raum war es angenehm warm. Überall hingen Flachbild-
schirme an unsichtbaren Drähten von der Decke. Sie zeigten
alle denselben Werbespot. Ein Jaguar XE fuhr mit aberwitzi-
gem Tempo über enge Bergstraßen.

Lasker blieb an einem roten Jaguar F-Type hängen. Er ging
einmal um den Wagen herum. Dann öffnete er die Fahrertür und begutachtete die Armaturen. Durch die Windschutzscheibe sah er einen Verkäufer auf sich zukommen. Im Gesicht
des Autohändlers spiegelten sich Zweifel. Der Mann überlegte
offenkundig, ob er es mit einem potenziellen Kunden oder mit
einem Schaulustigen zu tun hat.

»Ich muss Sie wohl nicht fragen, ob Ihnen der Wagen
gefällt.«

»Gibt es jemanden, dem er nicht gefällt?«

Der Verkäufer lachte künstlich. »Die Frage ist berechtigt.«

»Wie lange sind die Lieferzeiten?«

»Wollen Sie nicht wissen, was er kostet?«

»Die Lieferzeit ist mir wichtiger.«

»Da haben Sie recht. Zeit ist wertvoller als Geld. So wie er
da steht, können Sie ihn in sechs Monaten abholen.«

»Sechs Monate?« Lasker verzog das Gesicht.

»Schneller geht es leider nicht. Aber ist es der Wagen nicht
wert, ein paar Monate auf ihn zu warten? Glauben Sie mir, die
Zeit vergeht schneller, als Sie denken.«

»Davon bin ich überzeugt.« Lasker ließ den Verkäufer stehen und verließ das Geschäft. Bevor er nach Hause fuhr, legte
er einen Zwischenstopp im Lidl ein und kaufte sich eine Flasche Weinbrand. Zurück in seiner Wohnung, setzte er sich an
den Computer und klickte sich durch Reiseangebote. Karibik, Japan, Neuseeland. Nach einer Stunde verlor er das Interesse. Unschlüssig tigerte er durch die Wohnung und zappte sich
durch das Fernsehprogramm. Draußen hatte die Nacht über

den Tag gesiegt. Wie grausam. Er hatte keine Zeit und lang-
weilte sich trotzdem.

* * *

»Bist du betrunken?«, fragte Tanner.

Lasker war auch in angetrunkenem Zustand noch vernünftig genug, nicht das Offensichtliche zu leugnen. So vernünftig
sogar, dass er den Wagen stehen gelassen und sich zu Fuß auf den
Weg von seiner Wohnung in Sachsenhausen in das Bahnhofsgebiet gemacht hatte. Er hatte den Main über den Holbeinsteg
überquert und war dabei immer wieder an das Brückengeländer
gestoßen. »Das kann man wohl so sagen«, antwortete Lasker.

»Nimm's dir nicht so zu Herzen«, sagte Cora. Lasker hatte
bei seiner Ankunft einen Monolog über das Gespräch mit Tauber gehalten. Die Frage, ob er betrunken sei, war die erste
Reaktion auf seine Ansprache gewesen.

»Das tu ich nicht.«

»Es hat aber den Anschein«, sagte Splatter.

»Wie so oft im Leben gilt auch hier: Der Schein trügt.
Außerdem sollten wir es mit der guten Sitte halten. Privates ist
Privates.«

»Was sollen wir jetzt tun?« Tanner rührte in seinem Kaffee herum.

»Letztlich können wir gar nichts tun. Der einzige Rat, den
ich euch geben kann, lautet: Seht euch nach einer vernünftigen Stelle um. Niemand will euch schaden. Aber wenn ihr selber nichts Brauchbares findet, wird die Behörde das für euch
übernehmen. Und ob euch das Ergebnis so gefällt, wage ich zu
bezweifeln.«

»Ich meine, konkret in den nächsten Tagen«, sagte Tanner. »Wir sind nur zu viert. Die Rumänen haben wir. Aber
ernsthaft arbeiten können wir so nicht auf Dauer.«

»Ihr seid ab übermorgen zu dritt«, sagte Splatter. »Ich habe zwei Wochen Urlaub.«

»Zu dritt«, wiederholte Tanner. »Na, prima.«

»Tut mir wirklich leid, dass ich Urlaub habe.«

»So war's nicht gemeint.«

Lasker unterbrach die beiden. »Dafür habe ich keine Lösung, Tanner. Wir sind weder aufgelöst, noch ist jemand suspendiert worden. Das bedeutet, dass wir weiterhin auf unsere Stunden kommen müssen. Keine Ahnung, was wir machen. Vielleicht ins Kino gehen.«

»Das war's also. Nach allem, was wir gemeinsam erlebt haben.« Tanner schüttelte den Kopf. »Ich kann es nicht fassen.«

Lasker legte Geld auf den Tisch und stand auf. »Wie auch immer. Ich lasse euch jetzt allein.«

»Soll ich dich nach Hause fahren?«, fragte Cora.

Lasker schüttelte den Kopf. »Ich komm schon zurecht.«

AUFTRAG

Tigran saß in seinem Zimmer im Asylantenheim und wartete. Seit zwei Wochen war er in der Unterkunft alleine. Seine Zimmergenossen waren irgendwohin verschwunden, und bisher war niemand Neues bei ihm einquartiert worden. Er hoffte, dass dieser Zustand möglichst lange anhalten würde. Tigrans Asylantrag hing seit einem Jahr in der Bürokratie fest. Die Schwemme an Anträgen hatte die Behörden völlig überlastet. Er tröstete sich damit, dass keine Entscheidung immerhin besser war als eine Ablehnung. Vor einer Stunde hatte er eine SMS erhalten. Der Inhalt war kurz und unmissverständlich: *Geh nicht zur Arbeit. Warte auf weitere Anweisungen.*

Er wartete. Erst versuchte er sich abzulenken, indem er seine Deutschlehrbücher studierte. Aber er war viel zu nervös, um sich auf deutsche Grammatik zu konzentrieren. Er starrte nur mit leerem Blick auf die Seiten. Tigran legte die Bücher beiseite.

In den Nachrichten hatte er nichts über einen Leichenfund auf einem Parkplatz in Nied gefunden. Sicher war Aktan an dem Abend in Begleitung gewesen. Er hatte Narek und Sam erschossen. Dann waren seine Leute um die Ecke gekommen, hatten die Leichen eingesammelt und den Audi verschwinden lassen. Dass es niemanden gab, der sich um die Vermissten scherte, war wenig überraschend.

Tigrans Handy meldete sich mit einem Dreiklang, der den Eingang einer neuen Nachricht verkündete. *Geh zum Bahnhof in Bockenheim. Du wirst abgeholt.*

Da in der SMS keine Zeit genannt war, beeilte er sich. Am Bahnhof stellte er sich an die Straße und beobachtete die vorbeifahrenden Fahrzeuge. Als er den Kombi von Aktan erkannte, trug das nicht zu seiner Beruhigung bei. Der Passat hielt auf seiner Höhe am Straßenrand. Tigran stieg auf der Beifahrerseite ein. Aktan war alleine. Er trug einen Stoffmantel und eng anliegende Lederhandschuhe. Wortlos fuhr er los. Tigran wusste nicht, wie er sich verhalten sollte. Hatte Aktan Narek und Sam wirklich erschossen? Zwar war Tigran davon überzeugt, dass er in der Nacht nach dem geplatzten Drogendeal eine schallgedämpfte Waffe gehört hatte. Aber das war noch lange kein Beweis.

Ihr Weg führte sie in Richtung Innenstadt. Nach etwa zwei Kilometern bogen sie in eine Nebenstraße ab. Die Fahrt endete auf einem Aldi-Parkplatz. Als Aktan den Motor abgestellt hatte, sah er Tigran an. »Was willst du?«, fragte er. Die fast väterliche Freundlichkeit vom letzten Mal war verschwunden.

»Ich will dabei sein«, sagte Tigran, ohne zu zögern.

Aktan reichte Tigran ein Foto. »Hast du den Mann schon einmal gesehen?«

Tigran betrachtete das Bild. Es zeigte einen Mann, der an einer Hauswand lehnt. Die Qualität der Aufnahme war dürftig, vermutlich auf die Schnelle mit einem Handy geschossen. »Das ist ein deutscher Junkie.«

»Richtig.«

Tigran wollte Aktan das Foto zurückgeben. Der winkte ab. »Dieser Mann darf nie wieder auftauchen. Bist du bereit, dafür zu sorgen?«

»Ja.«

»Auf der Rückseite des Fotos findest du den Namen. Vernichte das Foto, wenn du den Auftrag erledigt hast.«

»Verstanden.«

Aktan gab ihm einen Zettel. »Hier hast du eine Handynummer. Dir stehen drei Männer zur Verfügung, die sich in der Drogenszene auskennen. Sie werden dich bei der Suche unterstützen. Falls nötig, besorgen sie dir einen Wagen. Wir gehen davon aus, dass sich unser Mann in Frankfurt aufhält. Wenn das nicht stimmt, müssen wir einen anderen Weg finden. Sollte es sich jedoch bestätigen, ist es an dir. Wenn du ihn gefunden hast, schick die drei weg. Zeugen sind unerwünscht. Und noch etwas. Der Mann hält sich oft bei seinen Eltern auf. Dort darfst du ihn auf keinen Fall suchen. Unter keinen Umständen.«

»Das habe ich verstanden.«

»Brauchst du eine Waffe?«

»Nein.«

Tigran brannten die Fragen förmlich auf der Zunge. Warum? Was hatte der Mann getan? Aber er war schlau genug, sie hinunterzuschlucken. »Ist das alles?«, fragte er.

»Die Zeit drängt.«

Tigran nickte und stieg aus. Er sah zu, wie Aktan ausparkte und davonfuhr. Eine Weile blieb er regungslos stehen. Plötzlich wurde ihm bewusst, dass er soeben einen Mordauftrag angenommen hatte. Er drehte das Bild um. Mit schwarzem Filzstift stand dort der Name seines Opfers geschrieben: Richard Brinkmann.

DOPPELMORD

Lasker schob gerade eine Fertigpizza in den Ofen, als sein Handy klingelte. In jungen Jahren hatte er einen Kater immer mit schlechter Ernährung bekämpft. Er klappte die Backofentür zu und nahm das Gespräch an. »Lasker.«

»Hier spricht Bender vom Führungs- und Lagedienst. Nach meiner Bereitschaftsliste sind Sie heute im Dienst. Ist das richtig?«

Lasker zögerte kurz. »Das ist richtig.«

»Wir haben zwei Tötungsdelikte. K1 bittet um Unterstützung. Ein Tatverdächtiger ist bereits identifiziert, und wie es aussieht, gibt es ganz ordentliche Fahndungsansätze.«

»Verstehe.«

»Nehmen Sie den Auftrag an?«

»Ja.«

»Sind Sie schreibbereit?«

»Ich denke, ich kann es mir merken.«

»In Ordnung. Die Mordkommission 2 des K1 hat den Fall gefangen. Leiter vor Ort ist der Kollege Leifert. Haben Sie die Nummer?«

»Ja, habe ich. Der Kollege ist mir ein Begriff.«

»Der Tatort ist in Niederrad. Im Mainfeld 64. Neunte Etage. Bei Brinkmann. Ihr Team wird durch uns informiert.«

»Ich bin auf dem Weg.« Lasker beendete das Gespräch und steckte das Handy weg. War das eine schlaue Idee gewesen? Goldmann hatte gesagt, dass es unverantwortlich sei, wenn er weiter arbeiten würde. Das roch nach Ärger. Aber was würden sie im schlimmsten Fall tun? Ihn feuern?

Hinter der Adresse Im Mainfeld 64 verbarg sich ein zwanzigstöckiges Hochhaus, das mit braunen Waschbetonplatten verkleidet war. Für gewöhnlich waren die Anschriften in dieser Gegend schwer zu finden. Alles sah gleich aus. Aber heute stellte das kein Problem dar. Auf der Straße vor der Hausnummer 64 parkten ein halbes Dutzend Streifen- und Zivilwagen.

Das Hochhaus lag nach hinten versetzt und war von der Straße nur über einen schmalen Fußweg zu erreichen. Schon von Weitem konnte man sehen, dass sich ein Großteil der Nachbarschaft vor dem Hauseingang versammelt hatte. Genauer gesagt deren Nachwuchs. Fast vierzig Kinder und Jugendliche lungerten auf einer angrenzenden Wiese herum. Als sie Lasker bemerkten, fingen sie an zu johlen. »Bist du Kripo?« »Hallo, Herr Polizist. Was ist denn da passiert?« »Alter. Ich sehe sofort, dass du Kripo bist.« Am Eingang zum Haus standen zwei von der Streife. Lasker kramte seinen Ausweis hervor, und die Kollegen ließen ihn passieren. Im Foyer sah es aus wie erwartet. Die Wände waren mit Edding beschmiert. In den Halbkugeln der Deckenbeleuchtung sammelten sich tote Insekten. Jemand hatte sich im Lack der Fahrstuhltür verewigt. *Warlord was here.*

Lasker fuhr mit dem Fahrstuhl in den neunten Stock. Dort wurde er von einem Kollegen vom K1 mit Handschlag begrüßt. »Hey Jo. Lange nicht gesehen. Peter ist in der Wohnung.«

»Okay.«

»Das ist ziemlich übel da drinnen.«

Die Wohnungstür der Familie Brinkmann stand offen. Lasker warf einen Blick in den Flur. Überall am Boden hatte die Tatortgruppe nummerierte kleine Aufsteller verteilt. In einem der Zimmer blitzte es. Die Spurensicherung war in vollem Gange. »Peter?«, rief Lasker in den Flur hinein. Keine Antwort. »Kollege Leifert!«

»Ja!?« Das kam aus dem hinteren Teil der Wohnung.

»Hol mich mal an der Tür ab. Ich will keine Unordnung machen.«

»Kein Stress. Geh den Flur bis zum Ende durch. Im Flur ist alles halb so wild. Nur ein paar Blutspritzer. Ungemütlich wird es erst bei mir im Wohnzimmer!«, rief der Ermittlungsleiter.

Lasker versuchte sich zwischen Schildchen und Blutflecken einen Weg zu bahnen. Schließlich erreichte er das Wohnzimmer. Leifert trug blaue Einweghandschuhe und durchsuchte gerade die Gesäßtasche des Toten. Er hatte sich im Spagat über die Leiche gestellt, um nicht in die große Blutlache unter ihm zu treten. Die Lesebrille, die er an einem Lederband um den Hals trug, pendelte über dem Toten hin und her. Mit dem Unterarm wischte er sich den Schweiß von der Stirn. Die Wohnung war aufgeheizt wie ein türkisches Dampfbad. Er warf Lasker einen kurzen Blick zu. »Ich bin gleich bei dir. Tut mir leid wegen der Hitze, aber mit dem Lüften müssen wir warten, bis wir die Kerntemperatur der Leichen gemessen haben. Manche Leute heizen wie die Irren.«

Lasker sah sich um. Die Einrichtung bestand aus abgegriffenen IKEA-Möbeln. Abgesehen von der riesigen Blutlache auf dem Boden, waren nahezu alle Möbel und Wände rot gesprenkelt.

»Jo. Sei froh, dass du nicht meinen Job hast.«

»Das bin ich.«

Im Bemühen, sich nicht die Schuhe zu versauen, machte Leifert einen Satz in Richtung der Wohnzimmertür und blieb neben Lasker stehen. »Bevor ich dich in die Lage einweise, muss ich dir sagen, dass ich von höherer Stelle genötigt wurde, das K 59 mit der Fahndung nach unserem Tatverdächtigen zu betrauen.« Leifert hob die Hand. »Sag nichts. Ich bin auch kein Freund von diesem Kindergarten. Für mich sind die nichts weiter als ein Haufen bewaffneter Schülerlotsen. Aber wenn ich das richtig verstanden habe, werden die euch bald ablösen. Warum eigentlich? Habt ihr was angestellt? Am mangelnden Erfolg liegt es sicher nicht.«

»Das ist eine mikropolitische Entscheidung innerhalb der Behörde. Meine Leute haben sie mir schon fast vollständig abgezogen. Die observieren jetzt irgendwelche Gefährder aus dem islamistischen Milieu. Das hat höchste Priorität.«

»Das hier ist auch wichtig. Und dafür brauchen wir Leute, die was können.«

Lasker zuckte mit den Schultern. »Der neue Abteilungsleiter findet das EFKO scheiße. Er hält uns für Halbkriminelle.«

»Halbkriminell zu sein ist nicht die schlechteste Voraussetzung, um Vollkriminelle zu jagen. Wie lange habt ihr noch?«

»Ein paar Wochen.«

»Was machst du dann?«

»Keine Ahnung.« Lasker räusperte sich. »Kommen wir zum Wesentlichen. Was ist passiert?«

»Du hast recht. Folgende Sachlage. Unser erstes Opfer heißt Harald Brinkmann. Siebenundfünfzig Jahre alt. Früher war er Dachdecker, die letzten Jahre Hartz-IV-Empfänger. Der Täter hat ihn mit einem Fleischermesser getötet und sich dabei alle Mühe gegeben. Ich tippe auf mehr als dreißig Stiche. Was sagt das über den Täter aus?«

»Dass der Kerl ein riesiges Arschloch ist?«

»Sehr gut. Noch etwas?«

»Gewaltexzess.«

»Sehe ich auch so. Da hat jemand völlig die Besinnung verloren.«

Leifert war für seine Frage-und-Antwort-Spielchen bekannt.

Er hatte einmal gesagt, das würde ihm beim Denken helfen. Eine andere Theorie besagte, dass er seinem Umfeld einfach gerne auf die Nerven ging. Der Mordermittler stakste vorsichtig durch den Flur in Richtung Wohnungstür. »Wer, glaubst du, ist unser zweites Opfer?«

»Seine Ehefrau?«

»Richtig. Die liegt übrigens hier im Bad.« Leifert drückte mit der Fußspitze eine angelehnte Tür auf. »Erna Brinkmann, fünfundfünfzig Jahre.« Die Frau hing über den Rand der Badewanne. Der Oberkörper war in die Wanne gekippt. Es sah aus, als hätte man sie zum Trocknen aufgehängt. Blut hatte sich am Wannenboden gesammelt und war im Abfluss versickert. »Der Täter hat sie durch die halbe Wohnung gejagt. Im Bad hat er sie dann mit einer gusseisernen Pfanne erschlagen. Angefangen hat er aber schon in der Küche. Dort haben wir Zähne von ihr im Kühlschrank gefunden. Vermutlich hat der Täter sie überrascht, als sie etwas aus dem Kühlschrank nehmen wollte, und sie mit dem ersten Schlag seitlich erwischt. Aber du weißt, wie Menschen sind, wenn sie wissen, dass sie sterben müssen. Sie geben Vollgas. Das Opfer hat sich ins Bad geflüchtet. Sackgasse. Die Spurenlage deutet darauf hin, dass sie das erste Opfer war.«

»Hat ihr Mann nichts davon mitbekommen? Das wird nicht leise vonstattengegangen sein.«

»Herr Brinkmann hat wahrscheinlich nicht einmal seinen eigenen Tod mitbekommen. Auf dem Wohnzimmertisch haben wir Beruhigungs- und Schlafmittel gefunden. Die Autopsie wird zeigen, ob er sich damit selbst sediert hat. Es wäre ihm zu wünschen. Was glaubst du, welches Motiv könnte der Täter gehabt haben?«

»In der Wohnung gab es sicher nichts von Wert. Raub würde ich ausschließen. Die Art der Tötung erweckt den Eindruck, dass der Täter ein persönliches Motiv hatte.«

»Prima, Mister Watson. Und dann kannst du mir vielleicht auch gleich sagen, wer es war.«

»Gab es Einbruchsspuren? Gewaltsames Eindringen?«

»Nein.«

»Haben die einen Sohn?«

»Ja.«

»Dann tippe ich auf ihn.«

Leifert lachte auf. »Ist es nicht lächerlich, wie einfach meine Arbeit ist? Letztlich läuft es fast immer auf den gleichen Mist hinaus. Verwandte töten sich gegenseitig. Exfreund tötet Exfreundin. Wo sind die Profi- und Serienkiller?« Er wurde wieder ernst. »Natürlich wissen wir nicht, ob er es war. Aber er passt ins Bild. Verkrachte Existenz, drogenabhängig und praktisch mittellos. Laut Nachbarn hat er letzte Woche seinen Vater durch das Treppenhaus geprügelt. Vielleicht hat es auch diesmal Streit gegeben. Wir würden ihn gerne dazu befragen. Unser Mann heißt Richard Brinkmann. Dreiunddreißig Jahre. Von Beruf Penner. Polizeilich hinreichend in Erscheinung getreten. Erkennungsdienstliche Bilder liegen vor. Hält sich vermutlich noch in der Stadt auf. Der Kerl ist kein Hardcorejunkie. Aber die sollten ihn dort kennen. Habe ich etwas vergessen?«

»Nichts Wesentliches.«

»Willst du dir das nicht aufschreiben?«

»Richard Brinkmann. Penner. Drogenabhängig. Festnehmen. Habe ich etwas vergessen?«

Leifert schüttelte den Kopf und betrachtete die Tote in der Wanne. »Ist eine schöne Scheiße.« Er sah Lasker an. »Ich habe auch Kinder.«

SILBERLOCH

Tanner stand mit nacktem Oberkörper im Badezimmer und blickte an sich hinunter. Er konnte sich kaum erinnern, wann er das letzte Mal seine Bauchmuskulatur gesehen hatte. Vor zehn Jahren hatte er ausgesehen wie aus einem Katalog für Bademoden. Sylvia hatte es zu schätzen gewusst. Als er sie kennenlernte, war sie verrückt nach ihm gewesen. Das änderte sich schlagartig, als sie schwanger wurde. Kein Sex mehr, keine Partys, kein Ausschlafen bis in den frühen Nachmittag. Tanner schlug sich mit der flachen Hand auf den Bauch, dass es klatschte. »Widerlich.« Er sah in den Spiegel und spielte kurz mit dem Gedanken, sich zu rasieren, kam aber zu dem Schluss, dass der Aufwand zu groß sei. Nur mit T-Shirt und Unterhose bekleidet ging er die Treppe hinunter. Er hatte den Absatz erreicht, als Sylvia mit schnellen Schritten aus dem Wohnzimmer kam. Sie trug einen beigefarbenen Mantel, unter dem ein dunkles Seidenkleid hervorblitzte. Eine Wolke aus Parfümduft umhüllte sie. Als sie ihn bemerkte, blieb sie wie angewurzelt stehen und legte die Hand vor die Brust. »Mein Gott, hast du mich erschreckt!«

»Tut mir leid.«

»Bist du endlich aufgewacht.«

»Guten Morgen. Warum bist du so patzig? Ich hatte meinen freien Abend. Morgen bist du dran.«

»Ja.« Sie griff nach ihrem Wohnungsschlüssel, der auf einem kleinen Sideboard lag, und steckte ihn in die Handtasche.

»Wo gehst du hin? Wo ist Patrick?«

»Wo soll er sein? Im Kindergarten.«

»Und wo gehst du hin? Du hast dich ziemlich schick gemacht.«

»Ich treffe mich mit einer Freundin in der Stadt.«

»Mit welcher Freundin?«

»Nadine.«

»Dann viel Spaß.«

»Seit wann weißt du, dass sie deine Dienststelle auflösen wollen?«

Tanner, der gerade die letzten Stufen hatte nehmen wollen, hielt inne. »Woher weißt du das?«

»Deine Freundin Cora hat angerufen. Ihr habt einen Einsatz. Sie kommt gleich, um dich abzuholen. Ich wollte dich gerade wecken, aber das ist jetzt ja nicht mehr nötig.«

»Cora ist nicht meine Freundin. Hat sie dir das erzählt?«

»Dass sie deine Freundin ist?«

»Das mit der Dienststelle.«

»Ja. Also, seit wann?«

»Offiziell seit gestern.«

»Und inoffiziell?«

»Seit zwei Monaten.«

»Schön, dass du mich an deinem Leben teilhaben lässt. Wann ist es so weit?«

»Weiß ich nicht. Vielleicht in ein paar Wochen.«

»Du hast gesagt, dass Jo dich als Stellvertreter haben will und dass du befördert wirst.«

»Das war nicht gelogen. Aber als Stellvertreter von Nichts bekommt man auch nichts. Es liegt nicht bei mir, ob Dienststellen geschlossen werden.«

»Du hast recht. Das liegt an Menschen mit Einfluss.«

»Danke. Ich habe niemals behauptet, dass ich Polizeipräsident werden würde.«

»Das hätte ich dir auch niemals geglaubt.«

»Hat dein Vater dir wieder eingeredet, dass ich nichts tauge und du dir besser einen Gehirnchirurgen gesucht hättest?«

»So etwas hat er nie gesagt.«

»Das tut er ständig. Zwischen den Zeilen. Was ist los mit dir?«

»Nichts.« Sylvias Absätze klackerten über die Fliesen, als sie zur Wohnungstür ging. Tanner überlegte, ob er sie zur Rede stellen sollte, aber er hatte keine Lust, sich zu streiten. Dazu würde es noch hinreichend Gelegenheit geben. Er machte auf dem Absatz kehrt und ging die Treppe wieder nach oben. »Schalt dein Handy ein!«, rief Sylvia ihm hinterher. Dann hörte er die Haustür ins Schloss fallen. Zurück im Schlafzimmer, legte er sich aufs Bett, nahm sein Handy und schaltete es ein. Nach wenigen Minuten begann es zu klingeln. »Was willst du, Cora?« Er rieb sich die Augen, wobei ihm das Handy halb aus der Hand rutschte.

»Guten Morgen, Tanner. Hat deine Frau dir nichts gesagt? Wir müssen arbeiten. Übrigens stehe ich vor deiner Tür. Hast du das Klingeln nicht gehört?«

»Sie hat es mir gesagt, und ich habe es sofort wieder vergessen. Ich komme runter.«

Tanner stand auf, griff sich seine Hose und hüpfte auf einem Bein zur Schlafzimmertür, während er gleichzeitig versuchte, sich anzuziehen. Fast wäre er die Treppe hinuntergefallen. Unten drückte er die Klinke der Eingangstür auf, drehte sich um und ging in die Küche.

»Das nenne ich eine Begrüßung. Ich wünsche dir auch einen schönen Tag.«

»Cora?«, rief Tanner aus der Küche.

»Ja?«

»Halt die Klappe.«

»Darf ich trotzdem reinkommen?«

»Was ist los?«

Cora blieb in der Küchentür stehen und sah zu, wie Tanner in ein Stück Brot biss. »Isst du das immer trocken? Du kannst dir doch was Besseres leisten. Also, wenn ich in meiner Lage ...«

Das hatte Tanner jetzt gerade noch gefehlt. Er fiel Cora ins Wort. »Also? Was ist los?«

»Der Führungsdienst hat mich angerufen. Wir haben einen Einsatz. Ich habe denen gesagt, dass ich dir Bescheid gebe.«

»Das erklärt nicht, warum du hier persönlich auftauchst.«

»Wenn ich das nicht getan hätte, würdest du jetzt immer noch im Bett liegen.«

»Danke. Ich mache mir schnell noch einen Kaffee. So viel Zeit haben wir hoffentlich.«

»Es handelt sich um einen Doppelmord. Da kommt jede Hilfe zu spät. Auf fünf Minuten kommt es nicht an.«

»Willst du auch einen?«

»Nein.«

Cora verdrehte sich den Hals.

»Suchst du was?«

»Ich bin neugierig. Schließlich habe ich dein neues Haus noch nicht gesehen.«

»Bist du deswegen vorbeigekommen?«

»Ich denke schon. Wann seid ihr eingezogen?«

»Vor drei Wochen.«

»Wo ist deine Frau?

»Angeblich eine Freundin besuchen.«

»Angeblich?«

»Was weiß ich denn.«

»Läuft nicht so gut zwischen euch, wie?«

Tanner zeigte keine Reaktion. Er beobachtete seine Kollegin, die sich in der Küche umsah, als wäre sie bei einer Schlossbesichtigung. »Soll ich dir eine Führung durchs Haus geben?«, fragte er.

»Was?« Cora gluckste. »Ich muss zugeben, dass ich hin und weg bin. Eine Führung wäre toll. Komm. Zeig mir dein Haus.«

»Es gehört Sylvias Vater.«

»Na und?«

»Nichts. Ich wollte nur klarstellen, dass es nicht mein Haus ist.«

»Aber irgendwann wird es dir gehören. Zeigst du es mir jetzt oder nicht?«

»Ich zeig es dir, wenn es mir gehört.« Tanner wechselte das Thema. »Hast du dich schon um eine neue Stelle gekümmert?«

»Ich habe eine Stelle beim Betrug in Aussicht.«

Tanner verzog das Gesicht. »Betrug? Wie aufregend.«

»Besser als die Kriminalaktensammlung oder die Asservatenkammer. Wenn du dich nicht kümmerst, landest du am Ende genau dort.«

»Ich denke, wir müssen langsam los.« Tanner kippte seinen Kaffee hinunter.

»Nicht so hastig. Du kriegst noch Bauchschmerzen.«

»Cora?«

»Alles klar, ich halte die Klappe.«

Sie sollten Lasker und Splatter an der Südseite des Hauptbahnhofs treffen. Tanner fluchte. Cora hatte Glück gehabt und sofort einen Parkplatz ergattert. Tanner drehte schon die dritte Ehrenrunde, als er endlich eine Lücke fand. Er stellte sein Auto ab und ging zügig in Richtung der Kollegen, die sich bereits am Südeingang der Bahnhofshalle versammelt hatten. Jo mochte es nicht, wenn man trödelte, und er war mal wieder der Letzte.

Als sich Tanner zu den anderen gesellt hatte, kam Jo direkt zur Sache, erklärte die Lage und verteilte Aufträge. »Die Zielperson hat Kontakte im Gebiet. Brinkmann ist kein Junkie, der hier Tag und Nacht herumstolpert, aber er kommt regelmäßig her, um Stoff zu kaufen. Es wäre hilfreich, zu wissen, wer sein Dealer ist. Cora und Tanner, das übernehmt ihr. Wir beide«, Lasker deutete auf Splatter und sich selbst, »klappern die Hotels ab. Der Typ hat zwar nicht viel Kohle, aber vielleicht hat es für ein dreckiges Zimmer gereicht.«

»Wäre es nicht ziemlich dämlich, sich nach so einer Tat ein Hotelzimmer im Bahnhofsgebiet zu nehmen?«, fragte Tanner.

»Wir wissen ja noch gar nicht, ob er wirklich der Täter ist. Aber wenn wir das als Fakt annehmen, ist es grundsätzlich auch ziemlich dämlich, seine eigenen Eltern abzuschlachten. Ihr wisst selber, wie sich solche Typen verhalten. Wir können nicht davon ausgehen, dass Brinkmann sein weiteres Vorgehen logisch durchdenkt. Bisher hat er das auch nicht getan. Also, packen wir's an. Und denkt dran, der Kerl ist möglicherweise gefährlich.«

Die kleine Versammlung löste sich wieder auf. Während sich Lasker und Splatter die Hotels vornahmen, suchten Tanner und Cora nach Brinkmanns Dealer. Cora klapperte die üblichen Aufenthaltsorte der Junkies im Bahnhofsgebiet ab. Zur gleichen Zeit versuchte Tanner sein Glück auf einem Abrissgelände in der Gutleutstraße. Das ehemalige Firmengelände war zwar relativ weit vom Bahnhofsgebiet entfernt, aber Tanner war sich sicher, dort den einen oder anderen Spezialisten anzutreffen. Was ihm mehr Kopfschmerzen bereitete, war die Frage, wie er die Jungs zum Reden bringen sollte. Niemand gab freiwillig zu, dass er der Dealer von jemandem war. Außerdem galt es als unfein, der Polizei behilflich zu sein. Er stellte den Wagen am Straßenrand ab.

Das Areal maß zweihundert Meter in der Länge und einhundert Meter in der Breite. Umgeben war es von einer zwei Meter hohen Mauer, die gelegentlich von durch Stahlgatter versperrten Einfahrten unterbrochen wurde. Hinter der Mauer hatte sich die Natur einen kleinen Teil der Stadt zurückerobert.

Wild wuchernde Büsche und Bäume umarmten die Flachbauten der ehemaligen Firma und verwehrten den Einblick von der Straße. Es war kein Geheimnis, dass die Gebäude von zwei verschiedenen Personengruppen genutzt wurden. Obdachlose suchten in den verfallenden Büroräumen regelmäßig nach einem Quartier, und Junkies fanden hier einen idealen Ort, um in Ruhe Heroin zu drücken. Nach kurzer Suche entdeckte Tanner eine Möglichkeit, um auf das Gelände zu gelangen. Eines der Tore war mit einer lockeren Stahlkette gesichert. Es ließ sich ein Stück weit aufdrücken, sodass er durch den entstandenen Spalt hindurchschlüpfen konnte. Tanner folgte einem ausgetrampelten Pfad durch das Buschwerk.

Er war es gewohnt, diese Art von Fahndungsaufträgen alleine durchzuführen. Wenn man alles zu zweit erledigte, kostete das zu viel Zeit. Außerdem befand er sich in Frankfurt und nicht in Johannesburg. Das Risiko war kalkulierbar. Sollte er jedoch in Schwierigkeiten geraten, würde er auf Unterstützung ziemlich lange warten müssen. Ein leichtes Unbehagen schwang immer mit. Langsam bahnte er sich seinen Weg zu dem dreistöckigen Flachbau, in dem sich früher vermutlich die Verwaltung des Betriebs befunden hatte. Die meisten Fenster waren eingeschlagen, die Wände voller Graffiti. Als er sich der aus den Angeln gehobenen Eingangstür näherte, knackten Glassplitter unter seinen Schuhen. Tanner öffnete die Jacke, um im Notfall schneller die Waffe ziehen zu können. Das Innere des Gebäudes wirkte regelrecht geschändet. Schrottsammler hatten alles, was aus Metall war, ausgebaut. Selbst die Kupferkabel der Stromleitungen waren aus den Wänden gerissen. Essensverpackungen, Plastiktüten, Einwegspritzen, Pappteller und allerlei sonstiger Müll bedeckten den Boden. Langsam begann er sich über seine eigene Idee zu ärgern. Was hatte er sich dabei gedacht?

Das Erdgeschoss war übersichtlich. Keiner zu Hause. Tanner nahm die Treppe in den ersten Stock. Hier bot sich ihm das gleiche Bild. Ramponierte Büromöbel, zerschlagene Türen, Abfall in allen Ecken. Es stank nach einer Mischung aus Kot und Schimmel. Tanner überlegte, ob er lieber den linken oder den rechten Flur nehmen sollte, als er eine Stimme hörte. Er zog das Sweatshirt über den Waffengriff und folgte dem Geräusch. In einem ehemaligen Großraumbüro fand er die Quelle. An einem Büroschreibtisch saß Gandalf und stocherte mit einer Gabel in einer Dose Ravioli herum. Dabei hielt er mit sich selbst Zwiesprache. Gandalf stammte aus Marokko. Er war Straßendealer und seit mehr als einem Jahrzehnt im Geschäft. Seinen Spitznamen verdankte er einer auffallenden Ähnlichkeit mit dem Zauberer aus den *Herr der Ringe*-Filmen. Trotz seiner Herkunft hielt er sich von den anderen nordafrikanischen Dealern fern. Genau genommen hielt er sich von allen Dealern fern. Er arbeitete immer alleine. Warum er ohne den Schutz einer Gruppe so frei agieren konnte, war eines der kleinen Rätsel der Szene.

»Tut mir leid, wenn ich unangemeldet hereinschneie und dich beim Essen störe«, sagte Tanner.

Gandalf hörte auf, in der Dose zu stochern, und sah ihn an. »Ich habe keinen Stoff bei mir.«

»Keine Sorge. Haben wir dir jemals etwas abgenommen?«

»Nein. Aber Gutes gebracht habt ihr mir auch nicht.«

»Ich brauche deine Hilfe.«

»Ich habe der Polizei nichts zu sagen.«

Mit einer solchen Antwort hatte Tanner gerechnet. »Fangen wir klein an.« Er hielt Gandalf ein Bild von Brinkmann unter die Nase. »Kennst du den?«

»Das behalte ich für mich.«

Tanner dachte nach. Sollte er Gandalf Geld anbieten? Dass er den Dealer angetroffen hatte, war ein Glücksfall. Gandalf kannte jeden im Gebiet. Mit Sicherheit auch Brinkmann.

Ob er etwas Interessantes über ihn wusste, war unklar. Aber wenn doch? Gandalf schien Tanners Gedanken zu erraten. »Ich nehme kein Geld von dir.«

Tanner musste das Risiko erhöhen. »Der Kerl hat heute Morgen seine Eltern umgebracht.« Einem Straßendealer diese Information zu geben war gewagt. Schließlich wusste Tanner nicht, wie Gandalf zu dem Gesuchten stand. Im schlimmsten Fall waren sie befreundet. Und selbst wenn dem nicht so war: Die Neuigkeit, dass nach Brinkmann wegen Doppelmords gefahndet wurde, würde sich mit mehrfacher Schallgeschwindigkeit in der Szene ausbreiten. Außerdem war Brinkmann ein Tatverdächtiger und noch lange nicht überführt. Ihn einfach als Mörder hinzustellen war nicht die feine Art. Wenn das schiefging, würde Jo ihn in Stücke reißen.

»Über so was macht man keine Witze.«

»Das ist kein Witz.«

Gandalf stellte das Mittagessen beiseite. »Warum hat er das getan?«

Tanner zuckte mit den Schultern. »Das würden wir ihn gerne fragen.«

Gandalf zog eine Serviette aus der Manteltasche und wischte damit den Löffel ab. »Ich kannte seinen Vater. Der gute Mann ist immer mal wieder vor den Druckräumen aufgetaucht und hat nach seinem Sohn gesucht. Er hat ihn nie aufgegeben. Und das ist jetzt der Dank dafür. Drogen machen die Menschen zu Tieren.«

Tanner lag eine bissige Bemerkung auf der Zunge, aber er schluckte sie hinunter. »Weißt du, wer ihn mit Stoff versorgt?«

»Er hat keinen festen Dealer.«

»Wann hast du ihn das letzte Mal gesehen?«

»Vor zwei oder drei Tagen.«

»Weißt du, wo er sich aufhalten könnte? Hat er eine Freundin?«

»Das weiß ich alles nicht.«

Tanner stand die Enttäuschung ins Gesicht geschrieben. Das war nach hinten losgegangen. Er überlegte bereits, wie er es Jo am schonendsten beibringen sollte.

»Ich kann dir nur so viel sagen: Als ich ihn vor einigen Tagen das letzte Mal sah, hatte er sich gerade einen Schuss gesetzt und war ziemlich dicht. Aber irgendetwas schien ihm Angst zu machen. Er hat die ganze Zeit wirres Zeug geredet. Ein Wort hat er ständig wiederholt. Silberloch. Das habe ich mir gemerkt, weil es so seltsam klingt. Was das bedeutet, keine Ahnung. Das ist alles.«

»Danke.« Tanner wandte sich zum Gehen.

»Mach dir keine Sorgen. Ich behalte das für mich. Hoffentlich bekommt ihr das Schwein.«

Tanner nickte Gandalf zum Abschied zu und versuchte, so schnell wie möglich ins Freie zu gelangen. Silberloch. Damit konnte er tatsächlich etwas anfangen. Als er draußen war, zog er das Handy aus der Tasche und rief Lasker an. »Jo«, sagte er, »gut möglich, dass ich da was habe.«

Zehn Minuten später traf sich Tanner mit den anderen im Starbucks-Café in der Bahnhofsvorhalle. Sie hatten sich um einen der Stehtische versammelt. Lasker stellte jedem einen Kaffeebecher vor die Nase. »Die erste Runde geht auf mich.«

»Im Starbucks?«, fragte Splatter. »Hast du im Lotto gewonnen?«

»Nimm ihn oder lass es.«

Splatter nahm den Deckel vom Becher ab und verdünnte seinen Kaffee mit Milch. »Deine Laune ist gleichmäßig beschissen.«

»Besser als wechselhaft. Meine Laune bessert sich hoffentlich, wenn Tanner uns erklärt, was er für eine Spur aufgetan hat«, sagte Lasker.

»Mach dir nicht allzu große Hoffnungen. Der Hinweis ist vage.«

»Nur zu.«

Tanner berichtete von der Begegnung mit Gandalf. Lasker sah ihn die ganze Zeit mit seinen grauen Augen an, während er den heißen Dampf von seinem Kaffeebecher wegblies. Als Tanner fertig war, fragte Lasker: »Was soll das sein? Silberloch. Ich nehme an, du hast eine Idee.«

Jetzt kam Tanners großer Moment. »Mein Opa lebte in Sankt Goar. Ich habe ihn als Kind oft besucht. Wir sind zusammen in den Wäldern spazieren gegangen. Dabei waren wir auch einige Male am Silberloch. Das Silberloch ist eine alte Silbermine, die seit dem 15. Jahrhundert in Betrieb war. Ende des 19. Jahrhunderts wurde sie dann geschlossen. Ich kann mich gut daran erinnern, weil mein Opa mir oft Schauermärchen über die Mine erzählt hat.«

»Was sollte Brinkmann mit einer stillgelegten Mine zu tun haben?«, fragte Lasker.

»Das ist die Frage. Die Mine kennt kaum jemand. Du findest sie auf keiner Karte. Vielleicht lohnt es sich, dort vorbeizuschauen.«

»Möglicherweise hat er damit aber gar nicht die Mine gemeint«, warf Lasker ein. »Silberloch könnte zum Beispiel auch der überaus bescheuerte Name eines Bordells sein.«

»Ich bin bereits am Googeln«, sagte Splatter, der mit seinem Handy hantierte. »Bisher habe ich nichts gefunden. Kein Puff, keine Bar, kein Klub.«

»Könnte man sich in der Mine verstecken?«, fragte Cora.

»Schwer zu sagen. In den Siebziger- und Achtzigerjahren gab es einige Unfälle in der Mine. Ihr wisst schon. Es gibt genug Bekloppte, die meinen, es wäre cool, an solchen Orten herumzukaspern. Daraufhin wurden die Eingänge verschüttet oder zugemauert. Soweit ich weiß, gibt es ein oder zwei Eingänge, die nur durch ein Stahlgitter gesichert sind. Wer will, kommt sicher irgendwie rein. Wobei das ein ziemlich ekliges Versteck wäre.«

Lasker sah nachdenklich aus. Er griff in die Jacke, zog eine Packung Zigaretten heraus und steckte sich eine an.

»Hier ist Rauchen verboten«, sagte Splatter und starrte Lasker verwundert an. »Und überhaupt, du rauchst doch gar nicht.«

»Ich gewöhne es mir gerade wieder an.« Bevor jemand etwas sagen konnte, redete Lasker weiter. »Dass unser Mann sich dort versteckt, halte ich für unwahrscheinlich. Allerdings ist es merkwürdig genug, dass er den Ort kennt. Da wir im Moment keine anderen Anhaltspunkte haben, schlage ich vor, dass Tanner und Cora zur Mine fahren. Wer weiß, vielleicht bringt es uns weiter.«

Cora verzog das Gesicht. »Ich nehme an, dass der Ausflug eine Wandereinlage beinhaltet.«

»Darauf kannst du wetten«, sagte Tanner und klopfte der Kollegin aufmunternd auf die Schulter.

»Und noch etwas«, sagte Lasker. »Die Konkurrenz sitzt uns im Nacken. Das K 59 ist ebenfalls mit der Fahndung beauftragt worden.«

»K 59?« Tanner kicherte. »Das sind Kinder. Die drehen sich im Bahnhofsgebiet dreimal im Kreis und müssen dann einen Polizisten nach dem Weg fragen.«

»Noch ein Grund mehr, sie auf Abstand zu halten«, sagte Lasker. »Meldet euren Auftrag nicht bei der Einsatzzentrale an. Es braucht keiner zu wissen, was wir machen.«

* * *

Tanner und Cora hatten die Zivilisation hinter sich gelassen. Aus der Autobahn war eine Landstraße geworden, dann eine

Kreisstraße. Als sie von dieser in einen gepflasterten Waldweg abbogen, begann Cora vor sich hin zu grummeln.

»Was ist los mit dir?«, fragte Tanner.

»Ich hasse die Natur. Außerdem ist das Handynetz hier furchtbar.«

»Erwartest du einen dringenden Anruf?«

»Nein. Aber ich könnte trotzdem einen bekommen, und den verpasse ich dann, weil ich hier in der Wildnis herumirre.«

Tanner hielt den Wagen an und sah nach links den Hügel hinauf.

»Was ist da?«, fragte Cora.

»Wir müssen diesen Weg rein.«

»Was für einen Weg?«

Tanner bog ab und lenkte den Mercedes auf einem besseren Trampelpfad durch die Bäume hindurch den Hügel hinauf. Die Büsche standen so eng, dass ihre Äste an der Karosserie entlangschleiften.

»Bist du sicher, dass das ein Weg ist?«, fragte Cora.

»Ja.« Tanner beugte sich über das Lenkrad und starrte konzentriert auf den matschigen Pfad vor ihnen.

»Das klingt nicht überzeugend.«

»Halt die Klappe. Wir sind gleich da.«

»Was zur Hölle sollte der Kerl hier wollen?«

»Woher soll ich das wissen?«

Sie erreichten eine kleine Lichtung. Tanner brachte den Wagen zum Stehen und schaltete den Motor aus.

»Und jetzt?«, fragte Cora.

»Wir gehen zu Fuß weiter. Wenn Brinkmann sich wirklich in der Mine versteckt, wäre es nicht gut, wenn er unseren Motor hört.«

»Wie weit ist es noch?«

»Nicht mehr weit.«

Cora stieg aus. »Geht es etwas genauer?«

»Es ist lange her, dass ich das letzte Mal hier gewesen bin.« Die Warnblinker des Wagens leuchteten dreimal auf, als Tanner ihn abschloss. Er ging voraus. Cora folgte ihm. Nach wenigen Metern wurde der Weg steiler, und Cora fiel zurück. Tanner blieb stehen und wartete auf seine Partnerin. »Das ist reine Zeitverschwendung. Statt den Typen in Frankfurt zu suchen, rennen wir durch diesen blöden Wald«, beschwerte sie sich.

»Du nervst.« Tanner sah Cora zu, wie sie sich den Weg entlangquälte. »Wir haben es gleich geschafft.« Er deutete in Laufrichtung. »Siehst du den Felsen? Dahinter ist einer der Eingänge.«

»Gott sei Dank.«

Tanner ging weiter. Ihm ging langsam die Luft aus, ihm war kalt, und Lust hatte er auch keine. Er glaubte ebenfalls nicht, dass sie Brinkmann bei der Mine finden würden, aber Coras Gejammer zwang ihn, schon aus Prinzip dagegenzuhalten. Er hatte den Felsen fast erreicht.

»Geh voraus, ich muss mal. Wenigstens muss man hier keine Toilette suchen«, rief Cora von hinten.

»Das ist nicht dein Ernst«, rief er zurück. Sie antwortete nicht. Cora musste ständig auf die Toilette. Was das betraf, hätte sie es als Mann um einiges leichter gehabt.

Tanner ging um den Felsblock herum und erstarrte. Kaum zwanzig Meter vor ihm stand ein schwarzer Mercedes Sprinter mit geöffneter Heckklappe. Der Transporter war rückwärts an einer Felswand geparkt, die dreißig Meter in die Höhe ragte. Die Front des Sprinters zeigte in seine Richtung. War das der Förster? Langsam ging Tanner weiter. Am Heck des Transporters nahm er eine Bewegung wahr. Ein Mann trat hervor. Er war Mitte dreißig, hatte dunkle kurze Haare und trug einen Anzug. Definitiv kein Förster.

»Kripo Frankfurt. Können Sie mir sagen, was Sie hier zu suchen haben?«

Der Mann ging auf Tanner zu. Er lächelte und winkte ihm mit der linken Hand zu, während die rechte unter dem Jackett verschwand. »Passport. Passport!«, rief er. Viel zu spät erkannte Tanner die Pistole, die der Mann aus einem Schulterholster zog. Den größten Fehler, den er jetzt machen konnte, war, stehen zu bleiben und ein einfaches Ziel zu bieten. Tanner bewegte sich seitlich, riss seine Jacke auf und versuchte das Sweatshirt über den Waffengriff zu ziehen. Schüsse krachten. Tanners Herz schlug so hoch, dass er es in seinen Schläfen pochen fühlte. Er bekam die Waffe zu fassen, zog sie aus dem Holster und brachte die Mündung ins Ziel. Bevor er abdrücken konnte, brach der Mann vor ihm zusammen.

»Was ist hier los?«, schrie Cora, die plötzlich neben ihm stand, die Pistole mit beiden Händen umklammert. Der Lauf von Coras Waffe zeigte noch immer auf den Mann, der vor ihnen am Boden lag. Tanner war nicht in der Lage zu sprechen. Sein Blut wurde unter Hochdruck durch die Adern gepresst, dass es ihm in den Ohren rauschte. Gemeinsam näherten sie sich dem Sprinter. Cora nahm die linke Seite, er die rechte. Tanners Weg führte ihn an dem Angeschossenen vorbei. Als er auf seiner Höhe war, bückte er sich, griff nach der Pistole, die neben dem Mann auf dem Boden lag, und warf sie mit einer schnellen Bewegung in die Büsche.

»Ist er tot?«

Tanner sah die halb geöffneten Augen des Mannes. In der Höhe des rechten Jochbeins war die Einschussstelle zu sehen. Nicht mehr als ein kleiner roter Fleck. »Denke schon«, flüsterte er.

»Was?«

Tanner räusperte sich. »Der ist hin«, sagte er lauter.

»Der Wagen ist sauber«, rief Cora und stöhnte auf.

»Was ist?«

»Das musst du dir ansehen.«

Cora stand neben dem Heck des Transporters. Als Tanner sich dem Fahrzeug näherte, sah er den Eingang zum Silberloch, der bisher durch das Fahrzeug verdeckt gewesen war. Die Öffnung war knapp einen Meter dreißig hoch und einen Meter breit. Die gusseiserne Gittertür, die den Zugang versperrte, war halb geöffnet. Tanner beschleunigte seinen Schritt und stellte sich neben dem Eingang auf. Die offene Heckklappe des Sprinters war drei Meter entfernt. Cora hielt sich noch immer am Heck des Transporters auf und starrte in den Laderaum. »Cora, geh da weg. Wenn einer in der Mine ist, stehst du im Schussfeld.« Seine Partnerin reagierte nicht. »Geh aus der Schusslinie.«

Cora beugte sich in den Sprinter. Als sie wieder hervorkam, hielt sie mehrere Bündel Geldscheine in der Hand. »Sieh dir das an.«

»Scheiß drauf. Leg das Geld weg.«

»Okay.« Cora besann sich. Sie schmiss das Geld zurück in den Transporter und bezog auf der anderen Seite des Mineneingangs Stellung. »Meinst du, da ist einer drin?«

»Keine Ahnung. Aber wir kommen nicht drumherum, das herauszufinden. Am besten fordern wir Unterstützung an.« Tanner zog sein Handy aus der Jackentasche.

»Warte. Sehen wir uns die Höhle an. Vorsichtig. Das Risiko können wir eingehen.«

»Warum?«

»Komm schon. Sei ein Mann.«

Tanner steckte das Handy weg. »Und wie sollen wir das machen? Da drinnen ist es stockdunkel.«

»Hast du keine Taschenlampe dabei?«

»Es ist helllichter Tag.«

»Du warst anscheinend noch nie tagsüber in einem dunklen Keller.«

»Hör mit dem schlauen Gerede auf. Hast du eine Lampe?«

»Ja.« Cora präsentierte Tanner eine kleine Taschenlampe.

»Dann geh nachsehen. Ist deine Idee.« Tanners Blick wanderte zu dem Mann am Boden. Der Kerl hatte auf ihn geschossen, und wenn Cora nicht rechtzeitig um die Ecke gekommen wäre, würde er jetzt dort liegen. Sie hatte ihm das Leben gerettet. Er sah zu, wie Cora die Lampe anschaltete, auf die Knie ging und in den Mineneingang spähte. Sie ließ den Lichtstrahl umherwandern.

»Und?«

»Sieht gut aus.«

»Was heißt das? Gefällt dir die Inneneinrichtung?«

»Das ist kein Tunnel, sondern eine Art Gewölbe. Ungefähr zwei Meter hoch, fünf Meter breit und zehn Meter tief. Da ist niemand.« Bevor Tanner etwas dazu sagen konnte, war Cora in der Höhle verschwunden. Nach einer Minute kam sie wieder heraus. »Keiner zu Hause.«

Tanner steckte die Pistole weg und ging zur Heckklappe des Transporters. Cora stellte sich neben ihn. »Hast du so was schon mal gesehen?«

Tanner schüttelte den Kopf. Im Kofferraum standen drei große schwarze Sporttaschen, die bis zum Rand mit Geldbündeln gefüllt waren. Tanner nahm eines der Bündel heraus und sah sich die Banderole an. »Hundert Mal hundert Euro. Das allein sind schon zehntausend.«

»Meinst du, dass das alles Hunderteuroscheine sind?«

»Sieht so aus.«

»Wie viel ist das?«

»Keine Ahnung. Ein paar Millionen?«

Cora versuchte eine der Taschen anzuheben. »Das sind mindestens zwanzig Kilo.«

Tanner pfiff durch die Zähne. »Okay. Rufen wir Unterstützung.«

»Warte, nicht so schnell.«

»Was? Willst du das Geld behalten?«

»Warum nicht? Denk mal nach.«

»Du bist verrückt.«

»Kann sein. Sehen wir uns erst mal den Typen an. Okay?«

Gemeinsam gingen sie zu dem Mann, der in unveränderter Haltung am Boden lag. Tanner zog ein zerknülltes Paar blauer Einweghandschuhe aus der Hosentasche und streifte sie sich über die Hände. Dann ging er neben dem Mann in die Hocke und begann ihn zu durchsuchen. »Die Taschen sind alle leer. Nein, warte. Hier ist was.« Er zog einen Pass aus der Innentasche des Jacketts.

»Und?«

»Das ist ein Diplomatenausweis.«

»Das wird ja immer besser.«

»Ob es besser wird, weiß ich nicht. Aber der Typ ist ein armenischer Diplomat.«

»Armenisch?«

»So steht es hier.« Tanner stand auf. »Du willst das Geld behalten. Das war kein Witz.«

»Warum denn nicht? Der Typ hat versucht, dich umzubringen. Schuldest du ihm etwas?«

»Nein. Ich schulde nur dir etwas.«

»Dann begleiche deine Schuld. Lass uns das Geld behalten.«

»Das geht nicht.«

»Ich brauche das Geld.«

»Nimm es dir.«

Cora wurde wütend. »Red nicht so einen Unsinn. Du weißt, dass das nicht funktioniert. Entweder wir machen es zusammen, oder wir lassen es.«

»Dann lassen wir es.«

»Du bist ein Arschloch.«

So hatte sie ihn noch nie genannt. »Was soll das? Du verlangst von mir, dass ich meinen Beruf aufs Spiel setze, und beleidigst mich, weil ich nicht sofort Feuer und Flamme bin?«

»Du hast es nicht nötig. Du hast reich geheiratet. Bist ein gemachter Mann.«

»Mein Schwiegervater hat Geld.«

»Wäre es dann nicht besser, selber etwas zu besitzen?« Tanner blieb still. Cora zeigte auf den Eingang zur Mine. »Sieht das aus wie die Außenstelle der armenischen Nationalbank?«

»Nein.«

»Denkst du, das sind Spendengelder? Meinst du, die wollen damit in Armenien die Renten ausbezahlen? Das ist Geld von irgendeinem Syndikat. Moralisch gibt es da überhaupt keine Bedenken.«

»Von moralischen Bedenken rede ich nicht. Aber du hast es selber gesagt: Das ist Mafiageld. Das ist sehr riskant.« Tanners Nervosität steigerte sich ins Unerträgliche. Jeden Moment konnte irgendjemand auftauchen. Wanderer, Försterei, Mafia.

Cora ließ nicht locker. »Stell dir Folgendes vor. Du nimmst das Geld und versteckst es. Dann lässt du dich nach Nordhessen versetzen. In irgendein Kaff. Nach einem Jahr kündigst du und ziehst nach Berlin. Wieder ein Jahr später wanderst du aus und verbringst jeden Tag am Strand mit Longdrinks und hübschen Frauen. Du machst dich langsam und heimlich aus dem Staub und fängst ganz von vorne an. Noch kannst du das. Noch bist du dafür nicht zu alt.«

»Ich habe Familie.«

»Lass dich scheiden. Man kann nicht alles haben.«

Alles hinter sich lassen? Er könnte sein eigener Herr werden. Unabhängig von den mildtätigen Gaben seines Stiefvaters. Selber die Miete zahlen. Seine Frau und sein Sohn hatten ohnehin das Interesse an ihm verloren.

»Diese Chance ist einmalig«, sagte Cora.

Das war richtig. Von jetzt auf gleich ein reicher Mann. Er musste sich entscheiden.

»Tanner.« Cora legte ihm die Hand auf die Schulter. »Wir

haben einiges gemeinsam durchgezogen, das nicht astrein war.«

»Das kannst du wohl kaum hiermit vergleichen.«

»Du hast in den letzten Jahren viel riskiert, hast hervorragende Arbeit geleistet. Und wie wird es dir gedankt? Die Behörde tritt dir in den Hintern. Deine Frau wendet sich von dir ab. Du brauchst mir nichts zu erklären. Ich bin nicht dumm. Ich weiß, dass es so ist.«

»Was machen wir mit der Leiche?«, hörte Tanner sich selbst sagen.

»Ich zeige dir was.«

Tanner folgte Cora in die Mine. Der Raum, in dem er sich wiederfand, war eine Art Kammer. Von hier aus führten keine Gänge weiter. Es sah aus, als hätten sich die Arbeiter vor langer Zeit ein wenig in den Berg hineingegraben und unvermittelt den Spaß daran verloren. »Und jetzt?«

»Komm hierher.«

Tanner stellte sich neben Cora, die an einer Art Brunnen stand, der von einer hüfthohen Mauer umgeben war. Das Loch hatte einen Durchmesser von zwei Metern. »Was ist das?«

»Vielleicht diente das der Belüftung.« Cora nahm einen Stein und ließ ihn in den Schacht fallen. Es dauerte lange, bis das Echo des Aufschlags ihnen entgegenrollte. »Das sind mindestens fünfzig Meter«, sagte sie.

»Du willst ihn da reinschmeißen?«

»Besser, als ihn mit den Händen im Wald zu vergraben. Oder willst du ihn in den Kofferraum packen und mit nach Hause nehmen?«

»Wir sollten uns beeilen.«

»Du bist dabei?«

Tanner wollte Nein sagen. Stattdessen nickte er.

»Bist du sicher? Du musst dir sicher sein.«

»Wir machen es.« Nein, das war Irrsinn. Das hatte er gar nicht sagen wollen.

Sie verließen die Höhle und stellten sich neben die Leiche. Cora ging in die Hocke und versuchte den Toten unter den Armen zu greifen.

»Warte«, sagte Tanner.

»Was?«

»Wie oft hast du geschossen?«

»Einmal.«

»Bist du sicher?«

»Ja, ganz sicher.«

Tanner trug noch immer die Handschuhe und begann den Hinterkopf des Mannes abzutasten.

»Was wird das?«, fragte Cora.

»Ich suche nach einer Austrittswunde. Wenn die den Typen doch irgendwann finden, will ich nicht, dass in seinem Schädel eine Kugel aus deiner Dienstwaffe steckt.«

Cora wartete. »Und? Wie sieht es aus?«

Tanner stellte sich hin. »Das Geschoss ist ausgetreten.«

Gemeinsam schleppten sie den Körper in die Kammer und legten ihn vor dem Schacht ab. »Hoffentlich ist der Durchmesser von dem Lüftungsding ausreichend«, sagte Tanner.

»Wir haben keine Zeit«, drängte Cora.

Sie nahmen den Mann unter den Achseln und hievten ihn hoch. Es sah aus, als säße der Tote auf der Ummauerung des Schachtes. Zugleich griffen sie ihm in die Kniekehlen, um ihn rückwärts in das Loch zu kippen. Sie verlagerten den Schwerpunkt der Leiche so weit, bis sie fiel. In diesem Moment blickte Tanner dem Toten ins Gesicht. Der sah ihn an, die Augen geweitet. Eine Hand krallte sich in Tanners Jacken-ärmel und zog ihn mit sich. Der Polizist lag mit dem Bauch auf der Mauer. »Hilfe!« Tanners Oberkörper wurde in den Schacht gezogen, er starrte nach unten in den schwarzen Kreis.

Er spürte, wie Cora seinen Unterkörper umklammerte und versuchte, ihn vom Abgrund wegzuziehen. Für Sekunden herrschte ein Gleichgewicht der Kräfte. Dann schnellte Tanner rückwärts und landete zusammen mit Cora unsanft auf dem Steinboden.

»Was war denn los?« Cora war wieder auf die Beine gesprungen.

»Er war nicht tot«, flüsterte Tanner.

»Erzähl keinen Unsinn.«

Tanner zitterte am ganzen Körper. »Er hat noch gelebt. Er hat mich angesehen und sich an meinem Ärmel festgehalten. Wir haben einen Lebenden in den Schacht geworfen.«

»Das bildest du dir ein.«

Tanner schüttelte den Kopf. »Das habe ich mir nicht eingebildet.«

Cora hockte sich vor Tanner hin. »Schau mich an.« Tanner sah zu Boden. »Du sollst mir in die Augen sehen.« Langsam hob Tanner den Kopf. »Der Typ hätte keine Sekunde gezögert, uns beide da hinunterzuwerfen. Tot oder lebendig. Das hat er sich selber eingebrockt. Du musst klarkommen. Wir haben den ›point of no return‹ überschritten. Es gibt kein Zurück mehr. Hast du das verstanden?«

Tanner nickte.

»Unser Weg ist vorgezeichnet«, sagte Cora.

»Auf direktem Weg in den Knast.« Tanner sah die Ohrfeige nicht kommen. Sein Kopf wurde durch den Schlag zur Seite geschleudert. Instinktiv führte er die Hand zur Wange. »Was soll der Scheiß?«

»Ich gehe nicht in den Knast. Und du auch nicht. Aber du musst klarkommen.«

»Okay.«

Cora stand auf, reichte ihrem Partner die Hand und zog ihn auf die Beine. Sie verließen die Kammer. »Wir müssen die Waffe des Typen suchen«, sagte Tanner und deutete auf die Büsche zu seiner Linken. »Die liegt irgendwo da drin.« Sie wühlten im Unterholz und fanden die Pistole.

»Schmeiß sie ins Loch«, sagte Cora.

»Ich geh da bestimmt nicht mehr rein.«

»Ich mache das. Du holst unseren Wagen, damit wir das Geld umladen können.«

Zehn Minuten später war alles erledigt. Tanner hatte das Tor zum Eingang zugezogen und es mit dem daran hängenden Vorhängeschloss wieder versperrt. Mittlerweile hatten sie die Landstraße erreicht. Keiner redete, bis Cora das Schweigen brach. »Alles wird gut. Niemand wird den Kerl finden. Vertrau mir.« Coras Handy klingelte.

»Wer ist das?«, fragte Tanner.

Cora sah auf das Display. »Jo.«

»Und jetzt?«

»Ich geh ran. Was sonst?«

Tanner hatte den rechten Ellenbogen an der Beifahrertür abgestützt. Sein Kopf lag schwer in seiner Handfläche. Er fühlte sich schlecht. Von dem Telefongespräch, das neben ihm geführt wurde, bekam er kaum etwas mit. Sobald er die Augen für einen kurzen Moment schloss, sah er das Gesicht des Mannes, den er in den Schacht geworfen hatte. Was war in der letzten Stunde geschehen? Eigentlich hatte er nur einen kleinen Waldspaziergang machen wollen. Er hatte nicht damit gerechnet, dass sie etwas Bemerkenswertes finden würden. Und nun war er knapp dem Tod entkommen, hatte einen Menschen in ein Loch geschmissen und mehrere Millionen Euro im Kofferraum liegen. Tanner blickte zu Cora hinüber. Sie redete mit Jo und wirkte dabei fast heiter. Wie schaffte sie das? In seinem Kopf brummte es. Ein tiefer Ton, als würde eine Cessna unentwegt über ihm ihre Kreise ziehen. Tanner kannte einen Kollegen, der bei einem Schusswechsel einen Menschen erschossen hatte. Der Mann machte nach dem Ereignis einen außergewöhnlich gefassten Eindruck. Als er später von seinem Stuhl aufstand, hatte Tanner gesehen, dass er zwischen den Beinen nass war. Der Kollege hatte sich in die Hose gemacht, ohne es zu bemerken. Tanner wusste, dass man die Situation nicht unterschätzen durfte. Das Dumme war nur, dass man selbst gar nicht unbedingt merkte, dass man unter Schock stand.

»Die haben Brinkmann gefunden«, sagte Cora, als sie das Gespräch beendet hatte.

»Was?«

»Sie haben den Kerl gefunden.«

»Wo?«

»In kleinen Teilen auf den Gleisen in der Nähe von Höchst.«

»Er hat sich vor einen Zug geworfen?«

»Sieht ganz so aus. Jedenfalls ist unser Auftrag hier beendet.«

Tanner starrte stumm aus dem Beifahrerfenster und sah die Bäume draußen vorbeiziehen. Die Entscheidung, Cora fahren zu lassen, war richtig gewesen. Er wäre gar nicht in der Lage dazu. Warum hatte er sich nur auf so eine Tat eingelassen? So etwas ging niemals gut. Das müssten sie doch eigentlich besser wissen als alle anderen. Man vergaß immer irgendein Detail. In diesem Fall war das Detail zwei Tonnen schwer. Tanner setzte sich ruckartig auf.

»Was?«, fragte Cora.

»Der Sprinter.«

»Was?«

»Der Sprinter steht noch vor der Mine.«

Coras Augen wurden groß. »Ach du Scheiße!«

»Wie kann man einen Transporter vergessen?«

Cora trat auf die Bremse und wendete. »Es ist nichts passiert. Wir fahren hin und holen ihn.«

»Es ist nichts passiert? Wir müssen zurück zum Tatort. Das ist schlimm genug. Und was machen wir mit dem Ding? Wollen wir den Transporter auch in das Loch werfen?«

»Wir lassen uns was einfallen. Verlier jetzt bloß nicht die Nerven.«

Er sollte nicht die Nerven verlieren? Dazu müsste er sie erst einmal wiederfinden. Minuten später holperten sie wieder über den Waldweg. Äste peitschten gegen die Windschutzscheibe. Tanner konnte schon den Felsen erkennen. »Zuerst sollten wir beten, dass der Schlüssel noch steckt«, sagte er. »Wenn der Arsch den Schlüssel in der Tasche hatte, sehen wir gleich ganz schön dumm aus.«

Sie fuhren um den Felsen herum. Ein abruptes Bremsen drückte Tanner in den Gurt. Cora hatte den Wagen zum Stehen gebracht. Die beiden saßen da und glotzten durch die Windschutzscheibe.

»Das ist blöd«, sagte Cora.

Der Sprinter war weg.

BLAUE MARGERITEN

Lasker saß am Küchentisch. Die Uhr an der Wand tickte. Er beobachtete den roten Sekundenzeiger, wie er in abgehackten Schritten über das Zifferblatt wanderte. Vor Ewigkeiten, als junger Streifenbeamter, war er einmal in der Wohnung eines alten Witwers gewesen. Der Mann hatte ganz ähnlich am Tisch gesessen wie er jetzt. Als Lasker ihn gefragt hatte, wie er seine Tage verbringe, hatte der Alte geantwortet: »Ich beobachte die Zeit dabei, wie sie mich jagt.« Obwohl sich die Uhrzeiger extrem langsam bewegten, waren sie schnell genug, um jeden einzelnen Menschen einzuholen. Ganz egal, wie sehr man sich bemühte zu entkommen.

Als Laskers Handy auf dem Küchentisch anfing zu klingeln, zuckte er zusammen. Auf dem Display stand Coras Name. »Was kann ich für dich tun?«, erkundigte er sich.

»Ich muss mich krankmelden. Tut mir leid.«

»Kein Problem. Splatter ist ab heute im Urlaub. Da wären wir ohnehin nur zu dritt gewesen. Ich werde dem Führungs- und Lagedienst melden, dass wir nicht im Dienst sind. Tanner wird sich freuen.«

»Wir haben uns gestern gar nicht mehr richtig unterhalten. Ist die Leiche sicher identifiziert?«

»Na ja, das ist bei Bahnleichen so eine Sache. Sie haben Brinkmanns Personalausweis in der Jacke gefunden. Eine hundertprozentige Identifizierung wird es erst nach dem DNA-Test geben. Aber ich denke, dass man davon ausgehen kann.«

»Er bringt erst seine Eltern um und dann sich selbst?«

»Vielleicht hat er in einem lichten Moment begriffen, was er getan hat.«

»Ist das Motiv bekannt?«

»Nein. Vermutlich gibt es auch keines. Wenn jemand durchdreht, dann dreht er durch.«

»Warum er Bezüge zu der Mine haben sollte, ist vermutlich auch nicht geklärt?«

»Warum? Habt ihr was Interessantes gefunden?«

»Nein, nein. Einfach nur so.«

»Keine Ahnung, was er mit dieser Mine zu tun hatte. Ich nehme an, gar nichts.«

Es entstand eine kurze Gesprächspause. Dann sagte Cora: »Ich melde mich bei dir, wenn ich wieder fit bin.«

Lasker wünschte ihr gute Besserung, beendete das Gespräch und legte das Handy zur Seite. Eine Sekunde später begann es erneut zu klingeln. Ob sich bei dem alten Mann damals auch ständig das Telefon gemeldet hatte?

»Hallo, Tanner.«

»Guten Morgen, Jo. Mir geht's nicht gut. Ich melde mich krank.«

»Was ist los? Hast du mit Cora zusammen beim falschen Asiaten gegessen?«

»Was?«

»Sie hat sich vor einer Minute bei mir krankgemeldet.«

»Purer Zufall.«

»Wie war denn euer Ausflug gestern?«

»Bei der Mine?«

»Wart ihr noch woanders?«

»Nein. Keine Ahnung. Was soll ich sagen?«

»Habt ihr da was gefunden?«

Tanner blieb stumm.

»Hallo?«

»Ja.«

»Und?«

»Warum fragst du?«

»Ich betreibe Konversation.«

»Außer Wald war da nichts.«

»Wald klingt für mich besser als Frankfurter Innenstadt. Vielleicht sollte ich da auch mal hinfahren. Ein bisschen spazieren gehen ist eigentlich eine gute Idee.«

»Im Sommer ist es schöner.«

»Bis zum Sommer ist es noch eine Weile hin.«

»Das geht schneller, als du denkst«, sagte Tanner.

Lasker sah zur Küchenuhr.

»Jo?«

»Ja.«

»Ich gebe dir Bescheid, wenn ich wieder auf dem Damm bin.«

»Alles klar. Gute Besserung.«

Lasker legte das Handy auf den Tisch und beobachtete es in Erwartung eines weiteren Anrufs. Aber der blieb aus. Nach einigen Minuten griff er zum Handy. Er rief den Führungsdienst an und teilte dem Kollegen mit, dass sie für heute aus dem Rennen waren. Was jetzt? Sollte er eine Selbsthilfegruppe suchen? Lasker fiel ein Besuch ein, den er seit Längerem vor sich her schob. Er stand auf und zog sich die Jacke an.

Als er auf die Straße trat, empfing ihn ein dichter Nebel, der sich nicht entscheiden konnte, ob er lieber Regen sein wollte. Bereits auf dem kurzen Weg zum Wagen hatte sich ein feuchter Film auf seiner Jacke gebildet. Die Temperatur lag im mittleren einstelligen Bereich. Zwanzig Minuten später hatte er den Hauptfriedhof erreicht und einen Parkplatz direkt vor dem Haupteingang gefunden. Nachdem er den gezogenen Parkschein auf die Armaturen gelegt hatte, lief er die Eckenheimer Landstraße ein paar Meter entlang in Richtung Innenstadt und betrat einen Blumenladen. Wie jedes Mal kaufte er auch heute einen Strauß blauer Margeriten. Er machte sich auf den Weg zum Grab. Fast ein Jahr war es her, dass er sie das letzte Mal besucht hatte.

Zielsicher fand er den Weg zwischen den Grabreihen. Lasker mochte die Stimmung auf Friedhöfen, die Trauerweiden und die mit Moos bewachsenen Engelsstatuen. Obwohl er sich mitten in der Stadt befand, war es außerordentlich still. Im Sommer saß er gerne auf einer der Parkbänke und lauschte dem Rauschen der Bäume. In der Großstadt war Ruhe ein so seltenes Gut, dass es sich lohnte, dafür einen Friedhof zu besuchen. Am heutigen Tag war es weniger einladend. Lasker blieb vor einer schmalen Grabstätte stehen. Wäre da nicht der Grabstein gewesen, hätte man das verwilderte Rechteck kaum für ein Grab gehalten. Unkraut und Gras hatten es in ein Stück Brachlandwiese verwandelt. Lasker ging in die Knie und schaute zu dem kleinen Granitstein hinüber, der am Kopfende im Boden steckte. *Sabina Heiner, geboren 11.09.1982, gestorben 16.11.1992.* Wie die Zeit verging.

»Wie es aussieht, bekommst du selten Besuch.« Lasker legte die Blumen auf den Grabstein. »Sei nicht traurig. Bald sehen wir uns öfter.« Er richtete sich auf und vergrub die Hände in den Jackentaschen. Der Tag war noch lang und musste hinter sich gebracht werden. Zunächst würde er eine Flasche Weinbrand organisieren. Der Versuch, sein Selbstmitleid mit Alkohol zu betäuben, verlief bisher recht vielversprechend.

AUFSTIEG

Tigran saß in einem türkischen Café in Frankfurt-Nied. Außer ihm und vier alten Männern, die an einem Tisch saßen und Okey spielten, gab es keine weiteren Gäste. Das endlose Klackern der Holzspielsteine erfüllte den Raum. An der Wand gegenüber hing eine eingerahmte Landkarte. Sie zeigte das Osmanische Reich in den Grenzen des 16. Jahrhunderts. Hinter der Theke stand ein Radio, in dem ein regionaler türkischer Sender für Migranten lief. Mit spitzen Fingern nahm Tigran das heiße Teeglas und schlürfte vorsichtig.

Er wartete seit einer halben Stunde. Genügend Zeit, um nachzudenken. Gestern hatte er das zweite Mal in seinem Leben getötet. Tigran dachte an den Mann im türkisch-bulgarischen Grenzgebiet. Wenn man den Begriff großzügig fasste, ging es als Notwehr durch. Ob der Kerl ihm jemals gefährlich geworden wäre, wusste er freilich nicht. Aber damals hatte er nicht die Zeit gehabt, das Risiko lange abzuwägen. Er musste sofort handeln. Und das hatte er getan.

Diesmal sah die Sache schlechter aus. Der Mann, den er auf dem Gewissen hatte, war für ihn keine Bedrohung gewesen. Er hatte einen Auftragsmord begangen und damit Schuld auf sich geladen. Durfte er seine Interessen so weit über andere stellen? Sicher war nur, dass der Typ kein Engel war. Aber rechtfertigte das einen Mord? Wohl kaum. Es blieb nur zu hoffen, dass es sich gelohnt hatte.

Die Tür ging auf, und Aktan kam herein. Er redete kurz

mit dem Cafébesitzer und nahm an Tigrans Tisch Platz. »Wie geht es dir?«, fragte er.

»Gut.«

»Erzähl mir, wie es gelaufen ist.«

»Ihn aufzuspüren war nicht schwer. Einer der Junkies ist auf uns zugekommen und hat uns gesagt, wo sein Versteck ist.«

»Er kam auf euch zu?«

»Es war kein Freund von Brinkmann.«

Aktan nickte. »Und weiter?«

»Er hatte sich in einem ehemaligen Bahngebäude in Höchst versteckt. Ich habe ihn mit einer Eisenstange niedergeschlagen und seinen Körper auf die Gleise geschleift.«

»Und die Stange?«

»Die habe ich entsorgt.«

»Was ist mit dem Junkie, der euch Brinkmanns Versteck verraten hat? Stellt der eine Gefahr dar?«

»Nein. Der war ziemlich dicht. Ich kann mir nicht vorstellen, dass der überhaupt noch weiß, was gestern passiert ist.«

»Denkst du, dass man es für einen Selbstmord halten wird?«

»Er ist von einem Zug überrollt worden. Ich glaube nicht, dass die Polizei feststellen kann, dass er zuvor niedergeschlagen wurde. Ich hoffe, sie halten es für einen Selbstmord.«

Aktan lächelte. »Sie tun es.«

Das war eine interessante Aussage. Tigran hatte die Tageszeitungen durchgeblättert und war auf einen kleinen Artikel über die aufgefundene Bahnleiche gestoßen. Obwohl seine Deutschkenntnisse lückenhaft waren, hatte er dem Artikel entnehmen können, dass die Ermittlungen andauerten. Von einem Suizid war keine Rede. Vermutlich hatte die Arkadaş Kontakte zur Polizei. »Das ist gut«, sagte Tigran.

»Du hast eben von ›wir‹ gesprochen«, sagte Aktan.

»Ich wollte nicht respektlos erscheinen.«

»Das tust du nicht, keine Sorge. Ganz im Gegenteil. Wir haben dich beobachtet«, sagte Aktan. »Wir wissen, dass du auf deiner Flucht aus Armenien Gesellschaft hattest.«

Tigrans Puls beschleunigte sich. Der Langhaarige im Wald tauchte vor seinem geistigen Auge auf.

»Woher kennst du die Männer? Wo bist du ihnen begegnet?« Was sollte Tigran jetzt sagen? »In Ungarn. Stimmt's?«

»Ja. Kurz vor der österreichischen Grenze.« Tigran beruhigte sich. Offensichtlich hatte Aktan nicht mit den Männern geredet, die er in der Türkei im Wald getroffen hatte. Wen auch immer er damals erstochen hatte, es war besser, wenn es im Verborgenen blieb.

»Wir haben mit ihnen gesprochen. Sie sind der Meinung, dass du ein guter Mann bist. Sie haben uns auch von deinem Medizinstudium erzählt.«

Tigran hatte mit ihnen darüber geredet. Daran konnte er sich erinnern. Also wusste Aktan dieses Detail bereits, als er das erste Mal mit ihm gesprochen hatte. »Es waren nur ein paar Semester.«

Aktan winkte ab. »Mach dich nicht klein. Dazu besteht kein Anlass. Wir wissen schon seit Längerem um deine Fähigkeiten.«

»Der Begriff ›Fähigkeiten‹ ist vielleicht etwas hoch gegriffen.«

»Das kommt auf die Vergleichsgruppe an. Die meisten Flüchtlinge sind kaum in der Lage, einfache Anweisungen zu befolgen. Von strategischem und operativem Denken ganz zu schweigen.« Strategisch? Operativ? Das waren Begriffe, die Tigran von einem Polizisten oder Soldaten erwartet hätte. »Du besitzt diese Fähigkeiten. Das habe ich bereits bei unserem Treffen auf dem Parkplatz erkannt. Sicher, sie müssen noch reifen. Aber das ist kein Problem. Mit der Ausführung deines Auftrags hast du ein weiteres Mal bewiesen, dass du bereit bist zu handeln.« Er machte eine kurze Pause. »Ich biete dir einen Job an. Als eine Art Unteroffizier, wenn du so willst.« Er sah Tigran fest an. »Bevor du antwortest, muss ich dich warnen. Wir spielen alle ein gefährliches Spiel.« Tigran hatte begriffen, wie schnell einem dieser Job gekündigt werden konnte. Er verkniff sich die Frage nach dem Verbleib von Narek und Sam. »Wenn du einen Auftrag annimmst, ist es deine Sache, wie du ihn ausführst. Du allein trägst die Verantwortung.«

»Ich verstehe.«

»Ich habe Narek angewiesen, dich bei dem Russengeschäft mitzunehmen. Mir war klar, dass er den Deal vermasseln würde. Aber es war interessant, zu sehen, wie du dich dabei schlägst. Du bist sehr schlau. Deine Intelligenz ist ein Segen. Aber für diejenigen, die über dir stehen, kann sie eine Bedrohung sein. Ich rate dir, sie mit Bedacht einzusetzen. Manchmal ist es besser, sich dumm zu stellen.« Aktan lehnte sich zurück. »Wie lautet deine Antwort?«

»Ich bin dabei«, sagte Tigran.

»Das habe ich erwartet. Morgen Abend werde ich dich der Führung vorstellen. Du bekommst rechtzeitig Nachricht.« Aktan reichte Tigran einen Umschlag. »Hier hast du zweitausend Euro. Mach dir bis morgen eine schöne Zeit und kauf dir was Vernünftiges zum Anziehen. Ein Anzug wäre gut. Mach, was du willst. Keiner wird danach fragen.« Aktan stand auf, und Tigran folgte seinem Beispiel. Der Mafioso fasste ihn an den Schultern, beugte sich vor und gab im links und rechts einen angedeuteten Kuss auf die Wange. »Bald besorgen wir dir eine ordentliche Wohnung. Ich bin optimistisch, dass deinem Asylantrag in naher Zukunft stattgegeben wird«, sagte er zum Abschied und verließ das Café.

An einem Kiosk kaufte sich Tigran eine Schachtel Zigaretten. Als er sechzehn war, hatte er eine Zeit lang geraucht, es aber schnell wieder aufgegeben. Er steckte sich eine Zigarette an und begann, den Rauch zu inhalieren. Nach einigen Zügen war der Hustenreiz so stark, dass er die Kippe mitsamt der Packung wegwarf. Er würde ein anderes Mittel gegen die Nervosität finden müssen. Rauchen kam nicht infrage.

Tigran lief in Richtung Höchst. Von Nied aus war das ein überschaubarer Fußweg. Die Stadtteile waren gleichermaßen hässlich und gingen ohne erkennbare Grenze ineinander über. Viele Häuser machten einen verwahrlosten Eindruck. Auf den Straßen lagen aufgerissene Müllsäcke herum, aus denen Unrat quoll. Wo man hinschaute, gab es kleine illegale Mülldeponien. Wenn erst der Anfang gemacht war, wuchsen solche Müllberge beständig. Tigran kannte das Phänomen. In der Gegend, in der seine Unterkunft lag, sah es ähnlich aus.

Fünfzehn Minuten später erreichte er das Zentrum von Höchst. Mitteleuropäer gab es hier kaum zu sehen. Das kam ihm gelegen, so fiel er umso weniger auf. Er betrat ein Internetcafé und setzte sich an einen Rechner. Es dauerte nicht lange, bis er fündig wurde: eine Internetseite über das Istanbuler Nachtleben. Auf der Seite wurde am laufenden Band gepostet. Wo gab es das tollste Konzert? Welche Diskothek war die angesagteste? Wie verbrachte man den Abend als Single?

Tigran blieb auf der Startseite und gab als »Anonymous« einen Post auf. Niemand war in der Lage, ihn mit dem Geschriebenen in Verbindung zu bringen. Der einzige Nachteil bestand darin, dass er selber auf diesem Weg keine Nachrichten empfangen konnte. Aber das war auch nicht wichtig. Er wusste, was er zu tun hatte.

Im ersten Satz verbarg er das Codewort, um seine Nachricht in dem Wust von Blödsinn recherchierbar zu machen. Der zweite Satz enthielt die eigentliche Botschaft. Sie war kurz und prägnant: *Ich bin drin.*

LEHRSTUNDE

Lasker schreckte auf. Er war auf dem Sofa eingeschlafen. Wie spät war es? Das Handy klingelte. Er hob es sich vors Gesicht, sah auf das Display und nahm das Gespräch an. »Was willst du?«

»Geht es auch freundlicher?«

»Was verschafft mir die Ehre deines Anrufs?«

»Das Mädchen ist in Schwierigkeiten. Ich dachte, das könnte dich vielleicht interessieren.«

»Welches Mädchen?«

»Die Kleine, die dir so gefallen hat. Die Crackdealerin.«

»Was ist mit ihr?«

»Genaueres weiß ich nicht. Aber vor einigen Minuten ist sie durch die Elbestraße gerannt, als wäre der Teufel hinter ihr her. Außerdem laufen die ganze Zeit Araber herum und quatschen aufgeregt miteinander.«

»Die wollen ihr ans Leder.«

»Vermutlich.«

»Und warum sollte mich das interessieren?«

»Ich dachte, du wärst kein Freund der Nordafrikaner. Du weißt schon, fiese Dealer versus armes Mädchen. War nur so eine Idee.« Brando kicherte. »Nichts für ungut. Schlaf weiter.« Das Gespräch war beendet.

Lasker begab sich in die Senkrechte und schaltete das Licht an. Er hob die Weinbrandflasche vom Tisch hoch und hielt sie gegen die Deckenlampe. Mehr als die Hälfte fehlte. Im Lidl

119

war sie noch voll gewesen. Lasker rieb sich die Augen. Die Uhr zeigte 1:37 Uhr. Er wankte ins Schlafzimmer und öffnete den im Kleiderschrank eingebauten Waffentresor. Als er das Pistolenholster am Gürtel befestigte, verlagerte sich sein Körpergewicht ohne sein Zutun abwechselnd vom linken auf den rechten Fuß, als stünde er auf einem Bootsdeck, unter dem die See hindurchrollte. Er schaffte es, Jacke und Schuhe anzuziehen, und steckte den Teleskopschlagstock ein. Dann zog er die Wohnungstür von außen zu und stolperte die Treppen hinunter.

Draußen schlug ihm die Kälte ins Gesicht. Es hatte geschneit. Der Neuschnee knarzte unter seinen Füßen. Lasker blieb vor seinem Audi stehen. Er blickte zwischen dem Schlüssel, dem Wagen und der verschneiten Straße hin und her. »Fuck, fuck, fuck.« Der Schlüssel wanderte in die Hosentasche. Lasker vergrub die Hände in den Jackentaschen, zog den Hals ein und stapfte in Richtung Mainbrücke.

Fünfzehn Minuten später erreichte er die Moselstraße Ecke Taunusstraße. Vor den Bars standen Männer in Funktionswäsche, die die letzten vorbeihetzenden Passanten anquatschten und sie beschworen, einzukehren und Spaß zu haben. Der Spaß bestand darin, älteren Damen mit kaputtgerauchten Gesichtern eine Flasche Fürst Metternich für fünfhundert Euro zu spendieren.

Lasker sah sich um. Die Taunusstraße war wie leer gefegt. Einer der Marktschreier näherte sich ihm von hinten. »Hey, Cowboy? Lust auf ein bisschen Spaß?«

Der Typ hatte Lasker in den letzten Jahren gefühlte zehntausend Mal gesehen und noch immer nicht begriffen, dass er Bulle war.

»Ich bin von der Schmiere«, sagte Lasker.

Der Mann sah ihn verständnislos an und wiederholte seinen Text.

»Ich bin Polizeibeamter.«

Der Kerl verzog das Gesicht und trollte sich. Lasker drehte sich ratlos im Kreis. Dann zog er mit klammen Fingern das Handy aus der Tasche und versuchte vergeblich, Brando anzurufen. Als er das Handy wieder verstaut hatte, sah er, wie eine Gruppe von Junkies aus Richtung Hauptbahnhof in die Taunusstraße einbog. Lasker eilte ihnen entgegen.

Es waren vier Männer und drei Frauen, die aussahen, als hätten sie gerade einen Altkleidercontainer geplündert. Eine der Frauen trug eine alte Bettdecke um die Schultern. Sie wirkten wie die Reste der napoleonischen Armee nach dem Russlandfeldzug. Er stoppte den Treck.

»Hat jemand die kleine Crackdealerin gesehen? Lange braune Haare, hübsch, um die zwanzig. Verkauft erst seit Kurzem Steine.«

»Verpiss dich, Bulle.«

»Kein Stress. Ich will ihr nichts Böses.«

Der Typ, der Lasker angepflaumt hatte, lächelte gequält. »Ich dir auch nicht. Nur, dass du dich verpisst.«

»Alles klar.« Lasker wühlte in seinen Taschen und drückte dem Junkie einen Zwanzigeuroschein in die Hand. »Also, wo ist sie? Ich will ihr helfen. Die Nordafrikaner wollen sie fertigmachen.«

Eine der Frauen lachte auf. »Hab ich doch gesagt. Darum hatte sie es so eilig.«

Der Mann steckte den Schein ein. »Sie wollte uns was verkaufen, und auf einmal ist sie weggerannt.«

»Wann? Wohin?«

»Gerade eben. Sie ist durch die B-Ebene vom Bahnhof gerannt. Richtung Ausgang Münchener Straße.«

»Danke.« Lasker machte sich auf den Weg.

»War nicht so gemeint!«, rief ihm der Junkie hinterher.

In der Münchener Straße sah es genauso aus wie im übrigen Bahnhofsgebiet. Nichts als Schnee und Leere. Nur vor einem Kiosk leuchtete die LED-Schrift *Open*. Das Mädchen konnte überall sein. Lasker lief langsam die Münchener Straße entlang in Richtung Hauptbahnhof.

Dann sah Lasker den Mann. Er stand auf der anderen Straßenseite in einer Hofeinfahrt. Er war klein und schmächtig, etwa Mitte zwanzig, keine fünfzig Kilo. Der Typ beobachtete die Straße und hatte ihn längst bemerkt. Lasker spürte seinen Blick.

Einen guten Fahnder machen im Wesentlichen zwei Dinge aus: die Fähigkeit, schnell Schlüsse zu ziehen, und die Gewissheit, auf sein Gefühl vertrauen zu können. Entweder wurde in dem Hof gedealt, oder das Mädchen wurde gerade zurechtgestutzt. Lasker wusste, dass Letzteres der Fall war. Er trat zwischen die am Straßenrand geparkten Autos und überquerte die Straße. Im Augenwinkel konnte er sehen, wie der Typ die Hände aus den Taschen nahm und sich anspannte. Lasker zog sein Schlüsselbund aus der Hosentasche und begann damit herumzuklimpern, als wollte er ins Haus gehen, neben dem der Mann stand. Wenige Meter trennten ihn von dem Aufpasser. Lasker sah zu ihm hinüber. Das war zweifellos ein Dealer. Ein guter Bulle hatte einen Blick für seine Klientel. Leider hatte die Klientel oft auch einen Blick für Bullen. »Guten Abend«, sagte Lasker und lächelte. Der Junge riss Mund und Augen auf. Er hatte begriffen, wer auf ihn zukam. Lasker hatte das Schlüsselbund in der Faust eingeschlossen. Zwischen Zeige- und Mittelfinger ragte der Wohnungsschlüssel wie ein Dorn hervor.

Sein Faustschlag stanzte ein Loch in die Wange des Typen, der aufheulte und die Hände vors Gesicht schlug. Lasker stieß ihm vor die Brust, dass er von den Füßen gehoben wurde und scheppernd zwischen grünen Mülltonnen verschwand. Lasker kümmerte sich nicht um ihn, steckte den Schlüssel weg und zog den Schlagstock aus dem Gürtel. Eine schnelle Bewegung des Handgelenks, und der Teleskopschlagstock fuhr mit einem ratschenden Geräusch aus. Er beschleunigte seine Schritte. Als er den Innenhof erreichte, sah er das Mädchen. Sie lehnte, von drei Männern umringt, mit dem Rücken an einer Hauswand. Einer von ihnen hatte sie am Hals gegriffen, drückte sie gegen die Wand. Mit der anderen Hand hielt er ihr ein Messer vors Gesicht. Sie waren zu sehr mit dem Mädchen beschäftigt und hatten nicht mitbekommen, dass ihr Wachposten aus dem Weg geräumt worden war.

Lasker knüppelte dem Messerträger den Schlagstock auf den Oberschenkel und dem Kerl daneben auf die Schulter. Beide brachen zusammen und wälzten sich stöhnend im Dreck. Der Letzte im Bunde gab Fersengeld, rannte durch die Hofeinfahrt auf die Straße und schlug Haken wie ein Feldhase.

Lasker griff nach der Hand des Mädchens. »Komm mit.« Ohne auf eine Reaktion zu warten, lief er los und zog sie hinter sich her. Zweifellos würde der Feldhase Verstärkung holen. Grundsätzlich stellte das kein Problem dar. Ein Anruf bei der 110, und in drei Minuten wäre die Münchener Straße voller Streifenwagen. Aber Lasker hatte andere Pläne.

Als er mit dem Mädchen den Hinterhof verließ, sah er einen jungen Typen, der mitten auf der Fahrbahn stand und sie ansah. Im ersten Moment dachte er, dass es einer von den Nordafrikanern war. Aber das war eher nicht der Fall. Der Mann hatte eine auffällige senkrechte Narbe im Gesicht, die vom Auge bis zum Kinn reichte. »Was glotzt du so?« Der Typ hob die Hände und ging ein paar Schritte rückwärts.

Lasker kümmerte sich nicht weiter um ihn. Er rannte mit dem Mädchen zum Hauptbahnhof, nahm den Abgang in die B-Ebene und unterquerte die Straße. An der Bahnhofssüdseite verließen sie die B-Ebene und folgten der Mannheimer

Straße in Richtung Conti-Parkplatz. Schließlich bogen sie in die Karlsruher Straße ein. Als sie den Baseler Platz erreichten, verlangsamte Lasker keuchend das Tempo und ließ die Hand des Mädchens los. Mit schnellen Schritten ging er in Richtung der Friedensbrücke. Wiederholt warf er einen Blick zurück. Niemand folgte ihnen. Langsam bekam er seine Atmung wieder in den Griff.

Auf der Brücke bemerkte Lasker, dass das Mädchen zurückfiel. Er blieb stehen und drehte sich um. »Was ist?«, fragte er.

»Wo gehen wir hin?«

»Zu mir nach Hause.«

Sie lachte auf. »Hältst du mich für blöd?«

»Ehrlich gesagt halte ich dich für noch wesentlich blöder. Aber wenn du lieber den Abend mit deinen neuen Freunden verbringen willst, bitte sehr.« Lasker ging weiter. Hinter sich hörte er schnelle Schritte.

»Woher weiß ich, dass du mir nicht an die Wäsche willst?«

»Du bist mir zu alt.«

Das Mädchen sah ihn entsetzt an.

»Mein Gott. Wenn du dieses Leben wählst, dann solltest du dir schnell einen Sinn für Sarkasmus und Zynismus anschaffen. Das war nur ein Scherz. Aber um deine Frage zu beantworten: Du kannst nicht wissen, ob ich dir an die Wäsche gehen will. Wenn du Bock hast, gehst du zurück und diskutierst das mit deinen neuen Freunden aus.«

»Was willst du?«

»Ich mache dir einen heißen Kakao.«

»Willst du mich verarschen?«

»Hast du einen leisen Schimmer, was die von dir wollten?«

»Mich vergewaltigen. Was sonst?«

»Die Antwort auf meine Frage lautet also: nein.«

»Wieso nein? Was wollten die denn?«

»Komm mit. Dann erkläre ich es dir.« Lasker ging weiter. Das Mädchen folgte ihm in gebührendem Abstand.

Vor der Wohnungstür klopfte sich Lasker den Schnee von den Schuhen und schloss auf. »Zieh deine Schuhe aus.« Er ging in die Küche und machte das Licht an. Das Mädchen blieb zögernd im Türrahmen stehen, bereit zur Flucht. Ihre Schuhe hatte sie nicht ausgezogen, und um ihre Füße bildete sich eine Pfütze. Lasker streckte ihr die Hand entgegen. »Ich heiße Jo.«

Sein Besuch verschränkte die Arme vor der Brust. »Hanna.«

»Okay, Hanna. Setz dich.« Er rückte ihr einen Stuhl zurecht. Dann kramte er einen Topf aus dem Schrank und nahm die Milch aus dem Kühlschrank.

»Was wird das?«, fragte Hanna. Sie stand immer noch in der Tür.

»Ich mache dir einen Kakao.«

»Es ist besser, wenn ich jetzt gehe.«

»Ich kann dir helfen.«

»Ja, ich weiß. Alle Männer können mir helfen.«

»Du glaubst, dass dich die Typen vergewaltigen wollten.«

Hanna nickte. Lasker rührte Kakaopulver in die Milch. Dampf begann aus dem Topf nach oben zu steigen und verbreitete einen angenehmen Geruch.

»Wo ist deine Frau?«, wechselte Hanna das Thema.

»Meine Freundin hat mich verlassen.«

»Wann?«

»Vor einem Monat?«

»Warum?«

»Sandra arbeitet am Flughafen. Sie hat einen spanischen Piloten kennengelernt und sich verliebt. Jetzt fliegen sie gemeinsam in den ewigen Sonnenuntergang.«

»Das war sicher schlimm für dich.«

»Nicht so schlimm, wie es sein sollte.«

»Man sieht, dass hier eine Frau gewohnt hat.«

»Was meinst du?«

Hanna deutete auf ein Regal an der Wand, auf dem Dutzende von Gewürzen standen.

»Wir haben nicht zusammen gewohnt. Kochen war ein Hobby von mir.«

»Und jetzt?«

»Mir ist der Appetit vergangen.« Lasker schüttete den heißen Kakao in einen Becher und sprühte einen Kringel Sahne aus einer Dose obendrauf. Er stellte den Becher auf den Küchentisch und setzte sich. »Ich erkläre dir, wie du Crack verkaufen kannst, ohne dass dir die Konkurrenz die Zähne ausschlagen will.«

Hannas Augen wurden groß. »Wer bist du? Woher weißt du das?«

»Setz dich hin und trink deinen Kakao, dann erkläre ich es dir.«

Hanna folgte seinen Anweisungen und sah ihn irritiert an. Lasker deutete auf den Kakao und wartete, bis sie einen Schluck getrunken hatte. Er legte eine Visitenkarte vor ihr auf den Tisch. Hanna nahm sie hoch.

»Du bist ein Bulle?«, rief sie und sprang vom Stuhl auf. Sie klang so entsetzt, als hätte er ihr gerade gestanden, ein psychopathischer Frauenmörder zu sein.

»Bleib sitzen. Wenn du nicht bald im Krankenhaus landen willst, solltest du dir anhören, was ich zu sagen habe.«

Hanna nahm auf der Stuhlkante Platz.

»Wie sieht dein Geschäftsmodell aus?«, fragte Lasker.

»Geschäftsmodell? Was soll der Quatsch? Ich verkaufe Crack.«

»Drogenhandel bedeutet, dass du mit Drogen handelst. Du tauschst Ware gegen Geld. Das ist ein Geschäft wie jedes andere.«

»Ich dachte, es wäre eine Straftat.«

»Auch ein verbotenes Geschäft bleibt ein Geschäft. Was ist dein Geschäftsmodell?«

»Ich weiß nicht, was du damit meinst.«

»An wen verkaufst du? An alle? Nur an Kunden, die du kennst? Wie wählst du die Kundschaft aus?«

»Ich verkaufe an die, die mir friedlich erscheinen. Wenn ich denke, dass sie mich nicht verarschen, dann geht das klar.«

»Also suchst du dir deine Kunden nach dem Prinzip Hoffnung aus.«

»Und?«

»Wie ist dein Stoff? Ist der gut?«

»Der ist hervorragend.«

»Betrügst du beim Dealen?«

»Nein. Das sind genauso arme Schweine wie ich. Das würde ich niemals tun. Es gibt schon genug Arschlöcher auf der Welt.«

»Das ist ein wahres Wort. Woher beziehst du das Material? Ist die Quelle sicher?«

»Bist du irre? Ich kann doch einem Bullen nicht erzählen, wo ich meinen Stoff herbekomme.«

»Gute Einstellung. Nimmst du das Zeug selber?«

»Nein.«

»Dabei sollte es auch bleiben. Du verkaufst im Bahnhofsgebiet. Da, wo deine Kunden sich aufhalten.«

»Wo sonst?«

»Was weißt du über das Bahnhofsgebiet? Hast du irgendeine Ahnung, wer deine Konkurrenten sind?«

»Was für Konkurrenten? Es gibt doch genügend Drogenabhängige.«

»Du hast also keine Ahnung. Glaubst du wirklich, diese Typen wollten dich vergewaltigen?«

»Ja.«

»Wollten sie nicht.«

»Was sonst?«

»Die Dealerszene im Bahnhofsgebiet ist ausschließlich in der Hand von Nordafrikanern. Im Gebiet Drogen zu verkaufen bietet Vor- und Nachteile. Der Vorteil ist, dass der Verkäufer direkt beim Kunden ist. Die meisten Schwerstabhängigen können keine komplizierten Geschäftsbeziehungen unterhalten und sind kaum in der Lage, weite Wege zurückzulegen. Daher sind sie praktisch gezwungen, bei den Nordafrikanern zu kaufen. Die haben ein Monopol. Bei der Preisgestaltung gehen sie an das Limit ihrer Kundschaft. Und eins steht nun mal fest: Die Sucht erhöht die finanzielle Schmerzgrenze enorm. Das sind die Vorteile. Jetzt zu den Nachteilen. Der wichtigste Nachteil ist, dass es in Frankfurt nirgendwo mehr Bullen gibt als im Gebiet. Der Grund, warum sie das Risiko eingehen, ist folgender. Sie verkaufen ausschließlich Crack. Crack kann man im Mund transportieren und, wenn es nötig ist, herunterschlucken. Im Gegensatz zu anderen Drogen wird Crack von der Magensäure zerstört. Der Stoff gelangt nicht ins Blut. Es zu schlucken ist also ungefährlich. Und ein wirksames Mittel gegen Strafverfolgung. Wenn sie das Zeug bei einer Festnahme runterschlucken, ist das ein wirtschaftlicher Schaden, aber keine Katastrophe. Hin und wieder wird mal einer von ihnen von der Polizei rausgefischt. Das nehmen sie als Verlust in Kauf. So läuft das seit mindestens fünfzehn Jahren.« Lasker machte eine kurze Pause. »Und dann erscheinst plötzlich du aus dem Off?«

»Ich bin alleine. Was kann ich denen schon tun?«

»Du machst die Preise kaputt, ziehst Kundschaft an. Außerdem glauben sie bestimmt nicht, dass du auf eigene Rechnung arbeitest. Für sie ist das der Beginn einer feindlichen Übernahme.«

»Was wollten sie dann von mir?«

»Dich ausnehmen, fertigmachen. Dir Angst einjagen.«

»Gleich sagst du mir, dass ich das Dealen lassen soll.«

»Würdest du das denn tun?«

»Nein.«

»Das habe ich mir gedacht. Aber wenn du schon weiter verkaufst, solltest du es richtig machen. Darum würde ich dir gern ein paar Ratschläge geben. Willst du sie hören?«

Hanna nickte.

»Zuerst musst du deine Stärken und Schwächen kennen. Dein Geschäftsmodell solltest du so gestalten, dass es deine Stärken zur Geltung bringt und deine Schwächen kaschiert.«

»Was sind denn meine Stärken und Schwächen?«

»Deine Schwäche ist deine Schutzlosigkeit. Du bist einem Mann körperlich ausgeliefert. Außerdem bist du auf dich alleine gestellt. Du hast keinen Support. Das wirst du in dem Geschäft früher oder später zu spüren bekommen. Das heute war nur ein erster Vorgeschmack.«

»Was kann ich dagegen tun?«

»Verkauf, wenn möglich, nur an Frauen. Erzähl niemandem, woher der Stoff kommt. Kennst du Wölfchen?«

»Das ist ein ziemlich fieser Typ. Immer, wenn er mich ansieht, kriege ich eine Gänsehaut.«

»Mit der Meinung bist du nicht alleine. Sprich ihn an und sag ihm, dass ich dich schicke. Er soll dich beim Dealen begleiten. Er wird seinen Preis haben, aber das muss dir deine Sicherheit wert sein.«

»Ich soll den wirklich ansprechen?«

»Wölfchen ist in Ordnung. Vertrau mir.« Lasker nahm die Visitenkarte, die immer noch auf dem Tisch lag. Er fand einen Kugelschreiber und schrieb auf die Rückseite seine Handynummer. »Wenn du ein Problem hast, ruf mich an.« Er schob Hanna die Visitenkarte hin, und sie steckte sie in die Hosentasche.

»Okay«, sagte sie.

»Und jetzt das Wichtigste. Verkauf nicht direkt im Gebiet, das ist Feindesland. Verkauf irgendwo am Rand. Aber nicht gerade in der Taunusanlage. Vielleicht denkst du, dass man in einer Parkanlage vor den Bullen in Sicherheit ist. Zumal in der Nacht. Aber du bist auch ein leichtes Opfer für Angreifer. Die Polizei ist nicht nur schlecht. Wenn dir jemand an den Kragen will, dann wäre es gut, wenn jemand deine Schreie hört. Der Düsseldorfer Platz wäre zum Beispiel ein guter Ort zum Verkaufen. Das ist in unmittelbarer Nähe zum Gebiet. Es gibt immer ein paar Passanten und trotzdem genug Ecken, um zu verkaufen. Ach, und noch was: Zieh dir eine weniger auffällige Jacke an. Rot ist keine gute Farbe für diese Art von Arbeit.«

»Was ist mit meinen Stärken?«

»Käufer brauchen vor dir keine Angst zu haben. Die meisten Junkies hassen die Nordafrikaner. Eine andere Bezugsquelle werden sie gerne annehmen. Vor allem die Frauen.«

»Warum erzählst du mir das alles? Bist du im Drogenhandel?«

Lasker lachte. »Nein. Aber ich habe lange genug zugeschaut. Ich weiß, wie es geht.«

Hanna schüttelte den Kopf. »Du bist ein ziemlich seltsamer Typ.« Sie legte den Kopf schief und musterte ihn. »Irgendwas stimmt nicht mit dir.«

Lasker schob den Küchenstuhl zurück und stand auf. »Willst du noch einen Kakao?«

»Nein.«

»Hast du …« Mit einem Mal sackte Laskers Blutdruck in den Keller. Ihm wurde schwindelig, seine Knie knickten ein. Er konnte sich gerade noch an der Küchenzeile abstützen.

»Was ist los?«

Lasker spürte, wie ihm der Schweiß aus den Poren schoss. Wortlos stolperte er aus der Küche, lief ins Bad und knallte die Tür hinter sich zu. Er stürzte auf die Knie und übergab sich in die Badewanne. Der Brechreiz war gewaltig und renkte ihm fast den Unterkiefer aus. Schnell war sein Magen leer. Aber der Brechreiz blieb. Vor Schmerzen krallte er sich am Rand der Badewanne fest. Er konnte nichts mehr sehen, nichts mehr hören, nichts mehr denken. Nach einer scheinbaren Ewigkeit ließ der Schmerz nach. Erschöpft ließ er sich auf den Boden sinken. Er hatte jegliches Zeitgefühl verloren. Irgendwann raffte er sich auf und stolperte aus dem Bad. Hanna war gegangen. Unwichtig. Lasker schleppte sich ins Wohnzimmer und ließ sich auf die Couch fallen. Dort versank er, von Koliken geschüttelt, in einer Art Delirium.

ANGST

»Du hast gestern Nacht schlecht geträumt.« Sylvia stand an der Küchenzeile und drehte ihrem Mann den Rücken zu. Sie schmierte Patricks Brote für den Kindergarten. Tanner saß am Küchentisch und trank einen Kaffee. Er hatte die Beine übereinandergeschlagen und wippte mit dem Fuß. »Ich kann mich nicht erinnern. Habe ich im Schlaf gesprochen?«

»Warum fragst du? Hast du Angst, etwas Falsches zu sagen?« Sylvia warf ihm einen kurzen Blick über die Schulter zu.

»Wie meinst du das?«

Patrick kam in die Küche gelaufen und drängte, dass sie los müssten. Sylvia sagte ihm, er solle schon mal seine Jacke anziehen. Nachdem Patrick im Flur verschwunden war, fragte sie: »Warum bist du so nervös?«

»Bin ich das?«

»Du zappelst auf dem Stuhl herum wie im Geschichtsunterricht in der achten Klasse.«

»Tut mir leid.« Tanner brachte seine Gliedmaßen unter Kontrolle.

»Und? Wie lange gedenkst du krank zu sein?«

»Wie klingt denn das?«

»Du darfst deine Arbeit nicht vernachlässigen. Besonders krank bist du jedenfalls nicht.«

»Ich habe mich gestern Morgen krankgemeldet. Heute Nachmittag gehe ich zum Arzt. Das wird meine Karriere kaum zerstören. Ich brauche einfach eine kurze Auszeit.«

»Ist etwas passiert?«

»Nein. Alles gut.«

»Wenn alles gut ist, warum brauchst du dann eine Auszeit?«

Tanner nahm einen Schluck Kaffee und sah seinem Sohn dabei zu, wie er die Winterjacke anzog. »Stressbedingt«, sagte er.

»Wegen der Geschichte von gestern?«

»War keine schöne Sache.«

»Ich will es gar nicht so genau wissen.« Sylvia legte die Brote in eine Frühstücksbox. »Aber wenn du schon blaumachst, kannst du auch Patrick in den Kindergarten fahren und einkaufen gehen.« Sie drehte sich zu ihrem Ehemann um. »Und bevor du dich beschwerst: Wahlweise kannst du auch das Haus aufräumen.«

Tanner stand auf. »Komm, Kleiner, wir müssen los.« Er nahm seiner Frau die Brotbox aus der Hand. »Ich gehe einkaufen, und wenn ich wieder zurück bin, räume ich auf.«

»Wirklich?«

»Versprochen. Aber dafür bringe ich dir keine Blumen mit. Du kannst nicht alles haben.«

Sylvia drehte sich zu ihm um und lächelte. Ein Lächeln hatte er schon länger nicht mehr auf ihrem Gesicht gesehen, aber Tanner hatte das Gefühl, dass es nicht ihre Augen erreichte.

Er brachte Patrick in den Kindergarten. Während der Fahrt redeten sie kaum miteinander. Tanner war mit seinen Gedanken bei den Geschehnissen von gestern. Als er vor dem Kindergarten anhielt, bekam er kaum mit, wie sich sein Sohn von ihm verabschiedete. Tanner sah ihm nach. Wann hatte er das letzte Mal wirklich mit ihm geredet? Er konnte sich nicht erinnern. Würde das überhaupt etwas bringen? Patrick redete ohnehin ständig von Enno. Wie sehr Tanner seinen Schwiegervater hasste. Von Anfang an hatte er nichts Besseres zu tun gehabt, als Tanner in Gegenwart von Sylvia kleinzumachen. Er musste an die Sporttaschen mit dem Geld denken. Jetzt war er selber reich. Es stellte sich nur die Frage, ob er Gelegenheit bekommen würde, das Geld auszugeben.

Tanner fuhr in die Innenstadt und stellte den Wagen in einem Parkhaus in der Nähe der Zeil ab. Er war zu früh, und in Ermangelung einer besseren Beschäftigung blieb er im Auto sitzen und hörte Musik. Gegen neun Uhr dreißig machte er sich auf den Weg zum Kaufhof an der Hauptwache und nahm sich einen Fensterplatz in der Cafeteria. Durch das Fenster sah er den Commerzbank-Tower, dessen Spitze von tief hängenden Wolken umhüllt war. Es war noch vor zehn und die Cafeteria bereits gut besucht. Eine Schar Rentner stocherte mit kleinen Gabeln in Kuchenstücken herum. Kein Wunder, dass die Leute Probleme mit ihrem Cholesterinspiegel hatten.

Er selber hatte sich einen Tee genommen. Allerdings ließ er ihn kalt werden. Tanner hatte keine Lust, etwas zu trinken. Er hatte sich den Becher nur zur Tarnung besorgt, um zu verhindern, dass das Personal ihn blöd anquatschte.

Als Cora die Cafeteria betrat, war Tanner für einen Augenblick irritiert. Seine Kollegin war ziemlich attraktiv. In den letzten drei Jahren hatte er sie nie außerhalb des beruflichen Kontexts getroffen. Er kannte nur ihren Arbeitslook. Es war erstaunlich, wie vernünftige Kleidung und gekämmte Haare eine Frau verwandeln können.

»Was ist?«, fragte Cora, als sie an den Tisch trat.

»Du siehst verändert aus.«

Sie lächelte. »Denkst du, ich laufe privat auch so rum wie auf der Arbeit?«

»Darüber habe ich mir, ehrlich gesagt, nie Gedanken gemacht.«

Ihr Lächeln erstarb. »Also, was willst du?«

Tanner zog verwundert die Augenbrauen hoch. »Hast du vergessen, was gestern passiert ist?«

»Genau darum frage ich. Wir sollten uns nicht so treffen.«

»Wir arbeiten zusammen.«

»Aber nicht heute. Wir haben uns krankgemeldet und sitzen in der Cafeteria vom Kaufhof. Wenn uns jemand sieht, könnte das eine Auffälligkeit setzen.«

»Es ist nicht verboten, sich in der Stadt zu treffen, wenn man krank ist.«

»Bei dem, was für uns auf dem Spiel steht, ist die kleinste Auffälligkeit zu viel. Also, was willst du?«

»Hast du das Geld sicher versteckt?«

»Was denkst du denn?«

»Wie viel ist es?«

»Ich habe es nur grob überschlagen. Es dürften sechs Millionen sein.«

»Sechs Millionen«, wiederholte Tanner und ließ sich im Stuhl zurückfallen. »Eine Menge Geld.«

»Willst du deinen Teil haben? Ist es das? Hast du Angst, dass ich dich betrüge?«

»Natürlich nicht.«

»Was willst du dann?«

»Ich will, dass wir uns mit unserem Problem beschäftigen.«

»Welches Problem?«

»Dass wir die armenische Mafia am Arsch haben. Oder wer immer das sein mag.«

»Woher weißt du, dass sie hinter uns her sind?«

»Der Sprinter ist wohl kaum von selbst weggefahren. Da war ein zweiter Mann. Die Frage lautet, hat er uns gesehen?«

Pause. »Ich weiß es nicht.«

»Es ist aber wichtig.«

»Das ist mir klar. Aber ich weiß nicht mehr als du.«

»Wenn der uns gesehen hat, haben wir ein echtes Problem.«

»Wir haben keine Ahnung, wo er sich versteckt hat. Mit etwas Glück hat er nichts gesehen.«

»Glück reicht nicht. Ich habe Familie.«

»Na und? Meinst du, ich habe Lust auf die Mafia, nur weil ich Single bin?«

»Wir müssen es herausfinden.«

»Wie?«

»Wir tun das, was wir immer tun. Wir ermitteln. Was glaubst du, was haben sie dort gemacht?«, fragte Tanner.

»Entweder haben sie gerade das Geld abgeholt, oder sie wollten es deponieren. Drogenhandel?«

»Ist ein ziemlich blöder Ort. Wie kommen die überhaupt auf diese Mine?«

Cora und Tanner sahen sich an. »Brinkmann«, platzte es gleichzeitig aus ihnen heraus. Wenn es wirklich um Drogen ging, lag der Verdacht nahe. Brinkmann war süchtig, und Drogensüchtige haben Kontakt zu Dealern. Und woher sollten diese Typen sonst eine verlassene Mine im Taunus kennen? Außerdem hatte Brinkmann den Namen der Mine gegenüber Gandalf erwähnt.

»Da setzen wir an. Wo ist Brinkmann geboren? Welche Mittäter hatte er in früheren Fällen? Hat er im Knast gesessen? Und falls ja, mit wem?« Tanner begann sich heißzureden. »Ich fahre in die Aktensammlung und zieh mir Brinkmanns Kriminalakte«, sagte er.

Cora legte die Hand auf Tanners Arm. »Das darfst du auf keinen Fall machen.«

Tanner wurde aus seinen Überlegungen gerissen. »Was? Warum?«

»Weil du dich eintragen musst, wenn du die Kriminalakte sehen willst. Das sind alles kleine Spuren, die du mit so einer

Aktion legst. Solche Kleinigkeiten sammeln sich an und können irgendwann ein Bild ergeben. Und wenn der Falsche dieses Bild erkennt, fängt er an, Fragen zu stellen. Fragen, zu denen dir vielleicht die Antworten fehlen.«

»Ich denke, ich könnte erklären, warum ich mir die Akte von Brinkmann angesehen habe.«

»Und warum?«

Tanner zögerte. »Gut. So auf die Schnelle fällt mir keine besonders schlaue Antwort ein.«

»Tu es nicht. Bitte. Das bringt uns nur in noch größere Schwierigkeiten. Wir sind beide Fahnder. Wir wissen, wie es läuft. Wenn man unvorsichtig wird, ist es so gut wie aus.«

Tanner seufzte. »Du hast recht.« Dann wurde ihm etwas klar, und er konnte spüren, wie ihm der Schweiß ausbrach.

»Was ist los?«, fragte Cora.

»Die haben ihn umgebracht. Brinkmann wusste zu viel. Deshalb haben sie ihn vor den Zug geworfen.«

»Und seine Eltern?«

»Vielleicht wollten sie auf Nummer sicher gehen.«

»Daran will ich nicht mal denken.«

»Das war ein armenischer Diplomat. Wir haben es mit einem richtigen Syndikat zu tun. Die fackeln nicht lange. Die bringen uns um.«

»Jetzt beruhige dich erst mal«, sagte Cora beschwörend.

»Aber vielleicht hat er uns gehört. Haben wir uns mit Namen angeredet?«

»Hör auf, du machst dich nur verrückt.«

»Vielleicht haben wir auch etwas gesagt, das darauf schließen lässt, dass wir bei der Polizei sind. Was ist, wenn der Kerl Deutsch versteht?«

»Lass das!«, zischte sie.

»Ich sollte das Geld nehmen und mich mit Sylvia aus dem Staub machen.«

»Bist du verrückt? Du kannst nicht einfach verschwinden. Wie sieht das aus?«

»Ist mir egal, wie es aussieht. Die bringen meine Frau und mein Kind um.«

»Sonst waren dir die beiden aber nicht so wichtig.«

»Sei still.«

»Nein. Du bist still und reißt dich gefälligst zusammen. Außerdem, wie willst du das deiner Frau erklären? Glaubst du ernsthaft, sie geht mit dir und deinem Mafiageld nach Südamerika?«

»Ich weiß es nicht.« Das war gelogen. Sylvia würde sich sofort von ihm trennen. Geld hatte für sie keine Bedeutung. Ihr Vater hatte genügend. Und er selbst würde ihr noch weniger bedeuten. Das Einzige, woran sie denken würde, wäre, ihren Sohn zu schützen. Und das war auch richtig so. »Nein«, korrigierte Tanner sich. »Das würde sie nicht.« Er nahm gedankenverloren einen Schluck von seinem kalten Tee und verzog das Gesicht. Warum hatte er das Geld überhaupt genommen?

»Ich weiß nicht, wie es um deine Ehe steht. Aber in der letzten Zeit machst du den Eindruck, dass es eher schlecht läuft. Du willst darüber nicht reden. Das habe ich schon kapiert. Aber trotzdem. Wenn deine Ehe zerbricht, dann hast du etwas, womit du dir ein neues Leben aufbauen kannst. Ein Leben nach deinen Vorstellungen.«

Er hatte sich mit Cora noch nie über seine Probleme und Sorgen unterhalten. Trotzdem schien sie ihn besser zu kennen als er sich selbst. Ein Leben nach seinen Vorstellungen. Vermutlich war das der Grund gewesen. Wenn alles vor die Hunde ging, konnte er die Koffer packen und allem den Rücken kehren. Eine verlockende Idee. Bis es so weit war, musste er nur lebend aus der Sache herauskommen. »Ich habe Angst«, sagte Tanner.

»Die Angst darf nicht unser Handeln bestimmen.«

»Du hast recht.«

»Also, hör zu. Wir halten die Füße still. Lass uns das einfach aussitzen.« Tanner nickte. Cora redete weiter. »Wir verhalten uns ruhig und unauffällig. Das ist alles.«

»Okay. Aber falls doch was passiert, müssen wir uns gegenseitig warnen.«

Cora stand auf. »Selbstverständlich.«

»Pass auf dich auf.«

»Du auch.« Cora drehte sich um und ging in Richtung Ausgang davon. Hin und wieder fragt man sich im Leben, was wohl die bescheuertste Tat war, die man jemals begangen hatte. Tanner hatte seine persönliche Antwort auf diese Frage gefunden. Als Cora aus seinem Sichtbereich verschwunden war, spürte er, wie ihn eine Welle der Einsamkeit überrollte.

BÖSE KATZEN

Als Lasker die Augen öffnete, war es helllichter Tag. Er horchte in sich hinein. Die Schmerzen waren verschwunden. Er hatte nur Hunger. Vorsichtig stand er auf und schlich ins Badezimmer. Der Geruch von Erbrochenem stach ihm in die Nase. Die Badewanne sah grauenhaft aus, und er machte sich daran, sie wenigstens grob zu reinigen. Das Handy klingelte, und Lasker folgte dem Geräusch durch die Wohnung. Es steckte noch in seiner Jackentasche.

»Wie geht es dir?«, fragte eine Frauenstimme.

»Wer ist da?«

»Hanna. Du hast mir gestern Nacht deine Nummer gegeben. Erinnerst du dich?«

»Ja. Das heißt, nein. Teilweise.«

»Dir ging es schlecht. War blöd von mir, einfach zu gehen. Aber ich wusste nicht, was ich machen sollte.«

»Sag noch mal kurz, was passiert ist.«

»Du hast mich vor diesen Typen beschützt. Weißt du noch?«

»Vor den Nordafrikanern.«

»Genau. Wir sind zu dir gegangen.«

»Ja.«

»Du hast mir einen Kakao gemacht und mit mir geredet. Dann wurde dir schlecht. Du bist ins Bad gerannt und hast dich übergeben.«

»Ich erinnere mich.«

»Jetzt haben wir Mittag. Was du in der Zwischenzeit getan hast, musst du dir selber zusammenreimen. Eigentlich rufe ich an, weil ich mich bei dir bedanken wollte. Aber vielleicht sollte ich das nicht am Telefon tun.«

»Gute Idee.«

»Hast du Lust, mit mir essen zu gehen?«

Laskers Magen grummelte. »Das klingt sehr gut.«

»Wo?«

»Egal. Hauptsache viel.«

Sie hatten sich in einer Pizzeria in der Frankenallee verabredet. Dort gab es riesige Schnitzel, und das war genau das, was Lasker jetzt brauchte. Als er eine Stunde später das Lokal betrat, saß Hanna bereits an einem Fensterplatz und winkte ihm zu. Lasker setzte sich ihr gegenüber. »Du scheinst gute Laune zu haben«, stellte er fest.

»Es läuft super. Wölfchen ist ein richtig geiler Typ.«

»Du hast also den Mut gefunden, ihn anzusprechen?«

»Ja. Wenn man ihn erst einmal kennengelernt hat, weiß man gar nicht mehr, warum man ihn so unheimlich fand.«

»Na, prima. Konntest du dich mit ihm einigen?«

»Er begleitet mich auf meiner Tour, und ich versorge ihn mit Stoff.«

»Kein Ärger mit den Nordafrikanern?«

»Bis jetzt nicht.«

»Am besten verkaufst du nur tagsüber. Nachts ist es zu gefährlich.« Die Bedienung kam an ihren Tisch. Lasker bestellte ein Jägerschnitzel mit einer doppelten Portion Pommes. Hanna nahm einen Salat.

»Du scheinst ja richtig Hunger zu haben«, sagte Hanna.

»Das kann man wohl sagen.«

»Ich will mich bei dir bedanken. Ich lade dich ein.«

»Das möchte ich nicht.«

»Warum? Ich kann es mir leisten.«

»Darum geht es nicht.«

»Um was dann?«

»Ich bin nicht gerade stolz darauf, dass ich ein junges Mädchen dabei unterstütze, Drogen zu verkaufen. Verstehst du? Das ist eigentlich nicht so gedacht.«

»Warum hast du es überhaupt getan?«

»Ganz ehrlich? Ich habe keine Ahnung.«

»Vielleicht kann ich mich doch revanchieren.«

»Und wie?«

»Lass dich überraschen.«

»Mach bloß keine Dummheiten.«

Hanna lachte auf. »Ich verkaufe Crack. Mehr an Dummheiten geht kaum.«

Die Bedienung kam zurück und stellte Lasker eine große Cola hin. Er nahm das Glas und trank es in einem Zug aus. Hanna beobachtete ihn und legte die Stirn in Falten. »Tut mir leid, dass ich einfach abgehauen bin.«

»Das muss dir nicht leidtun. Du wirst fast verprügelt, ein Wildfremder schleppt dich in seine Wohnung ab, und dann fängt der komische Typ auf einmal an, sich die Seele aus dem Leib zu reihern. Ich hätte mich an deiner Stelle auch aus dem Staub gemacht.«

»Geht es dir wieder besser?«

Lasker nickte.

»Ich hatte Angst, dass du ein Säufer bist. Du hast nach Fusel gestunken. Ich hasse Leute, die trinken.«

»Ich bin kein Säufer.«

»Das ist gut.« Sie wirkte erleichtert. »Das ist sehr gut. Vielleicht können wir uns zusammenschließen.«

Lasker lachte auf. »Für eine Umschulung ist es bei mir zu spät.«

»So meine ich das nicht. Mir ist klar, dass du Polizist bist. Ich habe mit niemandem über unser Gespräch geredet. Nicht einmal mit Wölfchen. Der war auch so von dem Vorschlag begeistert.«

»Was willst du dann?«

»Das klingt vielleicht blöd, aber ich fühle mich in deiner Nähe irgendwie wohl.«

»Du kennst mich doch nur in betrunkenem und kotzendem Zustand. Und das reicht aus, um dich wohlzufühlen? Das finde ich bedenklich.«

Das Essen kam. Lasker zerschnitt das Schnitzel mit schnellen Messerbewegungen. Hastig stopfte er sich das Fleisch in den Mund.

»Du hast nicht gefragt, warum ich auf der Szene bin? Alle fragen das. Nicht, dass es sie interessieren würde. Aber fragen tun sie trotzdem.«

Lasker brauchte einen Moment, bis er alles so weit hinuntergeschluckt hatte, dass er wieder sprechen konnte. »Deine Geschichte unterscheidet sich nicht von den anderen Geschichten, die ich in meinem Leben gehört habe. Wenn man Namen, Ort und Datum austauscht, dann sind sie ihrem Wesen nach alle gleich.«

»Du bist ganz schön verbittert. Warum bist du Polizist geworden?«

»Die Antwort ist einfach: In erster Linie wollte ich einen sicheren Job. Viele denken, man wird Polizist, weil das eine große Sache sei. Glaub mir, es ist keine.«

»Du hast doch sicher mal was Tolles erlebt? Jemandem das Leben gerettet oder so? Irgendetwas, worauf du stolz sein kannst.«

»Was Tolles? Ich erzähle dir mal was Tolles.« Lasker legte das Besteck auf den Teller. »Vor etwa zwanzig Jahren hatte ich einen Einsatz in der Sophienstraße in Bockenheim. Damals bin ich Streife gefahren. Es war kurz nach Mitternacht. Anwohner hatten Schreie gehört. Routine. Schüsse und Schreie werden oft gemeldet. In den allermeisten Fällen ist da nichts dran. Als wir mit zwei Funkwagen eintrafen, waren in einigen Häusern die Fenster geöffnet, und Menschen sahen hinaus. Die Leute wirkten ernsthaft besorgt. Also nahmen wir die Sache ernst und versuchten herauszufinden, woher die Schreie gekommen waren. Aber das erwies sich als schier unmöglich. Es handelte sich um eine ganze Reihe von Mehrfamilienhäusern. Altbauten mit mindestens fünf Etagen. Nach einer halben Stunde haben wir aufgegeben.« Lasker bestellte sich noch eine Cola. »Abgehakt. Am nächsten Tag kam ich wie gewohnt zur Arbeit. Ich hatte es mir zur Angewohnheit gemacht, immer zu Beginn einer Schicht die Fernschreiben im Computer zu lesen.«

»Fernschreiben?«

»Damit informieren sich Polizeidienststellen gegenseitig über besondere Vorkommnisse. Wenn man die Fernschreiben kennt, entgeht einem nichts Wesentliches. In einem der Fernschreiben war die Rede von einem kleinen Mädchen, das in den frühen Morgenstunden aus dem vierten Stock gesprungen war.«

»In der Sophienstraße?«

»Genau.«

»Das war das Kind, das in der Nacht geschrien hatte.«

»Höchstwahrscheinlich.«

»Warum hat sie das getan?«

»Das spielt keine Rolle. Wie gesagt, die Geschichten sind immer die gleichen.« Lasker atmete hörbar aus. »Hin und wieder besuche ich ihr Grab.«

»Immer noch? Nach so vielen Jahren?«

Lasker nickte.

»Du fühlst dich schuldig?«

»Ja.«

»Aber wenn ich dich richtig verstehe, habt ihr nichts falsch gemacht.«

»Haben wir nicht. Aber Schuldgefühle folgen ihren eigenen Gesetzen. Haben sie es erst mal geschafft, sich im Kopf einzunisten, umkreisen sie die Gedanken wie Motten das Licht. Die Schuldgefühle sind aber nur Nebensache. Etwas anderes hat mich viel mehr getroffen. Es hat ziemlich lange gedauert, bis ich das verstanden habe.«

»Was?«

»Wenn man jung ist, fühlt man sich unsterblich. Natürlich sagt einem der Verstand, dass das Unsinn ist. Aber im tiefsten Innern ist man davon überzeugt. Anders ist es nicht zu erklären, dass man in jungen Jahren mit seinem Körper umgeht, als gäbe es kein Morgen. Gleichzeitig glaubt man, die Dinge kontrollieren zu können. In dieser Nacht habe ich das erste Mal vor Augen geführt bekommen, wie fernab jeder Realität diese Vorstellung ist. Kontrolle ist ein Hirngespinst, mit dem sich der Verstand selber beruhigt. Das Schicksal ist eine riesige Welle, die uns wie Strandgut durchs Leben treibt.«

»Ist das nicht ein bisschen übertrieben?«

»Ich habe in der Nacht an ihre Tür geklopft.«

»Was meinst du?«

»Die Wohnung, aus der das Mädchen gesprungen ist. Ich stand davor und habe geklopft. Es hat niemand aufgemacht, und ich habe es an der nächsten Tür versucht. Objektiv war das in Ordnung. Wir haben ohnehin mehr unternommen, als es in einem solchen Fall üblich ist. Es gab keinen Grund, anders zu handeln. Viele haben in der Nacht nicht aufgemacht. Aber das Gefühl, zu wissen, dass ich an der richtigen Tür war, ist …« Lasker machte eine Pause. »Ich habe nichts gespürt. Ich stand vor dieser Tür, und da war nichts. Keine Eingebung. Kein Kribbeln im Bauch. Da war nur eine Tür. Wie alle anderen im Flur. Kein Gott, keine Intuition, keine Zeichen.« Lasker begann damit, den Rest seines Schnitzels zu zersägen. »Aber das Ganze hat auch eine gute Seite. Seit damals bin ich mit Gleichmut imprägniert. Ich akzeptiere die Welt, wie sie ist.«

»Eine traurige Geschichte.«

»Sicher nicht trauriger als deine. Am Ende ist es eine Geschichte.«

»Du klingst, als hättest du in deinem Leben wenig Freude gehabt.«

»Das täuscht. Ich hatte eine Menge Spaß. Ich hatte auch Zeiten, in denen ich glücklich war. Aber das Leid ist Teil des Lebens. Einige haben Glück. Sie leiden wenig oder erst spät. Andere hingegen erfahren bereits in der Kindheit, was Schmerz bedeutet. In diesen Dingen gibt es keine Gerechtigkeit. Alles in allem bin ich ganz gut weggekommen. Bis heute.«

»Sei mir nicht böse, aber ich finde das alles etwas deprimierend. Ich würde gerne das Thema wechseln.«

»Nur zu.«

»Ich möchte dir einen Vorschlag machen. Du bist alleine, und ich suche dringend eine Unterkunft. Da ist mir der Gedanke gekommen, dass ich eine Weile bei dir wohnen könnte. Natürlich zahle ich Miete.«

Lasker ließ das Besteck sinken. »Was? Das geht nicht.«

»Warum nicht? Du hast genug Platz. Hast du Angst, dass die Nachbarn lästern?«

»Ich weiß nicht mal, wie meine Nachbarn heißen. Die interessieren mich nicht.«

»Denkst du, ich beklaue dich?«

»Nein.«

»Was spricht dagegen?«

Lasker vergaß das Schnitzel auf seinem Teller. Der Gedanke, Schritte im Flur zu hören, während er im Bett lag, hatte etwas Tröstendes. Er hatte nie Probleme damit gehabt, alleine zu leben. Aber seit er wusste, wie es um ihn stand, war das Glück der Unabhängigkeit und des Freiseins einer tiefen Einsamkeit gewichen. Wie würde Hanna reagieren, wenn er ihr sagte, dass er bald sterben würde? Vermutlich würde sie trotzdem bei ihm einziehen. Und was, wenn es ihm schlecht ginge? Dann würde sie lautlos aus seinem Leben verschwinden. Sich davonstehlen und ihn zurücklassen, wie es ganz sicher ihre Art war.

Lasker erinnerte sich an einen Kollegen vom K1. Der hatte ihm einmal erklärt, warum er keine Katzen mochte. »Ich hatte es schon mit einigen Todesfällen zu tun«, hatte der Ermittler damals gesagt. »Nicht wenige der Verstorbenen hatten Haustiere. Von Fischen und Vögeln kann man nichts erwarten. Hunde sind treu. Sie leiden mit und trauern. Aber Katzen? Sie sitzen einfach auf dem Fensterbrett, schnurren und putzen sich das Fell, während Frauchen verblutet. Katzen sind ehrlose Geschöpfe.«

Lasker war sich sicher, Hanna war wie eine Katze. Er sah sie an und sagte: »Ich kenne dich nicht. Ich traue dir nicht. Du kannst nicht bei mir einziehen.« Seine Worte klangen härter, als er es beabsichtigt hatte. Er wollte ihnen die Schärfe nehmen, aber dazu kam es nicht mehr. Kommentarlos stand Hanna auf und verließ mit schnellen Schritten das Restaurant. Lasker atmete aus. Das war unnötig gewesen. Für gewöhnlich hatte er sich besser im Griff. Er sah ihr durch das Fenster nach. Sie würdigte ihn keines Blickes. Vielleicht besser so.

FEINDKONTAKT

>> **E**xistiert Patrick für dich überhaupt noch?«, fragte Sylvia. Tanner wurde aus seinen Gedanken gerissen. »Natürlich. Was für eine Frage.«

»Als ich ihn vor einer Stunde ins Bett gebracht habe, hast du ihm nicht einmal eine gute Nacht gewünscht.«

»Hat er nach mir gefragt?«

»Das ist es ja. Er fragt gar nicht mehr nach dir.«

Tanner nahm die Fernbedienung und schaltete den Fernseher leiser. »Ich will hier ausziehen«, sagte er.

»Was?«

»Du hast mich verstanden.«

»Was soll das? Ich spreche dich auf deinen Sohn an, und du fängst mit dieser ›Ich will nicht im Haus deines Vaters leben‹-Nummer an? Wie erbärmlich bist du eigentlich?«

»Du musst mir nicht ständig sagen, was du von mir hältst.«

»Wenn du dich anders verhalten würdest, dann müsste ich das auch nicht ständig tun.«

»Steig von deinem hohen Ross runter und sag mir lieber, warum du deine Schwangerschaft vor mir geheim hältst.«

Sylvia zögerte. Dann sagte sie: »Du weißt es?«

»Ich bin Polizist. Die Indizien sprechen dafür. Dein Essverhalten. Die Art, wie du sitzt. Tuschelnde Telefonate mit deiner besten Freundin. Ich gebe zu, dass es gedauert hat, bis der Groschen bei mir gefallen ist. Aber jetzt weiß ich es. Also?«

148

Sylvia blieb stumm.

»Das Kind ist nicht von mir. Hab ich recht? So selten, wie wir Sex haben, wäre es ein Wunder, wenn ich der Vater wäre.« Tanner machte eine kurze Pause. »Von wem ist es? Kenne ich ihn?«

»Es ist von dir.«

»Und warum hältst du es dann geheim?«

»Weil ich nicht weiß, ob ich es behalten will.«

Tanner blieb die Sprache weg. Er sah Sylvia an. Ihre Augen wirkten kühl, die Haut wächsern. Schließlich fand er die Worte wieder. »Ist es krank? Behindert?«

»Nein.«

Tanner stand auf.

»Wo gehst du hin?«, fragte Sylvia.

»Ich brauche jetzt ein Bier.«

»Willst du darüber reden?«

»Nein. Ich hole mir ein Bier und gehe hoch ins Arbeitszimmer.« Tanner ging in die Küche und nahm sich ein Bier aus dem Kühlschrank. Er stand bereits auf dem Treppenabsatz, als er kehrtmachte und wieder ins Wohnzimmer ging. »Als ich gesagt habe, dass ich ausziehen will, habe ich nur mich gemeint. Ich will die Scheidung«, sagte er.

»Was soll das? Du wolltest doch keine Kinder mehr.«

»Das ist nicht der Punkt. Du denkst nicht über eine Abtreibung nach, weil ich keine Kinder mehr will. Du denkst darüber nach, weil das Kind in deinem Bauch von mir ist. Der Gedanke, einen Teil von mir in deinem Körper zu haben, ekelt dich an. Sag mir, wenn ich mich irre.«

Sylvia sah ihn an. Sie öffnete den Mund, aber es kam kein Laut über ihre Lippen. »Wir sehen uns morgen«, sagte Tanner.

Was hatte er falsch gemacht? Die Antwort lautete vermutlich: alles. Mit einem hatte Sylvia eindeutig recht: Er hatte seinen

Sohn in den letzten Wochen sehr vernachlässigt und konnte noch nicht einmal sagen, weshalb. Aber das war nicht der zentrale Punkt. Seine Frau hatte ihm gerade unmissverständlich mitgeteilt, dass sie ihn verabscheute. Warum sich Sylvia nicht einfach von ihm scheiden ließ, war ihm ein Rätsel. Vielleicht brauchte sie das Gefühl, dass *er* sich trennte. Vielleicht war es so einfacher für sie, ihrem Umfeld die Sache zu erklären. Wobei ihr Vater ohnehin einen Freudensprung machen würde. Oder sie glaubte, es Patrick so besser erklären zu können. *Papa ist gegangen, weil er uns nicht mehr lieb hat.*

Tanner saß auf der Couch im Arbeitszimmer und trank die Flasche Bier in einem Zug halb leer. Sein Leben war eine einzige Pleite. Von vorne bis hinten. Er sollte am …

Sylvia schrie. Ein lauter, spitzer Schrei. Tanners Herz setzte aus, um dann mit einem Doppelschlag loszuhämmern. Er sprang vom Sofa auf. Die Bierflasche fiel zu Boden. Er riss die Tür auf und rannte die Treppe nach unten.

Sylvia stand mit dem Rücken zur Wand im Flur. »Da ist ein Mann im Garten«, flüsterte sie.

Tanner griff sich die Dienstwaffe von der Kommode. »Wo hast du ihn gesehen?«

»Wieso ist deine Pistole nicht im Tresor?«

»Von wo hast du ihn gesehen? Von der Küche?«

»Ja.«

»Geh nach oben. Nimm Patrick mit, und schließ dich mit ihm im Bad ein.«

»Was?«

»Tu, was ich dir sage.« Sylvia stand da und starrte ihn an. »Los!« Dann kam Leben in sie. Sie rannte die Treppe nach oben zum Kinderzimmer. Tanner riss den Sicherungskasten auf und schaltete hastig die Sicherungen aus.

»Warum machst du das Licht aus?«, schrie Sylvia von der Treppe.

»Hol Patrick.« Tanners Atem ging stoßweise. Er zog das Handy aus der Hosentasche und wählte 110.

»Notruf. Was kann ich für Sie tun?«

»Frauenlobstraße 13 in Bockenheim. Einbrecher am Werk. Zivilbeamter im Einsatz. Brauche dringend Unterstützung.« Er wiederholte den Text und steckte das Handy weg. Wie weit würden sie gehen? Sein Kind umbringen?

In der Küche klirrte und schepperte es. Die Terrassentür wurde eingeschlagen. Das war zu viel. »Ihr blöden Wichser!« Tanner machte einen schnellen Schritt in die Küche, riss die Waffe hoch und drückte ab. Drei- oder viermal bellte die Pistole. Von oben hörte er Sylvia schreien, aber er achtete nicht auf sie. Er glitt durch die zerschlagene Terrassentür nach draußen, ohne auf die Splitter Rücksicht zu nehmen. »Ich leg euch um!«

Der Garten bestand nur aus Schatten. Es war eine extrem dumme Idee gewesen, einfach ins Freie zu rennen. Er bot ein leichtes Ziel, während seine Gegner sich praktisch überall aufhalten konnten. Aber die Wut hatte den kurzen Kampf mit der Angst gewonnen und zwang die Vernunft zum Schweigen. Tanner glaubte, ein Geräusch zu hören. Es kam von der Hausseite und schien sich nach vorne in Richtung der Straße zu bewegen. Er sprintete zur Hausecke, folgte dem Kiesweg zur Straße hin. Eine Autotür fiel klappend ins Schloss. Das Gartentor stand offen, Tanner erreichte die Straße und verlangsamte seinen Schritt. Er suchte die Reihe der am Straßenrand geparkten Autos ab. Rechts von ihm flammten Rücklichter auf. In fünfzig Metern Entfernung versuchte ein BMW auszuparken. Tanner rannte los. Der Fahrer hatte es fast geschafft, die Parklücke zu verlassen. Tanner erkannte, dass der Beifahrersitz besetzt war. Er hob die Automatik über seinen Kopf und schoss dreimal in den Himmel. »Polizei! Anhalten, oder ich schieße!« Der Motor wurde abgewürgt. In diesem Moment hörte Tanner das entfernte Heulen von Martinshörnern. In weniger als einer Minute würden die ersten Streifenwagen eintreffen. Sein Verstand setzte wieder ein. Wenn die Streifen hier waren, was dann? Wenn tatsächlich diese Mafiosi im Auto saßen, was sollte er den Kollegen sagen? Er musste die Typen auf der Stelle erschießen. Allerdings würde er sein Problem damit auch nicht lösen. Von denen gab es sicher noch mehr. Egal, was er tat, es würde nur schlimmer werden. Aber sie umzubringen könnte ihm etwas Zeit verschaffen. Einfach von schräg hinten in den Wagen schießen. Er würde sich da schon herausreden. Auch für den Fall, dass die Kollegen keine Waffe im BMW finden würden.

Er zielte mit der Pistole in das Dunkel des Fahrzeuginneren, lief dabei in einem Halbbogen um den BMW herum. In den Fensterscheiben der Nachbarhäuser reflektierte flackerndes Blaulicht. Das Zeitfenster schloss sich. Nur noch wenige Sekunden, und die Streifen wären da. Tanner machte einen Schritt. Sein Zeigefinger suchte den Druckpunkt des Abzugs. Auf der Beifahrerseite bewegte sich etwas. Ein Gesicht erschien am Fenster. Eine Frau, um die sechzig. Er zögerte. Das passte nicht zusammen. Der erste Streifenwagen schoss um die Ecke. Tanner ging in die Knie, legte die Pistole auf den Boden und hob beide Hände in die Luft. Zwar hatte er dem Notruf gesagt, dass ein Zivilbeamter vor Ort sei, aber ob der Mann die Information an die Streifen weitergeleitet hatte, war unklar. Es war eindeutig schlauer, sich ruhig zu verhalten.

»Ich bin von der Polizei! EFKO!«, rief er den Kollegen entgegen. Ein weiterer Funkwagen kam herangerauscht.

»Ich will deine Hände sehen!«, schrie einer der Uniformierten.

»Alles klar. Ich bin ein Kollege. Im BMW sitzen Tatverdächtige nach einem versuchten Einbruch.«

Der BMW wurde von Polizisten umringt. Hinter sich hörte Tanner eine vertraute Stimme. »Ist okay. Ich kenne den Mann.«

Tanner ließ die Arme sinken und drehte sich um. Er erkannte den Kollegen, der gesprochen hatte. Er war vom 13. Revier. »Jemand wollte in mein Haus einbrechen. Ich habe den Täter verfolgt. Als ich die Straße erreichte, habe ich gesehen, wie der BMW versucht hat auszuparken. Ob das die Täter sind, kann ich nicht sagen. Aber ihr müsst sie kontrollieren.«

»Keine Sorge. Ist noch jemand im Haus?«

»Meine Frau und mein Sohn.« Tanner griff nach der Pistole, die auf dem Boden lag, und rannte zurück. Zwei Beamte folgten ihm. In der Küche knirschte das Glas unter seinen Sohlen.

»Mach langsam«, rief einer der Streifenbeamten. »Vielleicht ist jemand eingedrungen, als du draußen warst. Wo ist deine Familie?«

»Im ersten Stock. Im Badezimmer. Ich mache das Licht an.« Während Tanner bemüht war, die Sicherungen einzuschalten, liefen die Kollegen im flackernden Licht ihrer Taschenlampen die Treppe hinauf. Im Haus wurde es hell. Bevor er sich sammeln konnte, kam ein Polizist, der mit nach oben gerannt war, die Treppe wieder hinunter. »Wir brauchen sofort einen NAW!«

Tanner stürmte die Stufen hoch. Im Badezimmer fand er Patrick, der in der Badewanne hockte. Sylvia saß vor der Wanne auf den Fliesen, den Kopf zur Seite gekippt. Zwischen ihren Beinen breitete sich eine Blutlache aus. Tanner sprang zu seiner Frau und ging vor ihr auf die Knie. Sylvias Haut war blass, die Augen waren geschlossen. »Schatz!« Behutsam nahm er ihren Kopf in beide Hände und drehte ihr Gesicht in seine Richtung. »Schatz?« Keine Reaktion. Langsam stand er auf, ließ seine Frau dabei nicht aus den Augen.

»Ist Mama tot?«

Tanner sah seinen Sohn an. »Nein. Sie ist ohnmächtig.«

»Was heißt das?«

»Das bedeutet, dass sie schläft. Sie ist krank. Aber sie ist nicht tot. Sie wacht wieder auf.«

»Warum blutet Mama?«

»Das weiß ich nicht«, sagte Tanner.

»Hat sie sich geschnitten?«

»Rede kein dummes Zeug«, herrschte er Patrick an.

Patricks Augen flackerten, seine Gesichtszüge begannen zu beben. »Ich will zu meiner Mama«, schluchzte er.

Tanner massierte sich die Stirn. »Es tut mir leid. Ich habe es nicht so gemeint.«

Tanner wusste, dass nur wenige Minuten vergangen sein konnten, bis der Notarzt ihn aus dem Badezimmer drängte. Ihm kam es wie eine Ewigkeit vor. »Meine Frau ist schwanger!«, rief er ins Badezimmer. Dann ging er ins Erdgeschoss. Er war professionell genug, um zu wissen, dass er nur im Weg stand.

»Ich bräuchte ein paar Daten von dir.«

Tanner sah in das Gesicht eines jungen Kollegen, der dem Anschein nach erst einige Monate im Dienst war. »Jetzt nicht«, sagte er.

»Tut mir leid, aber ich soll das hier aufnehmen. Das kann ich nur, wenn du ...«

»Geh mir nicht auf die Nerven. Jetzt nicht!«

Der Junge drehte sich um und ließ ihn alleine. Tanner starrte die Treppe hinauf und wartete. Endlich gab es Bewegung. Sanitäter trugen Sylvia auf einer Trage hinunter. »Wie geht es ihr?«, fragte er den Notarzt.

»Kann ich nicht sagen.«

»Wo wird sie hingebracht?«

»Ins Heilig-Geist-Hospital.«

Tanner lief hinter den Sanitätern her. Der Notarzt hielt ihn auf. »Ihr Sohn ist noch im Bad. Sie sind doch der Vater?«

»Ja.«

»Dann sollten sie zu ihm gehen.«

»Natürlich.«

Tanner blieb stehen und sah den Rettungskräften nach, bis sie das Haus verlassen hatten. Dann rannte er ins Bad. Patrick saß unverändert in der Badewanne und weinte leise. Tanner stellte sich vor die Wanne und breitete die Arme aus. »Patrick, komm bitte zu mir.«

Sein Sohn blieb sitzen.

»Komm bitte.«

»Ich will zu Mama.«

»Das geht jetzt nicht. Sie muss im Krankenhaus behandelt werden. Da können wir beide nicht mit.«

»Ich will meine Mama.«

Tanner dachte kurz nach. »Willst du zu Opa?« Patrick nickte. »Dann komm bitte mit. Ich rufe Opa an.«

»Nein. Ich will hierbleiben.«

Tanner verließ das Badezimmer und rief seinen Schwiegervater an. Er erklärte ihm, was geschehen war.

Enno hörte ihm wortlos zu. Schließlich sagte er: »Ich bin in einer halben Stunde da.« Dann legte er auf. Zurück im Badezimmer, erklärte Tanner seinem Sohn, dass sein Opa auf dem Weg zu ihm sei. »Ich gehe runter. Wenn etwas ist, ruf nach mir.«

Als Tanner das Erdgeschoss erreichte, traf er nur noch einen Kollegen vom zuständigen Revier an. »Sind die anderen weg?«, fragte Tanner.

Der Streifenbeamte nickte. »Mein Kollege ist gerade am Fahrzeug. Die anderen haben abgebrochen.«

»Was ist mit den Insassen des BMW?«

»Das sind definitiv keine Einbrecher.«

»Verstehe.«

»Ich brauche Daten von dir.«

»Sicher.« Tanner ging an die Garderobe und wühlte in den Jackentaschen. Er reichte dem Kollegen seinen Personalausweis.

»Was ist los?«, fragte der Beamte. »Du siehst nachdenklich aus.«

»Ich finde meinen Dienstausweis nicht.«

»Den brauche ich nicht.«

»Ich weiß. Aber ich. Keine Ahnung, wo ich das Scheißding habe.« Tanner sah zu, wie der Uniformierte seinen Ausweis mit dem Handy fotografierte. »Du hast nicht gesagt, dass du geschossen hast?«, sagte der Kollege, während er prüfte, ob das Foto gelungen war. »Ich habe in der Küche Patronenhülsen gefunden.« Tanner blieb still. »Du musst zu der Einbruchsgeschichte jetzt nichts sagen. Ich schreibe in meinem Bericht, dass du unter Schock standest und nicht in der Lage warst, Angaben zu machen.« Er machte eine kurze Pause. »Aber dass du geschossen hast, muss ich erwähnen. Und ich muss deine Waffe sicherstellen.«

»Warum? Es ist niemandem etwas passiert.« Unter diesen Umständen wollte Tanner auf keinen Fall seine Pistole hergeben. Die brauchte er jetzt dringender als je zuvor.

»Woher willst du das wissen? Vielleicht hast du den Typen getroffen, und der schleppt sich gerade verletzt durch die Gassen.«

»Unwahrscheinlich.«

Der Kollege nickte. »Unwahrscheinlich, aber möglich.«

»Kannst du die Hülsen nicht ignorieren? Du hast die einfach nicht gesehen. Ich habe nur versucht, meine Familie zu beschützen.«

»Das war kein Einbrecher.«

»Ich weiß es nicht.«

»Du steckst in Schwierigkeiten.«

»Hör zu, wir treten öfters mal Leuten auf die Füße. Gut möglich, dass sich jemand rächen wollte.«

»Auch das müsste ich melden. Zu deiner eigenen Sicherheit.«

Das fehlte Tanner noch. »Komm schon. Da steht nachts so ein Verbrecher in meinem Garten, schmeißt mir die Terrassentür ein, und ich habe ihn eben vertrieben. Ich muss mich jetzt um meine Frau und meinen Sohn kümmern. Ich kann keine weiteren Probleme gebrauchen. Bitte. Wer soll meine Familie schützen? Die Polizei? Du bist selber bei dem Verein. Denkst du, es hilft mir, wenn ein paar Tage lang hin und wieder eine Streife bei mir am Haus vorbeifährt? Du bist ein alter Hase. Wenigstens wir müssen zusammenhalten.«

Der Streifenbeamte blähte die Backen auf. »Okay. Es ist deine Entscheidung und dein Leben. Sammel die Hülsen ein. Ich habe nichts gesehen.« Er ging zur Haustür. »Halt die Ohren steif«, sagte er, dann war Tanner alleine. Durch die zerstörte Terrassentür zog die Kälte ins Haus. Er musste einen Notdienst anrufen, der die Tür mit einer Spanplatte sicherte, aber dazu hatte er keine Energie. Sollte Enno sich darum kümmern. Es war schließlich sein Haus.

Allmählich ließ die Anspannung nach, und er fühlte die Erschöpfung. Er schleppte sich die Treppe hinauf. Patrick hatte seine Position nicht verändert. Wortlos setzte sich Tanner auf den zugeklappten Toilettendeckel und wartete.

Nach einer Weile hörte er, wie die Haustür aufgeschlossen wurde. »Das ist Opa«, sagte Tanner. Patrick sprang aus der Wanne und jagte die Treppe hinunter. Tanner folgte ihm. Als er unten ankam, stand Enno im Flur. Patrick klammerte sich an sein Bein.

»Was ist passiert?«, wandte er sich an Tanner. Als dieser mit seinen Ausführungen fertig war, sagte Enno: »Du bist Polizist. Ich hätte schon gedacht, dass du wenigstens in der Lage wärst, deine Familie zu beschützen.«

Am liebsten hätte er Sylvias Vater eine gescheuert. Das würde ihm guttun. Der Vorwurf, seine Familie nicht beschützen zu können, war falsch und ungerecht. Aber wenn er das verfluchte Geld nicht genommen hätte, wäre es erst gar nicht so weit gekommen. »Kann Patrick bei dir bleiben?«

»Natürlich. Und was hast du vor?«, fragte Enno in harschem Tonfall.

»Ich fahre ins Krankenhaus und kümmere mich um meine Frau.«

Die Gesichtszüge seines Schwiegervaters entspannten sich. »Wenn du etwas weißt, ruf mich an.«

»Das mache ich.«

* * *

Tanner hatte sich aus einem Automaten einen Kaffee gezogen und saß jetzt in einem Wartezimmer des Heilig-Geist-Krankenhauses. Wenigstens war er alleine hier. So konnte er ungestört nachdenken, was zu tun war. Dass der Kerl kein Einbrecher gewesen war, lag auf der Hand. Einbrecher schlagen nicht die Terrassentür ein, wenn sie merken, dass sich jemand im Haus befindet. Der Kerl hatte die Scheibe eingeworfen, um ihm Angst zu machen. Und das war ihm vorzüglich gelungen. Die Frage, ob die Mafia wusste, wer das Geld genommen hatte, stellte sich nicht mehr. Sie wussten es, und sie waren nicht gewillt, die Summe als Verlust von der Steuer abzusetzen.

Ein Glück, dass Patrick bei seinem Großvater war. Bei ihm dürfte er in Sicherheit sein. Und solange Tanner im Krankenhaus blieb, war auch Sylvia geschützt. Aber das war nur eine Verschnaufpause und keine Lösung des Problems. Bisher hatte ihm niemand gesagt, wie es um die Gesundheit seiner Frau bestellt war. Er musste einfach davon ausgehen, dass sie es schaffen würde.

Unbewusst hatte er sein Handy aus der Jackentasche genommen und spielte damit herum. Sollte er Jo anrufen? Was sollte er ihm sagen? Nur die Wahrheit würde einen Sinn ergeben. *Cora und ich haben einen Mann in einen Schacht geworfen und sechs Millionen Euro Mafiageld unterschlagen.* Wie sollte Jo darauf reagieren? Wenn sein Chef nicht sofort kollabierte, konnte sein Rat nur lauten, dass er sich stellen sollte. Dann würde er in den Knast gehen und seine Familie in irgendein Schutzprogramm gesteckt werden. Möglicherweise würde er im Gefängnis recht schnell auf eine dramatische Art ableben. Dazu war er noch nicht bereit.

Blieb also nur Cora. Die hatte sicher auch keine Lösung parat, aber Tanner musste sie wenigstens warnen. Nach mehreren erfolglosen Anrufversuchen schrieb er ihr eine WhatsApp-Nachricht. Im schlimmsten Fall konnte eine Nachricht in den falschen Händen ein Beweismittel darstellen. Er bemühte sich, die Botschaft, so gut es ging, zu codieren, und hoffte, dass Cora die richtigen Schlüsse ziehen würde. Er überlegte, ob er Cora schreiben sollte, dass Sylvia im Krankenhaus lag. Am Ende entschied er sich dagegen. Es ging sie nichts an.

Tanner baute sich aus einigen Stühlen ein provisorisches Bett. Er hatte es gerade geschafft, eine halbwegs bequeme Schlafposition einzunehmen, als sein Handy akustisch den Eingang einer Nachricht anzeigte. Langsam richtete er sich auf und schob dabei die Stühle quietschend in alle Richtungen auseinander. Verwundert stellte er fest, dass er eine SMS erhalten hatte. Das kam eher selten vor. Die meisten seiner Kontakte kommunizierten über andere Messenger-Systeme.

Die knappe SMS verschlug ihm den Atem. *So behandelt man keinen Besuch. Gib uns, was uns gehört.*

EIN PLAN

Hanna saß zusammen mit Wölfchen in einem Dönerladen in der Münchener Straße. Wölfchen war eine gruselige Erscheinung. Das Gesicht des Punkers war entweder einmal von bösartiger Akne zerfressen worden, oder irgendwelche Sadisten hatten seinen Kopf in einen Sack mit tollwütigen Ratten gesteckt. Jedenfalls war der Anblick furchterregend.

»Ich dachte, du wolltest nicht mehr im Gebiet verkaufen?«, sagte Wölfchen und biss in einen Döner.

»Ich hab's mir anders überlegt.« Hanna sah ihrem Beschützer beim Essen zu. »Bist du dabei?«

»Klar, warum nicht? Aber den Nordafrikanern wird das nicht gefallen.«

»Hast du Angst vor ihnen?«

»Nein. Mit den Idioten wisch ich den Boden auf.«

Hanna wusste, dass das kein dummer Spruch war. Die Geschichte, wie drei arme Irre versucht hatten, Wölfchen beim Drogenkauf übers Ohr zu hauen, war ihr wohlbekannt. Mit einem Pflasterstein bewaffnet, war er den Typen auf die Motorhaube gesprungen und hatte die Windschutzscheibe eingeschlagen. Dann war er in den Wagen gekrochen und hatte gewütet. Was das Verkaufen von Crack im Bahnhofsgebiet anging, so hatte Hanna ihre Meinung in den letzten Stunden gefühlte achtundneunzig Mal geändert. Warum, wusste sie selbst nicht.

Wölfchen nickte in Richtung des Eingangs. »Da kommen deine neuen Freunde. Erst Nordafrikaner, jetzt Armenier. Du

160

hast ein Händchen für Menschen.« Tatsächlich kamen fünf Armenier herein. Sie würdigten Hanna und Wölfchen keines Blickes. »Was wollten sie von dir?«

»Sie haben mich für eine Nutte gehalten.« Die Männer hatten Hanna in der Taunusstraße eingekreist und sie bedrängt. Zum Glück war Wölfchen auf der Bühne aufgetaucht und hatte sie aus dem Kreis gezogen. Selbst die Armenier hatten Respekt vor ihm. Die eben Eingetroffenen bestellten sich etwas zu essen und setzten sich an einen Tisch. Es war seltsam, aber der Dönerladen schien heiliger Boden zu sein, auf dem Konflikte nicht ausgetragen werden durften. Hanna wusste, dass die Armenier enge Beziehungen zu einigen Türken unterhielten. Vielleicht gab es auch Verbindungen zu dem Dönerladen, und sie wagten es nicht, hier Stress zu machen. Hanna beschloss, es den Kerlen gleichzutun und sie zu ignorieren.

»Darf ich dich was fragen?«, erkundigte sich Wölfchen.

»Sicher.«

»Warum bist du hier im Gebiet? Was ist deine Geschichte?«

»Spielt das eine Rolle? Wenn man die Namen und die Orte austauscht, sind am Ende alle Geschichten gleich.« Hanna musste an Lasker denken. Er hatte ihr ziemlich deutlich klargemacht, was er von ihrem Vorschlag, bei ihm einzuziehen, hielt. Wütend und beleidigt war sie weggelaufen. Jetzt tat es ihr leid. Womit hatte sie gerechnet? Lasker war der einzige Polizist, den Hanna kannte, aber es war sicher nicht die Regel, dass Polizisten Menschen aus dem Milieu einfach so bei sich aufnahmen.

»Trotzdem. Erzähl sie mir.«

Hanna seufzte. »Aber nur die Kurzfassung.«

»Nur zu.«

»Meine leiblichen Eltern haben mich als Baby ausgesetzt. Meine Pflegeeltern waren anständige, aber herzlose Leute. Vor einigen Wochen haben sie mir zu verstehen gegeben, dass ich in ihrem Haus nicht länger erwünscht bin. Da bin ich gegangen.«

»Und ausgerechnet hierher?«

»Du bist doch auch hier.«

»Ich bin nicht stolz drauf.«

Warum hatte es sie so getroffen, dass er sie nicht bei sich wohnen lassen wollte? Warum? Vielleicht, weil er sie nicht so angesehen hatte, wie es andere Männer taten. Jeden Tag spürte sie die Blicke auf ihrem Körper. Manche lange und respektlos, manche nur flüchtig. In der U-Bahn, auf der Straße, im Schwimmbad. Das war nicht immer schlimm. Es gab durchaus Männer, von denen sie sich gerne mustern ließ. Aber meistens war es ihr unangenehm. Lasker hatte sie nicht so angesehen. Weder bewusst noch unbewusst. Sie hatte sofort gespürt, dass er keine sexuellen Interessen hatte. Und trotzdem hatte er ihr geholfen. Als er ihr einen Kakao gemacht hatte, hatte sie sich einen Augenblick lang geborgen gefühlt. Diesen Augenblick wollte sie um alles in der Welt konservieren. Die wildesten Fantasien waren ihr in den Kopf geschossen. Sie hatte sich ausgemalt, dass sie bei ihm wohnen würde. Dann würde sie mit dem Dealen aufhören und wieder zur Schule gehen. Möglicherweise sogar studieren. Ein normales Leben führen. Die Vorstellung war schön. Und sie hatte in ihrem Wahn nichts Besseres zu tun gehabt, als den armen Mann zu überrumpeln. Sie hatte es versaut.

»Wann bekommst du deine neue Ware?«, fragte Wölfchen.

Hanna sah auf die Uhr. »Jetzt.« Sie stand auf und zog sich die Jacke an, die über der Stuhllehne hing. »Hilfst du mir, wenn die mich anmachen?«

»Die lassen dich in Ruhe. Falls nicht, helfe ich dir.«

»Gut. Wir sehen uns später.«

»Pass auf dich auf.«

Hanna lächelte gequält und verließ den Dönerladen. Beruhigt stellte sie fest, dass die Männer sich immer noch nicht für sie interessierten. Eilig lief sie in Richtung Hauptbahnhof.

Sie hatte es sich mit Lasker versaut. Aber vielleicht war der Fehler wiedergutzumachen. Wenn sie etwas tat, das ihr bei ihm Respekt einbrachte, dann würde er seine Meinung vielleicht ändern. Die Frage war nur, wie sie das anstellen sollte. Hanna wusste kaum etwas über den Polizisten. Allerdings genügte womöglich die Tatsache, dass er Polizist war. Natürlich. Jetzt wusste sie, was zu tun war. Sie blieb stehen, holte ihr Handy aus der Tasche und rief ihren Kontakt an.

»Wo bist du?«

»In der Nähe«, antwortete Hanna.

»Kannst du nicht kommen? Ich warte hier und habe deine Sachen dabei.«

»Ich muss mit dir reden.«

»Dann komm her.«

»Das mache ich lieber am Telefon.«

»Was ist los?«

»Ich habe einen neuen Freund.« Schweigen. »Hast du mich verstanden?«

»Was geht mich das an?« Hanna konnte förmlich die Enttäuschung in seinem Gesicht sehen. Dass er sie mit Stoff versorgte, geschah nicht aus Nächstenliebe.

»Mein Freund ist Polizist.«

»Glückwunsch.«

Hanna zog Laskers Visitenkarte aus der Hosentasche. »Er heißt Jo Lasker. Kriminalhauptkommissar. Er leitet das Einsatz- und Fahndungskommando der Frankfurter Polizei.«

»Dann müssen wir unsere Geschäfte wohl einstellen.«

»Nicht nur das. Ich will, dass du mir hilfst, deine Hintermänner auffliegen zu lassen.«

»Bist du wahnsinnig? Du kannst vögeln, mit wem du willst, aber deswegen musst du nicht gleich als Hilfssheriff anheuern.«

»Ich meine es ernst.«

»Ich auch. Hast du eine Vorstellung, mit wem du dich da anlegen willst?«

»Ist mir egal. Ich will nur die. Von dir will ich nichts.«

»Das ist ja beruhigend. Nein, das kannst du vergessen. Die bringen uns beide um.«

»Dann verpfeif ich dich.«

Ihr Kontakt lachte. »Du kannst mir nichts nachweisen.«

»Was weißt du schon, was ich alles mit meinem Handy aufgenommen habe.«

»Tu mir das nicht an.«

»Es ist deine Entscheidung. Ich gebe dir bis morgen Zeit. Du weißt, wie du mich erreichen kannst.« Hanna drückte das Gespräch weg. Sie fühlte sich erleichtert. Es war ein gutes Gefühl, ausnahmsweise einmal das Richtige zu tun.

LOHN DER ARBEIT

TIGRAN BEDROSSIAN
6. TAG, 23.00 UHR

>> **W**as für ein feiner Herr«, stellte Aktan fest, als Tigran in seinem neuen grauen Anzug ins Auto stieg.

Sie fuhren in Richtung Offenbach. Aus dem Radio plätscherte Musik. Nach der Begrüßungsfloskel hatte sich Aktan in Schweigen gehüllt. Tigran platzte vor Neugier, hielt sich aber zurück. Es war eine kurze Fahrt. Frankfurt und Offenbach waren im Laufe der Jahrhunderte miteinander verschmolzen. Als Ortsfremder merkte man den Stadtwechsel kaum.

Sie bogen von der Frankfurter Straße in ein kleines Villengebiet ein. »Unser Chef heißt Recep Çağlar. Du wirst ihn heute das erste und für lange Zeit das letzte Mal sehen. Receps Frau feiert ihren fünfzigsten Geburtstag, und du bist eingeladen. Man möchte dir die Hand schütteln. Es werden eine Menge Gäste anwesend sein. Die meisten von ihnen haben mit unserem Geschäft nichts zu tun. Darum wirst du unter keinen Umständen über die Arbeit reden.«

»Warum will Çağlar mir die Hand schütteln?«

»Als eine Form des Respekts.«

»Man will mir Respekt erweisen?«

»Selbstverständlich. Jeder, der für uns arbeitet, darf Respekt erwarten.«

»Ehrlich gesagt, gehe ich davon aus, dass ich ein toter Mann bin, sobald ich nur einen kleinen Fehler mache. Das Wort Respekt irritiert mich unter diesen Voraussetzungen.«

Aktan lachte. »Nun ja. So schnell wirst du nicht ausgeschlossen. Es kommt schon darauf an, was für einen Fehler du dir leistest. Wir können nicht wegen Kleinigkeiten permanent das Führungspersonal austauschen. Es fehlt an fähigen Bewerbern.« Er sah Tigran an. »Angst?«

»Unwohlsein.«

»Dazu besteht kein Grund. Recep ist ein freundlicher älterer Herr. Wenn du nicht zu vorlaut wirst, brauchst du dir keine Gedanken zu machen.« In einer Straße, in der die Vorgärten so groß waren, dass sich die Häuser hinter Buschwerk und Laubbäumen verstecken konnten, parkten sie ein. Als sie ausgestiegen waren, trat Aktan an Tigran heran und legte ihm eine Hand auf die Schulter. »Recep ist der Chef. Aber für unsere Geschäfte ist sein Schwager zuständig. Kemal Ata. Kemal ist nicht ganz so freundlich. Sei höflich, aber nicht kriecherisch.«

»Wann weiß ich, dass ich etwas falsch mache?«

»Wenn dir jemand den Weinkeller zeigen will.« Tigrans Gesichtszüge verhärteten sich. Aktan klopfte ihm auf den Rücken und lachte. »Das war nur ein Witz. Entspann dich.«

An Entspannung war nicht zu denken. Tigran hatte seit gestern kaum geschlafen. Ein Albtraum hatte ihn gequält und wachgehalten. Jedes Mal, wenn er endlich eingeschlafen war, ging der Traum von vorne los.

Er war zwölf Jahre alt und lief in der Nacht durch die Straßen eines fremden Dorfes. Sein zerschnittenes Gesicht brannte wie Feuer, das mit Blut getränkte T-Shirt klebte an seiner Brust. Er stolperte die staubige Straße entlang. Hinter sich hörte er seinen jüngeren Bruder Sevan schreien: »Tigran! Hilf mir!« Immer wieder hörte er dieselben Worte. Wie eine zerkratzte Schallplatte. Er wusste, dass bereits einige Kilometer zwischen ihm und Sevan lagen. Dennoch hörte er die Stimme dicht an seinem Ohr. Tigran wollte umdrehen, um ihm zu helfen. Aber er konnte nicht. Seine Beine gehorchten ihm einfach nicht. Er schwor bei Gott, er wollte umdrehen. Spätestens an dieser Stelle wachte er auf.

Während er Aktan folgte, griff sich Tigran unwillkürlich ins Gesicht. Unter den Fingerspitzen spürte er den Wulst des Narbengewebes. Sie passierten ein gusseisernes Tor und betraten einen beigefarbenen Kiesweg. Tigran warf einen Blick durch die Büsche auf die Villa. Plötzlich blieb sein Begleiter vor ihm stehen und drehte sich zu ihm um. »Mach deinen Mantel auf. Ich muss nachsehen, ob du eine Waffe bei dir trägst.« Während Aktan Tigran abtastete, sagte er: »Das wäre zum Beispiel ein Fehler, der dich in den Weinkeller bringen könnte.«

Tigran hatte genug von Aktans Humor und schwieg. Die Villa war offenkundig älter als hundert Jahre. In jeder der drei Etagen brannte Licht. Eine breite Treppe führte sie auf die Veranda. Aktan öffnete die angelehnte Haustür und trat ein. Tigran tat es ihm gleich. Die Nervosität ließ seine Knie weich werden. Er hängte seinen Mantel an die Garderobe und folgte Aktan. Der Raum, den sie durch eine Flügeltür betraten, hatte die Ausmaße eines kleinen Ballsaals. Etwaige Möbel hatte man hinausgeräumt. Aufwendig gestaltetes Intarsienparkett kleidete den Boden. Die riesige Glasfront bot einen wunderbaren Blick in den Garten. Davor hatte man ein ausladendes Büfett aufgebaut. Junge Männer in weißen Jacketts schaufelten den Gästen Shrimps auf die Teller. Tigran zählte etwa sechzig Gäste. Erstaunt stellte er fest, dass es sich bei der Mehrzahl der Anwesenden um Deutsche handelte.

Während Aktan Hände schüttelte, fühlte sich Tigran verloren unter den fremden Menschen und wusste nicht recht, was er mit sich anfangen sollte. Nach einigen Minuten trat ein Mann auf ihn zu und streckte ihm die Hand entgegen. »Mein Name ist Recep Çağlar. Ich nehme an, du bist Tigran. Ich freue mich, dass du kommen konntest«, sprach ihn der Mann auf Deutsch an. »Ich hoffe, es stört dich nicht, dass ich dich duze.«

»Ganz und gar nicht. Es ist mir eine Ehre, Ihre Bekannt-schaft machen zu dürfen.«

Çağlar zog die Augenbrauen hoch. »Dein Deutsch ist her-vorragend. Man hat mir bereits berichtet, dass du ein außerge-wöhnlicher junger Mann bist.«

»Es ist wichtig, die Sprache des Landes zu beherrschen, in dem man lebt.« Çağlar gehörte zu den Männern, deren Alter schwer zu schätzen war. Seine Haut war praktisch faltenlos, der gepflegte Vollbart und die Haare hingegen fast weiß. Vermut-lich war er um die sechzig. Er machte einen sportlich eleganten Eindruck und erinnerte Tigran an einen englischen Gentleman.

»Und wenn man in zehn verschiedenen Ländern lebt?«

»Dann sollte man sich bemühen, zehn Sprachen zu lernen«, sagte Tigran.

»Das ist zweifellos richtig. Männer, die verstanden haben, was Globalisierung bedeutet, und danach handeln, sind mir willkommen. Im Gestern zu leben mag bequem sein, bringt einen aber im Hier und Jetzt nicht weiter.«

Bevor Tigran etwas sagen konnte, drehte sich sein Gast-geber um und winkte eine Frau zu sich heran. »Darf ich vor-stellen? Das ist meine Frau Aischa. Sie feiert heute ihren drei-ßigsten Geburtstag.«

Die Frau boxte ihren Mann gegen den Oberarm und reichte Tigran die Hand. »Freut mich, Sie kennenzulernen.«

»Die Freude ist auf meiner Seite.« Çağlars Ehefrau trug ein langes dunkles Abendkleid und wirkte ebenso kultiviert wie ihr Mann. Ob sie wusste, womit ihr Angetrauter sein Geld ver-diente? Ob es ihr etwas ausmachte, dass das Fundament ihres Reichtums auf dem Leid anderer gebaut war? Tigran lächelte die Fragen in seinem Kopf weg.

»Ich wünsche Ihnen viel Spaß auf unserer kleinen Feier.« Mit den Worten verabschiedete sich die Hausherrin. Tig-ran bemerkte, dass Çağlar über seine Schulter hinwegblickte.

Offenbar hatte jemand hinter Tigran den Raum betreten. Für den Bruchteil einer Sekunde verhärtete sich Çağlars Mimik. Ein Mann stellte sich neben Tigran.

»Herr Professor. Was verschafft mir die Ehre?«, fragte Çağlar.

Der Angesprochene hatte eine Halbglatze und trug einen braunen Blouson aus Wildleder. Offensichtlich hatte er nicht vor, länger zu bleiben. »Wir müssen reden«, sagte er.

»Der Professor. Hat immer ein starkes Bedürfnis, sich zu unterhalten.« Çağlar wandte sich Tigran zu. »Das, mein junger Freund, ist Professor Fuhrmann. Gemeinsam haben wir eine humanitäre Mission ins Leben gerufen. Wir bringen armenische Waisenkinder nach Deutschland, um ihnen wenigstens für ein paar Wochen das Elend des Krieges zu ersparen.«

Der Professor knipste ein mechanisches Lächeln an. Er fühlte sich sichtlich unwohl. »Wenn man Geld hat, trägt man eine gewisse Verantwortung der Welt gegenüber«, fuhr Çağlar fort. »Und was könnte sinnvoller sein, als Kindern zu helfen?«

Tigran hatte in der Zwischenzeit von einem Angestellten des Cateringservice ein Sektglas in die Hand gedrückt bekommen. »Darauf stoße ich an«, sagte er.

»Das ist ein Wort«, lachte Çağlar. »Darauf sollten wir tatsächlich anstoßen.« Er organisierte sich ein Glas Sekt und hob es kurz in Tigrans Richtung an. Der Professor räusperte sich. »Ich sehe schon. Der Professor hat es eilig. Tigran, du entschuldigst uns.« Die beiden Männer verließen gemeinsam den Raum. Dann machte es bei ihm Klick. Das war der Kerl, dem er das Crack übergeben hatte. Tigran hatte den Mann nur aus der Ferne und nur durch getönte Autoscheiben gesehen, aber er war sich hundertprozentig sicher. Außerdem war Fuhrmann Professor. Ihm fielen Nareks Worte wieder ein: »Du sollst das einem Professor bringen. Vielleicht ist das ja der Grund, warum du den Auftrag kriegst. Du weißt schon, so von Arzt zu Arzt.«

Tigran verlor sich in Gedanken. Die Arkadaş versorgte einen Professor mit Crack. Der Professor half ihnen dabei, Kinder aus Armenien nach Deutschland zu bringen. Tigran glaubte nicht, dass das nur so dahergesagt war. Ob ihm die Informationen etwas nützten, war unklar. Aber der Abend versprach auf jeden Fall interessant zu werden.

Tigran ließ den Blick durch den Raum schweifen. Die Gäste sahen wirklich nicht nach Mafiosi aus. Vermutlich handelte es sich vor allem um Geschäftspartner aus der legalen Wirtschaft. Tigran wusste nicht, womit Çağlar vorgab sein Geld zu verdienen, aber ihm gehörten bestimmt einige Firmen. Jetzt verstand Tigran auch, warum seine Einladung eine besondere Form des Respekts darstellte. Wie jeder hohe Chef einer verbrecherischen Organisation war Çağlar darum bemüht, eine möglichst große Distanz zwischen seinem vorgetäuschten bürgerlichen Leben und seiner tatsächlichen Arbeit aufzubauen. Aus diesem Grund hatte Tigran hier auch nichts zu suchen. Er war ein unwillkommener Gast aus der Schattenwelt. Dass Çağlar es riskierte, ihn zu sich nach Hause einzuladen, war eine Botschaft an ihn, dass er dabei war und ab jetzt einen festen Platz einnahm.

Jemand tippte ihm auf die Schulter. Es war Aktan. »Du hast Recep kennengelernt?«

»Ja.«

»Das ist gut. Ich möchte dir Kemal vorstellen.«

Tigran nickte und folgte Aktan. Als sie an der Garderobe vorbeikamen, sagte Aktan: »Nimm deinen Mantel. Du kommst nicht wieder.«

Sie verließen das Haus. Vor der Eingangstür stand ein winziger Mann mit Brille. Buchhalter war das Erste, was Tigran in den Sinn kam. »Das ist Tigran«, sagte Aktan zu dem Mann. »Ich lass euch mal alleine.« Aktan klopfte Tigran aufmunternd auf die Schulter und ging zurück ins Haus.

»Du weißt, wer ich bin?«, fragte der Mann auf Türkisch und warf seine aufgerauchte Zigarette in einen Blumenkübel.

»Ich nehme an, du bist Kemal Ata.«

»Das ist richtig. Aktan hat dir vermutlich erzählt, was meine Aufgabe ist.«

»Er sagte mir nur, dass du für unser Geschäft zuständig bist.«

Ata nickte. »Lass uns ein paar Schritte zusammen gehen.« Gemeinsam verließen sie das Grundstück und liefen die menschenleere Straße entlang. »Ich bin der Chef der Arkadaş, des türkisch-armenischen Zweiges unserer Firma. Aktan spricht nur Gutes über dich. Das bedeutet etwas. Aktan ist nicht leicht zu begeistern.«

»Das freut mich.«

»Was weißt du über unser Geschäft?«

»Wenig. Ihr habt Interessen im Bausektor und handelt mit Drogen.«

»Hast du eine Vorstellung, wie die Drogen ins Land kommen?«

»Nein.«

»Dann soll es fürs Erste auch so bleiben.«

Nachdem sie etwa dreihundert Meter gegangen waren, blieb Ata stehen. »Hör zu«, sagte er. »Wenn Aktan recht hat, hast du eine große Zukunft vor dir. Falls nicht, werden wir uns von dir trennen müssen.«

Tigran nickte.

»Gut.« Ata griff in seine Jackentasche und zog ein Schlüsselbund und einen Zettel heraus. Er überreichte Tigran den Zettel. »Das ist eine Adresse im Frankfurter Ostend. Wir haben dir eine Zweizimmerwohnung besorgt. Sie ist möbliert. Bewährst du dich, bekommst du eine neue. Besser als das Asylantenheim ist es allemal. In den nächsten Tagen erhältst du außerdem einen vernünftigen Aufenthaltstitel. Darüber brauchst du dir keine Gedanken mehr zu machen. Hast du einen Führerschein?«

»Ja. Aber ich glaube, ich muss ihn umtragen lassen. Einen deutschen Führerschein habe ich nicht.«

»Darum kümmern wir uns später.« Ata übergab Tigran das Schlüsselbund. »Hier hast du Wohnungs- und Wagenschlüssel. Der BMW hier gehört dir. Im Prinzip ein Firmenfahrzeug.« Ata deutete auf einen neuen 3er-BMW, der auf der anderen Straßenseite stand. Bevor Tigran etwas sagen konnte, hob Ata die Hand. »Du bedankst dich nicht. Dafür hast du gearbeitet. Hast du Geld?«

»Ja.«

»Aktan hat dir sicher gesagt, dass ich nicht so nett bin wie Recep.«

War das eine Fangfrage? »Er hat mir nur gesagt, dass du mein Chef bist. Sonst nichts«, log Tigran.

Ata sah ihm tief in die Augen. »Du lügst. Aber in diesem Fall gefällt mir das. Ich mag Männer, die loyal sind und wissen, wann sie die Klappe halten müssen. Vielleicht bist du tatsächlich zu gebrauchen.« Ata zündete sich eine neue Zigarette an. »Genieß deine Freizeit. Aktan meldet sich bei dir.« Ata wollte sich gerade von Tigran verabschieden, als sein Handy klingelte. Er nahm das Gespräch an. Einige Sekunden hörte er nur zu. Dann antwortete er auf Deutsch: »Ich kann nur hoffen, dass du uns das Geld wiederbesorgst. Sonst haben wir ein ernsthaftes Problem.« Dann legte er auf. Offensichtlich hatte Ata vergessen, dass Tigran auch Deutsch sprach. Vielleicht wusste er es auch nicht. Das passierte Tigran öfters. Über welches Geld hatte Ata geredet?

Ata schien seinen Fauxpas nicht bemerkt zu haben. Ohne sich weiter um Tigran zu kümmern, ging er zurück in Richtung Haus.

Tigran wechselte die Straßenseite, öffnete den BMW und

setzte sich auf den Fahrersitz. Er lehnte sich zurück, schloss die Augen und atmete aus. Er hatte es geschafft. Er war nicht nur in die Arkadaş aufgenommen worden, er hatte auch noch Kontakt zum inneren Kreis. Das konnte man ohne Übertreibung als Volltreffer bezeichnen. Jetzt musste er herausfinden, ob er tatsächlich an die Richtigen geraten war. Daran hatte Tigran zwar im Grunde keine Zweifel, aber bei dem, was er vorhatte, durfte er sich keinen Irrtum erlauben. Der Plan für die Zukunft war einfach, das Problem war die Umsetzung. Die Drogengeschäfte und Unregelmäßigkeiten im Baugewerbe interessierten Tigran nicht. Für das, was er wirklich suchte, musste er erst Beweise finden. Wenn das vollbracht war, würde er sie alle töten. Endlich. Es wurde Zeit, dass er sich sein Handwerkszeug besorgte.

VERLUST

Nach einigen Stunden unruhigen Wartens wurde Tanner von einem Arzt in einen Untersuchungsraum gebeten. Das Zimmer war spartanisch eingerichtet: ein kleiner Schreibtisch, eine Liege und ein Wandschrank mit Glastüren, in dem sich medizinisches Gerät befand. An den gelb gestrichenen Wänden hingen Poster von Pharmaunternehmen, die verschiedene Körperregionen im Querschnitt darstellten. Der schlaksige Assistenzarzt setzte sich an den Schreibtisch und bedeutete Tanner, sich einen Stuhl zu nehmen. Tanner setzte sich. Seine Gedanken kreisten um die SMS, die er vor drei Stunden bekommen hatte. Sie wussten, wer er war, und würden ihn umbringen. Vielleicht vorher noch seinen Sohn entführen. Das ...

»Herr Reinders. Hören Sie mir zu?«

»Was?«

»Ich habe Ihnen gerade erklärt, wie es Ihrer Frau geht. Aber Sie scheinen abwesend.«

»Tut mir leid. Wie geht es ihr?«

»Sie wird wieder gesund. Wir behalten sie noch zwei, drei Tage zur Beobachtung in der Klinik. Dann kann sie wieder nach Hause.«

»Gott sei Dank. Ich dachte, sie hätte eine Menge Blut verloren.«

»Blut ist so eine Sache. Es sieht meist schlimmer aus, als es ist.« Der Arzt setzte einen betroffenen Gesichtsausdruck auf. »Aber ich habe auch eine schlechte Nachricht.«

»Sie hat das Kind verloren.«

»Tut mir leid.«

»Ich habe damit gerechnet.« Tanner bekam die SMS einfach nicht aus dem Kopf. Jedes Mal, wenn er versuchte, sich auf die Erklärungen des Arztes zu konzentrieren, kam ihm die Nachricht in den Sinn und sorgte für Adrenalinschübe.

»Ich muss Ihnen ein paar unangenehme Fragen stellen.«

»Was für Fragen?«

»Hat Ihre Frau psychische Probleme?«

»Nein, wie kommen Sie darauf?«

»Gibt es eine Krise in Ihrer Ehe?«

»Ich wüsste nicht, was Sie das angeht. Warum fragen Sie das?«

»Tut mir leid, aber das ist in solchen Fällen Standard. Ich nehme an, dass Sie als Polizist dafür Verständnis haben.«

»Natürlich.«

Die Tür öffnete sich einen Spaltbreit, und eine Krankenschwester steckte den Kopf herein. Sie hatte einen flehenden Gesichtsausdruck. »So schlimm?«, fragte der Arzt.

»Wir brauchen Ihre Hilfe, wir kriegen den Patienten nicht ruhiggestellt.«

»Entschuldigen Sie mich bitte einen Moment«, sagte der Arzt zu Tanner und verließ den Raum.

Ob er als Polizist Verständnis für unangenehme Standardfragen hatte? Ganz sicher. Er hatte aber auch ein ausgeprägtes Gespür dafür, wenn etwas im Busch war. Tanner stand auf und zog das Handy aus der Tasche. Dann schlug er die Krankenakte auf, die der Arzt auf dem Schreibtisch liegen gelassen hatte, und fotografierte die eingehefteten Seiten ab. Nach fünf Minuten kam der Arzt zurück und entschuldigte sich bei Tanner für die Wartezeit. Er nahm die Akte an sich. »Leider habe ich jetzt keine Zeit mehr. Das Wesentliche habe ich Ihnen mitgeteilt. Haben Sie noch Fragen?«

»Wann kann ich meine Frau sehen?«

»Sie ist erschöpft und schläft. Wenn sie aufwacht, können Sie zu ihr. Wann das sein wird, kann ich Ihnen nicht sagen. Wollen Sie hier warten oder nach Hause gehen?«

»Ich warte.«

»Gut. Ich lasse Ihnen ein Bett in einen Nebenraum bringen.«

»Das wird nicht nötig sein. Ich bleibe im Wartezimmer.«

»Wie Sie wollen.«

Im Wartezimmer war Tanner immer noch alleine. Er sah sich die Seiten der abfotografierten Krankenakte an. Die Anamnese war handschriftlich verfasst und, wie es sich für ein Krankenhaus gehört, in weiten Teilen nicht zu entziffern. Zwei Wörter, die mit mehreren Ausrufezeichen versehen waren, sprangen ihm ins Auge. Mifegyne. Prostaglandin. Dahinter stand ein Satz. *Ohne ärztliche Aufsicht.*

Nach einer kurzen Recherche im Internet wusste Tanner, warum der Arzt ihm die Fragen über den seelischen Zustand seiner Frau gestellt hatte. Mifegyne war eine Abtreibungstablette, Prostaglandin ein Hormon, das zwei Tage nach der Einnahme verabreicht wurde. Sylvia hatte anscheinend eine medikamentöse Abtreibung ohne ärztliche Begleitung eingeleitet. Vermutlich hatte das Drama des gestrigen Abends den Vorgang beschleunigt.

Tanner ließ das Handy sinken. Sylvia hatte ihm gesagt, dass sie nicht wüsste, ob sie das Kind behalten wolle. Er hatte gedacht, dass sie ihn damit verletzen oder aus der Reserve locken wollte. Tatsächlich war der Schwangerschaftsabbruch zu dem Zeitpunkt bereits eingeleitet gewesen. Damit hatte er nicht gerechnet.

Im Augenwinkel bemerkte Tanner eine Bewegung. Jemand, der, seiner Bekleidung nach zu urteilen, nicht zum

Personal gehörte, war an der offenen Tür zum Warteraum vorbeigegangen. Tanner stand auf und trat auf den Flur. Er sah einen Mann von hinten, der den Korridor entlangging und dabei jedes Türschild musterte. Es war zwei Uhr vierzig und eindeutig außerhalb der Besuchszeit. Tanner folgte ihm. Die SMS kam ihm erneut in den Sinn. Vielleicht suchte der Mann das Zimmer, in dem seine Frau lag. Tanner beschleunigte seine Schritte. Er musste den Abstand verringern, um den Kerl im Ernstfall aufzuhalten. Mit der rechten Hand legte er das Griffstück der Pistole frei. Der Mann vor ihm betrat das Schwesternzimmer. Als Tanner auf der Höhe des Raumes war und durch die Glasscheiben spähte, sah er, dass sich der Mann auf einen Stuhl gesetzt hatte und sich mit einer Ärztin und einem Krankenpfleger unterhielt. Die drei lachten. Es war wohl nicht davon auszugehen, dass der Typ zur Mafia gehörte. Tanner machte kehrt und ging zurück ins Wartezimmer. Er schwitzte, seine Hände zitterten. Er versuchte noch einmal vergeblich, Cora zu erreichen. Anstelle eines Freizeichens wurde er direkt zur Mailbox geleitet. Das war ungewöhnlich. Normalerweise ließ sie ihr Telefon über Nacht eingeschaltet. Auf die Nachricht, die Tanner ihr geschickt hatte, hatte sie bisher nicht reagiert.

Das musste nichts, konnte aber alles bedeuten. Wenn die Mafia seine Adresse kannte, warum nicht auch Coras? Möglicherweise war sie in Gefahr oder bereits tot. Was sollte er tun? Er konnte die Klinik nicht verlassen. Egal, wie Sylvia zu ihm stand, sie durfte nicht dafür büßen müssen, dass er Mafiageld unterschlagen hatte. Aber einfach hier sitzen bleiben und nichts tun konnte er auch nicht. Das war keine Sache, die mit Aussitzen aus der Welt zu schaffen war. Wenn er also nicht weg konnte, aber gleichzeitig handeln musste, dann bedeutete das, dass er Hilfe brauchte. Fragte sich nur, von wem.

HANNA UND DER GRIMM

Gedankenverloren rührte Hanna in ihrem Milchkaffee. Und das schon seit einer ganzen Weile. Vor einer Stunde hatte ihr Kontakt sie angerufen und um ein Treffen gebeten. Sie hatte nicht mehr daran geglaubt. Die ganze Nacht hatte sie im Bahnhofsgebiet herumgelungert und ihre Kunden auf morgen vertröstet. Dass es kein Morgen geben würde, mussten sie nicht wissen. Die Aufregung wäre zu groß.

Nun wartete sie am verabredeten Treffpunkt, in der Lobby des Clarion-Hotels Moselstraße Ecke Taunusstraße. Die Lobby bot einige Vorzüge. Zum einen hatte die Bar die ganze Nacht geöffnet. Zum anderen konnte man die Straße durch die großen Glasscheiben gut im Blick behalten. Eigentlich hatte ihr Kontakt gesagt, dass er in fünf Minuten vor Ort sein würde. Vielleicht hatte er kalte Füße bekommen und es sich anders überlegt. Was dann? Ohne ihn konnte sie seine Hintermänner nicht ans Messer liefern. Sie hatte nicht die geringste Ahnung, woher er das Crack bezog. Sicher war nur, dass er es nicht selber kochte.

Als die Tür aufging, sah Hanna hoch. Zwei Armenier betraten die Lobby und setzten sich einige Tische von ihr entfernt in ihren Rücken. Sie konnte diese Typen nicht leiden. So langsam wurden sie zu einer echten Plage. Außer ihr waren jetzt nur noch die Armenier und der Mann hinter der Bar in der Lobby. In diesem Moment verschwand der Barmann durch eine Tür hinter dem Tresen. Also nur noch sie und diese Idioten.

Es reichte. Wenn er nicht kommen wollte, dann eben nicht. Hanna war gerade aufgestanden, als ein weiterer Mann das Hotel betrat. Leider wieder nicht der Richtige. Aber wenigstens sah er ganz vernünftig aus. Er war Deutscher, hatte einen gepflegten Vollbart und trug einen Anzug. Eine Jacke hatte er nicht an. Seine Haare waren unter einer Wollmütze verborgen.

»Gut, dass ich dich noch erwische«, sagte der Mann.

»Was?« Er konnte nur Hanna gemeint haben. War das der Versuch einer völlig bescheuerten Anmache? Sie ärgerte sich, überhaupt reagiert zu haben. Bloß weg hier.

»Hanna. Ich muss dringend mit dir reden.«

Hanna blieb stehen und sah den Mann verwundert an.

»Am besten stelle ich mich erst einmal vor. Mein Name ist Balthasar Grimm.«

Hanna war zu erstaunt, um etwas zu sagen.

»Ja, ich weiß. Der Herr möge meine Eltern dafür strafen, dass sie mir so einen Namen gegeben haben. Ich mache es kurz. Wir haben einen gemeinsamen Freund. Besser gesagt, einen gemeinsamen Bekannten. Ich muss mit dir reden. Bitte setz dich.«

Hanna sank in den Stuhl zurück.

Grimm setzte sich ihr gegenüber. Er sah zur Bar. »Ich würde gerne etwas trinken«, sagte er. »Wo ist denn die Bedienung?«

Ja, genau. Wo war der Kerl? Er konnte doch nicht so ewig für eine Zigarette brauchen geschweige denn auf der Toilette sitzen. Wenn er zurückkam, würde sie ihn bitten, die Polizei zu rufen. Dieser Grimm war ganz sicher einer der Hintermänner ihres Kontakts. So viel stand bereits fest.

»Wo habe ich nur meinen Kopf? Ich habe ihm ja selber gesagt, dass er verschwinden soll.«

»Wenn du mir Angst machen willst, wird das nicht funktionieren«, sagte Hanna.

»Das wird nicht nötig sein. Du hast bereits Angst. Die beiden Männer hinter dir machen dich nervös genug. Dazu kommen meine Wenigkeit und die Tatsache, dass ich die Bedienung weggeschickt habe. Ich denke, das reicht.«

»Was willst du von mir?«

»Eigentlich nur eine Kleinigkeit. Ich habe gehört, dass du deine noch junge Karriere als Drogenverkäuferin an den Nagel hängen willst. Das finde ich grundsätzlich begrüßenswert. Junge Damen gehören nicht hierher. Weniger toll finde ich, dass du mit einem Polizisten befreundet bist. Du musst lernen, dir deine Freunde besser auszusuchen.«

»Ich bin mit keinem Polizisten befreundet.«

Grimm legte die Stirn in Falten. »Ach nein? Dann muss das ein dummes Missverständnis sein. Nach meinen Informationen heißt der Mann Jo Lasker. Du kannst mir glauben, wir haben sehr intensiv nachgefragt. Ein Irrtum ist praktisch ausgeschlossen. Das bringt mich in eine unangenehme Situation. Genauer gesagt, bringt es vor allem dich in eine unangenehme Situation.«

Hanna hörte, wie hinter ihr Stühle gerückt wurden. Sie wusste, dass die beiden Armenier aufgestanden waren. »Wir machen einen kleinen Ausflug. Nein, das ist schon wieder falsch. Du und die beiden Herren machen einen Ausflug. Keine Sorge, sie werden dir nichts tun. Wir beide sehen uns dann später wieder. An einem Ort, wo wir uns in Ruhe unterhalten können.«

FAHRERFLUCHT

Nachdem Ata ihn entlassen hatte, war Tigran auf direktem Weg ins Bahnhofsgebiet gefahren. Er hatte einige Runden im Gebiet gedreht und sich dann einen Parkplatz auf der Taunusstraße gesucht. Insgeheim hatte er gehofft, Narek zu finden. Narek war ein Arschloch, aber es hätte Tigran beruhigt, ihn am Leben zu wissen. Aus nicht ganz uneigennützigen Gründen.

Seit knapp zwei Stunden saß Tigran in seinem Wagen und beobachtete das Treiben auf der Straße. Dann wurde es ihm zu viel. Vielleicht sollte er sich seine neue Wohnung ansehen. Das würde ihn ablenken.

Als Tigran das Bahnhofsgebiet gerade verlassen wollte, sah er einen weißen Peugeot 308 mit getönten Scheiben und bulgarischem Kennzeichen. Der Wagen hatte in der Taunusstraße am Straßenrand eingeparkt. Zwei Männer stiegen aus. Der Fahrer war ihm unbekannt. Aber als ihm der Beifahrer das Gesicht zuwandte, blieb ihm fast das Herz stehen. Das war der Kerl aus dem Wald, dem er mehrfach ein Messer in den Rücken gestoßen hatte.

Um ein Haar wäre Tigran einem anderen Wagen, der in zweiter Reihe hielt, in den Kofferraum gefahren. Wie hatte er das überlebt? Es gab keinen Zweifel. Das Gesicht würde er niemals vergessen. Das galt sicher auch umgekehrt. Was sollte er jetzt tun? Das eigentliche Problem bestand darin, dass es ausreichte, wenn der Kerl ihn beschreiben würde. Diese gottverdammten Narben in seinem Gesicht waren markant genug, es brauchte keine weiteren Beweise.

Um eine Personenbeschreibung abzugeben, war ein persönliches Vorsprechen überflüssig. Das ging auch telefonisch. Oder redeten die alle nicht miteinander? Vielleicht war der Mann gerade erst angekommen und hatte genauso wenig Verbindungen zur Arkadaş wie er damals. Dafür sprach, dass er sich in Begleitung eines Bulgaren befand. Möglicherweise hatten sie sich unterwegs getroffen, und der Bulgare hatte ihn mitgenommen. Vielleicht sogar per Anhalter. Wenn der Fahrer wirklich Bulgare war. Das Kennzeichen allein bedeutete gar nichts.

Vielleicht… möglicherweise… Das half ihm nicht weiter. Fest stand, dass der Typ eine ernsthafte Gefahr für ihn darstellte. Er konnte sich deutlich erinnern, dass der Mann im Wald gesagt hatte, er wüsste, was Tigran vorhabe. Konnte das sein? Gehörte er doch zur Arkadaş? Kannte er ihn? War er womöglich an seiner eigenen Entführung beteiligt gewesen? Vom Alter her könnte es passen.

An Gesichter konnte sich Tigran beim besten Willen nicht erinnern. Über Jahre hinweg hatte er es sich verboten, an die Sache, wie er seine Entführung nannte, zurückzudenken. Wenn die Erinnerungen doch kamen, hatte er sich als Jugendlicher Nadeln unter die Fingernägel gebohrt, bis die Schmerzen die Bilder auslöschten. Wohin er auch ging, eine Nadel hatte er immer dabei. Jetzt, wo es darauf ankam, merkte er, dass die Selbstkonditionierung erstaunlich gut funktioniert hatte.

Tigran war zwölf Jahre alt gewesen. Die Männer hatten ihn und seinen kleinen Bruder Sevan damals beim Spielen verschleppt und in den Laderaum eines Lastwagens eingesperrt. Wie er später erfuhr, hatten sie vierzehn Tage in dem Verlies verbracht. Das konnte er bis heute nicht glauben. Die Zeit im Lastwagen bestand für ihn ausschließlich aus einer Anhäufung von Gefühlen, die für sich existierten, ohne einen Verlauf in der

Zeit zu haben. Angst, Durst, Hunger, Hitze. Der Trost, Servan zu spüren, und der Ekel vor dem Gestank der eigenen Exkremente. Die Hoffnung, dass sein Vater kommen würde, und die Trauer darüber, dass er es nicht tat.

Irgendwann hatte er gehört, wie ein Mann sagte, man könne sie nicht gebrauchen. Tigran wurde an den Haaren nach draußen hinter einen Busch gezogen. Er spürte ein Messer an seinem Hals und begann zu strampeln. Der Rest war Schmerz. Man ließ ihn liegen, hielt ihn für tot. Tigran kam auf die Füße und rannte. Er hörte die Schreie von Sevan, die mit zunehmendem Abstand lauter statt leiser zu werden schienen und die bis heute in seinem Kopf nachhallten.

Als man Tigran fand, war das Leiden für ihn nicht vorbei. Seine Eltern waren in der Zwischenzeit bei einem Verkehrsunfall ums Leben gekommen. Ob sie sich aus Trauer umgebracht hatten oder ob es ein Unglück war, hatte er nie erfahren. Er wuchs bei seinen Großeltern in Armenien auf, träumte von seinem Bruder und den Eltern. Schämte sich, am Leben zu sein.

Er lenkte sich mit Lernen ab. Nicht, weil er vernünftig war, sondern in Ermangelung einer Alternative. Schließlich begann er in Jerewan ein Medizinstudium. Er hauste in einer winzigen Einzimmerwohnung. Die Wohnung befand sich in einem grauen Hochhaus, dessen Fassade Löcher hatte und das als Kulisse für einen Kriegsfilm getaugt hätte. Er studierte, jobbte und hörte nie auf, nach seinem Bruder zu suchen, so sinnlos das auch erschien. Etwas anderes tat er nicht. Er ging nicht aus, bekam keinen Besuch und kümmerte sich nicht um Mädchen.

Eines Tages standen ein Mann und eine Frau vor seiner Tür und unterbreiteten ihm ein Angebot, das sein Leben veränderte. Seine Gäste erklärten ihm, sie seien vom Millî İstihbarat Teşkilâtı, dem türkischen Geheimdienst. Er ließ sie herein und bot ihnen Tee an, wie es sich gehörte. Die Frau war kaum älter als Tigran. Sie saß ihm gegenüber und sah ihm tief in die Augen. »Wir kennen deine Geschichte. Was hältst du vom Prinzip der Rache?« Tigran musste überrascht gewirkt haben. »Du hast nie an Rache gedacht. Das verstehe ich. Wenn man sich rächen will, muss man wissen, an wem.« Sie machte eine kurze Pause. »Wir wissen, an wem.«

Tigran war schnell überzeugt. Jeder Mensch wusste, dass Rache ein starker Antrieb war. Tigran war nicht dumm. Ihm war bewusst, dass die türkischen Behörden bis ins Mark korrupt waren. Warum sie die Arkadaş ausschalten wollten, entzog sich seiner Kenntnis. Vermutlich waren keine humanitären Gründe im Spiel. Gut möglich, dass ein Verteilungskampf auf den verschiedensten Ebenen ausgefochten wurde. Aber die Motive und Interessenlagen der verschiedenen Parteien waren ihm gleichgültig. Die Arkadaş sollte zerschlagen werden, und er sollte das Schwert sein. Und auch, wenn er sich kaum an seinen tatsächlichen Entführern von damals rächen konnte, so sollte es wenigstens die Institution treffen. Mehr konnte er sich nicht wünschen. Er ließ sich anwerben. Sie bildeten ihn aus und schickten ihn letztendlich auf diese Mission.

Tigran gab Gas. Die Angst hatte ihn im Griff.

Nach einigen Minuten fuhr er auf den Parkplatz des Rebstockgeländes. Hier gab es Parkanlagen, ein Schwimmbad und Schrebergärten. Ohne sich darum zu scheren, ob ihn jemand beobachten könnte, kletterte er über einen Zaun auf das Gelände und joggte den Kiesweg entlang zu den Gärten. Der Schrebergarten, den er aufsuchen wollte, lag im Zentrum des Geländes. Er war äußerst gepflegt. An einem Mast hing eine türkische Flagge. Das Gartentor stand offen. Auf dem Gelände stand eine ausladende Hütte, die fast an ein Blockhaus erinnerte. Tigran umrundete die Hütte, erreichte die Rückseite und legte sich bäuchlings auf die Erde. Die Gartenhütte besaß kein Fundament, sondern stand auf kleinen Stelzen. Er streckte den Arm in den zehn Zentimeter breiten Spalt zwischen Hüttenboden und Erde. Es dauerte nicht lange, bis er den Koffer ertastet und so weit wie möglich zu sich gezogen hatte. Dann sah er sich nach einem Werkzeug um. In einem Eimer fand er eine kleine Handschaufel. Damit trug er die Erde ab und vergrößerte den Spalt so, dass er den Koffer herausziehen konnte.

Vor Beginn seiner Reise hatte man ihm genau erklärt, wo der Koffer lag. Einige Wochen, nachdem er in Frankfurt angekommen war, hatte er nachgesehen. Es hatte ihn überrascht, ihn an der genannten Stelle zu finden. Wirklich damit gerechnet hatte er nicht. Damals hatte es ihm genügt, den Koffer nur zu ertasten.

Zurück am Wagen, legte Tigran den Kunststoffkoffer auf den Kofferraumdeckel. Jetzt erst sah er sich um. Es war weit und breit niemand zu sehen. Er öffnete den Koffer und fand darin drei durchsichtige Plastiktüten. Tigran riss die erste auf. Er nahm eine Heckler-&-Koch-Pistole mitsamt Holster sowie die beiden Magazine à fünfzehn Schuss heraus. In der nächsten Tüte fand er eine Uzi, ebenfalls mit zwei Magazinen. In der dritten Tüte schließlich einen türkischen Reisepass mit Aliaspersonalien und dreitausend Euro. In dem Pass war eine unbefristete Aufenthaltserlaubnis für Deutschland eingeklebt. Geld und Pass stopfte sich Tigran in die Mantelinnentasche. Er lud die Pistole und die MP durch und befestigte das Pistolenholster an seinem Gürtel. Die Uzi legte er in den Fußraum der Beifahrerseite. Dass er jetzt bewaffnet war, war eine gute Sache, löste das Problem aber nicht. Im Prinzip gab es nur zwei mögliche Szenarien.

Erstens. Der Typ aus dem Wald hatte Kontakt zur Arkadaş. Dann hatte er Tigran längst verraten. Der Umstand, dass Tigran noch lebte, sprach gegen diese Möglichkeit.

Zweitens. Er hatte keinen Kontakt. Dann war Tigran einfach noch nicht aufgeflogen, und das konnte sich minütlich ändern.

Was von beidem zutraf, konnte er nicht wissen. Es war eine Frage des Glaubens und des Hoffens. Das Schlimmste war, dass er trotz mangelnder Informationen eine äußerst wichtige Entscheidung treffen musste. Eine Entscheidung, die für ihn den Tod bedeuten konnte.

Traf das zweite Szenario zu, war die Mission möglicherweise zu retten. Aber nur unter der Voraussetzung, dass er den Kerl zeitnah ausschaltete. Und diesmal ohne zu patzen. Das Klügste wäre, sich einfach aus dem Staub zu machen. Wollte er das? Hatte er den ganzen Dreck ertragen, um jetzt davonzulaufen? So wie er als Kind davongelaufen war und das Flehen seines Bruders ignoriert hatte? Er atmete tief aus. Nein, das wollte er nicht. Und damit war die Entscheidung gefallen.

Tigran startete den Wagen und fuhr zurück in Richtung Bahnhofsgebiet. Er musste es schaffen, die Ecke mit den Armeniern und die bulgarische Schrottkiste gleichzeitig im Auge zu behalten, ohne dabei von seinen Landsleuten gesehen zu werden. Eigentlich ein Ding der Unmöglichkeit. Tigran kam am Messegelände vorbei. Drei Fahrspuren führten in die Innenstadt. Ein breiter Grünstreifen, auf dem Straßenbahngleise verlegt waren, trennte die Fahrspuren der Gegenrichtung ab. Als Tigran an einer Ampel hielt, sah er auf der anderen Seite den Peugeot, der ebenfalls auf Grün wartete. Auf der Beifahrerseite saß der Mann aus dem Wald. Die langen Haare erkannte Tigran sogar aus einiger Entfernung. Gut. Ein Problem weniger. Die Ampel des Peugeot sprang um, und der Wagen setzte sich stadtauswärts in Bewegung. Tigrans Herz schlug unangenehm hart in seiner Brust. Er musste sich beherrschen und warten. Wenn er sofort unerlaubt wendete und dem Bulgaren nachsetzte, bestand die Möglichkeit, dass sie auf ihn aufmerksam wurden. Er verrenkte sich den Hals und sah durch die Büsche hindurch, wie die Rücklichter des Wagens außer Sicht gerieten. Jetzt hielt Tigran es nicht mehr aus und wendete mit quietschenden Reifen. Während er versuchte, den Peugeot einzuholen, beugte er sich zur Beifahrerseite, griff die MP und zog sich den Trageriemen über den Kopf.

Die Rücklichter vor ihm wurden größer. An einer Abzweigung hielt sich der Peugeot rechts. Mittlerweile hatte Tigran zu seinem Zielfahrzeug aufgeschlossen. Rechts lagen Gebäude, die unbewohnt wirkten. Wie zuvor war die Fahrbahn des Gegenverkehrs durch einen parkähnlichen Grünstreifen abgetrennt. Durch die Bäume hindurch erkannte Tigran zu seiner Linken eine Gebäudeanlage, die wie ein Museum aussah. Der Peugeot hielt an einer roten Ampel. Tigran hinter ihm. Sie waren weit und breit die Einzigen. Keine Menschen, keine Lichter von anderen Fahrzeugen. Die Heckscheibe und die hinteren Seitenfenster des Peugeot waren mit dunkler Folie beklebt, was dem Fahrer die Sicht erschwerte. Ein besserer Moment würde nicht kommen.

Tigran öffnete die Tür und stieg aus. Es war eine Frage von Sekunden, bis die Ampel auf Grün springen würde. Er machte zwei Schritte, klappte die Schulterstütze der MP auf und presste sie gegen die Schulter. Kurze Feuerstöße. Immer nur kurze Feuerstöße, sonst wanderte die Mündung nach oben weg.

Das Glas der Heckscheibe zerplatzte. Löcher stanzten sich in das Blech des Peugeot. Der linke Außenspiegel wurde weggesprengt, ein Hinterreifen war sofort platt. Nach dreißig Schüssen war das Magazin leer. Die ganze Aktion dauerte nur wenige Sekunden. Tigran ließ die Waffe los, die sich am Gurt auf Brusthöhe einpendelte, und zog die Pistole. Er trat an die Fahrertür heran. Der Kerl auf dem Fahrersitz lehnte mit dem Kopf auf dem Lenkrad. Tigrans eigentliches Ziel saß weiterhin aufrecht in seinem Sitz und schien gedankenverloren durch die Windschutzscheibe zu starren. Tigran hob die Pistole und jagte beiden einen Kontrollschuss in den Kopf.

Tigran öffnete eine der hinteren Türen und machte einen Satz zurück. Da saß jemand auf der Rückbank. Der Vorsatz, keine Fehler zu machen, zahlte sich aus. Er hatte nicht damit gerechnet, eine weitere Person im Fahrzeug anzutreffen, war aber auf Nummer sicher gegangen. Mit gezückter Waffe trat er wieder ans Auto heran. Die Hände der Frau waren mit Paketklebeband auf dem Schoß gefesselt. Sie war offensichtlich schwer verletzt. Tigran zögerte. Eine gefesselte Frau passte nicht in sein Feindbild. Sie drehte das Gesicht in seine Richtung.

Tigran erkannte die Frau. Es war das Mädchen, das Kontakt mit dem Kerl im Porsche gehabt hatte und das er gestern Nacht zusammen mit dem Polizisten gesehen hatte. Tigran war Zeuge geworden, wie die Frau von Drogendealern in eine Hofeinfahrt gezerrt worden war. Als er noch überlegte, ob er ihr helfen sollte, war plötzlich dieser Kerl aufgetaucht und hatte sie da rausgeholt. Er kannte den Mann vom Sehen. Er war häufig im Bahnhofsgebiet unterwegs. Tigran wusste, dass er Polizist war. Für die Polizei hatte er schnell einen Blick entwickelt. Das war in seinem Geschäft dringend notwendig. Er hatte die beiden beobachtet. Sie waren nicht zum Revier gelaufen, sondern hatten die Flussseite gewechselt. Anscheinend wollte der Polizist die Sache unter den Teppich kehren. Vielleicht war der Mann ein Kontakt der Arkadaş zur Polizei. Möglicherweise hatte man beschlossen, dass das Mädchen ein Sicherheitsrisiko darstellte. Sie verkaufte Drogen im Bahnhofsgebiet und konnte, wenn sie erwischt wurde, eine unangenehme Aussage machen. Die Verbindung lautete: Mädchen, Fuhrmann, Arkadaş, Recep Çağlar. Dass sie zusätzlich Ärger mit den Nordafrikanern hatte, machte es nicht besser. Diese Art von Aufmerksamkeit brauchte bei der Arkadaş niemand.

In der Ferne tauchten die Scheinwerfer eines Autos auf. Er musste sofort weg.

Das Mädchen sah ihn an. Was sollte er tun? Sie würde ihn wiedererkennen. Sie hatte Kontakt zu einem Polizisten, der möglicherweise für die Mafia arbeitete. Um ihr eigenes Leben zu retten, würde sie Tigran sofort verraten. Er hatte sich geschworen, keine Fehler mehr zu begehen.

Zweimal zog er den Abzug der Pistole durch. Dann wandte er sich ab und rannte zu seinem Wagen.

VERDACHTSMOMENTE

Lasker streckte den Arm aus und tastete nach seinem Handy. Dabei fegte er einige Bierflaschen um, die sich neben dem Bett angesammelt hatten. Die Augen vom Schlaf verklebt, fuchtelte er zwischen Chipstüten und zerknüllten Zigarettenschachteln herum, bis er das Telefon endlich fand. »Lasker.«

»Wo ist die Kleine?«

»Brando. Bist du das?«

»Ja.«

»Du rufst mich öfter an als meine Mutter.« Bei den Worten fiel Lasker ein, dass seine Mutter gesagt hatte, sie würde ihn noch einmal anrufen. Das war nicht geschehen. Vielleicht hatte das mit seinem kranken Vater zu tun. Lasker wollte nicht darüber nachdenken.

»Wo ist das Mädchen? Hier warten einige Leute auf ihren Stoff.«

»Darum rufst du mich an? Was glaubst du, wer ich bin? Ein dämlicher Crackdealer?«

»Nicht gleich böse werden. Aber du hängst doch mit ihr ab. Ich meine, du bist ja wohl so was wie ein väterlicher Freund für sie.« Brando kicherte. »Ich habe gehört, dass du die Nordafrikaner verprügelt hast. Das warst du doch? Die sind übrigens schwer angepisst.«

»Ich habe keine Ahnung, wo Hanna ist.«

»Hanna? Ihr seid also schon beim Vornamen angekommen?«

»Wölfchen soll auf sie aufpassen. Frag ihn.«

»Wölfchen ist aber nicht hier. Der geht vielleicht Gassi. Du solltest wissen, dass wir eine ziemlich lose Werte- und Schicksalsgemeinschaft bilden. Da weiß man oft nicht, wo der andere sich gerade herumtreibt.«

»Bei mir ist die Schicksalsgemeinschaft noch viel loser. Wie gesagt, ich kann dir nicht helfen.«

»Schöner Freund und Helfer.«

Lasker drückte das Gespräch weg und ließ sich auf das Kissen zurückfallen. Er hatte einen mächtigen Kater. Behutsam schwang er die Beine aus dem Bett, schlich in die Küche und setzte Kaffee auf. Zurück im Schlafzimmer, suchte er nach seiner Hose und stellte fest, dass er sie gar nicht ausgezogen hatte. Er warf einen flüchtigen Blick auf das Smartphone. Ein grün blinkendes LED-Lämpchen zeigte an, dass er eine WhatsApp-Nachricht bekommen hatte. Das war ihm während Brandos Anruf entgangen.

Hanna hatte ihm am gestrigen Abend um 22.13 Uhr geschrieben. Zu der Zeit war Lasker bereits im Vollrausch gewesen. Beim Lesen kniff er die Augen zusammen. Er musste sich dringend eine Brille besorgen.

Ich kann verstehen, dass Du nichts von mir hältst und dass ich mir Deinen Respekt erst verdienen muss. Genau das werde ich tun. Du wirst bald von mir hören. Ich hoffe, Du wirst stolz auf mich sein.

Was zur Hölle war mit dem Kind los? Wenn er sie das nächste Mal sah, würde er ein ernstes Wort mit ihr reden. Die Kleine war völlig durch den Wind. Lasker überflog die Nachricht erneut. Ihm wurde unwohl. Zwischen den Zeilen las er die riesige Dummheit heraus, die Hanna mit Sicherheit begehen wollte. Wenn sie es nicht bereits getan hatte. Lasker versuchte vergeblich, sie anzurufen. Er bekam ein Freizeichen, aber Hanna nahm das Gespräch nicht an.

Er zog sich um, ging in die Küche und schüttete Müsli in eine Schüssel. Genervt stellte er fest, dass er keine Milch mehr im Kühlschrank hatte. Lasker hatte einen pappigen Geschmack im Mund. Erneut hatte er die Nacht in seiner Kleidung verbracht. Das schien sich als gute Sitte zu etablieren. Ihm war bewusst, dass er mittlerweile stinken musste. Gegen den ausdrücklichen Willen des inneren Schweinehunds beschloss er, zu duschen und einkaufen zu gehen.

Eine Stunde später stand Lasker an einer Kasse im Aldi an. Der Discounter war brechend voll. In seinem Einkaufswagen stapelten sich Fertigpizzas, einige Milchpackungen und neue Spirituosen. Während die Kasse näher rückte, versuchte er erneut erfolglos, Hanna zu erreichen. Er wählte Brandos Nummer. »Nach unserem letzten Gespräch hatte ich nicht den Eindruck, dass du gerne mit mir telefonierst«, begrüßte Brando ihn.

»Jetzt spiel nicht die beleidigte Leberwurst. Hast du was von Hanna gehört?«

»Nein. Die Sache ist gelaufen. Vielleicht ist sie nach Berlin gegangen.«

»Wieso Berlin?«

»Warum Frankfurt? Sie ist jung und ungebunden. Sonst noch was?«

»Nein.«

Lasker steckte das Handy weg und legte seine Einkäufe aufs Band. Er machte sich lächerlich. Es ging ihn überhaupt nichts an, was Hanna mit ihrem Leben anfing. Wie viele Jahre hielt er sich jetzt schon an einen nicht unwichtigen Grundsatz für polizeiliches Handeln? Empfinde niemals Mitgefühl, und zeig niemals Interesse für Menschen aus dem Milieu. Und versuch niemals, unter keinen Umständen, ihnen privat zu helfen. Wenn man versuchte, Drogenabhängige und Prostituierte aus dem Sumpf zu ziehen, lag man beizeiten selbst im Dreck. Für Ausreißerinnen und Amateurdealerinnen galt das Gleiche.

Zurück in seiner Wohnung, schaltete er den Backofen an und setzte sich an den Küchentisch. Er drückte gerade im überfüllten Aschenbecher seine Zigarette aus, als das Handy klingelte. Die Nummer war Lasker unbekannt. »Ja?«

»Guten Tag, Herr Lasker. Hier spricht Professor Goldmann. Ich hoffe, ich störe Sie nicht.«

»Nein.« Lasker war verwirrt.

»Ich muss Ihnen leider mitteilen, dass es mir nicht möglich war, einen Therapieplatz für Sie zu bekommen.« Lasker sagte nichts. »Es tut mir leid, aber ich hatte Ihnen ja gesagt, dass Sie sich keine allzu großen Hoffnungen machen sollten.«

Lasker hatte die Sache mit dem Therapieplatz erstaunlicherweise völlig vergessen. Somit hatte er sich ohnehin keine Hoffnung gemacht. Aber das holte er jetzt posthum nach. Er wusste nicht, was er zu der Nachricht sagen sollte.

»Wie geht es Ihnen?«, fragte der Professor.

»Mir geht es gut«, log Lasker. In Wahrheit mutierte er im Zeitraffer zum Kettenraucher und Säufer. Und das, obwohl er seit sieben Jahren keine Kippe angefasst hatte und Alkohol nie sein Ding gewesen war. Von der immer öfter einsetzenden Übelkeit ganz zu schweigen. Vielleicht trank er deshalb so viel. Dann konnte er sich einreden, dass die Magenprobleme durch den Suff verursacht wurden.

»Haben Sie sich mit der Möglichkeit einer palliativen Therapie auseinandergesetzt?«

»Ja.« Die Antwort war wohl nicht umfassend genug. »Das habe ich. Ich denke, dass ich auf die Therapie verzichte.«

»Sind Sie sicher? Das ist eine Entscheidung, die man nicht rückgängig machen kann.«

Lasker dachte kurz nach. »Ich bin mir sicher. Ich sehe keinen Grund, warum ich das Unvermeidbare hinauszögern sollte.«

»Ich respektiere Ihren Entschluss. Ich halte es nur für meine Pflicht, Ihnen deutlich zu sagen, dass sich das Zeitfenster schließt. Falls Sie Ihre Meinung ändern sollten, scheuen Sie nicht, mich anzurufen.«

»Danke. Das ist gut zu wissen.«

»Ich wünsche Ihnen alles Gute.«

Lasker legte das Handy auf den Tisch.

Der Backofen war vorgeheizt. Lasker stand auf, riss einen Pizzakarton auf und öffnete die Ofentür. Die Magenkrämpfe kamen so unerwartet und überwältigend, dass er keine Chance hatte zu reagieren. Sein Bauch fühlte sich an, als hätte er glühende Nägel geschluckt. Lasker fiel auf die Knie und schlug mit dem Kopf gegen die Küchenzeile. Er kippte auf die Seite. Die Krämpfe zwangen ihn in Fötalstellung. Der Schmerz war so scharf wie eine Rasierklinge, die jeden Gedanken zerschnitt. Lasker wand sich wie ein Wurm am Angelhaken. Dann war es wieder vorbei. Der Schmerz verschwand so plötzlich, wie er gekommen war. Einige Minuten blieb er regungslos liegen. Ihm war, als würde der Schmerz ihn beobachten. Wie ein Raubtier, das man nicht auf sich aufmerksam machen darf. Schließlich rappelte er sich hoch und schaltete den Herd aus. Der Appetit war ihm vergangen. Im Flur nahm er die Medikamente, die der Professor ihm gegeben hatte, aus seiner Jacke. Bisher hatte er sich nicht für sie interessiert. Das hatte sich jetzt schlagartig geändert. Er steckte die Schmerzmittel in seine Hosentasche. Möglicherweise war eine Therapie doch keine schlechte Idee. Er nahm das Handy, um Professor Goldmann anzurufen. Während er die Nummer suchte, fiel ihm Hannas Nachricht wieder ein. Lasker änderte den Plan und versuchte erneut, sie zu erreichen. Wieder ohne Erfolg. In ihm erwachte der Drang, sie zu suchen. Erst das Kind finden, dann Goldmann anrufen. Lasker machte sich auf den Weg.

Es hatte angefangen zu nieseln. Auf den Straßen war kaum Verkehr, und Lasker erreichte das Bahnhofsgebiet in wenigen Minuten. Er drehte ein paar Runden durch das Gebiet und verrenkte sich den Hals. Insgesamt stellte er nur wenige vom Stammpersonal fest. Einige Bulgaren und Rumänen. Ein paar Trinker, die ihre Flaschen auf den Stromkästen abgestellt hatten und vorsichtshalber in Reichweite des nächsten Kiosks blieben. Junkies waren kaum unterwegs. Weder von Hanna noch von Wölfchen irgendeine Spur. Lasker stellte den Audi in der Elbestraße ab und versuchte sein Glück zu Fuß. Er sah in verschiedenen Ecken nach, wo sich Junkies hin und wieder versteckten, um in Ruhe einen Schuss setzen zu können.

Ihm fiel ein Unterschlupf in den Kellerräumen des Hauptbahnhofs ein. Dort würde er noch nachsehen, dann sollte es das gewesen sein. Mehr konnte er nicht tun. Er nahm den Abgang zur B-Ebene im Kaisersack. Die B-Ebene war eine kleine Einkaufspassage. Buchhandlungen, Bäcker, Tabakläden und Fast Food. Passanten liefen vom S-Bahn-Steig zu den Fernzügen und umgekehrt. Lasker lief eine der Treppen zur C-Ebene hinunter. Auf halbem Weg zu den S-Bahn-Gleisen traf er auf eine Stahltür, auf der ein großer Aufkleber prangte. *Zutritt nur für Personal.*

Er zog die Tür auf und trat in einen Gang aus rohem Beton. Das Klima in den Kellerräumen erinnerte an die Sahara. Lasker öffnete die Jacke. Er folgte dem Gang und bog zweimal ab, wobei er den Kopf einzog, um nicht an die Heizungsrohre zu stoßen. Auf dem Boden lagen Verpackungen von Einwegspritzen herum. Ein sicheres Zeichen, dass er auf dem richtigen Weg war. Lasker fand den Raum, den er suchte. Durch die angelehnte Tür hörte er Stimmen. Er schob seinen Pullover an der Seite hoch, um die Waffe besser ziehen zu können, und drückte die Tür auf.

Sie waren zu dritt. Wölfchen saß auf einer schimmeligen Matratze, den Rücken an die Wand gelehnt. Die Augen des Punkers waren zu Schlitzen geschrumpft. Neben ihm hockte ein Mädchen. Sie hatte einen Gummischlauch um den linken Oberarm geknotet. Zwischen ihren Knien lag eine aufgezogene Spritze. Mit der flachen Hand schlug sie auf ihre Armbeuge ein, bemüht, eine brauchbare Vene zu finden. Lasker kannte das Mädchen nicht.

Der Dritte im Bunde war ein Junkie, den Lasker bereits öfters im Gebiet gesehen hatte. Vor dem Mann stand eine halbierte Coladose, unter der ein Teelicht flackerte. In der nach oben zeigenden Rundung des Dosenbodens siedete eine braune Flüssigkeit. Der Drogenabhängige versuchte, den Sud durch einen abgebrochenen Zigarettenfilter in die Spritze zu ziehen. Er sah Lasker an. »Wenn du was willst, musst du zahlen.«

Wölfchen kicherte. »Das ist ein Bulle, du Trottel.«

Der Mann musterte Lasker argwöhnisch. »Woher soll ich das wissen? Der sieht aus wie ein Penner und stinkt bis hierhin nach Fusel.«

Wölfchen drehte langsam den Kopf in Laskers Richtung. »Was ist los mit dir? Du siehst mager aus. Machst du Diät?«

»Eine Asbach-Uralt-Diät«, lachte das Mädchen schrill.

Lasker achtete nicht auf sie. »Wo ist Hanna?«

Wölfchen prustete wie ein Ackergaul. »Alter, was weiß ich denn.«

»Warst du heute nicht mit ihr verabredet?«

»Sie hat mich versetzt.«

»Wann hast du sie zuletzt gesehen?«

»Gestern Abend.«

»Wann genau?«

»Keinen Schimmer.«

»Ungefähr.«

»Es war dunkel.«

»Hat sie was Besonderes gesagt? Hat sie sich irgendwie ungewöhnlich verhalten?«

Der Junkie an der Coladose stand auf. »Hey, übertreib's nicht. Du bist nicht in deiner Welt.«

Lasker herrschte den Mann an. »Du hältst besser die Fresse. Sonst gehe ich zurück in meine Welt und nehme dich mit. Ist dir das lieber?«

»Schon gut«, sagte Wölfchen. »Der Typ ist in Ordnung.« Er wandte sich an Lasker. »Sie hat gesagt, dass sie Stress hat.«

»Was für Stress? Los, raus mit der Sprache. Es ist wichtig.«

Der Punker verzog das Gesicht, als würde ihm das Denken große Qualen bereiten. »Du verlangst echt viel.« Lasker wartete. »Mit irgendwelchen Typen Taunus Ecke Elbe.«

»Taunusstraße Ecke Elbestraße.«

»Habe ich das nicht gerade gesagt?«

»Mit was für Typen?«

»Hab ich vergessen.«

»Welche Art von Stress?«

»Hat sie nicht gesagt. Oder ich hab's vergessen.« Der Junkie schüttelte den Kopf. Viel mehr würde Lasker nicht aus Wölfchen herausbekommen. »Eine Frage noch, dann lass ich dich in Ruhe. Weißt du was über ihre Bezugsquelle?«

»Doc?«

»Nennt sie ihn so?« Wölfchen deutete ein Nicken an. »Was weißt du über ihn? Hast du ihn schon mal gesehen?«

»Nur seinen Sportwagen.«

»Was für ein Modell?«

Die Augen des Punkers fielen zu. Der Mann war hinüber. In den nächsten Stunden war nichts mit ihm anzufangen. Lasker sah das Mädchen an. Sie hatte mittlerweile die Nadel in ihre Armbeuge gesteckt, aber den Kolben der Spritze noch nicht durchgedrückt. »Kann ich jetzt?«, fragte sie.

»Hast du aus Höflichkeit gewartet?«

»Ich bin gut erzogen.«

»Feuer frei«, sagte Lasker und verließ das Trio. Als er die Oberwelt erreicht hatte, nahm er das Handy und wählte erneut Hannas Nummer. Keine Antwort.

Lasker lief, vom Bahnhof kommend, die Taunusstraße entlang, betrat einen Kiosk und kaufte ein Bier. Im Weitergehen sprengte er mit seinem Feuerzeug den Kronkorken vom Flaschenhals. Als er an der Ecke zur Elbestraße ankam, setzte er sich neben dem Roten Haus auf einen niedrigen Fenstersims und beobachtete die andere Straßenseite. Diese Tarnung war bereits ausreichend. Niemand beachtete ihn mehr. Selbst als Gestalten an ihm vorbeizogen, die er seit Jahren aus dem Bahnhofsgebiet kannte, würdigten sie ihn keines Blickes. Hier sollte Hanna Ärger gehabt haben. Die Frage war nur, mit wem?

Die ihm gegenüberliegende Seite der Taunusstraße war zwischen Elbestraße und Moselstraße in zwei Hoheitszonen aufgeteilt. Die Ecke zur Moselstraße war fest in bulgarischer Hand. Dort standen vor allem in den Abendstunden dreißig bis vierzig junge Männer herum. Die meisten von ihnen Zuhälter. Die Bordelle und der Straßenstrich waren voll mit bulgarischen Frauen. Lasker konnte die Bulgaren nicht leiden. Vor zehn Jahren hatten die gleichen Typen im Schwulenmilieu der Alten Gasse herumgestanden und auf Kundschaft gewartet. Im Laufe der Zeit hatten sie begriffen, dass sie mit den Körpern von Frauen mehr Geld verdienen konnten als mit dem eigenen Hintern. Viele von den Wichsern waren im Umgang mit den Mädchen regelrechte Ungeheuer. Lasker kannte Geschichten von abgeschnittenen Brustwarzen, durch Zigaretten verbrannte Schamlippen und Gruppenvergewaltigungen. Aber an dem alten Spruch »Wo kein Kläger, da kein Richter« war etwas Wahres dran. Die Frauen hatten zu viel Angst. Und das zu Recht. Wie sollte die Polizei ihre Angehörigen in Bulgarien schützen? Und selbst wenn sie es schafften, einen von den Zuhältern in den Knast zu bekommen, würden sich seine Freunde bei dem Mädchen bedanken, das geplaudert hatte. Angst ist eine der stärksten Fesseln, die es gibt.

Die Ecke zur Elbestraße wurde seit ungefähr einem Jahr armenisch kontrolliert. Angeblich handelte es sich um syrische Staatsangehörige, die einer kleinen armenischen Minderheit angehörten. Lasker hatte da so seine Zweifel. Fest stand, dass sie hier herumstanden. Und zwar Tag und Nacht.

Zwischen der armenischen und der bulgarischen Gruppe gab es eine fünfzig Meter breite Sicherheitszone. Wenn man von diesem Pufferbereich absah, konnte nur der Fachmann die beiden Gruppierungen auseinanderhalten. Sie glichen sich in ihrem Aussehen und der Art, sich zu kleiden, wie ein Ei dem anderen. Nahezu alle trugen schwarze Jacken aus Lederimitat und Jogginghosen. Der einzige optische Unterschied bestand darin, dass viele Armenier klobige Ketten mit Kruzifixen um den Hals trugen.

Lasker hatte bisher keinerlei Berührungspunkte mit den Armeniern gehabt. Er hatte keine konkrete Vorstellung von dem, was sie trieben, vermutete aber, dass sie ebenfalls im Zuhältergeschäft tätig waren. Hatte Hanna mit denen Stress gehabt? Er beobachtete die Gruppe über eine Stunde lang. Nichts Aufregendes geschah. Die Armenier standen herum und redeten miteinander. Regelmäßig löste sich einer der Männer aus der Gruppe und ging weg. Minuten später erschien sein Ersatz. Es war ein fortgesetztes Kommen und Gehen.

Das Bier war lange leer getrunken und Lasker bis auf die Knochen durchnässt. Er fror. In der Zeit, in der er die Gruppe beobachtet hatte, hatte er mehrfach erfolglos Hannas Nummer gewählt. Er stellte sich auf die steif gewordenen Beine und betrat das Haus 69. Boden, Wände und Decke des Bordells waren mit den gleichen graugrünen Fliesen gekachelt. Ein Schlachthausambiente, beleuchtet von Rot- und Schwarzlicht. Eine Handvoll Freier schlichen stumm die Treppe auf und ab. Es war 14.45 Uhr.

Lasker klopfte an die Tür des Wirtschafters. Als niemand antwortete, drückte er die Klinke und trat in ein völlig verqualmtes Büro. Ein fetter Mann mit Vollbart und Brille saß auf einem Stuhl vor einem winzigen Röhrenfernseher. Eine Nachmittagstalkshow flimmerte auf dem Bildschirm. »Ich habe nicht ›herein‹ gesagt.«

»Ich habe es aber deutlich gehört.«

Der Mann riss sich vom Fernsehprogramm los und sah Lasker böse an. Sofort entspannten sich seine Gesichtszüge. »Die Bullen. Na gut. Ich wollte schon meinen Baseballschläger greifen.«

»Ich hoffe, das wird nicht nötig sein.«

»Also was gibt's, Officer? Was kann ich für Sie tun?«

»Ich habe nur eine Frage. Was kannst du mir über die Armenier auf der anderen Straßenseite sagen?«

»Was willst du denn wissen?«

»Haben die Frauen laufen?«

»Nein.« Die Antwort kam wie aus der Pistole geschossen.

»Das klingt überzeugt.«

»Natürlich. Ich lebe hier und will wissen, wer meine Nachbarn sind. Das sind nur Männer. Wenn die Frauen haben, dann vielleicht in ihrer Heimat.«

»Und was machen sie dann? Drogenhandel?«

Der Wirtschafter schüttelte den Kopf. »Auch nicht. Ich habe keine Ahnung, was deren Auftrag im Leben ist, und ich kenne auch niemanden, der es weiß.«

»Das klingt nicht nach der ganzen Wahrheit.«

»Da hast du recht. Solltest du sie herausfinden, ruf mich an.«

Lasker ließ den Mann alleine. Er versuchte es noch an einigen anderen Stellen. Das Ergebnis blieb das Gleiche.

Der Job eines Fahnders hatte mit exakter Wissenschaft nichts zu tun. Im Laufe der Jahre traf man Hunderte von Menschen. Kleinkriminelle, Schwerverbrecher. Ladendiebstahl, Wohnungseinbruch, Raubüberfall, Vergewaltigung, Menschenhandel und Mord. Eine unzählige Fülle von Eindrücken lagerte sich wie eine zweite Kortexschicht im Kopf ab. In den Tiefen des Bewusstseins wurden Wahrnehmungen verarbeitet, die für sich alleine genommen bedeutungslos erschienen. Ohne eigenes Zutun erzeugte das Unterbewusstsein etwas, das man Bauchgefühl nannte.

Genau dieses Gefühl sagte Lasker jetzt, dass mit den Typen so einiges nicht stimmte. Er konnte nur hoffen, dass Hanna nicht mit ihnen aneinandergeraten war.

Laskers Smartphone begann in seiner Hosentasche zu vibrieren. »Ja?«

»Hallo, Jo. Hier ist Peter«, meldete sich der Mordermittler. »Kannst du ins Präsidium kommen?«

»Jetzt? Wie spät ist es?«

»Fast vier. Es ist wichtig.«

»Worum geht es?«

»Darüber will ich ungern am Telefon sprechen.«

»Bin schon auf dem Weg.« Eine dunkle Vorahnung überkam ihn. Er kämpfte dagegen an, ließ es nicht zu. Im Auto schaltete er das Radio an. Ein alter Hit von Rammstein lief. Lasker drehte die Lautstärke auf, dass die Scheiben vibrierten. Am Präsidium parkte er ein und nahm den Fahrstuhl in die dritte Etage, bemüht, die Musik im Kopf weiterlaufen zu lassen. Vor der Eingangstür zum K1 zog er die Chipkarte aus der Tasche und hielt sie gegen das Lesegerät. Die Tür öffnete sich mit einem Klick. Vor ihm lag ein dreißig Meter langer Gang.

Links und rechts von ihm glitten geschlossene Bürotüren vorbei. Es war wenig Betrieb auf dem Flur. Lasker erreichte Leiferts Büro und trat durch die offene Tür. Man erkannte sofort, dass hier ein altgedienter Kriminalbeamter seine Zelte aufgeschlagen hatte. Ab einem gewissen Alter ließen einen die Brandschutzbestimmungen und die Innenrevision kalt. An einer Wand stand ein abgenutzter Zweisitzer. Auf dem Boden lag ein kleiner Perserteppich. Ein rauchiger Rosenduft stieg Lasker in die Nase. Der Geruch kam von einer Schale auf einem Beistelltisch, in der irgendetwas vor sich hin glühte. Leifert saß hinter seinem Schreibtisch. Er erhob sich aus seinem Stuhl und reichte ihm zur Begrüßung die Hand. Lasker setzte sich. »Was ist los?«, fragte er. »Geht es um diesen Brinkmann?« Lasker ahnte, dass es nicht so war.

»Nein. Die Sache ist im Prinzip abgeschlossen. Ein DNA-Vergleich hat ergeben, dass es sich bei der Bahnleiche um Brinkmann handelt. Wir gehen von einem Suizid aus.« Leifert schob sich die Lesebrille auf die Nase, öffnete einen Umschlag und zog ein Foto heraus, das er vor Lasker auf den Schreibtisch legte. »Kennst du das Mädchen?«

Widerstrebend nahm Lasker das Bild in die Hand. Leichen zu identifizieren war oft schwer. Durch die fehlende Muskelspannung gab es keine Mimik mehr. Selbst die Gesichtszüge bekannter Menschen verloren ihre Vertrautheit. Aber hier gab es keinen Zweifel. Lasker räusperte sich. »Sie heißt Hanna. Zumindest nennt sie sich so.« Leifert wirkte erleichtert. »Was ist? Dachtest du, dass ich leugnen würde, sie zu kennen?«, fragte Lasker.

»Das hatte ich befürchtet.«

»Warum?«

»Ein junges Mädchen aus dem Milieu und ein nicht mehr ganz so junger Polizeibeamter. Das will nicht jeder publik machen.«

»Woher wisst ihr, dass sie aus dem Milieu kommt?«

»Sie hatte fünf Gramm Crack in ihrem Slip versteckt. Außerdem fanden wir dreihundertvierzig Euro in kleinen Scheinen in ihrer rechten Hosentasche. Hat sie gedealt?«

»Soweit ich weiß, ja. Ich hatte keine Affäre mit ihr. Falls du darauf hinaus willst.«

Leifert hielt eine Visitenkarte hoch. »Ist das deine?«

Lasker beugte sich nach vorne. »Ja.«

»Und die Nummer auf der Rückseite?«

»Auch meine. Aber das weißt du sicher bereits.«

»Seit wann kennst du sie?«

»Seit ein paar Tagen.«

»Und wie kam es zu dem Kontakt?«

Lasker zuckte mit den Schultern. »So wie es meistens läuft. Ich bin mit ihr ins Gespräch gekommen und habe gefragt, ob sie mir hin und wieder was stecken kann.«

»Warum sollte sie das tun? Was hätte sie davon?«

»Da gibt es die verschiedensten Motive.«

»Du hast ihr aber keine Drogen versprochen.«

»Nein.«

»Du weißt, warum ich dich das frage?«

»Ich ahne es.«

»Es halten sich seit Langem Gerüchte, dass du Hinweisgeber mit Drogen bezahlst.«

»Das bekomme ich in letzter Zeit öfter zu hören. Wie du schon sagst, es sind Gerüchte.«

»Du hast ihr also deine Karte gegeben, damit sie sich bei dir meldet und dir was Interessantes erzählt.«

»Gibt es da ein Problem? Ich bin Fahnder. Ich habe im Laufe der Jahre Dutzende von Visitenkarten verteilt. Wir sind davon abhängig, dass uns Hinweisgeber mit Informationen versorgen.«

»Du weißt, dass nur die zentrale VP-Führung Informanten führen darf?«

»Sie war keine Vertrauensperson. Sie war gar nichts.« Lasker warf das Foto auf den Schreibtisch. »Was kommst du mir jetzt mit diesem VP-Quatsch? Willst du ein Disziplinarverfahren gegen mich einleiten? Bevor ich noch irgendeine Frage beantworte, will ich wissen, was passiert ist.« Leifert zögerte. Lasker spürte, wie die Wut in ihm aufstieg. »Was denn? Bin ich tatverdächtig, oder was?«

Sein Gegenüber schüttelte den Kopf. »Nein, bist du nicht. Aber deine Verbindung zu dem Mädchen und deine Kontakte im Milieu sind wenigstens suspekt. Ich frage mich, welche Rolle du in der Sache spielst. Eventuell bist du in einer Weise verwickelt, die dir überhaupt nicht bewusst ist.«

»Es ist noch gar nicht lange her, da waren dir meine Verstrickungen im Milieu gerade recht. Wie oft haben wir euch Leute eingefangen, weil wir uns in der Szene auskennen?«

»Darum geht es jetzt aber nicht.«

»Schon klar. Alles ist eine Frage der Perspektive.« Lasker machte eine kurze Pause. »Also sagst du mir nicht, was passiert ist?«

»Doch. Du bekommst es ohnehin mit. Ehrlich gesagt wundert es mich, dass du noch gar nichts davon gehört hast.«

»Momentan arbeite ich nicht.«

»Gestern Abend wurde in der Senckenberganlage ein Auto mit drei Leichen aufgefunden. Die Insassen wurden durchsiebt. Vorne saßen zwei Männer. Hinten das Mädchen.«

»Was für Männer?«

»Bei dem Beifahrer handelt es sich vermutlich um einen dieser syrisch-armenischen Flüchtlinge. Der Fahrer war seinen mitgeführten Personalien zufolge Bulgare. Allerdings weist die ID-Karte des Bulgaren Fälschungsmerkmale auf. Die Ermittlungen bezüglich der Identität laufen noch.«

»Also gehören die Vögel möglicherweise zusammen.«

»Gut möglich.«

»Sind das jetzt Syrer oder Armenier, die sich als Syrer ausgeben?«

»Keine Ahnung. Bei dem Chaos steigt keiner mehr durch. Ich überlasse es deiner Fantasie.«

»Habt ihr einen Tatverdacht?«

»Das kann ich dir nicht sagen. Was hatte das Mädchen mit solchen Typen zu tun?«

»Keine Ahnung. Ich kenne nicht mal ihren Familiennamen.«

»Wo hat sie gewohnt?«

»Weiß ich auch nicht.«

»Wir haben bei ihr keine Ausweispapiere gefunden. Das erschwert die Identifizierung erheblich. Meine Leute versuchen es gerade mit der Vermisstendatei. Ob das Erfolg hat, werden wir sehen. Mal sehen, ob sie überhaupt jemand vermisst.« Leifert sah Lasker an, als würde er eine Reaktion erwarten.

Lasker zuckte nur mit den Schultern.

»Was für ein Verhältnis hattet ihr zueinander? Wart ihr Freunde? Die gleichen Hobbys?«

»Lass den Mist.«

»Die Frage ist ernst gemeint. Was hattest du mit der Kleinen zu tun? Schließlich versuchst du schon den ganzen Tag, sie auf ihrem Handy zu erreichen.« Leifert hob eine durchsichtige Plastiktüte hoch, in der ein Smartphone lag. »Die hat so einen Girlie-Klingelton. Das nervt gewaltig.«

Lasker wusste, was Leifert vorhatte. Er wollte ihn emotionalisieren und eine unbedachte Reaktion aus ihm herauskitzeln. Nette Idee. »Das habe ich dir bereits beantwortet. Sie sollte mir Informationen besorgen. Ich werde das Gefühl nicht los, dass ich mich in einer Beschuldigtenvernehmung befinde.«

»Dann habe ich den falschen Eindruck bei dir geweckt. Das ist nur eine informatorische Befragung.«

»Informatorische Befragung? Verarschen kann ich mich

selbst. Wenn du gegen mich ermittelst, sag es und belehre mich als Beschuldigten.«

»Du bist ziemlich erregt. Standet ihr euch so nahe?«

»Nein.«

»Du scheinst aber Anteil zu nehmen.«

»Und wenn?«

»Es wundert mich. Ich vermisse professionellen Abstand.«

»Du brauchst dir über meine Professionalität keine Gedanken zu machen.«

»Nein, natürlich nicht.« Leifert lehnte sich in seinem Bürostuhl zurück. »Tut mir leid, dass ich dich ausquetsche. Aber du bist im Moment unsere einzige Informationsquelle.«

»Du machst deinen Job. Warum fragst du mich nichts über die beiden Männer, die im Auto saßen?«

»Weißt du etwas über sie?«

»Dazu müsste ich mir ihre Fotos ansehen.«

Leifert lachte auf. »Kein schlechter Versuch. Tut mir leid, die kann ich dir nicht zeigen.«

»Du misstraust mir.«

Leifert reagierte nicht auf den Satz. »Du kennst den Spruch, der jetzt kommt: Falls Ihnen noch etwas einfällt, rufen Sie mich an.«

»Verstehe. Halte mich bitte auf dem Laufenden, falls du etwas erfährst.«

Leifert lächelte ihn an. »Natürlich.«

Lasker stand auf und wollte den Raum verlassen. »Eine Sache noch.« Lasker drehte sich um. Kam jetzt die Columbo-Nummer? »Als wir sie auf der Rückbank fanden, waren ihre Hände gefesselt. Ich nehme an, dass du keine Ahnung hast, warum?«

Lasker schüttelte den Kopf, ließ Leifert alleine und folgte dem Gang wie auf Schienen zurück in Richtung Ausgang. Er stand vor der Aufzugtür und wartete. Die Tür öffnete sich. Er betrat den Aufzug. Die Tür schloss sich. Lasker trat gegen die Wand. Dann noch einmal. Immer schneller und härter trat er zu, bis die Kabine wackelte.

Lasker saß wie gelähmt in seinem Wagen und starrte durch die Windschutzscheibe. Einige Minuten lang war sein Verstand wie ausgeschaltet, von der Außenwelt isoliert. Neben ihm wurde gehupt. Er hatte wohl auf dem falschen Parkplatz geparkt. Lasker startete den Motor, gab Gas und jagte mit quietschenden Reifen vom Gelände des Präsidiums. Auf dem Weg ins Bahnhofsgebiet überfuhr er mehrere rote Ampeln, bog schließlich in die Taunusstraße ein und kam auf dem Seitenstreifen an der Kreuzung zur Elbestraße zum Stehen. Den Motor ließ er laufen. Schräg gegenüber an der Ecke standen fünfzehn Armenier. Lasker zog die Pistole aus dem Holster und legte sie auf seinen Schoß. Er musste nur aussteigen, über die Straße schlendern und sie alle umlegen. Eine Angelegenheit, die eine Minute in Anspruch nehmen würde.

Lasker zögerte. Sein Denken klarte etwas auf. Warum reagierte er so extrem? Solche Dinge hatten ihn früher wenig berührt. Und jetzt drehte er völlig durch, als hätte jemand seine Verlobte umgebracht. Was war nur los mit ihm? Er hatte nicht den geringsten Hinweis, wer von den Armeniern etwas mit Hannas Tod zu tun hatte. Wenn überhaupt jemand von ihnen etwas damit zu tun hatte. Bevor er irgendeinen Bockmist verzapfte, musste er seinen Kopf sortieren. Auf der einen Seite war klar, dass Hanna mit den Armeniern ein ernstes Problem hatte. Schließlich hatte sie gefesselt auf der Rückbank eines Autos gesessen, in dem zwei von den Kerlen drinsaßen. Aber hatten die Armenier sie auf dem Gewissen? Es sprach einiges dafür, dass es nicht so war. Es sei denn, die Armenier töten sich gegenseitig. Wenn man einen Bruderkrieg ausschloss, dann musste man zu dem Schluss gelangen, dass der Täter eher kein Armenier war. Leifert hatte ihm nur das gesagt, was er ohnehin herausgefunden hätte. Die Frage war, was Leifert noch wusste. Hatten sie bereits einen Tatverdacht?

Lasker beobachtete zwei osteuropäische Prostituierte, die vor ihm die Straße überquerten. Die Frauen tauchten aus dem Nichts in Frankfurt auf, arbeiteten im Bordell oder auf dem Straßenstrich. Von einem Tag auf den anderen verschwanden sie wieder. Wohin? Hatten sie gekündigt? Waren sie wieder zu Hause? Vielleicht in eine andere Stadt weitergezogen? Oder lagen sie verscharrt im Frankfurter Stadtwald? Niemand wusste es. Niemanden interessierte es. Man hatte sie vergessen, bevor man sie überhaupt wahrgenommen hatte. Was war mit Hanna? Ob sie jemand vermisste?

Lasker steckte die Waffe weg und wartete. Die Stunden vergingen. Die Armenier standen in wechselnder Besetzung, aber in gleichbleibender Anzahl an der Straßenecke herum. Die Junkies liefen wie immer im Kreis. Fortwährend sah Lasker dieselben Gesichter auftauchen und verschwinden. Vermutlich ließ sich ihr Bewegungsmuster mathematisch beschreiben. Die Uhr im Armaturenbrett zeigte 21.36 Uhr. Er musste hier weg. Was er tat, war sinnlos. Selbst wenn er die ganze nächste Woche im Auto sitzen bleiben würde, um die Idioten zu beobachten, wäre der Erkenntnisgewinn gleich null.

Aus Richtung Niddastraße kommend, tauchte erneut eine kleine Gruppe von Drogenabhängigen auf. Sie gingen die Elbestraße entlang und erreichten die Kreuzung zur Taunusstraße. Dort rannte ein Mann auf sie zu und redete hektisch auf sie ein. Lasker wandte den Blick ab. Seine Stirn legte sich in Falten. Irgendetwas war los. Er sah erneut zu den Junkies hinüber. Die bogen gerade in die Taunusstraße ein und liefen in Richtung Hauptbahnhof. Den Mann konnte Lasker nicht mehr sehen. Er stieg aus. Jetzt sah er ihn wieder. Der Typ lief zügig und war nur noch wenige Meter von der Niddastraße entfernt. Seiner Kleidung nach zu urteilen, hatte er keinen Grund, Junkies anzusprechen. Natürlich gab es immer wieder Angehörige der gehobenen Mittelschicht, die meinten, es sei eine schlaue Idee, Drogen von Schwerstabhängigen zu kaufen oder mit einer Junkienutte Sex zu haben. Aber das blieben Ausnahmen. Der Mann verschwand nach links in die Niddastraße. Lasker begann zu rennen. Als er um die Ecke bog, sah er, wie der Mann die Fahrertür eines weißen Porsche-Cabrios zuschlug, das am Seitenstreifen geparkt war. Der Motor wurde angelassen. Der Wagen war für Laskers Augen zu weit weg, um das Kennzeichen zu entziffern. Schnell zog er das Handy aus der Tasche und schaltete die Kamera ein. Er rannte noch ein paar Meter auf den Porsche zu. Dann hob er das Handy und machte Fotos, während das Fahrzeug ausparkte und in Richtung Moselstraße verschwand. Lasker konnte nur hoffen, dass auf den Bildern etwas zu erkennen war. Die Straßenbeleuchtung in der Niddastraße war nicht die beste. Zu seiner Erleichterung waren die Bilder bei maximaler Vergrößerung zwar körnig, aber ausreichend. Das sollte kein Problem darstellen.

Lasker versuchte, die Junkiegruppe wiederzufinden, die von dem Mann angesprochen worden war, und ging weiter in Richtung Moselstraße. Wenn er etwas Glück hatte, bog das Grüppchen von der Taunusstraße in die Moselstraße ein und kam ihm entgegen. Dass es genauso geschah, war keine wirkliche Überraschung. Er hielt die Junkies an und fragte sie, was der Kerl von ihnen gewollt hatte.

»Der sucht ein Mädchen«, sagte einer der Junkies.

»Was für ein Mädchen?«

»Weiß ich nicht. Aber ich hasse diese Wichser, die nach Junkienutten suchen. Ich habe ihm gesagt, er soll sich verpissen.«

Lasker lief zurück zum Audi. Er wurde mit jedem Schritt nervöser. Er hatte eine Ahnung, aber die war noch sehr vage. Als er wieder auf dem Fahrersitz saß, rief er die Einsatzzentrale an. Er gab seinen Namen, die Personalnummer und das Abfragekennwort an. »Bei der zweiten Ziffer bin ich mir unsicher«, sagte Lasker. »Könnte eine drei, sechs oder acht sein.«

»Schauen wir mal.«

Es dauerte eine knappe Minute, dann bekam er eine Auskunft. »Nur bei einer Sechs bekomme ich einen weißen Porsche heraus. Mit der drei gibt es überhaupt keinen Treffer. Bei der acht müsste es ein Polo sein.«

»Prima. Was haben wir über den Fahrzeughalter?«

»Bist du schreibbereit?«

»Sekunde.« Lasker kramte in der Jackentasche nach einem Kugelschreiber. »Schieß los.«

»Ein Professor Dr. Bernd Fuhrmann, geboren am 3.11.1966 in Koblenz. Die Halteranschrift lautet Nobelring 60b in Frankfurt. Ansonsten ist der Mann polizeilich nicht bekannt. Hast du sonst noch was?«

»Nein, das war alles.«

Es gab keine Garantie, dass der Halter auch der Fahrer war, aber das Alter kam hin. Der Mann war also ein Professor. Der Nobelring lag in Frankfurt-Sachsenhausen, und sein Name war sozusagen Programm. Eine Anhäufung von schicken Einfamilienhäusern am Stadtrand.

Hatte Wölfchen nicht gesagt, dass Hanna ihre Drogenquelle Doc genannt hatte und der Typ einen Sportwagen fuhr? Lasker fiel wieder ein, was Brando ihm erzählt hatte. Hanna sei von einem alten Sack in einem Porsche zum Bahnhof gebracht worden. Ein Professor als Drogendealer? Das war ziemlich unwahrscheinlich. Möglicherweise ließ er sich gerade von einer Aneinanderreihung von Zufällen in die Irre führen. Er rief Brando an, der ihm allerdings nicht weiterhelfen konnte.

Lasker fuhr nach Hause. Er schloss die Wohnungstür auf und ging, ohne die Jacke auszuziehen, ins Wohnzimmer, fuhr den Computer hoch und googelte den Namen des Professors.

Fuhrmann war Chefarzt der Trauma-Ambulanz der Frankfurter Uniklinik. Lasker fand einen Fachaufsatz des Professors über posttraumatische Belastungsstörungen mit dem Titel *Intervention durch traumafokussierte kognitive Verhaltenstherapie*. Auf einer anderen Webseite wurde ein neues Angebot der Trauma-Ambulanz vorgestellt, das sich an Opfer von Gewalt und sexuellem Missbrauch richtete. War das der Grund, warum Hanna und der Professor sich kannten? Vielleicht war sie seine Patientin gewesen? Hanna hatte sicher einiges hinter sich. Sexueller Missbrauch kam in Betracht. Es wäre besser gewesen, er hätte seine Arroganz gezügelt und sich Hannas Geschichte angehört.

Lasker klickte sich weiter durch die Seiten. Er fand einen weiteren Artikel in einer psychologischen Fachzeitschrift. *Hilfe für an PTBS leidende Kinder aus Krisengebieten.* Der Artikel enthielt ein kleines Foto. Darauf war ein Mann mit Halbglatze zu sehen, der von Kindern umringt wurde. Der Mann schien Geschenke zu verteilen. Lasker las die Bildunterschrift: Prof. Dr. Bernd Fuhrmann begrüßt die ersten Kinder aus Syrien.

Lasker schenkte sich einen guten Schluck Weinbrand in ein Wasserglas. »Du gottverschissener Hurensohn!« Er hatte keine Ahnung, in was der Kerl verwickelt war, aber der Professor war sein Mann. So viel stand für ihn fest.

Lasker las den Artikel. Die Quintessenz war, dass mehrere NGOs und Behörden eine Kooperation eingegangen waren, um syrische Kinder, die unter dem Bürgerkrieg gelitten hatten, für einige Wochen nach Deutschland zu holen. Die Kinder stammten aus Flüchtlingslagern in der Türkei und wurden durch eine türkische Hilfsorganisation, die sich Barış Denizi nannte, was so viel wie »Meer des Friedens« bedeutete, nach Deutschland geflogen. Hier wurden sie im Landkurheim Waldaue in der Nähe von Karben, etwa vierzig Kilometer nördlich von Frankfurt, untergebracht. In dem Heim behandelte man die Kinder hinsichtlich posttraumatischer Belastungsstörungen. Dann wurden sie wieder in die Türkei gebracht, und neue Kinder wurden nach Deutschland geholt. Als Schirmherrin fungierte die Frankfurter Uniklinik. Außerdem mit im Boot waren das Deutsche Rote Kreuz, der Türkische Rote Halbmond und das Bundesamt für Migration und Flüchtlinge. Lasker recherchierte etwas über Barış Denizi. Auf Wikipedia fand er einen Artikel über die Organisation. Hiernach war sie in den Neunzigerjahren von einem gewissen Recep Çağlar gegründet worden. Barış Denizi betrieb in der Türkei unter anderem mehrere Waisenheime und wurde dort bekannt, als sie 2003 Hilfsflüge nach Turkmenistan durchführte, um dort Kindern zu helfen, die Opfer einer Choleraepidemie geworden waren. Dies war insofern bemerkenswert, weil Turkmenistan international eine rigorose Abschottungspolitik betrieb. Der Verein musste also über weitreichende politische Beziehungen und eine Menge Geld verfügen. Çağlar führte seit einigen Jahren nur noch den Ehrenvorsitz von Barış Denizi. Aber das musste nichts heißen. Über Çağlar fand Lasker im Netz nur oberflächliche Informationen. Der Mann lebte mit Frau und Kindern in einer Villa in Offenbach. Lasker verzog das Gesicht. Wie konnte man sich nur eine Villa in Offenbach kaufen? Wenn man schon Geld hatte, suchte man sich doch einen schönen Ort aus.

Sein Geld machte Çağlar mit der Einfuhr und dem Vertrieb von chinesischen Billigwaren in Europa, insbesondere in Deutschland. Asiatischen Sondermüll unter der Bevölkerung zu verteilen konnte einen steinreich machen. Çağlar galt als Multimillionär. Lasker vergrößerte ein Bild, auf dem Çağlar im Anzug zu sehen war. Der Mann sah ausgesprochen gut aus.

Lasker druckte sich ein Bild von Fuhrmann und Çağlar

aus und stand auf. Auf dem Weg ins Bad merkte er, dass er schwankte. Er hatte wieder mehr getrunken, als er dachte. Das Trinken fiel ihm jeden Tag leichter. Wenigstens ein Erfolgserlebnis.

Als er aus dem Bad zurückkam, ließ er sich auf das Sofa fallen. Und nun?

Dass die Kinder wieder zurückgeschickt wurden, überraschte Lasker. Natürlich waren sie im Prinzip in der Türkei sicher, aber wie sie dort leben mussten, wollte er sich lieber nicht vorstellen.

Lasker unterdrückte den Impuls, sich ins Auto zu setzen und Fuhrmann einen Besuch abzustatten. Bevor er sich die Beute schnappte, musste er ein wenig in der Peripherie ermitteln. Er wusste auch schon, wie. Aber dazu musste er bis morgen warten. Er sah sich Fuhrmanns Bild an. »Keine Sorge, mein Lieber. Ich bekomme schon noch raus, welche Sünden du begangen hast.«

GESTÄNDNIS

Tanner hielt sich mittlerweile seit fast dreißig Stunden im Krankenhaus auf. Als seine Frau aufgewacht war, stellte sich heraus, dass sie ihn nicht sehen wollte. Das kam wenig überraschend. Trotzdem blieb er da. Gegen Mittag meldete sich sein Schwiegervater. Er klang verstört. Sylvia hätte ihm am Telefon gesagt, er solle sie nicht besuchen kommen. »Sie braucht jetzt etwas Zeit für sich«, hatte Tanner gesagt und dann gefragt, wie es Patrick ginge.

»Willst du mit ihm sprechen?«, hatte Enno gefragt.

»Nicht jetzt.«

»Wie du meinst.« Dann wurde das Gespräch beendet.

Das Stationspersonal hatte versucht, ihn nach Hause zu schicken. Vergeblich. Gegen Abend hatte man ihm gegen seinen Willen in einer Art Besenkammer ein Feldbett aufgestellt. Er legte sich hin, fand jedoch keinen Schlaf. Immer wieder stand er auf und geisterte durch die Station. Die Nacht erschien ihm endlos.

Gegen fünf Uhr hielt er es nicht mehr aus. Tanner musste sich jemandem anvertrauen und rief Lasker an. Er sagte seinem Chef nur, dass es dringend sei und er unbedingt kommen müsse. Zu Beginn ihres Telefonats war Lasker deutlich anzumerken, dass er von der Idee nicht begeistert war. Aber als Tanner ihm erklärte, dass er ins Heilig-Geist-Hospital kommen solle, sagte Lasker, er sei schon auf dem Weg, und legte auf.

Eine halbe Stunde nach ihrem Telefonat erschien Lasker im Warteraum. Er roch nach Alkohol und wirkte getrieben. Für ihr Gespräch gingen sie in den Park, der sich hinter dem Heilig-Geist-Hospital erstreckte. Tanner verließ nur ungern die Station, aber bei dem, was er Lasker zu sagen hatte, war es angebracht.

Tanner berichtete ihm von dem Besucher in seinem Garten und den Auswirkungen. Bevor Lasker darauf reagieren konnte, sagte Tanner: »Ich habe Scheiße gebaut.« Dann platzte es aus ihm heraus. Er hatte keine Wahl. Der Tag hatte ihn zermürbt. Seit Stunden hatte er vergeblich versucht, Cora zu erreichen. Am Ende hatte er ihr geschrieben, dass sie sofort ins Krankenhaus kommen solle. Den Grund hatte er verschwiegen. Er konnte nur hoffen, dass die Mafiakerle sie nicht bereits erwischt hatten. Tanner musste mit jemandem reden. Blieb nur Lasker. Erst nachdem Tanner seine Geschichte beendet hatte, wurde ihm bewusst, was er getan hatte. Er hatte seinem Dienstvorgesetzten eine schwere Straftat gestanden. Damit hatte er sich im Prinzip selbst gestellt.

Tanner setzte sich auf eine Parkbank und wartete darauf, dass Lasker explodierte.

»Ich gehe davon aus«, sagte Lasker mit ruhiger Stimme, »dass ich in meinem Bett liege und schlafe. Manchmal hat man ja solche Träume. Aber das hier ist mit Abstand der realistischste von allen.«

»Es tut mir leid. Ich ...«

»Maul halten!« Lasker zog eine Packung Zigaretten aus der Jacke und steckte sich eine an. Die Geste wirkte auf Tanner auf sonderbare Weise bedrohlich. »Ich muss das jetzt in Teilen noch einmal rekapitulieren. Der Typ hat auf dich geschossen. Dann hat Cora den Kerl abgeknallt.«

»Ja.«

»Und weiter?«

»Ich habe ihn durchsucht und einen armenischen Diplomatenausweis gefunden.«

»Name?«

»Hab ich vergessen.«

»Hatte der Sprinter eine Kennzeichnung als Diplomatenfahrzeug? Du weißt schon, diese Aufkleber mit den Buchstaben C oder CC.«

»Ich weiß nicht.«

»Kennzeichen?«

»Keine Ahnung.«

»Farbe?«

»Schwarz.«

»Was ist dann passiert?«

»Ich habe den Tod des Mannes festgestellt.«

»Seit wann bist du Arzt?«

»Tut mir leid. So hab ich …«

»Vergiss es. Weiter.«

»Auf der Ladefläche des Sprinters lagen drei Sporttaschen mit Geld. Cora meinte später, es müssten etwa sechs Millionen Euro sein.«

»Sechs Millionen?«

»Das hat Cora mir später gesagt.«

Lasker wirkte einen kurzen Moment abwesend. Dann sagte er: »Den Kerl habt ihr in der Mine entsorgt?«

»In einem Schacht.«

»Ihr habt das Geld umgeladen und seid weggefahren.« Tanner nickte. »Dabei habt ihr den Sprinter vergessen. Als ihr euren Irrtum bemerkt habt, seid ihr umgekehrt. Leider war der Sprinter nicht mehr da.«

»So war es.«

»Und dann kommt irgendein Clown vorbei und schmeißt dir die Terrassentür ein. Ein Schelm, der sich Böses dabei denkt.«

Tanner reichte Lasker sein Handy. »Die SMS habe ich einige Stunden danach bekommen. Da war ich bereits im Krankenhaus.«

Lasker sah auf das Display und lachte auf. »Das kann man nicht mehr unter dem Oberbegriff ›Scheiße gebaut‹ subsumieren. Das geht klar in Richtung ›größter anzunehmender Unfall‹. Hast du darauf reagiert?«

Tanner schüttelte den Kopf.

»Gut.« Lasker tippte die Absendernummer der SMS in sein Handy ein.

»Was hast du vor?«

»Ich will die Nummer später überprüfen.«

»Ich kann mir nicht vorstellen, dass das etwas bringt.«

»Trotzdem sollten wir es tun.« Lasker gab ihm das Handy zurück. »Die haben sich seit der SMS nicht mehr gemeldet?«

»Nein.«

»Das ist seltsam.«

»Ich verstehe es auch nicht. Ich warte schon die ganze Zeit auf weitere Anweisungen.« Tanner sah zu, wie Lasker den Zigarettenstummel in die Büsche schnippte. »Ich weiß nicht, was ich machen soll«, sagte er.

»Nachvollziehbar.«

Tanner wollte etwas sagen, doch ein plötzliches Geräusch unterbrach seinen Gedankengang. Jemand kam in ihre Richtung gelaufen. Tanner stand auf, öffnete die Jacke und tastete nach dem Griffstück der Waffe. Zunächst konnte er nur einen Schatten erkennen. Erst als die Gestalt fast bei ihnen war, erkannte er Cora.

»Mein Handy war aus. Drinnen haben sie mir gesagt, dass ich dich hier finde.« Sie blieb abrupt stehen, als ihr Blick auf Lasker fiel, der auf der Parkbank saß. »Hallo Jo«, sagte sie.

»Wir haben unser Kind verloren«, sagte Tanner.

»Sylvia war schwanger?«, fragte Cora verblüfft.

»Ja.«

Selbst in der Dunkelheit der Parkanlage sah Cora kreidebleich aus. »Was ist passiert?« Ihre Stimme klang brüchig.

Tanner erklärte es ihr. Während er redete, wurde Cora sichtbar kleiner. Von ihrer durch ewigen Sport geformten aufrechten Körperhaltung war kaum etwas übrig. Als er fertig war, sagte Tanner: »Jo weiß Bescheid.«

»Wie meinst du das?«, flüsterte Cora.

»Ich habe ihm von dem Geld erzählt.« Tanner sah, wie Coras Schultern noch weiter nach unten sackten. Es fehlte nicht viel, und sie wäre ohnmächtig zu Boden gesunken.

»Bist du wahnsinnig geworden?«, stammelte sie.

»Ich muss meine Familie schützen.«

»Und? Was glaubst du, was jetzt passiert? Du kommst in den Knast. Und ich auch. Glaubst du, dass das deiner Familie hilft?«

Lasker stand auf. »Keiner kommt in den Knast. Ich helfe euch.«

Tanner und Cora sahen Lasker entgeistert an. »Du hilfst uns?« Cora hatte zuerst die Sprache wiedergefunden. Lasker nickte. »Warum?«, fragte sie.

»Weil ihr mir zwei Millionen abgeben werdet. Wir teilen die Beute fair. Dafür halte ich euch die Bande vom Hals. Unter den gegebenen Umständen ist das ein gutes Angebot.«

»Das geht nicht«, sagte Tanner. »Wir müssen das Geld zurückgeben. Dann lassen sie uns in Ruhe.«

Cora wuchs ein kleines Stück. »Du hast recht, Tanner. Trotzdem. Lass uns erst hören, was Jo zu sagen hat.«

Tanner sah sie mit großen Augen an. »Es ist mir egal, was Jo zu sagen hat. Die bringen meine Familie um. Da gibt es keinen Spielraum.«

»Wer sagt dir, dass sie euch am Leben lassen, wenn ihr das Geld zurückgegeben habt?«, fragte Lasker.

»Weil sie dann keinen Grund mehr haben.« Tanner war irritiert. »Das ist doch logisch.«

»Mit Logik hat das wenig zu tun. Auch wenn ihr das Geld zurückgebt, habt ihr die Mafia bestohlen und einen Diplomaten ausgeschaltet, der offensichtlich dazugehörte. Sie könnten auf Rache bestehen.«

»Das kann ich mir nicht vorstellen.«

»Das liegt womöglich an deiner mangelnden Vorstellungskraft.«

»Ist mir egal. Cora, du denkst doch auch, dass wir das Geld zurückgeben müssen.« Cora reagierte nicht. »Cora?«

»Vermutlich schon.«

Überzeugung klang für Tanner anders. »Was heißt vermutlich?«

»Hör zu«, sagte Lasker. »Ich mache euch einen Vorschlag. Erst mal kriege ich heraus, mit wem wir es überhaupt zu tun haben. Danach entscheiden wir neu.«

»Klingt vernünftig«, sagte Cora.

»Ich scheiß auf eure Vernunft. Sobald die Kontakt mit mir aufnehmen, gebe ich es ihnen zurück.« Tanner fasste seine Partnerin an den Schultern. »Wir geben das Geld zurück. Komm schon. Du musst mir sagen, wo es ist.«

Cora machte den Mund auf, aber Lasker fiel ihr ins Wort. »Wenn ihr das macht, geht ihr in den Knast.«

Die beiden starrten Lasker an. »Willst du uns erpressen?«, fragte Tanner fassungslos.

»Ich finde heraus, wer sie sind. Wenn es hoffnungslos ist, geben wir das Geld zurück. Wenn nicht, behalten wir es und teilen es durch drei. Das ist mein Angebot.«

»Was ist mit meinem Sohn?«

»Im Gefängnis kannst du ihm noch weniger helfen.«

Tanner ging einen Schritt auf Lasker zu. »Ich kann nicht fassen, dass du uns erpressen willst. Hast du vergessen, wer wir sind?« Er machte Anstalten, Lasker an den Kragen zu gehen, wurde aber im letzten Moment von Cora zurückgehalten. Lasker wirkte unbeeindruckt. »Dein Schwiegervater ist reich. Er soll mit deinem Sohn in die Karibik fliegen. Da dürfte er sicher sein.«

»Und was mache ich mit meiner Frau? Die liegt im Krankenhaus.«

»Wie lange?«

»Zwei oder drei Tage.«

»Ich besorge dir ein paar Leute, die auf sie aufpassen.«

»Was für Leute?«

»Leute, die mir einen Gefallen schulden.«

»Und du denkst, dass die meine Frau schützen können?«

»Auf jeden Fall. Und sobald sie das Krankenhaus verlassen kann, folgt sie deinem Sohn. Aber bis es so weit ist, haben wir das Problem ohnehin auf die eine oder andere Art gelöst. Tanner, du solltest besser nicht mehr in dein Haus zurückkehren. Die kommen vielleicht wieder.« Lasker wandte sich an Cora. »Das gilt auch für dich. Wenn sie Tanners Adresse herausgefunden haben, könnten sie auch deine haben.«

Cora nickte.

»Wenn sie sich melden, reagiert ihr nicht. Und versucht bloß nicht, die Nummer anzurufen.«

»Ich hätte nie gedacht, dass du so ein Dreckschwein bist«, sagte Tanner mit Abscheu in der Stimme.

»Und ich hätte nie gedacht, dass ihr so blöd seid und der Mafia Geld stehlt. Wir stecken alle voller Überraschungen.«

ERMITTLUNGEN

Nach dem unerfreulichen Treffen mit Tanner und Cora war Lasker direkt nach Hause gefahren. Er hatte in seinem Kopf einiges zu sortieren. Hatte er die beiden wirklich erpresst? Man musste es wohl so nennen. Lasker war in dem Moment, als er die Worte ausgesprochen hatte, über sich selbst entsetzt gewesen. Tanners Geschichte hatte nur eine kurze Schockwirkung auf ihn gehabt. Er war zu lange im Geschäft, um sich ernsthaft schockieren zu lassen. Aber als er hörte, dass die beiden sechs Millionen erbeutet hatten, war ihm schlagartig das Adrenalin ins Blut geströmt. Die Idee war wie ein Urknall in seinem Kopf explodiert.

Mit Geld ließ sich praktisch alles kaufen. Warum kein Therapieplatz? Das Inaussichtstellen einer Spende von zwei Millionen Euro sollte die Entscheidungsträger zum Nachdenken animieren. Forschungsgelder wurden immer gebraucht.

Er fand Goldmanns Visitenkarte, auf der auch seine private Handynummer vermerkt war. Nach dreimaligem Klingeln meldete sich der Professor. »Tut mir leid, dass ich so früh anrufe«, sagte Lasker.

»Herr Lasker, geht es Ihnen schlecht? Falls ja, sollten Sie …«

»Sagen Sie denen, dass ich zwei Millionen spende, wenn ich einen Platz bekomme.«

»Wie? Woher haben …«

»Tun Sie es bitte.«

»Man kann sich da nicht so einfach einkaufen.«

»Das kann man. Meine Lebenserfahrung sagt mir ganz deutlich, dass das geht. Tun Sie es einfach.«

»Ich bin kein Krimineller.«

»Sie sollen auch nichts Verbotenes tun. Ich will niemandem den Platz wegnehmen. Die sollen einfach ein Bett mehr in den Saal schieben.«

»Sie haben zwei Millionen?«

»Ja.«

Nach einer kurzen Pause sagte Goldmann: »Unter der Voraussetzung, dass niemandem der Platz genommen wird, kann ich das versuchen. Aber nur unter dieser Voraussetzung.«

»Natürlich.« Lasker verabschiedete sich.

Von einem Moment auf den anderen hatte er die Möglichkeit, zwei Millionen zu bekommen. Er war kein Idiot. Niemand konnte ihm versprechen, dass er mit dem Geld sein Leben retten konnte. Aber Lasker hatte mittlerweile verstanden, warum sich verzweifelte Menschen an die dünnsten Strohhalme klammerten. Der leichteste Hoffnungsschimmer am Horizont glich einem Blick in die Sonne. Der Überlebensinstinkt war urplötzlich angesprungen und hatte ihn auf eine Raftingtour eingeladen.

Hätte er Cora und Tanner um das Geld bitten sollen? Wie hätten sie reagiert, wenn er ihnen erklärt hätte, dass er krank war? Vielleicht hätte ihr Mitleid gesiegt. Auf der anderen Seite: Zwei Millionen waren zwei Millionen.

Er zündete sich eine Zigarette an und massierte sich mit Daumen und Zeigefinger die Augen. Er brachte die beiden in Gefahr. Allerdings hatten sie es sich selbst eingebrockt. Dass Cora beim Anblick von so viel Geld weich geworden war, überraschte ihn wenig. Cora war finanziell gesehen eine tote Frau. Sie existierte nur zu dem Zweck, die Schulden ihres Exmannes abzuarbeiten. Für immer und ewig.

Aber was hatte Tanner geritten? Der war nach seiner Heirat

millionenschwer. Oder täuschte der Eindruck? Lasker musste an Tanners Sohn denken. Den setzte er ebenfalls einer Gefahr aus. Das durfte er nicht. Der Gedanke, dass Tanners Schwiegervater das Kind außer Landes bringen würde, beruhigte ihn. Tanner hatte gefragt, welche Geschichte er seinem Schwiegervater auftischen sollte. Ganz egal, nur nicht die Wahrheit, hatte Lasker ihm geraten.

Für den Schutz von Tanners Frau hatte Lasker bereits auf der Heimfahrt gesorgt. Er hatte den Sergeant of Arms der Nightcrawler auf einem sicheren Telefon angerufen. Der hatte wenig Fragen gestellt. »Drei Tage und Nächte. Danach sind wir quitt«, hatte der Rocker am Ende gesagt. Der Deal stand. Wenigstens hatte der Kerl genug Anstand, eine alte Schuld zu begleichen. Das war heute keine Selbstverständlichkeit.

Jetzt musste Lasker herausfinden, was zur Hölle eigentlich los war. Kein Kriminalist auf der Welt besaß eine Kristallkugel. Man bewertete Informationen und bildete Hypothesen. Er hatte Tanner und Cora verschwiegen, dass er bereits eine Spur hatte. Die Spur hieß Hanna. Lasker besorgte sich etwas zu schreiben und begann mit einem Brainstorming.

These 1: Hanna hatte von Professor Fuhrmann Crack bekommen.

These 2: Fuhrmann hatte Kontakt zu Çağlar. Gemeinsam brachten sie syrische Kinder aus türkischen Flüchtlingscamps nach Deutschland.

These 3: Was immer Fuhrmann und Çağlar da als gemeinsames Hobby betrieben, es war kriminell.

These 4: Das Geld, das Cora und Tanner gestohlen hatten, gehörte derselben Organisation, der auch Çağlar und Fuhrmann angehörten.

These 5: Hanna wurde von zwei Armeniern entführt und erschossen. Sie geriet in die Schusslinie, weil sie der Bande auf die Schliche gekommen war.

Lasker schrieb auf das Blatt: *Was machen die?* Er fing an, die Buchstaben auszumalen. Die Kinder mussten der Schlüssel sein. Menschenhandel? Das ergab keinen Sinn. Die Kinder wurden in einem Kurheim versorgt und zurückgeschickt. Man kann nicht mit etwas handeln, das man wieder weggeben muss. Was dann? Wie kann man mit Kindern Geld machen? Sexuell? Möglich, aber viel zu viel Aufwand. Außerdem bestand die große Gefahr, dass die Sache aufflog. Lasker kritzelte das Wort *Tarnung* auf das Papier. Sie benutzten die Kinder zur Ablenkung. Ablenkung wovon? Drogen? Vielleicht schmuggelten sie Drogen nach Deutschland. In dem Spiel gab es eine Menge Armenier und Türken. Armenien und die Türkei lagen auf dem Weg von Afghanistan nach Europa. Eine plausible Route für Heroin. Noch plausibler wurde das Ganze dadurch, dass Fuhrmann Hanna mit Crack versorgt hatte. Das Crack hatte der Professor wohl kaum selber gekocht. Er hatte es von seinen Geschäftspartnern bekommen. Crack war kein Heroin, aber wo eine Droge war, da waren andere nicht weit. Sie schmuggelten mithilfe der Kinder. Die humanitäre Aktion wurde von Organisationen begleitet, die über jeden Zweifel erhaben waren. Das Rote Kreuz, das Bundesamt für Migration und Flüchtlinge, die Frankfurter Uniklinik. Eine hervorragende Tarnung. Man packte die syrischen Kinder zusammen mit dem Heroin aus Armenien in ein Flugzeug, und ab ging die Post.

Alles in allem war das eine sinnvolle Hypothese. So weit, so gut. Aber was genau war mit Hanna geschehen? Sie hatte gefesselt bei den Armeniern im Auto gesessen und war mit ihnen zusammen erschossen worden. Wer hatte das getan? Konkurrenz? Bruderkrieg? Bandenkriege waren in Deutschland eher die Ausnahme. Wo immer das Problem lag, die Organisation musste unter starkem Druck stehen. Wegen Hanna? Wegen des Geldes?

Und wenn er tatsächlich bald herausfand, wer hinter diesem ganzen Mist steckte, blieb noch die Frage, was er mit dieser Erkenntnis anfangen sollte.

Wenn sie es mit einer türkisch-armenischen Mafia zu tun hatten, war das kein Spaß. Wie sollte er die Penner loswerden? Für solche Situationen hatte man bei der Polizei einen eigenen Begriff: »In der Lage leben.« Ab jetzt würde er in der Lage leben. Sehen, was kommt, und sich der Situation anpassen. Sein Vorteil lag darin, dass er keine Gedanken an die Zukunft verschwenden musste. Er hatte nichts zu verlieren. Im Gegensatz zu Tanner und Cora. Lasker verscheuchte diesen Gedanken.

Er stand auf. Zunächst würde er versuchen, die Drogenhandelshypothese zu stützen, und weitere Informationen sammeln. Dazu musste er ins Präsidium. Er würde einen alten Weggefährten aufsuchen, der seit Jahren im Bereich der organisierten Kriminalität arbeitete.

Es war neun Uhr. Lasker hatte sich bereits telefonisch bei seinem Freund Frank Schiller angekündigt. Nun teilte er mit einer jungen Frau, die einen Aktenordner unter dem Arm trug, eine Fahrstuhlkabine. Obwohl er sich gründlich gewaschen hatte, hielt die Frau so viel Abstand wie möglich. Vielleicht umgab ihn bereits eine Aura des Todes, von der sich andere instinktiv fernhielten.

Schiller war ein Haudegen. Mit seinen neunundfünfzig Jahren stand er kurz vor der Pensionierung. Das machte ihn zu einem freien Mann. Nichts und niemand konnte ihm etwas anhaben. Das war früher anders gewesen. Schiller hatte sich in den letzten Jahrzehnten wiederholt mit der Behördenleitung angelegt. Seine Vermutungen, die meist von oben abgeschmettert wurden, erwiesen sich nicht selten als richtig, was seine Stellung innerhalb der Kriminaldirektion nur verschlechterte. Klugscheißer waren nicht gerne gesehen, und Klugscheißer, die recht behielten, schon gar nicht. Außerdem galt Schiller als konflikttreu. Wenn er Stress mit jemandem hatte, dann brachte er die Sache zu Ende. Am Anfang seiner Laufbahn wurde er ständig von einem Kommissariat ins nächste versetzt. Wie eine heiße Kartoffel, die sich die Chefs gegenseitig zuwarfen.

Lasker verließ den Fahrstuhl, zur sichtlichen Erleichterung seiner jungen Kollegin. Er betrat den Büroflügel, in dem das K 7 untergebracht war. Schiller stand mit einer Tasse Kaffee in der Hand auf dem Flur. Er erkannte Lasker sofort und rief ihm entgegen: »Was sehen meine Augen? Einen der wenigen Polizisten in dieser verrottenden Behörde.«

Gemeinsam gingen sie in Schillers Büro. Lasker zog sich einen Stuhl heran. Schiller musterte ihn. »Was zur Hölle ist denn mit dir los?«

Lasker setzte ein schiefes Lächeln auf. »Ich habe nicht geschlafen.«

»Seit wann? Seit einem Monat? Junge, du siehst scheiße aus.«

»Ist nur eine Phase.«

»Sicher. Das ganze Leben ist eine Phase. Was kann ich für dich tun?«

Lasker legte ihm einen Zettel hin. »Sagt dir der Typ was?«

Schiller hielt sich den Zettel vor die Augen und versuchte den richtigen Abstand zu finden. »Ich habe meine Brille vergessen. Ist aber eigentlich eine gute Sache. Dann muss ich den ganzen Stumpfsinn, der hier verfasst wird, nicht lesen. Prof. Dr. Bernd Fuhrmann. Nein. Sagt mir nichts.«

Das hatte Lasker befürchtet. »Was ist mit Recep Çağlar? Hast du den Namen schon mal gehört?«

»Wie bist du denn auf den gestoßen? Den Namen habe ich das letzte Mal vor fünf Jahren gehört.«

»Du kennst ihn?«

»Na ja. Ist natürlich ein Name, den es nicht nur einmal auf

der Welt gibt. Aber wenn du den meinst, den ich meine, dann kenne ich ihn.«

Lasker zog den zusammengefalteten Ausdruck einer Webseite aus der Innentasche seiner Jacke. »Hier ist ein Bild von ihm.«

Schiller griff nach dem Blatt Papier und kniff die Augen zusammen. »Schön zu sehen, dass das Alter auch vor diesen Wichsern nicht haltmacht.« Schiller gab ihm den Ausdruck zurück. »Also, wie bist du auf ihn gestoßen?«

»Kannst du mir helfen?«, fragte Lasker.

»Was ist los?«

Lasker holte tief Luft. »Ich bin in Schwierigkeiten. Und nicht nur ich. Zwei meiner Leute stecken da mit drin. Ich kann dir nicht sagen, was passiert ist.« Lasker stand abrupt vom Stuhl auf. »Vergiss es, die Idee war bescheuert.«

»Warte. Es gibt genau vierzehn Kollegen und Kolleginnen, vor denen ich Respekt habe. Du bist einer davon. Sag mir nur eins. Dieser Çağlar, ist das eine Art Zielperson von dir?«

»Ich denke, das kann man so sagen.«

»Dann helfe ich dir.«

»Obwohl ich dir nichts Näheres sagen kann?«

»Glaub mir. Ich will es gar nicht wissen.«

Lasker setzte sich wieder. »Danke.«

»Was willst du wissen?«

»Was kannst du mir über Çağlar erzählen?«

»Was glaubst du, was die Leute um Çağlar machen?«

Lasker erzählte ihm von seinem Verdacht des Drogenhandels. »Ich weiß nicht, wie sie die Kinder ins Land bringen«, sagte Lasker. »Vielleicht benutzen sie Charterflüge. Ich könnte mir vorstellen, dass der Zoll in so einem Fall weniger genau hinsieht. Vor allem, wenn man bedenkt, welche Organisationen da mit im Boot sind. Jedenfalls vermute ich, dass sie die Transporte für den Schmuggel nutzen.«

»Das ist denkbar. Wie ich bereits gesagt habe, es ist jetzt fünf Jahre her. Damals bekamen wir einen anonymen Hinweis, dass Recep Çağlar die aufstrebende Größe in der türkischen Mafia sei. Angeblich plante er damals den Mord an einem Konkurrenten. Und damit begann der Ärger.«

»Inwiefern?«

»Das Wort ›Mafia‹ ist in der Behörde tabu. Gut, es gibt die italienische Mafia. Die lässt sich nicht wegreden. Schließlich kontrolliert sie ein ganzes Land. Aber alle anderen?« Schiller schüttelte den Kopf. »Man sollte nicht einmal daran denken. Russische Mafia, türkische Mafia. Das will niemand hören. Solange sie im Verborgenen arbeiten und nicht in die Wahrnehmung des Bürgers geraten, wird ein Mantel des Schweigens über sie gelegt. Die Politik mag das Wort ›Mafia‹ nicht. Wie soll man den Menschen erklären, dass Verbrecherorganisationen existieren, an denen sich der Rechtsstaat die Zähne ausbeißt? Das will keiner. Mal ganz abgesehen davon, dass im Falle von organisierter Kriminalität Verbindungen zu Politik und Wirtschaft zwingend notwendig sind.«

»Also seid ihr untätig geblieben?«

»Nein. Aber mit Hochdruck betriebene Verfahren sehen anders aus. Du weißt, wie das geht. Verschleppung von Ermittlungen. Die Polizei bremst die Staatsanwaltschaft aus, und die StA blockiert die Polizei. Ich schweife ab. Çağlar war damals unbekannt. Niemand hatte zuvor von dem Mistkerl gehört, und der Hinweis war sehr dünn. Wir wussten nicht einmal, wen er ausschalten wollte.« Schiller zündete einen Zigarillo an. Das Rauchen war im Präsidium seit Jahren verboten, aber einen Mann wie Schiller kümmerte das wenig. Er blies blaue Rauchkringel zur Decke. »Drei Tage nach Eingang des Hinweises zerlegte es Herrn Serdar Aslan auf der A 66. Er fuhr mit seinem 7er-BMW ungebremst in die Rabatten und verstarb noch am Unfallort. Im Gegensatz zu Çağlar war Aslan polizeilich hinreichend bekannt. Ein Arschloch vor dem Herrn. Raub, Drogenhandel, Prostitution und Wettmanipulation. Alles nicht nachweisbar. Versteht sich von selbst. Das Ganze wirkte wie ein gewöhnlicher Unfall. Blödmann fährt zu schnell und zerschellt an der Böschung. So weit, so gut. Allerdings stand die Vermutung im Raum, dass es sich bei Aslan um das angekündigte Mordopfer handeln könnte. Also haben wir den Unfallwagen forensisch untersuchen lassen. Das war keine leichte Sache. Das Ding war völlig im Eimer. Ich erinnere mich daran, dass wir einen Ingenieur von BMW hinzugezogen haben. Der Mann ging uns tierisch auf die Nerven. Hielt sich für besonders wichtig. Ein noch schlimmerer Klugscheißer als ich. Aber der Mann hatte was auf dem Kasten. Er fand die Unfallursache. Und jetzt halt dich fest.« Schiller grinste und saugte an dem Zigarillo. Dann beugte er sich vor. »Die Bordelektronik hatte versagt und die elektronische Lenkhilfe blockiert. Der Penner konnte nicht mehr lenken.«

»Ließ sich die Manipulation nachweisen?«

»Das war die größte Scheiße überhaupt. Der Ingenieur erklärte uns zwei mögliche Szenarien. Einmal gab es die direkte Manipulation der Software. Die hätte nachweisbar sein müssen. Das zweite Szenario war raffinierter. Theoretisch bestand nämlich die Möglichkeit, von außerhalb über Bluetooth in die Elektronik einzugreifen. Im Prinzip eine Fernsteuerung und hinterher nicht mehr nachweisbar.«

»Das geht?«

»Natürlich nur, wenn man den Wagen entsprechend präpariert.«

»Das klingt nach Geheimdienst.«

»Das hat der Ingenieur auch gesagt. Der BND hatte sich mal an ihn gewandt und genau solche Dinge von ihm wissen wollen.«

»Das mit dem Bluetooth konntet ihr nicht beweisen.«

»Das ist richtig. Aber ich hatte genug ermittelt, um Çağlar die nächsten sechs Monate zu ärgern. Zunächst hatte ich herausgefunden, dass Aslans Wagen am Vortag seines Unfalls zur jährlichen Wartung in der Werkstatt gewesen war. Dort kümmerte sich ein türkischer Kfz-Meister um das Auto. Den guten Mann hätte ich gerne gesprochen, aber das ging nicht, weil er bereits das Land verlassen hatte, gemeinsam mit seiner Frau, den Kindern, zwei Cousinen und einem Onkel. Alle weg. Spontane Totalauswanderung. Dann habe ich mir die Unfallstelle angesehen. Da gibt es eine Fußgängerbrücke. Ich habe mich auf die Brücke gestellt. Unter mir kam ein Sportwagen angeschossen. Ich habe einen imaginären Knopf gedrückt und den Wagen mit dem Blick verfolgt. Keine dreihundert Meter weiter kommt die Kurve, die Aslan nicht mehr nehmen konnte. Vor meinem inneren Auge habe ich Çağlar gesehen, wie er auf der Brücke steht, einen Knopf drückt und dabei zusieht, wie sein Opfer in die Böschung donnert.« Schiller warf den Zigarillostummel in den Aschenbecher. »Ich bin sicher, dass Çağlar das höchstpersönlich übernommen hat.«

»Aber eure Ermittlungen waren am Ende.«

»Was den Mord anging, ja. Ich konnte unseren damaligen Chef immerhin davon überzeugen, Strukturermittlungen gegen Çağlar einzuleiten. Allerdings kam es dann doch nicht dazu.«

»Warum?«

»Zu der Zeit wurde ein gewaltiges Verfahren gegen eine Firma eingeleitet. Investmentbetrug. Da gab es größere Vermögenswerte, die man abschöpfen konnte.«

»Also wurde Çağlar vergessen.«

»So ist es. Das Verfahren gegen die Firma dauerte fast ein Jahr und war ein voller Erfolg. Und was Çağlar angeht … Du weißt ja, wie es immer ist. Aus den Augen, aus dem Sinn.«

»Ihr habt die Ermittlungen nicht wiederaufgenommen?«

»Wie ich bereits gesagt habe. Es fehlt am politischen Willen. Ich kann mich erinnern, dass wir vor Jahren ein Verfahren gegen Mitglieder der Cosa Nostra führten. Nach einigen Wochen hatten wir unzählige Telefone geschaltet, und plötzlich stellten wir zu unserer Verwunderung fest, dass wir einen bayrischen Landrat abhörten. Der hatte zwar mit der Sache nur bedingt zu tun, aber trotzdem. War echt witzig. Glaub mir. Das will keiner.«

»Also kann ich annehmen, das Çağlar ein Chef der türkischen Mafia ist.«

»Das ist richtig. Er dürfte in der Hierarchie ziemlich weit oben stehen. Möglicherweise ist er der CEO von Westeuropa.«

»CEO?«, fragte Lasker.

»Chief Executive Officer. Zu Deutsch: Geschäftsführer.«

»In der Sache hier wirkt es so, als ob Türken und Armenier eng zusammenarbeiten würden. Ich dachte, die seien verfeindet.«

»Wenn es ums Geld geht, sind alle plötzlich Freunde.«

»Und du glaubst, dass ich mit der Idee des Drogenhandels richtig liege.«

»Zumindest klingt es für mich plausibel. Aber darüber kann ich dir nichts Genaueres sagen. Mochtest du das Mädchen sehr?«

»Was?« Die Frage kam unerwartet und riss Lasker aus seinen Gedanken.

»Ob du das Mädchen mochtest?«

»Du weißt davon?«

»Junge. Was glaubst du, mit wem du es zu tun hast? Natürlich weiß ich, dass du bei Leifert warst.«

»Du denkst aber nicht, dass ich mit ihrem Tod etwas zu tun habe.«

»Nein. Aber ich denke, dass sie Teil des Problems ist, weswegen du mich aufgesucht hast.«

Lasker nickte.

»Und? Mochtest du sie?«

»Ich kannte sie kaum. Aber irgendwie habe ich das Gefühl, dass ich ihr etwas schulde.«

»Und jetzt machst du einen auf Clint Eastwood und willst sie rächen.«

»Wenn man so will.«

»Hat Çağlar etwas mit ihrem Tod zu tun?«

»Das vermute ich.«

»Mach ihn fertig.«

»Ich werde mich bemühen.« Lasker stand auf.

»Ich seh mir mal die alten Akten an. Vielleicht finde ich etwas Nützliches.« Schiller reichte ihm die Hand. »Jo, mach's gut. Pass auf dich auf. Das meine ich ernst.«

Der Besuch bei Schiller hatte Lasker nicht entscheidend weitergebracht. Im Prinzip war er nur in seiner eigenen Hypothese bestätigt worden. Nun fing das »Leben in der Lage« erst richtig an. Was tut man, wenn man eine Kette sprengen will? Man setzt am schwächsten Glied an. So viele Glieder der Verbrecherkette kannte Lasker nicht. Genau genommen kannte er zwei. Fuhrmann und Çağlar. Çağlar war der Typus Endgegner. Da lohnte sich kein Versuch. Aber Fuhrmann war ein guter Ansatz. Der war bestimmt kein Berufskrimineller, sondern irgendwie in die Sache hineingerutscht. Wenn er jemandem Feuer unterm Hintern machen konnte, dann dem Professor.

Aber bevor er das Feuer legte, hatte er noch etwas im Präsidium zu erledigen. Er musste sich um die Handynummer kümmern, von der Tanner die SMS erhalten hatte. Tanner hatte recht damit behalten, dass sie die Nummer nicht zu den Tätern führen würde. Das Telefon war auf Scheinpersonalien eingetragen. Eine angebliche Lisa Müller aus Hamburg. Bullshit. Das hatte Lasker auf der Fahrt zum Präsidium telefonisch abgeklärt. Damit war zu rechnen gewesen. Allerdings hatte Lasker mit der Nummer anderes im Sinn. Es wunderte ihn, dass Tanner und Cora nicht auf die Idee gekommen waren. Aber vermutlich waren sie für solche Gedankenschritte nicht ausgeschlafen genug.

Lasker betrat seine eigene Dienststelle. Die Flure waren verwaist. Bald würden sie die Schilder an den Türen abmontieren und neue anschrauben. Dann war das EFKO Geschichte. Er schloss sein Büro auf und zog hastig einen Aktenordner aus dem Schrank. Nach kurzem Blättern fand er, wonach er gesucht hatte. In den Händen hielt er einen richterlichen Beschluss zur Ortung eines Mobiltelefons. Er heftete das Dokument aus und warf den Ordner achtlos auf den Boden. Laskers Gewissenhaftigkeit bei der Arbeit stand im krassen Gegensatz zu seinem Ordnungssinn. Das Büro war ein Saustall. Überall lagen Akten herum. Benutzte Kaffeetassen und Schokoriegelverpackungen blockierten den Schreibtisch. Das ganze Durcheinander wurde von einer hauchdünnen Staubschicht bedeckt. Ein Spaßvogel hatte eines Tages einen Aufkleber an seine Bürotür gepappt: *Vorsicht! Biologische Gefahr!*

Lasker griff sich einen anderen Ordner, in dem Fahndungsfälle abgeheftet waren. Auch hier wurde er schnell fündig. Ein junger Litauer wurde wegen schweren Raubüberfalls auf einen Juwelier gesucht. Er überprüfte die Personalien im Computer und stellte zufrieden fest, dass der Mann immer noch auf freiem Fuß war.

Lasker begann in einem Word-Dokument das heutige Datum, die Personalien des Litauers und die Handynummer aus der SMS von Tanners Handy einzutippen. Als er fertig war, druckte er das Blatt aus, schnitt die Angaben heraus und klebte sie an den entsprechenden Stellen auf den Originalbeschluss. Dann kopierte er sein Werk. Das Ganze sah nicht besonders überzeugend aus, aber er musste den fingierten Beschluss nur ans LKA faxen. So ein Fax sah meistens schrecklich aus. Es würde keinem auffallen. Hinzu kam, dass dort niemand mit einer Fälschung rechnen würde. Lasker griff zum Hörer und rief den Führungs- und Lagedienst des LKA in Wiesbaden an. Eine Frau meldete sich. »Bachmann.«

»Mein Name ist Lasker vom Einsatz- und Fahndungskommando in Frankfurt. Wir suchen aktuell nach einem Litauer wegen schweren Raubes. Ich faxe Ihnen jetzt einen richterlichen Beschluss für eine Handyortung.«

»In Ordnung. Allerdings haben wir im Moment keine Kapazitäten für eine TKÜ oder Ortung frei. Es sei denn, es geht um Leben und Tod.«

»Nein. Es ist nur eine Fahndungssache.«

»Dann müssen Sie sich leider gedulden.«

»Was ist denn los?«

»Wir haben eine mögliche Terrorlage.«

»Lassen Sie mich raten. Salafisten?«

»Genau.«

Lasker griff sich mit einer Hand in die Haare. Das konnte unmöglich wahr sein. Diese Typen verfolgten einen in letzter Zeit ständig. »Tun Sie bitte, was Sie können.«

»Das machen wir. Und noch was: Bitte vergessen Sie nicht, uns den Originalbeschluss auf dem Postweg zu schicken. Das wird gerne vergessen.«

»Ich werde daran denken.« Lasker legte auf, schob das Blatt in das Faxgerät und sah zu, wie es durch die Maschine gezogen wurde. Er würde niemals ein Original ans LKA schicken. Vermutlich war es sogar das letzte Fax in seinem Leben.

Er wartete. Langsam lehnte er sich im Schreibtischstuhl zurück und sah auf die Wanduhr. Es war 11.10 Uhr. Von der Handyortung hatte er sich einiges versprochen. Das konnte er jetzt erst einmal abhaken. Wie ging es weiter? Im Prinzip blieb nur noch der Professor. Nein, halt. Was war mit diesem Landkurheim bei Karben? Bevor er den Professor einer peinlichen Befragung unterzog, würde er dem Heim einen Besuch abstatten. Lasker machte sich auf den Weg.

HOTEL

Tigran lag auf dem Rücken in seinem Hotelbett und beobachtete eine dicke Stubenfliege, die an der Decke entlanglief. Das herumkrabbelnde Insekt hatte im Januar nichts in der Welt zu suchen. Es war genauso fehl am Platz wie er selbst. Er hätte besser daran getan, dort zu bleiben, wo er hergekommen war.

Nachdem er in der letzten Nacht sein Werk vollbracht hatte, war er nach Offenbach in ein Parkhaus gefahren. Dann war er eine größere Strecke zu Fuß gelaufen und hatte sich schließlich in einem heruntergekommenen Hotel ein Zimmer genommen.

Durst und das dringende Bedürfnis auszutreten quälten ihn zunehmend. Trotzdem fand er keine Kraft aufzustehen. Er dachte an das Mädchen. Was ihm vor knapp zwölf Stunden wie eine logische Konsequenz erschienen war, hatte sich mittlerweile als das entpuppt, was es war. Ein Verbrechen an einer Unschuldigen. Was auch immer sie mit der Arkadaş verbunden hatte, den Tod hatte sie nicht verdient. In seinem Hass war er weit über das Ziel hinausgeschossen und hatte in wenigen Sekunden nicht nur *ihr* Leben, sondern auch sein eigenes zerstört. Es stand außer Zweifel, dass er mit der Schuld nicht würde leben können. Sie würde ihn bis an sein Ende verfolgen und quälen.

Endlich fand er die Kraft und schwenkte die Beine aus dem Bett. Er ging ins Bad und nahm sich im Anschluss eine

Flasche Wasser aus der Minibar. Langsam trat Tigran ans Fenster, schob den Vorhang zur Seite und sah nach draußen. Offenbach war hässlich, und die Straße, in der das Hotel lag, bildete keine Ausnahme. Auf der anderen Straßenseite ragten fünfstöckige Mietskasernen mit dreckig grauer Fassade in die Höhe. In mehreren Wohnungen hatten die Bewohner Bettlaken als Gardinenersatz vor die Fenster gespannt. Überall klebten angerostete Satellitenantennen an der Hauswand. Tigrans Hotelzimmer war nicht weniger trostlos. Die Möbel mit billigem Buchenfurnier beklebt, die Gardinen staubig. Unter das Bett wollte man vorsichtshalber keinen Blick werfen.

Tigran wusste, dass die Villa von Çağlar nur einige Kilometer Luftlinie entfernt lag. Aber das war in Ordnung. Sich in der unmittelbaren Nähe des Feindes zu verstecken konnte sicherer sein, als das Land zu verlassen. Auf die Idee, in die Wohnung zu fahren, die Ata ihm überlassen hatte, war er gar nicht erst gekommen.

Wie sollte es weitergehen? Konnte er den Auftrag unter diesen Voraussetzungen überhaupt erfüllen? Oder sollte er sich absetzen? Alles hing davon ab, ob der Mann aus dem Wald Kontakt zur Arkadaş gehabt hatte. Objektiv gesehen musste es so sein. Theoretisch bestand die Möglichkeit, dass er den Kerl direkt bei seiner Ankunft in Frankfurt erwischt hatte. Das war Tigrans ursprüngliche Hoffnung gewesen. Das Mädchen auf der Rückbank hatte diese Hoffnung zerstört. Auch das größte Arschloch reist nicht unbedarft in ein fremdes Land ein und entführt spontan die nächstbeste Passantin. Der Langhaarige und sein Begleiter hatten im Auftrag der Arkadaş gehandelt. Alles andere war wenig plausibel. Aber wenn sie über ihn Bescheid wussten, warum gaben sie ihm dann Jobs und brachten ihn mit der Führungsspitze zusammen?

Die Gedanken, die ihm durch den Kopf gingen, waren allzu vage. Aber spielte das eine Rolle? Was er wusste, reichte aus, um den einzigen sinnvollen Schluss zu ziehen: abbrechen und abhauen. Die Alternative war ein Spiel mit äußerst schlechten Karten, um nicht zu sagen Selbstmord. Also verschwinden. Konnte er das jetzt noch tun? Außer der Erkenntnis, ein Versager und Mörder zu sein, würde nichts übrig bleiben. Dafür hatte er die Strapazen nicht auf sich genommen.

Tigran trank die Wasserflasche leer und setzte sich aufs Bett. Er fühlte sich wie ein Blinder, der im Hochgebirge zu einem Crossrennen antritt. Jeder Schritt, den er tat, konnte der letzte sein. Gut möglich, dass es gar keine Rolle mehr spielte, wie er sich verhielt, weil das Schicksal längst beschlossen hatte, dass für ihn alle Wege in den Abgrund führten.

Tigran legte sich wieder auf den Rücken. Die Fliege an der Decke war verschwunden. Seine Gedanken kreisten um das Mädchen, seinen Bruder und seine Eltern. Dann wusste er, was er zu tun hatte.

UMLEITUNG

Ein Hinweisschild auf der Landstraße verriet Lasker, dass er das Landkurheim Waldaue erreicht hatte. Das Heim lag abseits der umgebenden Ortschaften in einem Waldstück. Anders als in Frankfurt lag hier noch Schnee.

Das Gebäude war ein aus Sandsteinblöcken zusammengesetzter Quader im Stil einer Kaserne aus den Dreißiger- und Vierzigerjahren. Das kam nicht von ungefähr. Das Anwesen war 1943 als Heim für Kriegswaisen gebaut worden. Schottersteine knackten unter den Reifen, als Lasker den Wagen auf den Parkplatz lenkte. Als er ausgestiegen war, hörte er die Schreie spielender Kinder. Er nahm die Steintreppe zum Eingang. Die schwere Holztür wurde von einem Mauerbogen eingerahmt. Er musste Kraft aufwenden, um die Tür aufzuziehen. Vor ihm erstreckte sich ein zehn Meter breiter menschenleerer Flur. Nach einigen Schritten blieb Lasker stehen und besah sich eine an der Wand aufgehängte Hinweistafel. Wenn er ihr trauen durfte, würde er die Leitung der Einrichtung im ersten Stockwerk finden. Seine Schritte hallten, als er in Richtung des Treppenhauses ging. An einer Glasvitrine hielt er an. In dem Glaskasten hatte man Bastelarbeiten und Zeichnungen von Kindern ausgestellt. Die Bilder zeigten Szenen aus dem Alltag. Familien beim Essen, eine Geburtstagsfeier, eine Momentaufnahme aus der Schule. Die dargestellten Menschen lächelten. Aber die Münder waren seltsam schief, als hätten die Kinder das Lächeln auf Anweisung hin gemalt, ohne eine Idee davon zu haben, was dieser Gesichtsausdruck bedeuten sollte. Lasker nahm die Treppe. Im ersten Obergeschoss befand sich links von ihm eine geschlossene Glastür. Über der Tür hing ein aus Laubsägearbeiten gefertigter Schriftzug. *Leitung.*

Plötzlich stand er einer Frau gegenüber, die aus einem der Büros auf den Gang getreten war. Sie trug die Kleidung sozial veranlagter Menschen mit leichtem Hang zur Esoterik. Weiter Rollkragenpulli, Schlabberhose, Holzperlenkette. »Kann ich Ihnen helfen?«, fragte sie.

»Guten Tag. Mein Name ist Lasker.« Er hielt ihr seinen Dienstausweis hin. »Kripo Frankfurt. Ich würde gern mit der Leiterin sprechen.«

»Das bin ich.« Ihr Gesicht zeigte den typischen Ausdruck von Unschuldigen, die mit einer maximal schlechten Nachricht rechnen.

»Es ist nichts passiert. Ich habe nur ein paar Fragen«, sagte Lasker.

»Gott sei Dank. Ich hatte schon befürchtet, einem der Kinder wäre etwas passiert. Sie müssen wissen, dass gerade die älteren Kinder sich immer wieder zu weit vom Gelände entfernen. Vor einigen Jahren gab es einen schweren Verkehrsunfall, der …« Sie reichte Lasker die Hand. »Tut mir leid. Ich rede und rede und stelle mich nicht einmal vor. Mein Name ist Maria Berg.«

»Kein Problem.«

Berg führte Lasker in ihr Büro und bot ihm einen Stuhl an. Die Wände des Raumes waren mit Kinderzeichnungen tapeziert. Lasker setzte sich.

»Worum geht es?«

»Leider kann ich Ihnen das nicht sagen. Wir stehen am Anfang eines Ermittlungsverfahrens. Ich kann Ihnen versichern, dass weder Sie noch Ihre Einrichtung als solche Gegenstand dieses Verfahrens sind. Trotzdem muss ich den Anlass meines Besuchs für mich behalten.«

»Ich habe nur eine Frage. Schadet es den Kindern?«

»Nein.«

Berg musterte Lasker eindringlich. »Was wollen Sie wissen?«

»Erzählen Sie mir etwas über Ihre Einrichtung. Was machen Sie genau?«

»Das Landkurheim hat drei verschiedene Stationen. Primär ist es unsere Aufgabe, Kindern und Jugendlichen mit Essstörungen und Drogenproblemen zu helfen. Anfang letzten Jahres haben wir eine weitere Abteilung aufgemacht. In Kooperation mit der Frankfurter Uniklinik und dem Bundesamt für Migration und Flüchtlinge betreuen wir Kinder aus Krisengebieten, die Opfer von Gewalt wurden. Entweder mussten sie die Gewalt selbst erleiden oder wurden Zeugen von Gewalttaten.«

»Diese Kinder stammen aus Syrien?«

»Das ist richtig.«

»Wie ist der genaue Ablauf?«

»Bei ihrer Ankunft werden die Kinder nach einer Anamnese in Gruppen aufgeteilt. Die Zusammensetzung der Gruppen orientiert sich nach dem Alter der Kinder und der Schwere der Traumatisierung. Danach beginnt die Arbeit mit den Kindern.«

»Wie lange bleiben sie?«

»Sechs Wochen.«

»Ist eine Heilung in so kurzer Zeit überhaupt möglich?«

»Von einer Heilung kann man in diesem Fall nicht sprechen. Von dem, was die Kinder erlebt haben, kann man sie nicht heilen. Wir können ihnen nur helfen, mit dem Erlebten etwas besser weiterzuleben. Aber ich verstehe, was Sie meinen. Die Zeit ist viel zu kurz. Viele Kinder brauchen Wochen, um zu begreifen, dass ihnen bei uns keine Gefahr droht. Außerdem stellt die Sprachbarriere für unsere Arbeit ein großes Problem dar.«

»Das klingt, als wäre ihr Bemühen zumindest teilweise sinnlos. Tut mir leid, wenn ich das so offen sage.«

»Sie müssen sich nicht entschuldigen. Es stimmt, was Sie sagen. Die Situation ist schwierig. Dass die Kinder überhaupt hier sein dürfen, liegt daran, dass sie an einer Forschungsstudie teilnehmen. Es geht um die ambulante Behandlung von Traumapatienten. Sieht man es unter diesem Gesichtspunkt, so macht die kurze Behandlungszeit durchaus Sinn. Als mir Professor Fuhrmann von der Frankfurter Uniklinik den Vorschlag unterbreitet hat, war ich sehr skeptisch. Wenn man mit Kindern arbeitet, ist es besonders schwer, einen professionellen Abstand zu den Patienten zu wahren. Im Prinzip ist es gar nicht möglich, da man auf die Kinder eingehen muss, um ihr Vertrauen zu erlangen. Letztendlich habe ich mich für eine Teilnahme an dem Projekt entschieden, weil ich eine Unterstützung der Forschung auf diesem Gebiet wichtig finde und weil die Kinder so wenigstens sechs Wochen erleben, in denen sie ein wenig zur Ruhe kommen können.«

»Und danach?«

»Danach kehren sie in die Türkei zurück.«

»Zu ihren Eltern.«

»Nein. Bei diesen Kindern handelt es sich ausnahmslos um Waisen.«

»Warum?«

»Waisen sind völlig schutzlos und haben es somit am schwersten. Wir haben uns auf diese Fälle fokussiert.«

»Und diese Kinder schickt man wieder zurück in irgendein fragwürdiges Flüchtlingslager in die Türkei? Das finde ich ziemlich ungewöhnlich.«

»Das ist eine Vereinbarung auf Ministeriumsebene.«

»Das ist für mich nicht nachvollziehbar. Alle kommen hierher, und die, die tatsächlich schutzbedürftig sind, werden deportiert.«

»Glauben Sie mir, damit bin ich auch nicht glücklich. Ich nehme an, dass dafür diese irrsinnige Bürokratie verantwortlich ist.«

»Wenn der Aufenthalt der Kinder endet, wie lange dauert es dann, bis die nächsten kommen?«

»Ungefähr eine Woche.«

»Es ist sicher schlimm für Sie, die Kinder gehen zu lassen.«

»Das ist es.«

»Sie sagten, Professor Fuhrmann sei an Sie herangetreten?«

»Ja. Man kann sagen, er stand eines Tages einfach in der Tür.«

»Das klingt nicht besonders offiziell.«

»Das ist üblich. Bevor man in den offiziellen Teil übergeht, gibt es zunächst Sondierungsgespräche. Wenn solche Gespräche erfolgreich verlaufen, wird es förmlich.«

Wenn die Frau mit der Mafia zu tun hatte, dann wusste sie jedenfalls nichts davon. Lasker beschloss, das Risiko zu erhöhen. »Kann ich mich auf Ihre Diskretion verlassen?«

»Das können Sie.«

»Wir haben den Verdacht, dass Spendengelder im größeren Stil veruntreut wurden. Ihre Institution ist in bestimmten Dokumenten aufgeführt. Allerdings halten wir es nach derzeitigem Ermittlungsstand für unwahrscheinlich, dass Sie mit der Sache zu tun haben. Auf der anderen Seite sind wir gezwungen, jedem Hinweis nachzugehen.«

»Das fehlt mir noch. So etwas kann ich überhaupt nicht gebrauchen.« Laskers Gesprächspartnerin stand auf und nahm einen Aktenordner aus dem Regal. »Hier bitte«, sagte sie und überreichte ihm den Ordner. »Hier finden Sie die von uns gestellten Rechnungen und die dazugehörigen Eingänge. Das ist natürlich nur ein kleiner Teil. Er betrifft ausschließlich die armenischen Kinder.«

Lasker fing an zu blättern. »Sie bekommen Ihr Geld vom Bundesamt für Migration und Flüchtlingshilfe?«

»Richtig. Daher sehe ich mich auf der sicheren Seite. Woher das BAMF das Geld hat, kann ich selbstverständlich nicht sagen.«

Lasker blätterte weiter, bis er zu einem Aktenreiter kam, hinter dem Briefe abgeheftet waren, die das Logo des BAMF trugen. Alle Schreiben waren von derselben Person gezeichnet. Regierungsdirektorin Annette Schwartz.

»Man könnte meinen, dass diese Frau Schwartz alleine in der Behörde arbeitet«, sagte Lasker und blätterte wieder zurück. Auch die Zahlungsverfügungen waren von der Dame unterschrieben. Lasker war kein ausgemachter Fachmann für Behördenstrukturen, aber es kam ihm merkwürdig vor. In der Regel wurden Zahlungsangelegenheiten von einer gesonderten Abteilung bearbeitet.

»Das ist ihre Karte.« Die Heimleiterin reichte ihm eine Visitenkarte.

»Ist sie schon einmal hier gewesen?«, fragte Lasker.

Berg nickte. »Zusammen mit Professor Fuhrmann.«

»Zu diesen Sondierungsgesprächen, von denen Sie sprachen?«

»Genau. Die beiden kamen gemeinsam zu mir.«

Lasker hob die Visitenkarte in die Höhe. »Darf ich die behalten?«

»Sicher.«

»Wie viele Kinder aus Syrien betreuen Sie in der Regel?«

»Ungefähr dreißig. Alle im Alter zwischen fünf und vierzehn Jahren.«

»Das sind mehr, als ich dachte. Hat die Einrichtung dafür genügend Kapazitäten?«

Berger lachte kurz. »Das haben sich schon viele gefragt. Die Größe täuscht. Wenn Sie aus dem Fenster schauen, werden

Sie feststellen, dass die Anlage größer ist, als Sie denken. Der Besucher sieht nur das Hauptgebäude.«

Lasker stand auf und trat an das Fenster. Jetzt konnte er den rückwärtigen Bereich des ehemaligen Waisenhauses einsehen. In einer parkähnlichen Anlage lagen zwei mehrstöckige Flachbauten, die untereinander mit einem Gang verbunden waren. »Mussten Sie zusätzliches Personal einstellen?«

»Ja. Das meiste zusätzliche Personal, das wir benötigten, wurde vom Roten Kreuz und der Uniklinik gestellt. Denen, die wir selbst eingestellt haben, konnten wir leider nur Zeitverträge anbieten. Aber das ist ja heutzutage keine Besonderheit.«

Lasker sah weiter aus dem Fenster. Im Januar sah man die Natur ohne ihre grüne Verkleidung, nackt und trostlos. Aber im Sommer war es hier sicher sehr schön. In fünf Monaten sah die Welt wieder anders aus. »Ich denke, ich habe Sie jetzt genug belästigt.« Lasker wandte sich vom Fenster ab.

Berg stand auf und reichte ihm die Hand. »Ich hoffe, ich konnte Ihnen weiterhelfen.«

»Das konnten Sie.« Er hatte das Büro fast verlassen, als ihm etwas einfiel. »Eine Frage habe ich noch.«

»Ja?«

»Wenn die Kinder den Aufenthalt in Ihrer Einrichtung beendet haben, organisieren Sie dann den Transport zum Flughafen?«

»Nein, das macht Barış Denizi.«

»Nicht das Rote Kreuz?«

»Nein. Am Tag der Abreise kommt ein Bus eines türkischen Reiseunternehmens, der die Kinder zum Flughafen bringt.«

»Fliegen die Kinder mit einer Linienmaschine, oder ist es ein Charterflug?«

»Das kann ich Ihnen nicht beantworten.«

»Wissen Sie, von welchem Flughafen die Kinder fliegen?«

»Nach Elazig. Das ist im Osten der Türkei.«

»Von wo?«

»Soweit ich weiß, von Frankfurt. Aber wie gesagt, ich habe mich damit nie näher befasst.«

»Wissen Sie, wie das Reiseunternehmen heißt, durch das die Kinder hier abgeholt werden?«

»Da kann ich Ihnen auch nicht weiterhelfen. Ehrlich gesagt, habe ich darauf nie geachtet. Ich kann nur sagen, dass der Bus grün ist und ein weißes türkisches Logo auf der Seite hat.«

»Wann wurden zum letzten Mal Kinder abgeholt?«

»Vorgestern. In der Früh.«

Lasker nickte. »Ich danke Ihnen.«

Lasker verließ das Landkurheim und setzte sich in seinen Wagen. Was er in Erfahrung gebracht hatte, brachte ihn kaum weiter. Die Heimleiterin war über jeden Verdacht erhaben, da verließ er sich auf sein Gefühl. Was den Professor anging, hatte er nichts Belastendes gefunden. Interessant war diese Regierungsdirektorin Schwartz vom BAMF. Wieso unterschrieb sie ausnahmslos jedes Schriftstück, das mit dem Heim zu tun hatte? Inklusive aller finanziellen Angelegenheiten. Aber was wusste er schon von anderen Behörden? Es konnte einen plausiblen Grund dafür geben. »Scheiße.« Lasker schlug gegen das Lenkrad. Dann startete er den Wagen und fuhr zurück in Richtung Frankfurt. Er sah auf die Uhr. Es war 13.20 Uhr. Sollte er sich jetzt um den Professor kümmern? Dafür war es noch zu früh. Lasker hatte sich vorgenommen, ihm einen Hausbesuch abzustatten. Höchstwahrscheinlich war der Mann um diese Uhrzeit noch in der Klinik. Was könnte er sonst tun? Einen Mittagsschlaf halten?

Wieso hatte er nach den Abreisemodalitäten der Kinder gefragt? Er entschloss sich, in Ermangelung eines sinnvolleren Plans auf seinen Instinkt zu hören. Mal sehen, ob der Flughafen etwas zu bieten hatte.

＊

Eine gefühlte Ewigkeit lang zuckelte Lasker auf der Landstraße hinter einem Lastwagen her. Dann erreichte er endlich die Auffahrt zur A 661. Er hatte erst wenige Hundert Meter auf der Autobahn zurückgelegt, als er panisch einen Parkplatz ansteuerte. Er hielt zwischen zwei abgestellten Sattelschleppern, riss die Fahrertür auf, beugte sich hinaus und übergab sich. Als er fertig war, nahm er die angebrochene Wasserflasche vom Beifahrersitz und spülte sich den Mund aus. Schließlich schlug er die Tür zu und lehnte die Stirn gegen das Lenkrad. Das war neu. Keine Schmerzen, keine Übelkeit, einfach nur spontanes Erbrechen und Schweiß auf der Stirn. Seine Krankheitssymptome blieben spannend.

Lasker öffnete das Fenster und steckte sich mit zitternden Fingern eine Zigarette an. Wie lange hatte er noch? Vielleicht blieb ihm viel weniger Zeit, als er dachte. Er brauchte das Geld, und zwar zeitnah. Ein dunkler Gedanke stieg langsam in ihm auf wie eine Sauerstoffblase in einer Lavalampe. Was machte er hier eigentlich? Warum holte er sich das Geld nicht einfach? Mit Tanner und Cora würde er schon fertig werden.

Er schnippte den Zigarettenstummel nach draußen, parkte aus und fuhr wieder auf die Autobahn auf. So ein Arschloch war er nicht. Noch nicht.

＊

Lasker hielt dem Wachmann seinen Dienstausweis unter die Nase.

»Sie sind von der Polizei?«

»So weit waren wir schon.«

»Und was genau wollen Sie?«

Auch das hatten sie bereits erörtert. Lasker musste sich zusammenreißen. »Wie ich erklärt habe, haben mich die Kollegen der Bundespolizei an Sie verwiesen. Ich möchte Überwachungsvideos der Busspur einsehen. Man sagte mir, das ginge nur in dieser Zentrale.«

»Das ist richtig. Was gibt es denn da zu sehen?«

»Busse!« Langsam platzte Lasker der Kragen. Erstaunlicherweise zeigte sich der Mann plötzlich einsichtig und ließ ihn durch die Glastür treten. Lasker fand sich in einem mit Monitoren vollgestopften Raum wieder. Auf unzähligen Bildschirmen unterschiedlicher Größe flimmerten die Bilder der Überwachungskameras. Der Wachmann, der ihn hereingelassen hatte, verwies Lasker an eine ältere Frau, die an einem Arbeitsplatz saß. Sie trug ein Headset auf dem Kopf und beobachtete eine Handvoll Monitore, die sich auf ihrem Schreibtisch türmten. Er konnte nur hoffen, dass es mit der Frau besser lief als mit diesem Idioten.

Glücklicherweise erwies sie sich als aufnahmefähiger. Die Frau tippte auf dem Zahlenfeld ihrer Tastatur herum. Ein Bildschirm wurde erst schwarz, dann zeigte er ein kleines Wachhäuschen und eine Schranke. »Das ist die Busspur«, sagte sie. »Alle weiteren Erklärungen sind erst sinnvoll, wenn Sie Ihren Bus gefunden haben.«

Das klang vernünftig. Lasker hörte der Frau zu, die ihm das System erklärte. Als sie fertig war, fing er mit der Suche an. Leider hatte er nicht gefragt, um welche Uhrzeit die Kinder genau abgeholt wurden. Vorgestern in der Früh, hatte die Heimleiterin gesagt. Er gab ein Startdatum und sieben Uhr an. Lasker startete den Schnelldurchlauf. Im Sekundentakt kamen Reisebusse angeschossen, stoppten kurz an der Schranke und jagten weiter. Als er bei neun Uhr dreißig angekommen war, begann Lasker zu zweifeln. Hatte er den Bus übersehen? Das Bild war nur schwarz-weiß und nicht sonderlich gut. Vielleicht ließ er das Video zu schnell durchlaufen.

Er versuchte es noch eine halbe Stunde lang. Dann gab er auf. Der Bus war nicht angekommen.

Lasker nahm sein Handy und recherchierte im Internet, von welchen anderen Flughäfen Flüge nach Elazig abgingen. Köln, Düsseldorf. Es war nicht auszuschließen, dass die Kinder von dort zurückgeflogen waren. Die Anreise zu den Flughäfen war zwar erheblich länger, aber wer konnte sagen, wie das mit den Buchungen lief. Die Heimleiterin hatte gesagt, dass die Kinder von Frankfurt aus flogen. Aber möglicherweise hatte sie sich geirrt.

Lasker verabschiedete sich. Als er den Terminal verlassen hatte, zündete er sich eine Zigarette an. Das war alles zutiefst unbefriedigend. Je mehr er herumstocherte, umso mehr begann der Misthaufen zu stinken. Aber das war auch alles, was er bisher erreicht hatte.

Da blieb nur der Professor. Lasker musste ihn unbedingt dazu bewegen, Licht ins Dunkel zu bringen. Ganz egal, mit welchen Mitteln.

FLASHBACK

Tanner saß zu Hause in seiner Küche. Eine Firma hatte die Terrassentür mit Holzplatten provisorisch gesichert. Die Pistole lag vor ihm auf dem Tisch. Er war in seinem Leben noch nie so müde und erschöpft gewesen, aber er konnte unmöglich schlafen. Ein Teil von ihm rechnete jederzeit damit, dass sie kommen würden, um ihn zu holen. Das wäre das Einfachste. Ihn entführen und so lange foltern, bis er preisgab, wo das Geld versteckt war. Das Dumme war nur, dass er nicht wusste, wo es war. Sollte es so geschehen, dann musste er die Bande an Cora verweisen. Mit den besten Grüßen.

Der Umstand, dass er keine Ahnung hatte, wo sich das Geld befand, wurde ihm erst jetzt richtig bewusst. Warum hatte er Cora nicht gefragt? Weil sie seit Jahren seine Partnerin war und er ihr vertraute? Vertrauen ist eine nette Sache. Aber hier ging es um sechs Millionen. Ging das Vertrauen so weit? Vielleicht waren es gar nicht sechs Millionen, sondern acht. Woher sollte er das wissen? Möglicherweise fuhr Cora gerade mit dem Geld im Kofferraum Richtung Spanien, während er hier wie ein Trottel herumsaß und auf High Noon wartete. Tanner wollte das nicht glauben. So war sie nicht, das würde sie ihm nicht antun. Lasker hatte ihm geraten, das Haus zu meiden. Das war ihm egal. Wenn sie tatsächlich kommen würden, dann sollten sie eine Überraschung erleben. Ihm war klar, dass das eine ziemlich blöde Idee war. Fast so blöd wie die Aktion an der Mine. Stolz und Hass trieben ihn dazu. Die Wichser hatten seine Familie tyrannisiert. Irgendjemand musste dafür bezahlen. Aber auch wenn die Wut in ihm loderte, ließ sich nicht leugnen, dass er Angst hatte. Zu Tanners großer Beruhigung hatte Lasker binnen einer Stunde drei Männer besorgt, die im Krankenhaus auf seine Frau aufpassten. Das SEK brauchte länger, um am Einsatzort zu erscheinen. Die Männer trugen keine Kutten, aber Tanner sah auch so, dass sie dem Rockermilieu angehörten. Solange sie ihren Job machten, war ihm alles recht.

Noch wichtiger war es, dass er Patrick aus der Schusslinie gebracht hatte. Tanner hatte lange überlegt, welche Geschichte er seinem Schwiegervater auftischen sollte. Am Ende war die Lösung einfach. Er rief Enno an und sagte ihm, dass er sich von Sylvia trennen wolle. Tanner erklärte ihm, dass es ihm leichter fallen würde, wenn Patrick nicht zu Hause wäre. Je weiter weg, umso besser.

Enno hatte keine Rückfragen. Er sagte nur: »Morgen früh sind wir im Flugzeug.« Tanner hatte keinen Grund, daran zu zweifeln. Wenn man den Menschen die richtige Motivation lieferte, taten sie fast alles.

Tanner lauschte auf die Geräusche im Haus. Plötzlich kamen ihm Zweifel. Was, wenn sie wirklich kamen und er ein oder zwei von ihnen erwischte? War die Gefahr dann vorbei? Sicher nicht. Es änderte gar nichts. Was er hier machte, war grober Unfug und unprofessionell. Wenn er seiner Familie und sich selbst helfen wollte, durfte er sich nicht von seinen Gefühlen leiten lassen. Er musste planvoll an die Sache herangehen. Er stand auf. Zuerst musste er hier verschwinden, das stand fest. Und dann würde er sich einen Ort suchen, an dem er für ein paar Stunden schlafen konnte. Die Müdigkeit würde ihm sonst früher oder später zum Verhängnis werden.

Ihm fiel ein, dass er in der Nacht seinen Dienstausweis gesucht hatte. Wenn er bewaffnet unterwegs war, sollte er den besser mit sich führen. Er ging in den Flur und stellte sich vor die Garderobe. Für gewöhnlich ließ er den Ausweis in seiner Jackentasche. An dem Tag, an dem sie zur Mine gefahren waren, hatte er die schwarze Lederjacke getragen. Er nahm die Jacke vom Haken und durchsuchte die Taschen. Ohne Erfolg. Der Ausweis musste in der Jacke sein. Als er an dem Tag nach Hause gekommen war, hatte er sie dort aufgehängt. Am nächsten Tag hatte er sich krankgemeldet und eine andere Jacke angezogen. Er versuchte sich zu erinnern, wann er den Ausweis das letzte Mal in der Hand gehalten hatte. Wo war das Drecksding?

Wenn er die Lederjacke trug, steckte das Mäppchen mit dem Dienstausweis immer in der rechten Brusttasche. Die ließ sich dann nicht mehr zuknöpfen. Es war ihm mehr als einmal passiert, dass ihm der Ausweis beim Bücken… »So eine Scheiße!!« Tanner ging in die Hocke und schlug die Hände vors Gesicht. Das durfte nicht wahr sein. Das Teil war ihm in der Mine aus der Tasche gefallen. Und zwar in dem Moment, als er halb in dem Schacht gehangen hatte. Plötzlich konnte er sich ganz deutlich an dieses fast zärtliche Gefühl erinnern, das man empfindet, wenn einem etwas aus der Tasche gleitet. Die dramatischen Ereignisse des Tages hatten die Erinnerung daran überlagert. »So eine gottverdammte Scheiße!« Tanner schüttelte den Kopf und musste über das Schicksal lachen. Wenn man gerade dachte, es könnte nicht schlimmer kommen, wurde man vom Leben eines Besseren belehrt. Er fragte sich, was als Nächstes auf dem Programm stand.

EINBRUCH

JO LASKER
8. TAG, 21.45 UHR

Lasker stand vor dem Haus im Nobelring 60b. Fuhrmanns Anwesen war ein zweistöckiges Gebäude mit Rieddach. Von der Straße nach hinten versetzt, war es von einer etwa einen Meter hohen Hecke umgeben. Zur Straße hin waren alle Rollos hochgezogen. Es brannte kein Licht. Laut den polizeilichen Auskunftssystemen war Fuhrmann alleine unter der Anschrift gemeldet. Ein Auto fuhr vorbei, danach war die Straße wieder leer. Er öffnete das Gartentor. Kurz bevor er die Haustür erreichte, schaltete ein Bewegungsmelder die Außenbeleuchtung an. Lasker klingelte. Wartete. Klingelte erneut. Nichts rührte sich.

Lasker hatte mit einem fingierten Anruf in der Uniklinik herausgefunden, dass Fuhrmann heute nicht in der Arbeit erschienen war. Die Dame am Telefon hatte besorgt geklungen. Sicher zu Recht, wie Lasker fand. Es war möglich, dass Fuhrmann von Hannas Tod Kenntnis hatte. Vielleicht hatte er daraufhin seine eigenen Schlüsse gezogen und sich aus dem Staub gemacht. Oder aber er teilte ihr Schicksal bereits.

Lasker ging an der Hauswand entlang Richtung Garten. Wie er es erwartet hatte, gab es auf der Rückseite des Hauses ein großes Panoramafenster und eine Terrassentür. Hier waren die Rollos ebenfalls nicht heruntergelassen. An der linken unteren Ecke des Fensters haftete der Aufkleber einer Sicherheitsfirma. Darauf war angegeben, dass das Haus alarmüberwacht sei. Dass sich die Leute auf so etwas verließen, war für Lasker unverständlich. Als ob Einbrecher erst die Bedienungsanleitung des Tatobjekts lesen würden, bevor sie mit der Arbeit begannen. Die brachen trotzdem ein. Und auch wenn zeitnah eine alarmierte Streife vorbeischauen würde, so hatte man den Salat: kaputte Tür, durchwühltes Zimmer. Die Rollos herunterzulassen war immer noch eine der besten Schutzmaßnahmen.

Lasker schaltete das Funkgerät ein, das an seinem Gürtel hing. Dann schnitt er mit einem Glasschneider ein Loch in die Terrassentür, griff hindurch und öffnete sie von innen. Lasker hatte die Front des Hauses genau unter die Lupe genommen und dort keine optische Meldeanlage entdecken können. Das war gut. Ein nervös blinkendes rotes Licht an der Fassade konnte er bei seinem Vorhaben nicht gebrauchen.

Er setzte sich im dunklen Wohnzimmer auf einen der Sessel. Er spürte ein nervöses Kitzeln im Magen. Lasker schaltete die Beleuchtung der Armbanduhr ein. 21:49:43 Uhr. Er schloss die Augen und wartete. Der Funk blieb still.

Wieder ein Blick. 21:50:55 Uhr. Aus dem Magenkitzeln wurde ein Kratzen.

21:51:25 Uhr. Der Funk erwachte zum Leben.

»Neptun 8/12 für Neptun.«

Die Einsatzzentrale rief eine Streife vom 8. Revier, das für Sachsenhausen zuständig war. Lasker leckte sich über die Lippen, nahm das Funkgerät vom Gürtel.

»8/12 hört.«

»Wir haben Meldung einer Sicherheitsfirma bekommen. Im Nobelring 60b wurde ein privater Einbruchmelder ausgelöst. Laut System ist es ein Glasbruch auf der Rückseite des Objekts im Erdgeschoss. Bitte klären Sie das ab. Falls Sie Unterstützung brauchen, melden Sie sich.«

»Verstanden. Die Örtlichkeit noch mal.«

Der Kollege aus der Einsatzzentrale wiederholte die

Adresse. Die Funkstreife quittierte den Auftrag. Im Hintergrund hörte Lasker jemanden im Streifenwagen fluchen. Vielleicht hatte die Besatzung gerade das Abendessen für die Dienstgruppe an Bord. Höchste Zeit, einzugreifen.

Lasker drückte die Sprechtaste. »Neptun für 41/10.«

»Neptun hört.«

»Wir waren in anderer Sache in Sachsenhausen-Süd unterwegs und stehen jetzt sozusagen vor der Tür. Wir können den Melder übernehmen.«

»Okay. Ich denke, der 8/12 wird nichts dagegen haben.«

»Hier 8/12. Das wäre super. Danke, 41/10.«

»Kein Problem, 8/12. Neptun noch mal für 41/10.«

»Hier Neptun.«

»Wir haben das so weit mit. Einbruchmelder an der Rückseite des Hauses im Erdgeschoss. Vorab zur Kenntnis. Wir halten gerade vor dem Objekt. An der Eingangstür sind Leute. Ich denke, das ist ein Fehlalarm. Ich melde mich gleich bei Ihnen.«

»Neptun hat mit.«

Lasker ließ die Luft aus den Lungen. Er wartete fünf Minuten, dann sprach er erneut die Einsatzzentrale an.

»Neptun für 41/10.«

»Neptun hört.«

»Definitiv Fehlalarm. Berechtigte sind im Haus.«

»Verstanden.«

Jetzt hatte er Ruhe. Lasker sah sich im Wohnzimmer um. Da alle Rollläden geöffnet waren, gelangte genügend Mondlicht in das Zimmer, um sich einen ersten Überblick zu verschaffen. Der Raum wurde von weißen Designermöbeln dominiert. An einer Wand hing ein hauchdünner Flachbildschirm. Darunter stand in einem Regal eine teuer aussehende Musikanlage. Über der Couch hing ein riesiges Ölgemälde. Es zeigte einen farbigen Jazzmusiker beim Saxofonspielen. Vermutlich mochte Fuhrmann gar keinen Jazz. Der Chefarzt bewegte sich in gesellschaftlichen Kreisen, in denen es Vorschrift war, eine Verbundenheit zur Kultur vorzutäuschen. Lasker stellte fest, dass es nirgendwo Fotos gab. Keine Eltern, Kinder, Frau, Geliebte. Nicht einmal das Bild eines verstorbenen treuen Hundes.

Bei allem Geld, das augenscheinlich in das Inventar gesteckt worden war, mangelte es der Einrichtung an Seele. Wie in der Ausstellungsecke eines Möbelhauses. Lasker verließ das Wohnzimmer und betrat den hell gefliesten Flur. Links von ihm stand die Tür des Badezimmers offen. Auf dem Waschbecken steckte eine einsame Zahnbürste in einem Becher. Lasker öffnete den Spiegelschrank. Es gab keine Utensilien, die auf eine weitere Person im Haushalt hindeuteten. Im Erdgeschoss sah er sich in der Küche und im Gästezimmer um. Ohne Befund. Lasker nahm die Treppe nach oben und stieß die nächstgelegene Tür auf. Ein Arbeitszimmer. Der Schreibtisch wirkte unbenutzt. Eine leere Fläche aus edlem Holz. Keine Papiere, keine Schreibgeräte. In einem großen Bücherregal standen Reihen von medizinischen und psychologischen Fachbüchern. Lasker trat an den Schreibtisch und zog die Schubladen auf. Er fand eine Schere, eine Rolle Tesafilm und eine kleine Flasche Tipp-Ex. Was für ein Vogel war das? Der Kerl hatte sich in seinem eigenen Haus gerade so weit ausgebreitet wie andere Menschen in einem Hotelzimmer. Als rechnete er täglich mit der Abreise.

Lasker hörte, wie die Haustür aufgeschlossen wurde. Adrenalin schoss durch seine Adern. Anscheinend war der Professor doch noch im Land und am Leben. Das war gut. Es gab einige wichtige Fragen zu klären. Blieb nur zu hoffen, dass Fuhrmann nicht in Begleitung war. Lasker schlich zurück in den Flur. Er hörte Geraschel und Schritte, aber es blieb dunkel. Warum machte er kein Licht an? Entweder war der Professor in sein eigenes Haus geschlichen, um in einer Nacht-

und-Nebel-Aktion seinen Reisepass zu holen, oder da unten stolperte ein ganz anderer herum. Lasker zog den Teleskop-schlagstock aus dem Gürtelholster. Eine Gestalt betrat die Treppe. Lasker konnte sicher erkennen, dass es nicht der Professor war. Er stellte sich in den Schatten und wartete. Die Person kam nahezu geräuschlos die Steintreppe herauf. Vorsichtig zog Lasker den Schlagstock aus. Der Eindringling, eindeutig ein Mann, erreichte das Ende der Treppe. Lasker sprang nach vorne und schlug ihm den Schlagstock vor die Brust. Der Mann stürzte lautlos zu Boden. Lasker holte aus und schlug noch zweimal zu. Dann sprang er die Treppe hinunter, riss die Haustür auf und rannte zu seinem Wagen. Als er den Motor gestartet hatte, zwang er sich, möglichst unauffällig loszu-fahren, um keine Aufmerksamkeit zu erregen.

Das war eindeutig ein Armenier gewesen. Der Kerl hatte die gleichen Klamotten an wie alle, die im Bahnhofsgebiet herumlungerten. Fragte sich nur, warum der Typ einen Schlüs-sel zur Wohnung des Professors hatte und was zum Teufel er dort suchte.

VERLUSTMELDUNG

MARK REINDERS
9. TAG, 9.40 UHR

»Bist du dir hundertprozentig sicher?«, fragte Cora. »Kein Zweifel.«

»Du Vollidiot!« Cora bekam sich gar nicht mehr ein. »Kannst du mir sagen, warum du nicht gleich zu mir gekommen bist?«

»Scheiße, ich musste erst mal damit klarkommen.« Tanner hatte sich mit seiner Partnerin im Wendehammer einer winzigen Seitenstraße der Gutleutstraße getroffen. Der einzige Anlieger in der Gasse am Stadtrand war das städtische Klärwerk. Die allgegenwärtigen Faulgase, die in der Luft hingen, hielten normale Menschen von diesem Ort fern. Tanner lehnte an der Beifahrerseite des Mercedes, die Hände tief in den Jackentaschen vergraben. Cora verlor zunehmend die Kontrolle. Sie lief hin und her und beschimpfte ihn mit Ausdrücken, die Tanner niemals zuvor aus ihrem Mund gehört hatte.

»Reg dich ab«, flüsterte Tanner mehr zu sich selbst.

»Abregen? Ich fange gerade erst damit an, mich aufzuregen. Ist dir eigentlich bewusst, was das bedeutet?«

Er hob beschwichtigend die Hände. »Okay. Ist ja gut. Was machen wir jetzt?«

»Nichts machen wir. Was sollen wir denn machen? Dein blöder Ausweis liegt in diesem verdammten Loch, das mindestens fünfzig Meter tief ist. Willst du, dass ich dich abseile?«

»Nein. Aber wahrscheinlich zerbrechen wir uns unnötig den Kopf. Wer sollte den finden?«

»Es gibt Höhlenforscher oder andere Verrückte. Was weiß denn ich.«

»Also müssen wir hoffen, dass es nicht dazu kommen wird.«

»Hoffen? Jetzt muss ich jeden Tag damit rechnen, dass irgendein Bekloppter auf eine dumme Idee kommt und die Leiche und deinen Ausweis findet. Der Tote alleine, ohne Spuren, wäre kein Problem. Aber jetzt liegt deine Visitenkarte daneben. Damit bin ich genauso dran.«

»Ich kann ihn als gestohlen melden.«

»Ich kann mir nicht vorstellen, dass das reichen wird. Wenn es wirklich zum Schlimmsten kommt, werden sie dir ziemlich unangenehme Fragen stellen. Dann wollen die das genau wissen. Hältst du einem solchen Druck stand?«

Tanner wusste es nicht. »Dann müssen wir ihn holen.«

»Das hatten wir schon. Hast du deine Meinung geändert? Willst du da runter?«

»Natürlich nicht.« Allein bei dem Gedanken stellten sich Tanner die Nackenhaare auf. »Vielleicht gibt es eine Möglichkeit, nachzusehen, ob der Ausweis wirklich da unten liegt. Wenn nicht, hat sich die ganze Aufregung erledigt.«

»Was jetzt? Ist er dir runtergefallen oder nicht? Du warst dir doch eben noch zu hundert Prozent sicher.«

»Ich glaube schon. Aber ...«

»Du denkst, du glaubst. Gottverdammt!«

»Es muss eine Möglichkeit geben.«

Cora lehnte sich neben Tanner gegen das Auto. Allmählich beruhigte sie sich wieder. Sie schwiegen eine Weile. Schließlich sagte Tanner: »Es tut mir leid.«

»Nein. Mir tut es leid«, sagte Cora. »Dieser ganze Mist ist meine Schuld. Ich hätte dich nicht dazu überreden dürfen. Dann wären wir jetzt nicht in dieser Lage.«

»Vielleicht habe ich eine Idee«, sagte Tanner.

»Ich höre.«

»Wir lassen eine Videokamera an einem Seil hinunter, filmen und ziehen das Ding wieder hoch. Danach schließen wir die Kamera an ein Laptop an. Mit etwas Glück können wir sehen, ob der Ausweis dort liegt.«

»Das ist nur ein halber Plan. Wenn er da ist, müssen wir erst noch eine Möglichkeit finden, ihn nach oben zu bekommen. Du solltest beten, dass er nicht da unten liegt.«

»Glaub mir, das mache ich seit Stunden.«

Cora musterte ihn. »Du siehst schlecht aus. Hast du überhaupt geschlafen?«

Tanner lächelte gequält. »Nur kurz.«

»Wo?«

»In meinem Wagen.«

»Was? Warum hast du dir kein Hotel genommen?«

»War mir zu unsicher.«

Coras Stimme wurde weich. »Tut mir leid.«

»Das muss es nicht. Wo bist du untergekommen?«

»Bei einer Freundin in Wiesbaden.« Cora drückte sich vom Wagen weg. »Gut. Packen wir es an. Wir kaufen eine Kamera und ein Seil. Dann fahren wir zu mir nach Hause und holen meinen Laptop.« Sie ging in Richtung ihres Mazda 6. »Lass uns mit meinem Auto fahren«, sagte sie.

Tanner schloss den Mercedes ab und setzte sich neben Cora in den Wagen. »Was ist mit Jo?«, fragte er.

»Was soll mit ihm sein?«

»Er hat uns erpresst.«

»Ich bin mir nicht sicher.«

»Aber ich bin mir sicher. Dass er zu so was fähig ist, hätte ich nie gedacht.«

»Jo hat zweimal für mich vor Gericht einen Meineid geleistet. Das hätte ihn jedes Mal seinen Job kosten können. Ich kenne niemanden, der loyaler ist.«

»Das macht es für mich ja so unbegreiflich. Ich hätte nie gedacht, dass er so geldgeil ist.«

»Na ja, wir sind es ja auch.« Tanner wollte etwas sagen, aber Cora ließ ihn nicht zu Wort kommen. »Ich glaube, die Auflösung des EFKO macht ihm mehr zu schaffen, als er zugeben will. Das war sein Leben. Was, denkst du, werden die mit ihm machen? Irgendeine Stelle in der Verwaltung? Das überlebt er nicht. Er raucht wieder und trinkt. Jo ist fertig. Ich glaube, er hat es gestern nicht so gemeint. Er steht einfach unter Stress.«

»Ich hoffe es.«

Die beiden schwiegen einen Moment.

»Haben sie sich noch mal bei dir wegen des Geldes gemeldet?«, fragte Cora.

Tanner schüttelte den Kopf. Cora sah nach vorne durch die Windschutzscheibe. »Du bist doch auch dafür, das Geld zurückzugeben?«, fragte er.

»Ja.« Die Antwort kam zögerlich.

»Das klingt nicht überzeugend.«

Cora sah ihn an. »Du weißt, was mein Exmann mir hinterlassen hat.«

»Schulden.«

Sie lachte auf. »Schulden kann man das nicht mehr nennen. Ich bin fertig. Verstehst du? Völlig vernichtet. Verdammt noch mal, ich bin dreißig. Ich habe noch ein Leben vor mir. Ich will Kinder, eine Familie. So nimmt mich doch keiner.«

»Das ist doch Unsinn. Du bist eine attraktive Frau.«

»Findest du wirklich?«

»Ja.«

»Das ist nett von dir.« Sie machte eine kurze Pause. »Weißt du, was das Schlimmste ist?«

»Was?«

»Als ich das ganze Ausmaß des Unheils begriffen hatte, das

mein Mann mir eingebrockt hat, habe ich ihm verziehen. Ich habe ihn immer noch geliebt.«

»Ist es schlimm, jemandem aus Liebe zu verzeihen?«

»Zwei Wochen, nachdem ich ihm verziehen hatte, hat er mich für eine andere verlassen. Statt den Kerl direkt in den Wald zu jagen, habe ich mich selbst gedemütigt.«

»Was macht er jetzt?«

»Unauffindbar. Einfach weg.«

»Vielleicht besser so.« Tanner kratzte sich an der Stirn. »Ich verstehe, dass das Geld für dich eine große Chance bedeutet. Aber du willst es doch nicht um jeden Preis?«

»Natürlich nicht.«

»Ich meine es ernst. Die bringen uns um.«

»So weit wird es nicht kommen.« Cora startete den Wagen.

»Das läuft alles nicht richtig. Was passiert mit uns?«, fragte Tanner.

»Ich weiß es nicht. Aber wir müssen zusammenhalten.«

»Auch wenn es gegen Jo gehen sollte?«

»Gerade dann.«

GEGENOBSERVATION

JO LASKER
9. TAG, 14.00 UHR

Lasker presste die Handballen gegen die geschlossenen Augen in dem sinnlosen Versuch, den pochenden Schmerz aus seinem Kopf zu drücken. Er schraubte den Verschluss der Wasserflasche auf und trank sie in einem Zug halb leer. Wenn er dehydriert war, bekam er immer Kopfschmerzen. Dann verschloss er die Flasche und warf sie auf den Beifahrersitz. Seit dem frühen Morgen hatte er diese Schwartz vom Bundesamt für Migration und Flüchtlinge observiert. Ein Bild von ihr hatte er sich ohne Probleme aus dem Internet besorgt. Facebook sei Dank. Gegen acht Uhr morgens hatte sie ihre Wohnung im vornehmen Westend verlassen. Sie war Anfang fünfzig, trug einen schwarzen Hosenanzug und die dunkelblonden Haare zu einem Dutt gewickelt. Hätte sie ihm erklärt, dass sie auf dem Weg zu einer Beerdigung war, Lasker hätte es ihr geglaubt. Als sie vor der Haustür ein Fahrrad aufschloss, hatte Lasker geflucht. Wer fährt im Winter freiwillig mit dem Fahrrad? Eine Zielperson alleine zu observieren war schon knifflig genug, aber eine Zielperson, die sich mit dem Fahrrad fortbewegt, war fast ein Ding der Unmöglichkeit. Sie überfuhr mehrere rote Ampeln, wechselte von der Straße auf den Gehweg und fuhr entgegen der Fahrtrichtung durch eine Einbahnstraße. Lasker hatte insofern Glück, dass Schwartz auf direktem Weg zu ihrer Arbeit fuhr. Das BAMF unterhielt eine kleine Dependance im Behördenzentrum in unmittelbarer Nähe zum Hauptbahnhof. Soweit er das ermitteln konnte, leitete sie diese

Außenstelle. Und genau dort war sie jetzt. Lasker hatte eine Parkmöglichkeit in der Mannheimer Straße gefunden, von der aus er das abgestellte Fahrrad im Auge behalten konnte. Das Behördengebäude hatte so viele Ein- und Ausgänge, dass alles andere sinnlos gewesen wäre. Blieb nur zu hoffen, dass sich die Dame nach getaner Arbeit wieder auf ihr Fahrrad schwang.

Leichter Schneefall setzte ein, der schnell dichter wurde. Nach wenigen Minuten musste er den Intervallscheibenwischer einschalten, um einigermaßen freie Sicht zu haben. Als Kind hatte er es geliebt, bei solchem Wetter abends im Auto mitzufahren. Wenn die Schneeflocken, kurz bevor sie auf der Windschutzscheibe einschlugen, auseinandergetrieben wurden, fühlte er sich wie in einem Raumschiff, das mit Lichtgeschwindigkeit durchs All raste. Jetzt behinderten die schweren Flocken seine Sicht und gingen ihm auf die Nerven.

Was er sich von der Observation versprach, wusste er selbst nicht so genau. Aber diese Frau war die letzte halbwegs brauchbare Spur. Quatsch. Das war Unsinn. Der Beamtin nachzustellen war ein Akt purer Verzweiflung. Noch immer saß ihm der Schreck vom Vorabend in den Knochen. Das hätte auch schiefgehen können. Nach reiflicher Überlegung blieb nur ein plausibles Szenario übrig, warum die Typen über einen Schlüssel zu Fuhrmanns Haus verfügten. Man hatte sich von Fuhrmann getrennt und ihm bei der Gelegenheit den Schlüssel abgenommen. Ein Untermietverhältnis konnte ausgeschlossen werden. Lasker rechnete nicht damit, den Professor noch einmal lebend zu sehen. Was hatte der Armenier gesucht? Was es auch war, Lasker hätte es gerne selber gefunden. Und warum hatten sie den Professor aus dem Spiel genommen? Hatte das etwas mit seiner Verbindung zu Hanna zu tun?

Die Geschichte mit den verschwundenen Kindern ließ ihm ebenfalls keine Ruhe. Er versuchte, nicht weiter darüber nachzudenken. Insgesamt musste er sich eingestehen, dass er seit seinem Treffen mit Tanner und Cora im Park nichts Konkretes vorzuweisen hatte. Die Hinweise und Indizien, dass er etwas Großem auf der Spur war, hatten sich weiter verdichtet. Aber praktisch gesehen, brachte ihn das keinen Schritt weiter. Weder hatte er etwas über Hannas Mörder herausgefunden, noch hatte er aufklären können, wer hinter dem Geld her war. Und selbst wenn ihm Letzteres gelingen würde: Was sollte er mit der Erkenntnis anfangen? Er machte sich etwas vor. Es würde ihm nicht das Geringste nützen. Wenn er das Geld haben wollte, musste er egoistisch und gefühllos agieren. Der einzige Weg bestand darin, Tanner und Cora die Kohle abzujagen und sie ihrem Schicksal zu überlassen. Nein, er machte sich schon wieder etwas vor. Er musste ihnen das Geld abnehmen und sie ausschalten. Endgültig.

Lasker schüttelte den Kopf. Was für Gedanken er hatte.

Heute Morgen hatte er kurz mit Tanner telefoniert. Da sie sich in einer Situation befanden, in der sie Telefonen grundsätzlich Misstrauen entgegenbringen sollten, hatten sie sich bedeckt gehalten. Tanners Sohn war in Sicherheit. Lasker versicherte ihm, dass das Gleiche für seine Frau galt. Zumindest für den Moment. Die Jungs würden sich an die Abmachung halten. Aber nach der Frist würden sie wort- und grußlos verschwinden und nicht wiederkommen. Bis dahin musste Tanners Frau aus dem Krankenhaus entlassen sein.

Tanner hatte keine weiteren Botschaften bezüglich des Geldes erhalten. Das war irritierend. Worauf warteten sie noch? Wenn sie ihr Geld wiederhaben wollten, bedurfte es Anweisungen. Lasker kam die Funkstille jedoch entgegen. Tanner bewegte sich nervlich auf dünnem Eis. Es wäre eine Katastrophe, wenn er die Besinnung verlieren und in einer Spontanaktion das Geld abliefern würde. Ohne Anweisungen war das nicht möglich. Während des Telefonats hatte Lasker mitbekommen, dass Tanner mit Cora unterwegs war. Was, wenn die

beiden ohne sein Wissen auf dem Weg waren, das Geld zurückzugeben, während er hier im Auto saß und ein Damenfahrrad
observierte? Bei dem Gedanken beschleunigte sich sein Puls,
und Wut machte sich in seinem Bauch breit. Allerdings war er
sich ziemlich sicher, dass Cora stärker an den Millionen hing
als Tanner. Vielleicht war es auch gut, dass die beiden zusammen waren. Cora konnte Tanner im Notfall ausbremsen.

Zuletzt hatte Lasker Tanner versprochen, dass er noch am
selben Tag ein Ergebnis liefern würde. Damit hatte er sich ein
Ultimatum gesetzt. Aber das spielte keine Rolle mehr. Die Zeit
lief ohnehin ab. Letztendlich würde sich zeigen, was für ihn
mehr Gewicht besaß: sein Gewissen oder sein Überlebens-
trieb. Lasker hatte bereits eine Ahnung, wie der Kampf ausgehen würde.

Die Gedankenflut hatte ihn so weit abgelenkt, dass er erst
in letzter Sekunde bemerkte, dass Schwartz direkt an seinem
Audi vorbeiging. Sie hatte ihr Fahrrad stehen gelassen und war
zu Fuß in Richtung Bahnhof unterwegs. Im Vorbeigehen hatte
sie ihn keines Blickes gewürdigt.

Lasker brauchte einen Moment, um sich von dem Schreck
zu erholen. Jetzt musste er eine Entscheidung treffen. Sollte er
sie zu Fuß observieren oder sie mit dem Auto im Blick behalten? Wenn er ihr zu Fuß folgte und Schwartz beschloss, ein
Fahrzeug zu besteigen, war die Sache gelaufen. Die Film-
nummer, in ein Taxi zu springen und den Fahrer anzuwei-
sen, einem anderen Fahrzeug zu folgen, lief in der Realität
nicht besonders gut. Versuchte Lasker hingegen, sie vom Fahrzeug aus zu observieren, und Schwartz nahm die Treppe zur
B-Ebene, war es fraglich, ob er schnell genug aus der Kiste her-
auskam. Er konnte den Wagen schließlich nicht einfach mitten
auf der Straße stehen lassen.

Lasker verdrehte den Rückspiegel und beobachtete Schwartz,
die sich dem Bahnhofsgebäude näherte. Wenn sie den Bahnhof

betreten wollte, musste sie die Straßenseite wechseln. Das tat sie nicht. Stattdessen ging sie zügig weiter geradeaus zur Baseler Straße und damit ungefähr in Richtung Innenstadt. Schwartz hatte noch etwa fünfzig Meter zurückzulegen. Dann würde sie einen Taxistand und eine Straßenbahnhaltestelle erreichen. Lasker konnte sie im Spiegel nicht mehr sehen. Er stieg aus und stellte sich neben seinen Wagen. Dann entdeckte er sie wieder. Die Frau lief an einer Reihe parkender Autos vorbei. Nur der Kopf und die Schultern waren zu erkennen. Laskers Gehirnareal, das für die Entscheidungsfindung zuständig war, hatte sich in einer Wiederholungsschleife aufgehängt. Laufen? Fahren? Wenn er ihr zu Fuß folgen wollte, musste er langsam in die Gänge kommen. Schwartz hatte mittlerweile einen beachtlichen Vorsprung.

Die Frau nahm ihm die Entscheidung ab. Sie überquerte die Fahrbahn in Richtung Straßenbahnhaltestelle und bestieg eine Bahn, die in dem Moment einfuhr. »Verdammte Scheiße.« Lasker sprang ins Auto und folgte der Bahn mit quietschenden Reifen. Ein Hupkonzert begleitete ihn, als er über eine rote Ampel fuhr. Ihm blieb nichts weiter übrig, als sich hinter der Straßenbahn zu halten und an den Haltestellen zu beobachten, ob Schwartz ausstieg.

Die Bahn ratterte durch die Münchener Straße in Richtung Innenstadt. Am Willy-Brandt-Platz hatte er das erste Problem. Der Platz war für den Autoverkehr gesperrt. Wenn er der Bahn direkt folgte, stand er auf dem Präsentierteller. Lasker hielt Abstand und wartete, bis die Straßenbahn die Haltestelle verließ. Er konnte nur hoffen, dass Schwartz nicht ausgerechnet hier ausgestiegen war. Aus der Entfernung waren die Menschen kaum auseinanderzuhalten. Als die Bahn weiterfuhr, jagte er hinterher. Fußgänger sahen ihm kopfschüttelnd nach. Am Römer holte er die Bahn wieder ein. Er parkte den Audi auf einem Behindertenparkplatz und stieg aus. Lasker musste näher an die Bahn heran. In der Nähe des Frankfurter Rathauses herrschte eine Menge Betrieb. Horden von asiatischen Touristen pendelten zwischen Paulskirche und Römer hin und her. Aus vollem Lauf schossen sie ganze Fotoserien. Die ortsansässigen Passanten machten die Lage noch unübersichtlicher. Wenn Schwartz ausstieg, würde er sie ruckzuck im Getümmel verlieren.

Lasker rannte zur Haltestelle. Die Türen hatten sich geöffnet, und zahlreiche Menschen quetschten sich gleichzeitig aus der Bahn heraus und hinein. Er reckte den Kopf und versuchte etwas zu erkennen. Nach wenigen Sekunden schlossen sich die Türen wieder, und die Bahn fuhr weiter. War sie jetzt ausgestiegen oder nicht? Lasker war kurz davor, umzudrehen und zu seinem Wagen zurückzurennen, als er die Regierungsdirektorin erkannte. Sie lief, verdeckt durch eine Gruppe von Touristen, über den Römerberg und hatte gerade den Gerechtigkeitsbrunnen erreicht, der ungefähr den Mittelpunkt des gepflasterten Platzes markierte. Ihr Vorsprung betrug, grob geschätzt, hundert Meter. Lasker versuchte, zu ihr aufzuschließen. Dass sie so einen Weg auf sich nahm, um zu Mittag zu essen, erschien Lasker unwahrscheinlich. Vielleicht geschah wider Erwarten doch etwas Interessantes. Jagdfieber erfasste ihn. Das war ein gutes Zeichen. Wenn sein Körper ihm signalisierte, dass bald etwas passierte, dann war es in der Regel auch so. Im Laufen zündete er sich eine Zigarette an.

Schwartz hielt sich links und bog in die Bendergasse ein. Mit seinen Fachwerkhäusern gehörte das Gässchen zum historischen Teil der Stadt. Lasker hatte den Abstand zu seiner Zielperson durch streckenweises Joggen auf zwanzig Meter verringert. Er zögerte. Sollte er ihr mehr Vorsprung lassen? Wenn sie sich umdrehte, würde sie ihn sehen. Das konnte er in der schmalen Gasse schwer verhindern. Wenn sie ihn sah, hieß das zwar nicht, dass sie sich gleich verfolgt fühlte, aber grundsätzlich war es besser, möglichst lange nicht in die Wahrnehmung der observierten Person zu geraten. Auf der anderen Seite: Wenn sie weg war, war sie weg.

»Scheiß drauf.« Lasker beschleunigte seinen Schritt und folgte ihr in die Gasse. Die Bendergasse führte zum Dom. Auf dem Weg gab es verschiedenste Möglichkeiten, die kleine Straße zu verlassen: ein Café, ein Durchbruch zur Saalgasse, ein Zugang zum Parkhaus. Schwartz blieb ihrem Kurs treu. Sie erreichte den Dom und schwenkte nach links. Am Eingang zum Dom sprengte sie einen asiatischen Belagerungsring und betrat die Kirche.

Nun hatte er den Salat. Jemanden in einem Gebäude zu observieren war um einiges kniffliger. Gab es jetzt eine Beichte? Oder zündete Schwartz für ihre Sünden eine Kerze an? Am Ende würde sich seine Verdächtige auch noch als praktizierende Katholikin erweisen. Zu früh gefreut. Die kurzzeitig aufgeflammte Euphorie hatte ihn warmgehalten. Nun war das Strohfeuer verpufft, und die Kälte kroch ihm unter die Haut.

Lasker näherte sich dem Eingang und klopfte sich den Schnee von der Jacke. Es war das erste Mal, dass Lasker den Dom betrat. Im Grunde sah er von innen genauso aus, wie er es erwartet hatte. Gigantische Säulen aus rötlichem Sandstein ragten in einen dunklen Himmel, von dem er annahm, dass es sich um ein Gewölbedach handelte. Das Langhaus war im gotischen Stil erbaut. Die unzähligen Bankreihen aus schwerem Holz waren nur vereinzelt belegt. Die meisten Besucher waren Touristen, die sich nur kurz ausruhen wollten. Lasker kam es kälter vor als draußen. Die Beleuchtungsverhältnisse waren ein Albtraum. Das Innere des Doms wurde durch eine Überlagerung von mehr oder weniger dichten Schatten optisch fragmentiert. Alle paar Meter schnitt eine Säule das Licht ab, und es entstanden Bereiche von undurchdringlicher Dunkelheit. Wie Löcher in der Welt. Um in diesen Schatten jemanden zu erkennen, musste man sich direkt neben die betreffende Person stellen. Lasker konnte dem Dom nichts abgewinnen. Die Bauleistung war erstaunlich, aber das vollendete Werk wirkte deprimierend und einschüchternd. Kein Ort der Freude und der Hoffnung.

Er sah sich um und hoffte Schwartz zu finden, ohne hinter jeder Säule suchen zu müssen. Wieder war das Glück auf seiner Seite. Die Frau stand an einem langen Tisch, auf dem Dutzende von Kerzen brannten.

Sie zündete tatsächlich eine Kerze an. Lasker nahm sich eine Broschüre aus einer Wandhalterung und stellte sich zu einer Gruppe von Touristen. Er musste endlich einsehen, dass er sich etwas vormachte. Das tat er bereits den ganzen Vormittag. Statt einer Spur zu folgen, die keine war, sollte er eine erwachsene Entscheidung treffen. Mit allen Konsequenzen. Entweder nahm er sich das Geld oder nicht.

Schwartz hatte ihr Lichtlein entzündet und ging zwischen den Bankreihen hindurch tiefer in den Dom hinein. Der Gang war einigermaßen beleuchtet, und Lasker musste seine Position nicht verändern, um sie im Blick zu behalten. Nach etwa zwanzig Metern schwenkte sie in eine der Reihen ein und setzte sich direkt neben eine Person, die im Schatten saß.

Man setzt sich nicht so dicht neben einen fremden Menschen. Schon gar nicht, wenn es Hunderte von freien Plätzen gibt. Neue Hoffnung keimte in ihm auf. Ein geheimes Treffen im Dom? Das klang nach einem Edgar-Wallace-Film. Aber warum nicht? Von seinem Standort konnte Lasker nicht einmal erkennen, ob die andere Person ein Mann oder eine Frau war. Lasker sah sich um und überlegte, wie er näher an die beiden herankommen könnte, ohne aufzufallen. Eine weitere Gruppe von Touristen kam in den Dom und bewegte sich geschlossen durch einen Parallelgang in Richtung der Zielpersonen. Lasker schloss sich ihnen an. Das Ergebnis wäre zwar nicht optimal, aber er würde den Abstand etwas verringern können.

Es war nicht zu übersehen, dass Schwartz mit der Person kommunizierte. Lasker war näher herangekommen. Zu seinem Ärger konnte er Schwartz' Kontakt immer noch nicht erkennen. Plötzlich nahm die Regierungsdirektorin die Hand ihres Sitznachbarn, beugte sich vor und küsste sie. Was denn jetzt? Saß da etwa der Bischof in Zivil? Hatte sie gerade die Beichte abgelegt?

Schwartz stand auf und ging in Richtung Ausgang. Lasker hatte keinen Zweifel, was er tun musste. Er blieb stehen und beobachtete weiterhin die Kontaktperson von Schwartz. Nachdem die Frau den Dom verlassen hatte, erhob sich der Schatten von der Bank und machte sich ebenfalls auf den Weg zum Ausgang.

Es handelte sich um einen Mann. Mitteleuropäer. Mitte dreißig. Ziemlich dünn und hochgewachsen. Die langen Haare hatte er zum Zopf gebunden. Er trug einen Bart. In Lasker entstand das Gefühl, dass ihm der Typ etwas sagen sollte. Er hatte ein gutes Gedächtnis für Gesichter. Er kannte den Mann nicht. Und trotzdem: Irgendetwas löste seine Erscheinung in ihm aus.

Lasker folgte ihm. Als er ins Freie trat, wusste er sofort, dass er zu viel Abstand gelassen hatte. Der Kerl war verschwunden. Nach einigen schnellen Schritten und Drehungen wurde es Gewissheit. Jesus war ihm entwischt.

Da machte es plötzlich klick. Er erinnerte sich an den Tag, an dem ihm der Leiter der Abteilung Einsatz erklärt hatte, dass sie das EFKO einstampfen würden. Danach hatte er Müller getroffen. War der Mann, den er gerade im Dom gesehen hatte, dieser Geisterbeschwörer oder wie auch immer seine Berufsbezeichnung lauten mochte? In diesem Augenblick hörte er einen Motor aufheulen und sah gerade noch das Heck eines rosafarbenen S-Klasse-Mercedes im Schneegestöber verschwinden. Das Kennzeichen konnte er nicht erkennen, aber das war auch nicht nötig. F-BI 666. Das Auto war ein Unikat. Lasker sah dem Wagen nach, bis er gänzlich außer Sichtweite geriet.

Der selige Professor Fuhrmann hing in der Sache mit drin, und es sprach einiges dafür, dass es sich bei Schwartz ähnlich verhielt. Aber Schwartz war nicht der Typ Mensch, der sich in dunklen Kneipen mit dem Gangsterboss von Angesicht zu Angesicht traf. Sie brauchte einen Mittelsmann. Und das war dieser Kerl. Warum hatte sie dem Clown die Hand geküsst?

Lasker erinnerte sich an Müllers Worte. Er hatte ihm erzählt, dass der Mann seit Längerem im Präsidium aus und ein ging. Der Typ hatte also Kontakte zur Polizei. Das konnte auch der Grund sein, weshalb die Mafiabande Tanners Adresse kannte. Es war eher unwahrscheinlich, dass Tanner seine Anschrift bei der Mine in einen Baum geritzt hatte. Nein, jemand hatte das Kennzeichen seines Dienstwagens abgelesen, es polizeiintern abgefragt und herausgefunden, zu welcher Dienststelle das Fahrzeug gehörte und wem es zugeteilt war.

Hatte ihn der Instinkt doch nicht getäuscht. Grundsätzlich eine tolle Sache. Nur leider war die neue Zielperson gerade auf Nimmerwiedersehen im Stadtverkehr verschwunden. Allerdings hatte er das Kennzeichen und damit etwas Brauchbares in der Hand. Im Schneetreiben joggte Lasker zurück zu seinem Wagen. Als er ihn erreicht hatte, musste er sich am Wagendach festhalten. Ihm war schwindelig. Die Anmeldegebühren für den nächsten Stadtmarathon konnte er sich sparen.

Als er kurz darauf sein Gleichgewicht wiederfand, ließ er sich immer noch keuchend auf den Fahrersitz nieder. Mit steifen Fingern suchte er nach seinem Handy. Er würde bei einem Revier anrufen und das Kennzeichen durch den Computer jagen lassen. Aber dann änderte er seine Meinung. Womöglich war es schlauer, die Abfrage selber zu machen. Auf die paar Minuten kam es nicht an.

Lasker startete den Wagen und fuhr auf die Zeil zum 1. Polizeirevier. Nachdem er dem wachhabenden Dienstgruppenleiter sein Anliegen erklärt hatte, führte eine Kollegin ihn in ein Büro, in dem zwei Schreibtische und Computer standen. Hier erledigten die Beamten vom Revier ihre Schreibarbeiten. Lasker setzte sich und stellte fest, dass sich bereits jemand im System angemeldet hatte. Das war gut. Dann musste er die Abfrage nicht mit der eigenen Kennung machen.

Am Ende der Recherche hatte er Folgendes in Erfahrung gebracht. Der Mercedes war auf einen gewissen Balthasar Grimm zugelassen. Als Lasker den Namen las, überprüfte er zweimal, ob es sich um ein Pseudonym handelte. Dem war nicht so. Grimm besaß eine Wohnung im Frankfurter Ostend und ein Haus in Schlangenbad, einer kleinen Ortschaft in der Nähe von Wiesbaden. Polizeilich war der Mann nie in Erscheinung getreten.

Als Lasker das Revier verließ, war er mit den Gedanken bei Tanner und Cora. Dass er nicht wusste, was die beiden trieben, machte ihn nervös. Sein Handy klingelte.

»Hallo, Jo, hier ist Frank.«

Lasker erstarrte in der Bewegung. »Hast du was Neues?«, fragte er.

»Die Verbindung ist miserabel. Siehst du dich in der Lage, mich von einem öffentlichen Telefon anzurufen?«

»Ja.«

»Du kannst mich auf der 9116 im Präsidium erreichen. Am besten sofort, ich muss gleich weg.«

Lasker steckte das Handy ein, setzte sich ins Auto und fuhr um zwei Ecken. In der Allerheiligenstraße parkte er ein und betrat ein düsteres Internetcafé. Die Allerheiligenstraße war für ihre Haschischdealerszene bekannt. Die ortsansässigen Dealer beäugten ihn argwöhnisch, als er die Bedienung informierte und sich eine der Telefonkabinen nahm. Lasker wählte die

Nummer des Präsidiums und die Durchwahl, die Schiller ihm genannt hatte. Er wusste, dass das nicht der Anschluss in Schillers Büro war. Es klingelte dreimal, bis Schiller abhob. »Werde ich abgehört?«, fragte Lasker ohne Einleitung.

»Vielleicht. Ich habe gerade mit Leifert gesprochen«, sagte Schiller.

»Du hast ihn ausgefragt?«

»Das war nicht nötig. Er ist zu mir gekommen. Ich denke, er wollte dir auf diese Weise eine Nachricht zukommen lassen. Er weiß, wie wir zueinander stehen.«

»Was hat er gesagt?«

»Sie haben ihm den Fall mit dem Mädchen abgenommen.«

»Das ist doch nicht außergewöhnlich, wenn es möglicherweise einen Mafiabezug gibt? Übernimmt so etwas nicht das LKA?«

»Grundsätzlich kann das passieren, aber es war nicht das LKA.«

»BKA?«

»Nein. Da hat sich eine Staatsanwältin von der Generalbundesanwaltschaft mit Gefolge in seinem Büro materialisiert und ihm die Bude leer geräumt. Die haben sogar seinen Computer eingepackt. Nur der Teppich liegt noch auf dem Boden.«

»Das ist allerdings ungewöhnlich.«

»Noch ungewöhnlicher ist es, dass sie Leifert genötigt haben, eine Verschwiegenheitsvereinbarung zu unterzeichnen.«

»Und in dieser werde ich namentlich erwähnt.«

»Richtig geraten. Leifert ist es unter Androhung der Todesstrafe untersagt, in irgendeiner Form Kontakt mit dir aufzunehmen und auch nur ein Wort über den Fall zu verlieren.«

»Warum tut er es dann?«

»Weil sein Hass auf die Bundesschlampe tausend Mal größer ist als sein Misstrauen dir gegenüber. Leifert glaubt nicht, dass du direkt für den Tod der drei verantwortlich bist. Aber er befürchtet, dass du aufgrund von Milieuverstrickungen eine nicht näher definierte Rolle in dem ganzen Unsinn spielst. Ob das stimmt oder nicht, es ist keine blöde Vermutung.«

»Wann ist das alles passiert?«

»Vor einer halben Stunde. Leifert ist, nachdem die Staatsanwältin verschwunden war, sofort zu mir gerannt.«

Lasker versuchte die Informationen zu verarbeiten. »Also ermitteln die gegen mich«, sagte er nach einer kurzen Pause.

»Das ist zu vermuten. Dass man in der Sache gegen dich ermittelt, ist natürlich keine gute Nachricht. Du weißt ja, wie es ist. Auch wenn du im vorliegenden Fall entlastet wirst, graben sie vielleicht einen anderen Mist aus, von dem du gar nicht mehr weißt, dass er existiert. Und sag mir nicht, dass es bei dir nichts zu finden gibt.«

»Es gibt immer etwas zu finden.«

»Genauso ist es. Aber eine andere Frage sollte dir viel mehr zu denken geben.«

»Welche?«

»*Wer* hat Ermittlungen gegen dich initiiert?«

»Guter Punkt.«

»Wenn ich etwas in Erfahrung bringe, melde ich mich.«

Mit den Worten beendete Schiller das Gespräch. Lasker hängte den Hörer ein und bezahlte am Tresen. Wer steckte dahinter? Die Frage war in der Tat hochinteressant. Eine Staatsanwaltschaft ermittelt in aller Regel nicht von sich aus. Zunächst einmal musste sie Kenntnis von einer Straftat bekommen. Dies geschah für gewöhnlich durch die Polizei, weil hier in den meisten Fällen die Straftaten zuerst bekannt wurden. Bei kleineren und mittleren Delikten wurde die StA im Anschluss an die polizeilichen Ermittlungen informiert. Der Vorgang wurde durch die Polizei an die Staatsanwaltschaft abverfügt. Bei schweren Delikten wurde sie direkt eingebunden. Die StA war zwar Herrin des Verfahrens, überließ das

Ermitteln jedoch der Polizei. Sie selber verfügte weder über den erforderlichen Apparat noch über das entsprechende Knowhow. Sicher kam es vor, dass die Staatsanwaltschaft vor der Polizei über eine Straftat Kenntnis erhielt. Zum Beispiel durch eine Anzeige, die direkt bei ihr einging.

Wie auch immer: Irgendwer musste dahinterstecken und hatte mächtig Dampf gemacht. Bundesgeneralstaatsanwaltschaft. Die kümmerten sich nicht um unbezahlte Strafzettel. Und die kamen auch nicht einfach vorbei und räumten einem armen Kriminalbeamten das Büro leer.

Schiller hatte recht. In der Vergangenheit gab es immer etwas zu finden. Aber das war Laskers kleinste Sorge. Das Problem lag weniger in der Vergangenheit als in der Zukunft. Bei dem, was er vorhatte, waren gegen ihn gerichtete Überwachungsmaßnahmen ein lästiger Klotz am Bein. Er musste ab jetzt davon ausgehen, dass sie das volle Programm durchzogen. Auf jeden Fall würden sie sein Handy abhören und seinen Computer mit einem Trojaner anzapfen. Vielleicht fuhren sie sogar einen großen Lauschangriff und verwanzten gerade seine Wohnung. Was war mit dem Wagen? Bei der ganzen Elektronik und den Freisprechanlagen, die in der Karre verbaut waren, brauchte man vermutlich gar keine gesonderte Abhörtechnik mehr. Lasker dachte daran, was Schiller ihm über Çağlars vermeintliches Mordopfer erzählt hatte. *Mittels Bluetooth in die Böschung gefahren.*

Lasker hatte das Internetcafé bereits verlassen, als er es sich anders überlegte. Er ging wieder hinein, gab dem Angestellten ein Zeichen und setzte sich an einen der Internetrechner. Das oberste Gebot hieß: Ruhe bewahren. Er würde sein Ziel weiter verfolgen. Wenn auch unter erschwerten Bedingungen. Lasker googelte Grimms Namen. Wie er vermutet hatte, verfügte Grimm über eine eigene Webseite, auf der er seine Dienste anbot. *Nekromantische Kontaktaufnahme, Wahrsagung, Erd-*

training und Irrelevanzerfahrungen. Lasker verzog das Gesicht zu einer Grimasse. Was für ein Schwachsinn. Aber obwohl er diesen Käse zutiefst verachtete, musste Lasker eingestehen, dass Grimm seinen Hokuspokus professionell vermarktete. Er fuhr ein sündhaft teures Auto, und die Webseite war von einem Könner designt worden.

Leider verfügte Grimm über zwei Adressen. Wo war der Kerl? In Frankfurt oder in Schlangenbad? Lasker drückte den Kontaktbutton auf Grimms Website. Sekunden später wusste er, dass er sein eigentliches Geschäft in Schlangenbad betrieb.

Lasker bezahlte und verließ den Laden. Als er auf der Straße stand, steckte er sich eine Zigarette an und sah sich unauffällig um.

Ob sie ihn observieren ließen? Die Idee amüsierte ihn trotz allem. Es würde auf jeden Fall eine interessante Erfahrung werden, die andere Seite kennenzulernen.

Der nächste Gedanke schoss ihm in den Kopf. Warum hatten sie Leiferts Büro ausgehoben? Diskrete Methoden waren das nicht. Sie mussten davon ausgehen, dass Lasker von der Sache Wind bekam. Dazu war er zu lange im Geschäft und hatte zu viele Kontakte in der Behörde. Aber vielleicht war das genau der Plan. Ein alter Trick. Scheucht den Drecksack auf, und schaut zu, wie er sich verhält. Möglicherweise hatte man Leifert gezielt beauftragt, zu Schiller zu gehen. Grundgütiger!

Was war mit diesem Balthasar Grimm? Er hätte Schiller fragen sollen, ob er den kannte. Kurz überlegte er, ob er noch einmal bei Schiller anrufen sollte. Nein, es war besser, die Kommunikation auf das Nötigste zu beschränken.

Lasker ging zu seinem Wagen und setzte sich hinters Steuer. Als er das Lenkrad umfasste, bemerkte er den Schweiß an seinen Händen. Sollte es Teil eines gegen ihn gerichteten Plans sein, ihn nervös zu machen, so hatten sie ihr Ziel bereits erreicht. Es gab kaum ein polizeiliches Abenteuer, das Lasker nicht schon dutzendfach erlebt hätte. Zugriff in Wohnungen, Verfolgungsfahrten, Verbrecher in der Nacht durch die Gärten hetzen, Raubüberfälle auf Juweliere verhindern. Das alles hatte er hinter sich gebracht und dabei nicht ein einziges Mal die Nerven verloren. Nun saß er in seinem Auto und spürte das Herz gegen die Rippen schlagen und den Schweiß im Nacken. Lasker lächelte. Er schuldete der Dame von der Generalbundesstaatsanwaltschaft etwas. Zumindest wusste er jetzt, dass er noch lebte.

MÜLLABFUHR

Tigran wartete. Den gestrigen Tag hatte er in einer Art katatonischer Starre verbracht. Daran hatte sich auch heute nur wenig geändert. Erst gegen Mittag hatte der Hunger ihn gezwungen, vor die Tür zu gehen, um sich einen Döner zu kaufen. Anschließend hatte er ein Waffengeschäft aufgesucht. Dort hatte er sich einen kleinen Dolch und eine Messerscheide aus Hartplastik gekauft. Zurück im Hotel, befestigte er die Scheide an seinem Knöchel. Eine Back-up-Waffe dabei zu haben konnte ihm unter Umständen das Leben retten.

Ansonsten tat er das Gleiche wie gestern. Nichts.

In unregelmäßigen Abständen brandete die Angst wie eine Welle in ihm hoch. Wie alle Menschen hing er an seinem Leben. Tigran fühlte, dass der Tod sich in seiner Nähe aufhielt und auf die Chance wartete, die Hände nach ihm auszustrecken. Die Angst wusch die Farbe aus der Welt. Das triste Hotelzimmer wirkte noch trauriger. Sein Verstand versuchte, zu ihm durchzudringen, wollte ihm begreiflich machen, dass er verschwinden musste. Er ließ es nicht zu. Er hatte seinen Weg gewählt.

Als das Handy anfing zu vibrieren, schloss Tigran die Augen. Ein Teil von ihm hatte gehofft, dass es niemals klingeln würde. Langsam atmete er aus. Dann nahm er das Gespräch an.

»Tigran?«

»Ja.«

»Hier ist Aktan. Wo bist du?«

»In Wiesbaden«, log Tigran.

»Was machst du da?«

»Ich bin bei einer Frau.«

»Wir haben ein Problem und brauchen dich.«

»Okay.«

»In zwei Stunden treffen wir uns in Frankfurt auf dem Parkplatz, auf dem wir uns das erste Mal gesehen haben. Findest du den wieder?«

»Ich werde da sein.«

Das Gespräch wurde beendet. Aktan war einsilbig gewesen, und seine Stimme hatte hart geklungen. Was bedeutete das? Zweifellos hatte die Arkadaş ein Problem. Die Frage war, ob sie wussten, dass er ein Teil davon war. Der einzige Weg, das herauszufinden, bestand darin, Aktans Aufforderung zu folgen. Tigran stand auf und trat ans Fenster. Mittlerweile war es dunkel geworden. Im Licht der Straßenlaternen tanzten Schneeflocken. Eine weiße Schicht bedeckte die Autodächer und die Straße. Er zog Schuhe und Jacke an und machte sich auf den Weg zu seinem Auto.

Zwanzig Minuten später erreichte er das Parkhaus. Er bezahlte den Parkschein und nahm die Treppe nach unten. Der BMW stand in der untersten Parkebene. Tigrans Schritte hallten über den Beton. Außer ihm war kein Mensch hier. Er ging zum Wagen und öffnete den Kofferraum. In einem Seitenfach, das für den Verbandskasten gedacht war, lagen die Waffen. Er wechselte die Magazine der Pistole und der MP. Nachdem er die Pistole samt Holster an seinem Gürtel befestigt hatte, legte er die MP zurück und schlug den Kofferraumdeckel zu.

Auf der Straße fegte der Wind die ersten kleinen Schneeverwehungen zusammen. Es gab kaum Verkehr. Die Leute blieben bei dem Wetter aus Vernunftgründen zu Hause. Tigran würde ungefähr eine Stunde zu früh am Treffpunkt ankommen. Das war in Ordnung. Zeit sich umzusehen. Wenn es Anzeichen für eine Falle gab, würde er die Verabredung mit Aktan ausfallen lassen. Er war bereit, das Risiko bis ins Unerträgliche zu steigern, aber sinnlos von der Klippe springen wollte er nicht.

Als er Frankfurt-Niederrad erreicht hatte, parkte er seinen Wagen in einiger Entfernung zum Treffpunkt und machte sich zu Fuß auf den Weg. Er befand sich in der sogenannten Bürostadt. Hier gab es nur Firmen- und Bürogebäude. In enger werdenden Kreisen umrundete er den Parkplatz, auf dem er mit Aktan verabredet war. Er konnte keine Auffälligkeiten feststellen. Weder verdächtig geparkte Fahrzeuge noch Passanten. Genau genommen war ihm überhaupt niemand aufgefallen. Die Menschen hatten ihre Büros bereits vor Stunden verlassen. Er hatte das sonderbare Gefühl, alleine auf der Welt zu sein. Diese schauderhafte Vorstellung hätte er im Moment als größtes Glück begriffen. Alle seine Probleme hätten sich mit einem Schlag gelöst.

Er holte den BMW und stellte sich auf den Parkplatz. Eine offensichtliche Falle hatte er nicht entdecken können. So blieb ihm nichts anderes übrig, als zu warten. Tigran sah auf die Uhr. Aktan musste jeden Moment eintreffen. Obwohl man sich bei diesem Wetter nicht sicher sein konnte. Der Schneefall war stärker geworden und erinnerte Tigran an die Winter seiner Kindheit. Er nahm sein Handy und startete eine Navigations-App. Er aktivierte die Option »Bewegungen verfolgen«. Wer wusste schon, wo ihn die Reise hinführen würde.

Zwei Lichter tauchten aus dem Nichts auf und schwenkten in seine Richtung. Tigrans Hände begannen zu zittern. Als die Lichter näher kamen, erkannte er, dass es ein schwarzer Transporter war. Noch konnte er verschwinden. Er würde die Kiste ohne Probleme abhängen. Sein Zeigefinger schwebte über dem Startknopf des BMW, dann zog er den Finger zurück und stieg aus.

Der Transporter kam neben ihm zum Stehen. Soweit Tigran das erkennen konnte, saßen vorne zwei Männer. Die seitliche Schiebetür glitt auf. Im Innenraum gab es eine Rückbank für maximal drei Personen und einen Einzelsitz auf der Fahrerseite, der entgegen der Fahrtrichtung angebracht war. Hinter der Rückbank erstreckte sich eine Ladefläche. Zwei Männer in dunklen Anzügen sahen ihn an. Beide saßen auf der Fahrerseite, der eine auf der Rückbank, der andere auf dem Einzelsitz. Tigran hatte sie noch nie zuvor gesehen.

»Steig ein!«, sagte einer der Männer auf Armenisch.

»Wo ist Aktan?«

»Wir bringen dich zu ihm.«

Sie waren zu viert. Wenn er da einstieg, war er so gut wie tot. Er konnte machen, was er wollte, aber in den Transporter steigen durfte er auf keinen Fall. Trotzdem bewegte er sich wie ferngesteuert vorwärts und schwang sich auf die Rückbank. Der Beifahrer sprang aus der Fahrerkabine und schloss die Schiebetür von außen. Der Knall ließ Tigran zusammenzucken. Was für ein Irrsinn. Aber vielleicht war er auch auf dem falschen Dampfer. Sie hatten ihn nicht nach Waffen gefragt, geschweige denn durchsucht. Die Pistole an seinem Gürtel beruhigte ihn ein wenig.

Der Transporter setzte sich in Bewegung. »Wohin fahren wir?«, fragte Tigran.

Der Mann, der ihm schräg gegenübersaß, sah ihn an und grinste. »Wir schmeißen den Müll weg.«

BESUCH BEI JESUS

Sich einer Observation zu entziehen war kein Problem. Schwieriger war es, die Sache so hinzubiegen, dass diejenigen, die einen observierten, nicht merkten, dass man sie mit Absicht abschüttelte. Das war Lasker wichtig. Der gezielte Versuch, der Observation zu entgehen, konnte einen Polizeiführer dazu veranlassen, den Zugriff freizugeben. Eine Festnahme passte gerade überhaupt nicht in seine Terminplanung.

Was jetzt? Falls sie ihn beobachten ließen, seit wann? Wussten sie, dass er in das Haus des Professors eingebrochen war? Er konnte nur beten, dass die Maßnahmen gegen ihn erst später begonnen hatten. Was war mit Schwartz? Das mussten sie mitbekommen haben.

Lasker fuhr ins Bahnhofsgebiet. Er durfte sich nicht verrückt machen. Zunächst musste er herausfinden, ob er wirklich Begleitung hatte. Das selber festzustellen konnte bereits zu auffällig sein. Er brauchte Hilfe. Lasker parkte den Audi in der Kaiserstraße in der Nähe des Hauptbahnhofs. Als er ausstieg, fegte ihm ein eisiger Wind ins Gesicht. In einer Bankfiliale zog er sich Bargeld aus einem Automaten. Die Wetterlage weitete sich allmählich zu einem Schneesturm aus. Er lief eine Runde und fand Brando vor dem Druckraum in der Niddastraße. »Komm mit. Aber halt Abstand«, sagte Lasker, als er Brando passierte. Gott sei Dank hatte er ihn gefunden. Von allen Junkies auf der Welt besaß Brando das schnellste Auffassungsvermögen. Lasker wurde nicht enttäuscht. Er bog von der Niddastraße in die Moselstraße ein, von der Moselstraße nach links in die Taunusstraße. Schließlich betrat er eine kleine Geschäftspassage, die die Taunusstraße mit der Kaiserstraße verband. Im Prinzip nur ein etwas breiterer Durchbruch. Hier war eine Observation nicht möglich. Lasker blieb stehen und wartete auf Brando. Es dauerte eine knappe Minute, bis der Junkie bei ihm war. »Was ist los?«

»Ich habe keine Zeit.« Lasker drückte dem Junkie zweihundert Euro in die Hand. »Ich brauche dringend ein Handy mit vollem Akku.«

»Wie dringend?«

»Ich brauche es jetzt.«

Brando steckte das Geld ein, kramte ein Handy aus seiner Jackentasche und hielt es Lasker hin, der ihn irritiert ansah. »Schneller ging es nicht«, sagte Brando.

Lasker nahm das Handy und sah auf das Display. Der Akku hatte neunzig Prozent. »Die Displaysperre ist ausgeschaltet«, erklärte Brando. »Die eigene Nummer findest du im Telefonbuch unter meinem Spitznamen. Ansonsten sind da nur ein paar unverdächtige Kontakte gespeichert. Die wichtigen habe ich im Kopf.«

»Du bist doch selber am Dealen. Rufen auf dem Ding Kunden an?«, fragte Lasker. »Das kann ich nicht gebrauchen.«

»Keine Sorge. Das ist kein Arbeitshandy. Da ruft überhaupt niemand an.«

Lasker steckte das Handy ein. »Jetzt kommt der schwierige Teil.«

»Ich liebe meine Arbeit«, sagte Brando.

Eine halbe Stunde lang spazierte Lasker im Kreis durch das Bahnhofsgebiet und verwandelte sich dabei allmählich in einen Schneemann. Er dachte daran, dass er noch nach Schlangenbad wollte. Wenn der Schneefall anhielt, konnte das auf der Autobahn ein Problem werden. Die Autofahrer im Rhein-Main-Gebiet kamen mit solchen Wetterbedingungen nicht zurecht. Entweder war die Autobahn leer, oder es gab eine Totalsperrung, weil sich die Leute gegenseitig von der Fahrbahn schubsten. Lasker konnte nur auf Ersteres hoffen.

Das Handy, das Brando ihm gegeben hatte, begann zu klingeln. »Ja?«

»Die kleben dir am Arsch. Vier von denen hab ich erkannt. Aber du weißt, wie es ist. Wo vier sind, da sind auch mehr.«

»Bist du sicher?«

»Klar bin ich sicher.«

»Was sind das für welche?«

»Keine Ahnung. Die Gesichter hab ich noch nie gesehen. Die sind ziemlich gut getarnt. Ich hab die erst nach deiner dritten Runde abgerafft. Drei Kerle und eine Alte.«

»Danke.«

»Sonst noch was?«

»Nein.«

»Dass sie dich observieren, deute ich als ein schlechtes Zeichen. Ich nehme an, dass wir uns nicht mehr wiedersehen.«

»Vermutlich.«

»Ich frage dich erst gar nicht, was die von dir wollen. Es war mir eine Ehre.«

Lasker drückte das Gespräch weg. Angst breitete sich wellenartig in seinem Kopf aus. Wer war an ihm dran? Das Frankfurter MEK konnte er ausschließen. Da kannte er die meisten vom Sehen. Die hatten sicher Fremdkräfte auf ihn angesetzt. Vielleicht aus Bayern oder Baden-Württemberg. Lasker ging in Richtung seines Wagens.

Diese Staatsanwältin von der Bundesanwaltschaft hatte absichtlich ein Spektakel veranstaltet. Die wollten ihn aufscheuchen, um ihn zu einem Fehler zu verleiten. So betrachtet, wäre es das Beste, nach Hause zu fahren und sich ins Bett zu legen. Schließlich hatte er weder mit dem Tod von Hanna noch mit dieser türkisch-armenischen Mafia irgendetwas zu schaffen. Leider würde das seine Probleme nicht lösen. Wenn er sich jetzt verkroch, würde er Hannas Mörder niemals finden. Und von dem Geld konnte er sich ebenfalls verabschieden. Er musste die Observation loswerden. Allerdings mit geändertem Plan. Er würde keine Vorsicht mehr walten lassen. Er spürte zu deutlich, dass die endgültige Eskalation bevorstand. Wenn der Pulverdampf sich verzogen hatte, würde man sehen, wer im Spiel des Lebens übrig geblieben war. Auf eine vorzeitige Auswechslung legte er keinen Wert, er wollte bis zum Ende mitmischen. Mittlerweile hatte er den Audi erreicht und ausgeparkt. Von seinem alten Handy aus wählte er die Nummer des Kriminaldauerdienstes.

»Bachmann. KDD.«

»Mein Name ist Lasker vom EFKO.«

»Was kann ich für dich tun?«

»Bei einem Verfahren gab es Unstimmigkeiten zwischen uns und dem K26. Ihr wart ebenfalls in den Vorgang involviert. Ich bin gerade auf dem Weg ins Präsidium und würde gerne die Akte holen und bei euch vorbeikommen, um da ein paar Sachen nachzubereiten.«

»Was willst du?«

Lasker wiederholte die Ansage.

»Ich habe keine Ahnung, wovon du sprichst. Und du willst jetzt vorbeikommen, um das nachzubereiten? Kollege, das ist etwas überfallartig.«

»Das hat seinen Grund. Ich habe gehört, dass die Führungsgruppe der Kriminaldirektion mit dem Vorgang befasst ist. Ich will verhindern, dass jemand unvorbereitet zum Rapport erscheinen muss.«

Einen Augenblick lang herrschte Schweigen. »Ich habe

zwar immer noch keinen Schimmer, was los ist, aber meinetwegen kannst du kommen.«

»Danke. Es wird auch nicht lange dauern. Ich briefe euch schnell und muss dann weiter. Ich habe noch einen wichtigen Termin.«

Lasker steckte das Handy weg. Oft genug hatte er selbst Tatverdächtige observiert, von denen man annahm, dass sie im Begriff waren loszuschlagen. Bei bevorstehenden Straftaten, bei denen Personen zu Schaden kommen könnten, musste sich der zuständige Polizeiführer immer fragen, ob er die Verbrecher weiter agieren ließ oder einen Zugriff befahl. Alle polizeilichen Maßnahmen schwankten zwischen den Spannungsfeldern der Beweissicherung und der Gefahr für Leib und Leben Unschuldiger. Wie der Polizeiführer entschied, hing von seiner Einschätzung der Lage und seinem Nervenkostüm ab. Lasker wollte auf keinen Fall eine Festnahme provozieren. Da mit Sicherheit sein Handy abgehört wurde, war es angezeigt, die Einsatzleitung in Sicherheit zu wiegen. Was immer die dachten, was er vorhabe, sie gingen vermutlich nicht von einem Amoklauf im Präsidium aus. Die wichtige Verabredung, die er erwähnt hatte, sollte seinen Verfolgern einen Anreiz geben, ihn weiterhin laufen zu lassen. Neugierde ist ein gutes Lockmittel. Die Verabredung hatte er tatsächlich. Allerdings war Grimm sicher nicht auf so viele Gäste eingestellt. Das MEK musste draußen bleiben.

Zwanzig Minuten später saß Lasker in seinem Büro. Sein Blick suchte die Wanduhr. Es war 18.50 Uhr. Die Zeit schien zu rasen. Würde er Grimm in seinem Haus in Schlangenbad antreffen? Und wenn ja, was würde ihm das bringen? Was machten Tanner und Cora? Er nahm das Handy, das Brando ihm überlassen hatte, und wählte Tanners Nummer. Bevor er ein Freizeichen bekam, drückte er den Anrufversuch wieder weg. Wurden die beiden auch abgehört? Wenn Tanners Handy überwacht wurde und er anrief, dann hatten sie automatisch seine neue Nummer. Lasker stand auf und wechselte das Büro, um von dort zu telefonieren. Als er den Telefonhörer abnehmen wollte, durchzuckte ihn ein Gedanke. Vielleicht überwachten die jedes Telefon der Dienststelle. Wurde er jetzt langsam hysterisch?

Er spielte ein Spiel mit hohem Einsatz und zahlreichen Unbekannten. Lasker versuchte sich zu konzentrieren und ging zurück in sein Büro. Besser kein Risiko eingehen. In seinem Büro nahm er einen Kunststoffbeutel aus dem Schrank, in dem ein Anzug staubgeschützt eingepackt war. Da er den Anzug für bestimmte dienstliche Anlässe benötigte, hatte er ihn im Büro deponiert. Es konnte keine schlechte Idee sein, sein Erscheinungsbild etwas zu verändern. Lasker packte den Anzug aus und zog ihn an. Als Nächstes ging er zu den Waffenschließfächern, öffnete den schweren Waffentresor, der mit im Raum stand, und nahm sich eine MP und alle Magazine heraus. Waffe und Munition verstaute er in einer Sporttasche, die seit Jahren auf den Schließfächern lag und von der keiner mehr wusste, wer sie dort hingelegt hatte. In der Tasche lagen einige Kabelbinder, die er in seine Jackentasche steckte.

Dann ging Lasker ein letztes Mal in sein Büro und öffnete die Kontaktliste des alten Handys. Er tippte ein paar Nummern in sein neues Handy ein, darunter die von Tanner und Cora. Dabei fiel ihm das LKA ein. Er hätte fast die Ortung vergessen, die er veranlasst hatte. Es war fraglich, ob sich da noch etwas tun würde. Aber was sollte es schaden? Mit Brandos Handy rief er beim LKA an und gab seine neue Erreichbarkeit bekannt. Die Kollegin, die er diesmal am Apparat hatte, versprach ihm, sich zu bemühen, seine Ortung durchzuführen. Lasker dankte ihr. Um seine neue Nummer machte er sich keine Sorgen. Er war Gegenstand eines Großverfahrens, über das nur wenige Bescheid wussten. Die Kollegen, die die Telefonüberwachungen des LKA betreuten, gehörten ganz sicher nicht dazu. Ironischerweise war es denkbar, dass die Frau, mit der er gerade gesprochen hatte, auch sein eigenes Handy aufgeschaltet hatte. Aber das war anonym geschehen. Wenn sie es getan hatte, dann hatte sie keinen Namen dazu. Das geschah aus Gründen der Verfahrenssicherheit. Wenn Polizisten gegen Polizisten ermittelten, wusste man schließlich nicht, wer wen kannte und wer auf wessen Seite stand. Und Gesprächsinhalte konnte sie ohnehin nicht mithören. Das konnte nur die Dienststelle, die den Auftrag gab. Das Ganze war also eine rein technische Angelegenheit. Nur bei Ortungen, wie Lasker sie angefordert hatte, konnten die Damen einem direkt helfen. Irgendwann würde er natürlich auffliegen, aber das war dann nicht mehr wichtig.

Lasker ließ sein altes Handy auf dem Schreibtisch liegen. Jetzt konnten sie es orten, bis sie schwarz wurden. Er nahm die Sporttasche und wollte sich gerade auf den Weg zum KDD machen, als er mitten in der Bewegung erstarrte. Was war mit Goldmann? Der hatte seine neue Nummer nicht. Das war aber wichtig. Lasker rief den Professor von Brandos Handy an. Als er bereits fürchtete, der Professor würde das Gespräch nicht annehmen, meldete er sich. »Herr Goldmann. Lasker hier. Es tut mir leid, dass ich Sie störe, aber ich muss Ihnen meine neue Erreichbarkeit mitteilen.«

»Die Nummer, unter der Sie jetzt anrufen?«

»Ja.«

»Ich werde die Nummer abspeichern. Im Übrigen ist es sehr gut, dass Sie anrufen. Ich hätte Sie ohnehin morgen früh versucht zu erreichen.«

»Sind es gute Nachrichten?«

»Es war mir ziemlich unangenehm, aber ich habe Ihr Ansinnen an der entsprechenden Stelle vorgetragen. Ich halte mich kurz. Sie haben den Platz.«

»Gott sei Dank!«

»Herr Lasker, ich bitte Sie. Es gibt beileibe keine Garantie dafür, dass Ihnen diese Therapie etwas bringt.«

»Ich weiß.«

»Außerdem hat man Bedenken geäußert.«

»Wegen des Geldes?«

»So ist es.«

»Ich habe das Geld. Sie können den Herren ausrichten, dass ich reiche Eltern habe. Die werden mir das Geld geben.«

»Ich verstehe. In einer Woche geht es los. Bitte rufen Sie mich morgen Vormittag an. Dann besprechen wir alles Weitere.«

»Das werde ich. Bis morgen, Herr Professor.«

Damit war die Entscheidung gefallen. Er würde sich das Geld holen. Aber wenn er es hatte, was dann? Sollte er denen in der Klinik zwei Müllsäcke mit Euroscheinen auf den Tisch legen? Aber eins nach dem anderen. Erst musste er die Kohle bekommen. Tanner, Cora, Mafia. Drei Parteien, die ihm das Geld nicht freiwillig überlassen würden. Tanner und Cora waren eine Sache, die Mafia eine ganz andere. Dann hatte er eine Idee. Sie war zwar recht abenteuerlich, aber etwas Besseres fiel ihm nicht ein.

Lasker machte sich auf den Weg zum KDD. Beim Dauerdienst waren alle beschäftigt. In einigen Büros standen die Türen offen, und Kollegen tippten auf ihren Computertastaturen herum. Sie nahmen keine Notiz von ihm. Lasker öffnete die Tür zu einem kleinen Raum. Hier gab es unter anderem ein Regal, in dem die Fahrtenbücher lagen. Lasker griff sich wahllos eins und nahm denselben Weg zurück, den er gekommen war. Sein Diebstahl blieb unbemerkt.

In der Tiefgarage stieg Lasker in einen schwarzen Passat Kombi, der auf einem der KDD-Parkplätze stand, und startete den

Motor. Lasker wusste nicht, ob sein Audi verwanzt war oder einen GPS-Sender trug. Aber er würde kein Risiko eingehen. Vor dem Präsidium stand das MEK und wartete darauf, dass er mit seinem Audi das Gelände verlassen würde. Ob sie damit rechneten, dass er das Fahrzeug wechseln könnte? Unmöglich war es nicht. Er hoffte, die Geodaten seines alten Handys, das er auf dem Schreibtisch hatte liegen lassen, würden sie im Zweifelsfall beruhigen.

Lasker passierte die Schranke an der Ausfahrt zum Präsidium. Der Passat war das einzige Auto weit und breit. Das war zugleich ein Vorteil und ein Nachteil. Es würde ihm leichtfallen, Verfolger festzustellen. Auf der anderen Seite gab es im dichten Verkehr bessere Möglichkeiten, sich klammheimlich abzusetzen.

Die Ampel an der Kreuzung Adickesallee Ecke Eschersheimer Landstraße zeigte Rot. Lasker bremste und spürte, wie die Reifen die Haftung verloren und der Wagen anfing zu rutschen. An einer Baustelle wackelte ein mit Plakaten vollgeklebtes Gitter. Der Wind hatte deutlich aufgefrischt und drückte sich in kurzen, heftigen Böen durch die Straßen. Wenn er wirklich Gas geben musste, war Spaß garantiert.

Lasker sah in den Rückspiegel. Die Straße hinter ihm war leer. Sie mussten gesehen haben, wie er losgefahren war. Es war eine verrückte Situation. Bisher kannte er Observationen ausschließlich von der anderen Seite. Er fragte sich, was er tun würde, wenn er den Job seiner Verfolger hätte? Um diese Uhrzeit war das Präsidium praktisch beamtenlos. Nur wenige Fahrzeuge verließen mit erheblichem zeitlichem Abstand das Gelände. Wenn sich die Schranken tagsüber im Minutentakt öffneten, blieb einem nichts weiter übrig, als zu hoffen, dass die Zielperson mit demselben Wagen das Präsidium verließ, mit dem sie gekommen war. Jetzt war die Lage anders. Hatten sie damit gerechnet, dass er das Fahrzeug wechseln könnte? Wenn sie schlau waren, kalkulierten sie es ein. Was also würde er selber tun? Er würde für alle Fälle ein Team hinterherschicken mit dem Auftrag, sich bei günstiger Gelegenheit neben das Fahrzeug zu setzen, um zu verifizieren, ob die Zielperson im Auto saß. Das wäre zwar auffällig, aber deutlich besser, als sie zu verlieren.

Die Ampel sprang auf Grün. Im Rückspiegel blitzte Scheinwerferlicht auf. Da waren sie. Lasker bog nach rechts ab in Richtung A 66. Er hatte ungefähr zweihundert Meter Vorsprung. Als er den Kreuzungsbereich hinter sich gelassen hatte, sah er erneut in den Rückspiegel. Wenn der Wagen seinen Verfolgern gehörte, dann waren sie zu spät losgefahren. Lasker kannte die Ampelschaltung. Hinter ihm tauchten die Scheinwerfer eines abbiegenden Autos auf. Die waren bei Rot abgebogen, da hatte Lasker keinen Zweifel. Und damit war so gut wie bewiesen, dass der Wagen ihm folgte. Lasker bog nach rechts in die Hansaallee ab. Eigentlich musste er auf die Autobahn, aber da konnte er seine Verfolger kaum loswerden. Es war anzunehmen, dass sie über entsprechend hochmotorisierte Fahrzeuge verfügten.

Als die Verfolger außer Sicht gerieten, gab er Gas. Die Reifen drehten durch, und der Passat begann leicht zu schlingern. Sein Plan bestand darin, in kurzer Folge jeweils in die nächstmögliche Straße abzubiegen. Er musste dafür sorgen, dass sie den Sichtkontakt verloren. Als er in den Rückspiegel sah, wusste er, dass er die Idee vergessen konnte. Der Wagen hinter ihm kam im Slide um die Kurve geschossen und jagte ihm hinterher. Offensichtlich hatten seine Verfolger Lunte gerochen, und wenn sie nervös wurden, würden sie nicht zögern, Unterstützung anzufordern. Bald hätte er die ganze Meute am Arsch.

Lasker bog bei der nächsten Möglichkeit links ab mit der Absicht, die nächste Straße erneut links abzubiegen, um wieder in Richtung des Autobahnzubringers zu fahren. Er würde es doch über die A 66 versuchen. Die Straßenverhältnisse waren katastrophal, vielleicht spielte die Mehrleistung ihrer Motoren da keine Rolle. Jetzt hieß es, alles auf eine Karte zu setzen und Vollgas zu geben. Mal sehen, wer im Schneesturm die besseren Nerven bewies. Lasker bog nach links in eine schmale Straße ein. Er lenkte, aber das half nichts. In der Hektik hatte er die Geschwindigkeit unterschätzt, und die Straßenverhältnisse waren schwieriger als gedacht. Lasker trat fast ohne spürbare Wirkung auf die Bremse. Der Passat widersetzte sich der Steuerbewegung und begann, sich um die eigene Achse zu drehen. Mit dem Heck voran rutschte er in einen abgeparkten Golf. Zum Glück hatte er das Tempo so weit reduzieren können, dass die Airbags nicht ausgelöst wurden. Lasker stand mit der Front in der Richtung, aus der er gekommen war. Scheinwerfer tauchten auf. Seine Verfolger waren schnell unterwegs, und der Fahrer beherrschte sein Fahrzeug. Dieses Lob konnte Lasker gerade nicht für sich in Anspruch nehmen. Nun würde sich zeigen, ob der andere auch sein eigenes Nervenkostüm beherrschte. Lasker trat das Gaspedal durch, und der Wagen nahm widerwillig Fahrt auf. Er fuhr seinen Verfolgern entgegen. Das würde mächtig knallen. Aber verzweifelte Situationen erfordern verzweifelte Maßnahmen. Bis er es geschafft hätte zu wenden, wären die anderen längst bei ihm.

Das Verfolgerfahrzeug kam schnell näher. Um so ein Spiel zu gewinnen, gab es nur eine sinnvolle Taktik. Lasker schloss die Augen und gab Vollgas. Wie weit war das andere Fahrzeug entfernt? Dreißig Meter?

Es gab einen Schlag. Lasker wurde in den Gurt gedrückt. Er öffnete die Augen. Seine Verfolger hatten im letzten Moment versucht auszuweichen. Laskers Passat hatte ihren Wagen an der Seite getroffen. Während er selber noch immer halbwegs in Fahrtrichtung stand, hatten sich die anderen in den am Straßenrand geparkten Autos verkeilt. Zu Laskers Glück hatten die Airbags wieder nicht ausgelöst. Er rührte in der Schaltung herum, setzte ein Stück zurück und fuhr wieder an.

Ein Knall. Noch einer. Schließlich viele in Folge. Kleine Brocken aus zerstörtem Verbundglas flogen Lasker um die Ohren. Die Verrückten schossen auf ihn. Lasker zog instinktiv den Kopf zwischen die Schultern ein und lenkte den Passat halbwegs kontrolliert in die nächste Seitenstraße gegen die Einbahnstraßenrichtung.

Warum hatten die auf ihn gefeuert? Er war doch kein Attentäter, den man um jeden Preis stoppen musste. Die hatten fünf- oder sechsmal auf ihn geschossen. Dabei hätte er draufgehen können. Das war auf keinen Fall gerechtfertigt. Es sei denn, dass genau das beabsichtigt war. Hatten sie versucht, ihn zu töten? Falls das stimmte, hatte er nicht den MEK am Hintern kleben. Die Jungs kamen woanders her. Wer zur Hölle waren sie? Konnte es sein, dass die Mafia ihre Hände im Spiel hatte? Und wenn ja, wie kamen sie ausgerechnet auf ihn?

Lasker fuhr kreuz und quer. Hinter ihm blieben die Straßen leer. Langsam beruhigte er sich wieder. Das war ein Mordanschlag gewesen. Daran hatte er keinen Zweifel mehr. Bei dem Gedanken verließ ihn der Mut. Er war ganz sicher kein Weichei und hatte im Leben einige brenzlige Situationen überstanden. Aber dass man ihn töten wollte, hatte eine andere Qualität. Er sollte die Autobahn besser meiden und Landstraßen benutzen. Es war besser, auf Nummer sicher zu gehen. Auf ein Wiedersehen mit seinen Verfolgern legte er keinen Wert. Lasker hatte eine Verabredung mit Jesus, und die durfte er um keinen Preis verpassen.

ESKALATION

TIGRAN BEDROSSIAN

Während der Fahrt sprach niemand. Tigran versuchte durch die getönten Scheiben zu erkennen, wo er sich befand. Das Vorhaben blieb weitgehend erfolglos. Schnell hatten sie die Stadt verlassen und waren auf die Autobahn aufgefahren. Nach einer Dreiviertelstunde sah er für einen kurzen Moment ein Straßenschild. Sie waren jetzt in Rüdesheim. Hier war Tigran noch nie gewesen. Der Transporter wurde immer wieder von Windstößen durchgerüttelt. Wenn es so weiterging, würden sie bald einen Schneesturm haben.

Die Angst hatte ihn fest im Griff. Wenn er wollte, konnte er die Waffe ziehen und sie alle erschießen. Allerdings war das wenig zielführend. Wenn das alles war, was er drauf hatte, wäre er besser nicht eingestiegen. »Du hast gesagt, ihr müsst den Müll wegbringen. Was soll das heißen?« Tigran hielt die Stille nicht mehr aus.

»Du hast keine Ahnung, was wir machen?«

»Nein.« Die beiden Männer, die hinten bei Tigran saßen, begannen zu lachen. »Was ist daran so witzig?«

»Für die meisten ist es ein Schock, wenn sie es erfahren. Es gab Männer, die sich übergeben und geheult haben. Das Problem ist, dass es keinen Weg zurück gibt. Wenn du eingeweiht bist, bist du dabei. Verstehst du?«

Tigran nickte. Der kurze Dialog hatte weder zu seiner Beruhigung beigetragen, noch hatte er ihn schlauer gemacht. Er starrte aus dem Fenster. Mittlerweile fuhren sie auf einer

Landstraße, und es schien, als sei es draußen noch dunkler geworden. Tigran begriff, dass es das fehlende künstliche Licht war. Keine Autos, keine Häuser, keine Straßenbeleuchtung.

Sie bremsten ab und bogen in einen Weg ein. Der Transporter blieb stehen. Der Beifahrer sprang aus dem Fahrzeug, um ein Gatter aufzuschließen. Offensichtlich hatten sie ihr Ziel erreicht. Sie befanden sich fernab der nächsten Ortschaft. Der Transporter passierte das Tor und stoppte. Als der Beifahrer das Rolltor geschlossen hatte, sprang er auf, und die Fahrt ging weiter. Tigran stellte zu seiner Verwunderung fest, dass sie noch immer nicht am Ziel waren. Sie folgten einem gewundenen Weg, der teilweise fast zugewachsen war. Obwohl sie sehr langsam unterwegs waren, schaukelte der Transporter entsetzlich. Der Weg schien aus einer Aneinanderreihung von Schlaglöchern zu bestehen. Dann hielten sie erneut. Der Beifahrer verließ das Fahrzeug, und das Spiel begann an einem neuen Tor von vorne. Als sie sich wieder in Bewegung setzten, erkannte Tigran eine Reihe von Bauwerken.

»Wir sind da«, sagte der Mann neben Tigran und bedeutete ihm, dass er die Schiebetür öffnen sollte. Tigran drückte sich aus dem Sitz hoch, schob die Tür auf und sprang nach draußen. Er stand mitten in einer Ansammlung von Flachbauten. Einige waren klein, kaum größer als ein besserer Schuppen. Andere hingegen waren vierzig Meter breit und besaßen mehrere Stockwerke. Allen gemeinsam war der Verfall. Die Scheiben waren zerschlagen, die Türen aus den Angeln gehoben. Überall wucherte Unkraut hervor und sprengte die Mauern. Das musste ein ehemaliges Firmengelände sein. Hinter den Gebäuden sah Tigran einen Kran in die Höhe wachsen. Vielleicht ein alter Steinbruch?

»Hier lang.« Tigran folgte dem Beifahrer. Er war in einer unangenehmen Position. Die beiden Männer, die mit ihm hinten gesessen hatten, waren ebenfalls ausgestiegen, und er hörte ihre Schritte hinter sich. Nur der Fahrer war zurückgeblieben. Sie umrundeten eines der größeren Gebäude und erreichten eine Stahltür, vor der zwei Männer standen. Die Tür war eindeutig neu und nachträglich eingebaut worden. Man ließ sie eintreten, und Tigran ging gemeinsam mit der Fahrzeugbesatzung einen Gang entlang. Vereinzelte Neonröhren an der Decke tauchten den Flur in ein trübes Licht. Tigran wunderte sich, dass es hier überhaupt Strom gab. Nach einigen Metern löste sich das Rätsel. Als er an einer offenen Tür vorbeikam, sah er einen Stromgenerator, der vor sich hin brummte. Tigran wurde in einen großen Raum geführt, den man entkernt hatte. Er konnte deutlich die Stellen erkennen, an denen die Trockenbauwände herausgerissen worden waren. Die Männer um ihn herum blieben stehen und machten den Eindruck, als würden sie auf etwas warten. Es wurde immer noch nicht geredet. Tigran lief in kleinen Kreisen umher.

Nach etwa fünf Minuten hörte er Geräusche. Eine Tür öffnete sich, und Tigran sah Aktan. Hinter Aktan trat eine weitere Person in den Raum. Als Tigran die Person erkannte, wusste er, dass er den größten und letzten Fehler seines Lebens gemacht hatte.

* * *

JO LASKER

Lasker erinnerte sich an Zeiten, in denen das Erlernen einer Kampfkunst nur für Menschen mit fragwürdiger Gesinnung eine ernsthafte Option darstellte. Heutzutage gehörte es zum Mainstream. Studenten und Hausfrauen besuchten zu Tausenden die Kampfsportschulen und trainierten Kickboxen oder Kung-Fu. Das Problem war, dass diese Aktivitäten wenig mit dem Kämpfen zu tun hatten. Die Leute könnten genauso gut einen Aerobickurs belegen. Das hätte noch den Vorteil, dass sie im Ernstfall nicht dem Irrtum erlagen, sich tatsächlich verteidigen zu können. Zwei unangenehme Wahrheiten über das Wesen des Kampfes wurden dem Bürger mit Selbstverteidigungswünschen regelmäßig verschwiegen. Vermutlich, weil sonst niemand mehr zu den Kursen kommen würde. Diese Wahrheiten waren in der Sache simpel. Wer kämpfen wollte, musste in der Lage sein, Schmerzen zu ertragen, und bereit sein, anderen Schmerzen zuzufügen.

Als Lasker Grimms Grundstück in Schlangenbad erreichte, war ihm bewusst, dass man ihn nicht ohne Weiteres hereinbitten würde. An der Einfahrt stand ein Schild, das dem Besucher übernatürliche Hilfe versprach. Schlangenbad war eine beschauliche Ortschaft im Taunus, die im Wesentlichen aus einer Ansammlung von Kureinrichtungen bestand, die vorrangig von Menschen im Rentenalter aufgesucht wurden. Hier etwas Bedrohliches zu vermuten kam einem nicht in den Sinn. Dies galt gleichermaßen für das Haus, vor dem Lasker nun stand. Selbst in diesem Schneechaos spürte er die gutbürgerliche Wirkung des Anwesens. Lasker konnte sich vorstellen, dass die Rasenkanten im Sommer sorgsam geschnitten wurden und kein Unkraut auf Dauer die Makellosigkeit der Blumenbeete stören würde. Aber er ließ sich nicht täuschen. Es war oft gerade diese Art von Häusern, in denen sich blutige Familientragödien abspielten.

Er klingelte. Das Haus bestand aus dem Erdgeschoss, einer Oberetage und einem ausgebauten Dachboden. Der rosafarbene Mercedes stand vor der Garage. Grimm sollte also zu Hause sein.

Nach einer halben Minute öffnete sich die Tür. Vor ihm stand ein Mann, der Lasker um einen halben Kopf überragte und die Statur eines Boxers besaß. Lasker tat das, was er tun musste. Er zögerte nicht. Der Mann machte den Mund auf, kam aber nicht mehr zum Sprechen. Vorher hatte ihm Lasker bereits mit einer schnellen lockeren Bewegung gegen den Kehlkopf geschlagen. Sein Gegenüber riss die Augen weit auf und griff sich mit beiden Händen an den Hals. Lasker trat ihm zwischen die Beine. Der Mann ging auf die Knie. Lasker rammte ihm das Knie ins Gesicht. Es gab ein dumpfes Geräusch, und der Mann kippte lautlos zur Seite.

Lasker zog die Handschellen aus der Tasche an seinem Gürtel und befestigte sie am linken Handgelenk des Mannes. Dann zog er den Körper in die Nähe einer Heizung und schloss das freie Ende der Handschelle an ein Stahlrohr an. Der Kerl war bewusstlos. Vielleicht würde er ersticken. Das konnte man bei einem Schlag gegen den Kehlkopf nicht genau vorhersagen. Lasker tastete den Oberkörper des am Boden Liegenden ab und fand eine Pistole, die in einem Schulterholster steckte. Er nahm die Waffe und steckte sie in seine Jackentasche.

Der zehn Meter lange Flur, in dem Lasker stand, lag im Halbdunkel. Durch eine angelehnte Tür fiel etwas Licht. Das Haus roch nach einer Mischung aus Wandfarbe und frisch ausgepackten Möbeln. Lasker zog seine Pistole. War der Mann, den er ausgeschaltet hatte, alleine im Haus? Das wäre schlecht. Wenn Grimm nicht hier war, hätte er sich seinen Überfall sparen können. Ebenso schlecht wäre es, wenn er in ein Wespennest gestochen hatte und ihm gleich ein ganzes Rudel von diesen Typen entgegenkäme. Er hatte definitiv Lärm verursacht, und auch wenn das Haus größer war, als es von außen den Anschein hatte, konnte sein Eindringen nicht unbemerkt geblieben sein. Lasker wartete. Nichts geschah. Er fasste sich ein Herz und ging langsam den Flur entlang. Als er die angelehnte Tür erreichte, hörte er eine Stimme, die aus dem dahinterliegenden Zimmer kam. Lasker konnte die Worte nicht verstehen, aber es klang, als würde jemand mit sich selber reden. Er atmete tief durch, stieß die

Tür auf, hob die Waffe und machte einen Schritt in den Raum hinein.

Lasker fand sich in einem ausladenden Wohnzimmer wieder. An der gegenüberliegenden Wandseite prasselte ein Feuer im Kamin. Unweit vom Kamin stand ein schwerer Ledersessel. In dem Sessel, der in Laskers Richtung zeigte, saß Jesus mit einem Kopfhörer auf dem Haupt. Grimm blickte Lasker an. Langsam nahm er den Kopfhörer ab und legte ihn auf einen Beistelltisch. Dann platzierte er die Hände auf den Armlehnen und wirkte dabei so würdevoll wie ein König auf seinem Thron. »Lebt er noch?«, fragte Grimm mit ruhiger Stimme.

»Vielleicht.« Lasker war irritiert. Warum war der Kerl so gelassen? Möglicherweise waren sie nicht alleine. Er versuchte sich so hinzustellen, dass er die Tür und Grimm gleichzeitig im Auge behalten konnte.

»Ich hoffe, du hast keine allzu große Sauerei gemacht. Wie dir vermutlich aufgefallen ist, habe ich renovieren lassen.«

Das Zimmer war edel eingerichtet. Keine zusammengeschraubten Spanplatten, sondern schwere Echtholzmöbel schmückten den Raum. An einer Wand hing ein riesiges Ölgemälde. Es zeigte einen Engel, der sich auf ein Schwert stützt und dabei besorgt auf ein kleines Mädchen blickt, das unbekümmert an einem Bach spielt und nicht bemerkt, dass sich ihr eine Schlange aus dem Gebüsch nähert. »Gefällt es dir?« Grimm nickte in Richtung des Gemäldes. »Das Bild heißt *Schutzengel*. Natürlich ist es nicht das Original. Aber auch als Kopie war es bereits teuer genug. Es wurde Pinselstrich für Pinselstrich nachgemalt.« Grimm lächelte. »Ich stehe oft vor dem Bild und versuche, den Sinn des Motivs zu verstehen.«

Lasker legte die Stirn in Falten. »Das ist nicht so schwer.«

»Das behaupten alle Menschen.«

Wollte Grimm damit sagen, dass er kein Mensch ist? Vermutlich hielt er sich für einen Außerirdischen oder eine andere

Fantasiegestalt. »Sagt dir der Name Recep Çağlar etwas?«, fragte Lasker.

»Nein.«

»Fuhrmann, Schwartz?«

»Tut mir leid.«

»Die Frau, die dir heute im Dom die Hand geküsst hat, heißt Schwartz.«

»Ach das. Soll ich es dir erklären? Das dauert aber einen Moment.«

»Dann los.« Die Information, dass Lasker ihn beobachtet hatte, ließ Grimm offensichtlich kalt. Ebenso wie die Tatsache, dass er seinen Wachmann aus dem Spiel genommen hatte.

»Weißt du, womit ich mein Geld verdiene?«

»Mit grobem Unfug.«

Grimm ignorierte die Bemerkung. »Wenn der Mensch von der Angst zerfressen wird und er jede Hoffnung verloren hat, dann kommt er zu mir.«

»Ist die Schwartz deswegen zu dir gekommen?«

Grimm nickte. »Sie kam eines Tages mit dem Anliegen zu mir, über ihren verstorbenen Mann zu sprechen. Ich habe ihr den Wunsch erfüllt. Seitdem ist sie mir auf ewig dankbar.«

»Das bringt mich nicht weiter.« Lasker stand kurz vor der Explosion. Die Ruhe, die dieser Mann ausströmte, war nervenzerreißend. Ganz sicher war er bei Grimm an der richtigen Adresse. Aber für Erklärungen in epischer Breite fehlte ihm derzeit völlig der Sinn. Er dachte an Cora und Tanner. Was trieben die beiden wohl gerade? In Gedanken sah er sie unter Palmen lachend in Hängematten liegen. Den Druck, den er empfand, musste er weitergeben. Jetzt.

Lasker ging auf Grimm zu und blieb direkt vor ihm stehen. Er holte aus und knallte Grimm die Waffe mit einem Schwinger gegen den Kopf. Dann ein zweites Mal. Grimm stürzte aus dem Sessel. Lasker trat ihm in den Bauch. Er steckte die Waffe ins Holster und nahm einen Kabelbinder aus der Jackentasche. Nachdem er Grimms Hände gefesselt hatte, packte er ihn an den Haaren, zog ihn hoch und beförderte ihn zurück auf den Sessel. Grimm stöhnte. An der Stirn hatte sich eine Platzwunde gebildet. Blut lief ihm in die Augen. Er warf den Kopf in den Nacken. »War das nötig?«, stöhnte er.

»Dieses ganze Gelaber interessiert mich nicht. Ich bin in Zeitnot. Ich weiß, dass du mit der türkischen Mafia zusammenarbeitest. Ich wiederhole folgende Stichworte: Çağlar, Fuhrmann, Schwartz, syrische Kinder, Drogenschmuggel.«

»Und?«

So wurde das nie etwas. »Du scheinst ein gefühlskalter Mensch zu sein. Wie sieht es mit Angst aus?«

»Ich muss dich enttäuschen.«

Lasker zog ein Einhandmesser aus der Hosentasche, klappte es auf und rammte Grimm die Klinge in den Oberschenkel. Der Schrei war so laut, dass er glaubte, ihm würde das Trommelfell platzen.

»Das Problem ist, dass man Menschen, die keine Angst kennen, nicht zu drohen braucht. Das habe ich doch richtig begriffen?« Er zog das Messer aus Grimms Bein und wartete. Nach einigen Minuten hatte sich Grimm ein wenig gefangen. Er atmete hektisch durch die zusammengebissenen Zähne. »Ich verstehe die Logik. Aber du hättest es wenigstens versuchen können«, presste Grimm hervor.

»Ich weiß, dass ihr sechs Millionen Euro vermisst«, sagte Lasker. »Das Geld aus der Mine.«

»Ich dachte, das haben die Russen.«

»Ihr wisst nicht, wer das Geld hat?«

Grimm schüttelte den Kopf. »Einer der Kuriere hat den Angriff überlebt. Aber der hatte sich im Gebüsch versteckt und den Kopf eingezogen. Er konnte nicht sagen, wer es war. Aber wir hatten zuvor Probleme mit den Russen. Also dachten wir, die stecken dahinter.«

Lasker musste lachen. Aber die Laute blieben ihm im Hals stecken. Ein Gedanke sprang in seinen Kopf. Wenn die Mafia nicht wusste, wer das Geld hat, wer hatte dann Tanner unter Druck gesetzt?

In diesem Moment begann sein Handy zu klingeln.

»Das ist der Fluch der modernen Zeit«, sagte Grimm. »Ausgerechnet, wo wir uns gerade besser kennenlernen wollten.«

Lasker nahm das Gespräch an. Es war die Kollegin vom LKA. Das von ihm gesuchte Handy war geortet worden.

* * *

MARK REINDERS

Tanner und Cora hatten in einem Baumarkt und in einem Elektronikgeschäft alles gefunden, was sie für ihr Unternehmen benötigten. Anschließend waren sie zu Coras Wohnung gefahren, um ihren Laptop zu holen. Tanner hatte sich bemüht, Cora davon zu überzeugen, dass sie vorsichtig sein sollten. Aber seine Partnerin hatte das nicht interessiert. Sie hatte genau vor dem Hauseingang geparkt und war, ohne nach links oder rechts zu schauen, direkt zur Tür stolziert. Als sie auch das überlebt hatten, suchten sie ein Café in der Innenstadt auf und warteten auf die Dämmerung. Für das, was sie vorhatten, brauchten sie kein Tageslicht, und die Dunkelheit versprach ihnen Schutz. Seit Stunden saßen sie nun in dem Café. Tanner trank den gefühlt zwanzigsten Kaffee auf leeren Magen. Das Koffein brachte seine Finger und Nerven zum Zittern.

»Du bist nervös«, stellte Cora fest.

»Natürlich.«

»Dann hör endlich auf, Kaffee in dich hineinzuschütten.«

Ein paar Sekunden später fügte sie mit milder Stimme hinzu: »Versuch dich zu beruhigen. Wir kriegen das hin.«

»Ich kann nicht verstehen, dass du so gelassen bist. Selbst wenn wir das Problem mit dem Ausweis lösen, haben wir trotzdem weiterhin die Mafia im Nacken.«

»Hab Vertrauen.«

»Vertrauen auf wen? Auf Jo? Selbst wenn ich ihm vertrauen würde, was kann er schon ausrichten?«

»Hat er nicht heute Morgen am Telefon versprochen, dass er bis heute Abend eine Lösung findet?«

»Versprochen wird immer viel.«

»Es macht keinen Sinn, sich darüber jetzt den Kopf zu zerbrechen. Wir sollten einen Schritt nach dem anderen tun. Zuerst regeln wir die Sache mit dem Ausweis.«

»Hast du heute Morgen Beruhigungsmittel genommen?« Tanner sah aus dem Fenster. »Das schneit wie verrückt. Das wird im Taunus noch schlimmer sein. Ich hoffe, wir kommen überhaupt bis zur Mine durch.«

»Wir müssen. Ich denke, es ist an der Zeit. Bis wir da sind, ist es dunkel, und das Wetter wird nicht mehr besser.« Cora winkte die Bedienung heran. Statt Kaffee hatte Cora nur Wasser bestellt, was für das Nervenkostüm eindeutig von Vorteil war. Sie bezahlten und gingen durch das Schneetreiben zu Coras Wagen. Als sie eingestiegen waren, sah Tanner seine Partnerin von der Seite an. Sie bemerkte den Blick. »Was?«, fragte sie.

»Wir müssen das Geld mitnehmen.«

»Warum?«

»Weil wir nicht wissen, was passiert. Ich könnte jede Minute eine weitere SMS bekommen.«

»Bis jetzt kam nichts mehr?«

»Nein. Warum fragst du das? Wir waren doch den ganzen Tag zusammen.«

»Ja, natürlich. Entschuldige.«

Auf Coras Stirn hatten sich Falten gebildet. Sie sah nachdenklich aus.

»Wir haben gar keine andere Wahl«, sagte Tanner. »Vielleicht kriege ich eine Anweisung, die uns zum Handeln zwingt. Wenn wir im Taunus umherschlingern, würde es ziemlich lange dauern, bis wir das Geld holen könnten.«

»Auf der anderen Seite haben wir ein Problem, wenn sie uns erwischen. Dann ist unser einziges Druckmittel weg. Sie können uns einfach umbringen«, gab Cora zu bedenken.

»Bist du schon einmal gefoltert worden?«

»Vier Jahre lang.«

»Was?«

»Von meinem Exmann.«

Tanner wurde lauter. »Ich meine es ernst. Ich bin noch nie gefoltert worden. Aber ich bin mir sicher, dass wir denen sofort sagen werden, wo das Geld ist. Glaub mir, das geht ganz schnell.«

»Jetzt mach mal lang…«

»Ich bestehe darauf! Du kannst dich in vielem durchsetzen, aber nicht in diesem Punkt. Wir holen jetzt sofort das Geld.«

Cora schaltete den Motor wieder aus. »Das Geld ist im Kofferraum.«

Tanner drehte sich auf dem Sitz in ihre Richtung. »Du hast es dabei?«

»Ja.«

»Warum diskutieren wir dann?« Er zeigte mit dem Finger auf Cora. »Wolltest du mich abzocken?«

»Nein.«

»Was dann?«

»Ich liebe dich«, flüsterte sie.

Tanner verschlug es die Sprache. In besseren Jahren hatte er das durchaus öfter von einer Frau gehört. Aber daran konnte er sich kaum noch erinnern. Er wurde wütend. »Verarsch mich nicht.«

»Ich meine es ernst.« Wieder fehlten ihm die Worte. Er schnallte sich an und sah durch die Windschutzscheibe nach draußen. Cora redete weiter. »Als wir uns getroffen haben, hatte ich vor, dich zu fragen, ob wir zusammen das Land verlassen wollen. Darum habe ich das Geld mitgenommen. Aber dann hast du mir das mit dem Ausweis erzählt. Und außerdem wurde mir klar, wie blöd die Idee ist. Das...«

Tanner hob die Hände. »Lass gut sein.«

»Das kommt sicher überraschend.«

»Überraschend ist kein Ausdruck. Ich lass mich von dir nicht für blöd verkaufen. Du hast dich nie für mich interessiert.«

»Was sollte ich tun? Du bist verheiratet. Hast ein Kind. Ich hatte Angst, dass du mich zurückweist.«

Tanner konnte sich beim besten Willen nicht vorstellen, dass Cora in ihn verliebt war. Sehr viel wahrscheinlicher hielt sie ihn für eine richtige Pfeife. Auf der anderen Seite: War ihr Ex nicht auch ein Loser gewesen? Vielleicht stand sie auf solche Typen.

»Ich mache dir einen Vorschlag«, sagte Cora. »Wir kümmern uns um deinen Ausweis, und dann reden wir über alles.«

»Ja.«

Das Gute an den Wetterbedingungen war, dass es kaum Verkehr gab. Die ganze Fahrt über hatten sie geschwiegen. Nur als der Wind deutlich an Schärfe gewonnen hatte, hatte Tanner bemerkt, dass ihnen ein Sturm gerade noch fehlen würde. Cora hatte darauf nicht reagiert.

Tanner verstand die Welt nicht mehr. Eigentlich hatte er ein Gespür dafür, ob eine Frau Interesse an ihm hatte. Früher brauchte er nur wenige Minuten, um seine Chancen einzuschätzen. Offensichtlich war ihm diese Gabe ebenso abhanden-gekommen wie sein Aussehen. Seit Sylvia ihm im Krankenhaus gesagt hatte, dass sie ihn nicht sehen wollte, wusste er, dass er allein stand. Und in diesem Moment offenbarte Cora ihm ihre Liebe. Was für eine sonderbare Situation. Komischerweise hatte er nie irgendwelche anzüglichen Gedanken über Cora gehabt. Er fragte sich, warum? Männer denken nicht selten mit ihrem Geschlechtsteil, und er bildete da keine Ausnahme. Aber in Coras Fall? Nicht ein einziges Mal.

In den letzten Jahren hatten sie gemeinsam Dinge getan, die bei den meisten Juristen Schnappatmung auslösen würden. Einige Male hatte Tanner bereits mit einem Bein im Gefängnis gestanden. Aber so dramatisch es auch gewesen sein mag, er hatte immer den Weg gesehen, dem es zu folgen galt.

Und was seine Kollegen anging, hatte er ein regelrechtes Urvertrauen besessen. Daher hatte er auch keinerlei Probleme damit gehabt, dass Cora das Geld an sich genommen hatte. Nicht im Traum hätte er gedacht, dass sie ihn reinlegen könnte.

Jetzt war da nichts mehr. Kein Vertrauen, kein Weg, kein Plan.

Alles lief falsch.

Sie hatten die Mine fast erreicht. »War hier die Stelle?« Cora fuhr im Schritttempo.

Tanner versuchte aus Coras Seitenscheibe zu blicken. Der Schnee hatte die Welt verändert. Es fiel ihm schwer, den kaum vorhandenen Weg wiederzufinden. »Da ist er«, sagte Tanner.

Cora zögerte. »Vielleicht sollten wir den Wagen besser unten stehen lassen.«

Sie hatte recht. Wenn sie sich festfuhren, konnten sie schlecht den ADAC rufen. Fünfzig Meter vor ihnen gab es eine Art Haltebucht, in der die Försterei Baumstämme stapelte. »Fahr da rein. Wir gehen zu Fuß.« Richtig wohl war ihm nicht bei dem Gedanken, ein Auto mit sechs Millionen im Kofferraum unbewacht abzustellen. Sie parkten zwischen den Holzstapeln ein. Als sie ausgestiegen waren, ging Tanner zum Kofferraum.

»Willst du das Geld sehen?«, fragte Cora.

Er nickte. Sie öffnete die Klappe und trat einen Schritt zurück. Die drei Sporttaschen füllten den gesamten Kofferraum des Mazda aus. Tanner zog einen der Reißverschlüsse auf und warf einen Blick auf den Inhalt der Tasche. Er schlug den Kofferraumdeckel zu.

»Zufrieden?«, fragte Cora.

Tanner nickte.

Sie machten sich auf den Weg. Mittlerweile hatten sich Eiskörnchen unter die fallenden Schneeflocken gemischt, die in den Augen brannten. Als sie den Weg zur Mine erreichten, blickte Tanner zurück und stellte erleichtert fest, dass der Wagen von der Straße aus nicht zu sehen war.

Der Aufstieg war beschwerlich. Im Wald, fernab künstlicher Lichtquellen, wurde Tanner bewusst, was Dunkelheit bedeutet. Der Lichtstrahl ihrer Taschenlampen tanzte zwischen den Bäumen. Eine zwanzig Zentimeter dicke Schicht Neuschnee verdeckte den Weg, und sie kamen zweimal vom Pfad ab. Tanner hörte hinter sich das schwere Atmen von Cora. Die Utensilien, die sie für die Suche brauchten, trug er in einem Rucksack auf dem Rücken. Zwanzig Minuten später sah er den Felsen. Sie hatten die Mine erreicht. Und er hatte furchtbaren Durst.

Tanner griff in eine Tanne, nahm sich eine Handvoll Schnee von den Ästen und steckte ihn sich in den Mund. Als sie den Felsen umrundeten, rechnete er insgeheim mit einer bösen Überraschung, die allerdings ausblieb. Sie waren alleine. Cora leuchtete den Boden ab. »Keine Spuren«, sagte sie. »In den letzten Stunden ist niemand hier gewesen.« Sie ging zum Eingang der Mine. Tanner zog einen Bolzenschneider aus dem

Rucksack, zerschnitt das Vorhängeschloss und zog das Eisentor auf. Er dachte an den Mann, den sie in den Schacht geworfen hatten. Die Erinnerung verstärkte seine pessimistische Grundstimmung. Widerwillig folgte er Cora in die Mine.

In dem gewölbeartigen Raum war es genauso kalt wie im Wald, aber wenigstens gab es keinen Schneefall. Tanner stellte den Rucksack auf den Boden, holte eine LED-Standlampe heraus und schaltete sie ein. Das gleißend helle Licht leuchtete den Raum aus wie einen Operationssaal. »Mein Gott.« Er dimmte die Lampe herunter. Sie befestigten den Videorekorder und drei LED-Lampen an einem dünnen Nylonseil. Dann verklemmten sie eine Teleskopstange in dem Schacht, über die das Seil laufen sollte und die dafür sorgte, dass Tanner das Konstrukt mittig nach unten lassen konnte. Der Abstieg der Kamera dauerte zehn Minuten. Plötzlich verschwand der Zug aus dem Seil. Die Kamera hatte den Boden erreicht. Tanner zog das Gerät wieder etwas nach oben und ließ es auspendeln. Dann begann der Aufstieg. Diesmal schneller.

»Langsamer. Sonst schlägt das Ding gegen die Schachtwand«, sagte Cora.

Schließlich war es geschafft. Cora nahm die SD-Karte aus der Kamera und steckte sie in den Slot des Laptops. Ihre Hände zitterten, und sie hatte Mühe, die Karte einzusetzen. Vielleicht schlug bei ihr jetzt auch die Nervosität durch. Es wäre an der Zeit.

Als die Videosoftware startete, saßen sie dicht gedrängt vor dem Bildschirm. Nach anfänglichem Geflimmer beruhigte sich das Bild. »Die Beleuchtung ist gut genug«, stellte Tanner fest. Die Aufnahme zeigte einen von Steinen umrandeten schwarzen Kreis. Auf den ersten Metern war die Schachtwand gemauert, danach bestand sie nur noch aus nacktem Fels. Hin und wieder ragten verrostete Eisenstifte aus der Wand. Sie erinnerten an Steighilfen für Bergsteiger.

»Ich friere wie ein Schneider«, sagte Cora und rückte noch enger an Tanner heran. Sein Herz klopfte schneller. Cora drehte ihren Kopf in seine Richtung. Er spürte ihren Atem an seiner Wange. »Ich denke, wir können im Suchlauf vorspulen. Ich will hier nicht länger sitzen als unbedingt nötig.«

»Mach das.« Tanner zuckte zusammen.

»Was?«

»Ich habe ein Geräusch aus dem Schacht gehört.«

»Da ist nichts.«

»Das habe ich mir nicht eingebildet.« In seinen Gedanken sah er den Mann in zerrissener Kleidung die Schachtwände nach oben klettern.

Cora legte ihm eine Hand in den Nacken und strich ihm über das Haar. »Vielleicht hat sich ein Stück vom Felsen gelöst.«

»Okay. Spulen wir vor.« Die Hand in seinem Nacken war eiskalt. Tanner schaltete die LED-Lampe aus. Dass die Höhle hell erleuchtet war, störte ihn. In seiner Paranoia befürchtete er, dass jemand das Licht von draußen sehen könnte. Außerdem musste er sich ein Stück bewegen, um die Lampe zu erreichen. So wurde er die Hand in seinem Nacken los.

Die Schachtwand jagte über den Bildschirm. Dann wurde das Bild für einen Sekundenbruchteil grau. »Was war das?« Cora stoppte die Aufnahme und ließ sie rückwärts laufen. Als sie die Stelle erreichten, stoppte sie und schaltete auf Wiedergabe. »Was soll das sein?«, fragte Tanner.

»Sieht wie ein Müllsack aus, der sich an einem von diesen Eisendingern verhakt hat.«

»Ein Müllsack mit Reißverschluss«, ergänzte Tanner.

»Hoffentlich liegt da unten nicht zu viel Dreck rum. Sonst können wir deinen Ausweis abschreiben.«

Die Reise der Kamera ging weiter. Diesmal ließen sie das Video in normaler Geschwindigkeit laufen. Die Minuten zogen sich. Möglicherweise hatten sie den Grund überhaupt nicht erreicht. Vielleicht war die Kamera nur irgendwo hängen geblieben. Dann veränderte das schwarze Loch in der Mitte des Bildschirms seine Farbe. Erste Umrisse waren zu erkennen. Die beiden beugten sich vor, bis sie mit den Nasen fast den Monitor berührten. Die Videokamera erreichte den Boden. Tanner und Cora zuckten gleichzeitig zurück. Cora sprang auf die Füße. »Hast du das gesehen?«

Tanner konnte nicht sprechen. Er spulte die Aufnahme ein Stück vor, bis die Kamera ausgependelt war und das Wackeln des Bildes aufhörte. Dann stellte er den Player auf Standbild. Was er sah, raubte ihm den Atem.

Auf dem Boden lagen noch mehr von den Müllsäcken herum. Wie viele, ließ sich unmöglich sagen. Im Gegensatz zu dem Sack, der sich an der Wand verfangen hatte, waren diese gefüllt. Einige der Säcke waren durch den Aufprall aufgeplatzt. Tanner sah mehrere Arme und Beine, die in alle Richtungen zeigten und im Licht der LEDs groteske Schatten warfen. Er zwang sich dazu, näher an den Bildschirm zu rücken. Seine Finger berührten das Touchpad des Laptops, und der Bildausschnitt wurde vergrößert. Er sah das Gesicht eines vielleicht zehn Jahre alten Jungen. Augen und Mund waren leicht geöffnet. Die Verwesung hatte bereits eingesetzt. Tanner hatte genug gesehen. Er stand auf.

Cora hatte die Hände vors Gesicht geschlagen. »Was ist das?«, keuchte sie.

»Tote Kinder.«

»Das kann nicht sein. So etwas gibt es nicht.«

Tanner bückte sich und klappte den Laptop zu. »Ich glaube nicht, dass die hier Geld deponieren wollten. Sie waren in der Mine, um Leichen in den Schacht zu werfen. Die Kohle hatten sie aus anderen Gründen dabei.«

Tränen liefen Cora über die Wangen. »Gut, dass wir den

Kerl da runtergeworfen haben. Ich hoffe, du hast recht, und er hat noch gelebt.«

Die Schuldgefühle, die Tanner gequält hatten, waren schlagartig verschwunden. Der grausame Fund erklärte, warum der Mann direkt auf ihn geschossen hatte. Hier ging es um mehr als ein paar Kilo Heroin oder Drogengeld. Um so viel mehr, dass einem selbst ein diplomatischer Status nicht mehr helfen konnte.

»Wir müssen das melden«, sagte Tanner.

»Bist du verrückt? Denk an deinen Ausweis.«

»Vergiss meinen Ausweis. Die töten Kinder. Wir haben gar keine Wahl.«

»Ich geh nicht ins Gefängnis.«

»Das musst du auch nicht. Ich halte dich da raus. Das verspreche ich dir.«

Sie schüttelte den Kopf. Tanner wollte etwas sagen, um Cora zur Vernunft zu bringen, als sein Handy klingelte. Cora sah ihn fragend an.

Tanner warf einen Blick auf das Display. »Keine Ahnung, wer das ist.«

»Besser, du gehst nicht ran.«

Er zögerte. Dann nahm Tanner das Gespräch an.

»Hier ist Jo. Ich habe keine Zeit für Erklärungen«, sagte Lasker. »Erstens: Die Mafia weiß nicht, dass ihr das Geld habt. Zweitens: Wo seid ihr?«

»An der Mine. Das...«

Lasker schnitt ihm das Wort ab. »Die Netze sind nicht stabil, die Verbindung kann jederzeit zusammenbrechen. Das Telefon, von dem du die SMS bekommen hast. Ich habe die Nummer durch das LKA orten lassen. Es ist bei euch in der Nähe. Du...«

»Jo?« Die Verbindung war abgebrochen. Tanner sah auf das Display. »Kein Netz«, sagte er.

»Das war Jo? Was wollte er?«, fragte Cora. In Tanner arbeitete es. Er steckte das Handy weg und schloss die Augen. »Was hat Jo gesagt?«, fragte sie noch einmal.

Tanner sprang vor und stieß Cora gegen die Felswand. Mit der einen Hand griff er ihr in die Haare und riss ihren Kopf nach hinten. Mit der freien Hand begann er damit, sie abzutasten.

»Bist du verrückt? Das tut weh. Tanner!«

In ihrer Jackeninnentasche wurde er fündig. Er stieß Cora zu Boden. In der Hand hielt er ein Billigtelefon. Tanner nahm sein eigenes Handy, suchte nach der SMS und wählte die Absendernummer. Aufgrund des schlechten Netzes dauerte es, bis die Verbindung aufgebaut wurde. Dann begann das Display des Handys, das er bei Cora gefunden hatte, zu blinken. Er beendete den Anruf und warf Cora, die wieder auf den Füßen stand, das Handy zu. Reflexhaft fing sie es auf, dann duckte sie sich und verließ die Höhle. Tanner folgte ihr.

»Ich kann dir das erklären.« Cora hatte sich Tanner zugewandt und lief langsam rückwärts. Ihr musste klar geworden sein, dass sie zu langsam war, um vor ihm wegzurennen.

»Du hast mir die SMS geschrieben. Und du warst auch in meinem Garten«, sagte Tanner.

»Das stimmt. Aber lass es mich erklären, dann wirst du verstehen, was ich wollte.« Tanner folgte ihr langsam. Der Abstand zwischen ihnen wurde größer. »Du warst so besorgt. Ich wollte ...«

»Du Schlampe, du hast mein Kind auf dem Gewissen! Und fast auch meine Frau!«

»Ach, fick dich!«

Tanner sah eine schemenhafte Bewegung. Cora hatte ihre Waffe gezogen. Tanner begriff sofort, dass er es ihr nicht mehr gleichtun konnte. Das Duell würde er verlieren. Er brach nach links aus und sprintete durch den Schnee. Mit einem gewaltigen Satz sprang er blindlings in die Büsche. Schüsse krachten. Jemand prügelte ihm mit einem Baseballschläger gegen die Wade. Sie hatte tatsächlich auf ihn geschossen, und was noch schlimmer war, sie hatte ihn getroffen.

* * *

TIGRAN BEDROSSIAN

Aktans Gesichtszüge wirkten wie aus Holz geschnitzt. Hinter ihm hatte Narek den Raum betreten. In einer Hand hielt er eine Pistole, deren Mündung auf Tigran gerichtet war. Narek war offensichtlich nicht von Aktan auf dem Parkplatz erschossen worden. Wie man sich doch irren konnte. Tigran spürte, wie jemand von hinten an ihn herantrat und ihm die Waffe aus dem Holster zog.

»Und? War es schwer?«, fragte Narek.

Der Mann hinter Tigran antwortete. »Überhaupt nicht. Das Arschloch ist einfach so mitgekommen.«

Dem war nichts hinzuzufügen. Er war ein Schaf, das freiwillig auf die Schlachtbank gesprungen war. Er hatte sich von Stolz, Hass und eingebildeten Verpflichtungen leiten lassen und würde jetzt die Rechnung dafür bezahlen. Im Prinzip geschah es ihm recht. Narek wollte etwas sagen, aber Aktan brachte ihn mit einer Geste zum Schweigen. »Warum bist du gekommen? Ich hatte mehr von dir erwartet.«

»Ich musste es tun.«

Aktan verzog angewidert das Gesicht. »Du denkst, dass du einen Auftrag hast, den du um jeden Preis erfüllen musst. Egal, wie schlecht die Chancen stehen. Diese Art der heldenhaften Selbstopferung ist lächerlich. So handeln nur Amateure.« Tigran sagte nichts. »Warum hast du Mehmet und Arkan umgebracht?«, fragte Aktan.

»Kenne ich nicht.«

»Stell dich nicht dumm. Der BMW, den du bekommen hast, hat eine manipulierte Freisprechanlage. Wir haben die Schüsse gehört. Also, warum?«

Tigran zuckte mit den Schultern. Schlimmer konnte es kaum werden. Er erzählte, was vor einem Jahr im Wald in der Türkei geschehen war.

»Woher sollte er wissen, was du vorhast?«, fragte Aktan, nachdem er sich die Geschichte angehört hatte. Tigran erzählte von seinem Verdacht, dass der Mann aus dem Wald möglicherweise an Tigrans Entführung während seiner Kindheit beteiligt gewesen war. Aktan schüttelte den Kopf. »War er ganz sicher nicht. Mehmet hat gar nichts gewusst. Der Mann ist nicht der Schlaueste und auch ein bisschen verrückt, aber für gewisse Aufträge wie geschaffen. Der hat dir damals irgendeinen Unfug erzählt. Aber es ist interessant, dass du es warst, der ihn niedergestochen hat. Mehmet konnte sich nämlich an nichts erinnern, als er im Krankenhaus aufwachte. Wie klein die Welt ist. Du siehst also, er hätte dich nicht einmal verraten können, wenn er es gewollt hätte. Du hättest dir die Mühe sparen können. Und warum hast du das Mädchen erschossen? War das in der Hitze des Gefechts?«

Dazu fiel Tigran nichts ein. Er sah zu Boden. Aktan beugte sich ein wenig herunter und versuchte, ihm in die Augen zu sehen. »Sehe ich da Schuldgefühle?«

»Ihr hättet das Mädchen ohnehin umgebracht.«

»Möglich.«

»Warum? Weil sie mit dem Polizisten zusammen war?«

»Woher weißt du das?«

Also stand der Polizist wohl eher nicht auf dem Gehaltszettel der Mafia. »Was ist mit Sam? Warum hast du den erschossen?«

Aktan lachte auf. »Woher weißt du das alles?«

»Ich habe die Schüsse gehört. Schalldämpfer sind nicht so leise, wie man vielleicht denkt.«

»Eigentlich hätte ich Narek erschießen sollen. Aber das durfte ich nicht. Leider. Und Sam ... Der Junge wusste bereits zu viel. Narek hat unter anderem das Talent, Unschuldige in eine schwierige Lage zu bringen. Der Kleine hatte da nichts zu suchen.«

»Narek scheint ein Mann mit vielen Talenten zu sein.«

Aktan ging darauf nicht ein. »Wir wussten bereits von dir und deinem Auftrag, da warst du noch auf der Anreise nach Deutschland. Das mit den Geheimdiensten ist in der Türkei so eine Sache. Die gleichen, die dich angeworben haben, haben dich auch ans Messer geliefert.«

»Doppelagenten?«

»Wenn du es so nennen willst.«

»Warum habt ihr mich nicht gleich ausgeschaltet?«

»Wir mussten erst sicher sein, dass du alleine bist. Doppelagenten sind eben Doppelagenten. Ihnen ist nicht zu trauen.«

»Und warum habt ihr mich diesen Drogensüchtigen töten lassen? Einfach nur aus Spaß?«

»Das braucht dich nicht zu interessieren«, platzte es aus Narek heraus.

Aktan lächelte. »Warum nicht? Ist eine interessante Geschichte. Unser Freund Narek ist homosexuell, und Brinkmann hat seinen Drogenkonsum unter anderem als Stricher verdient. Bis dahin war das alles kein Problem.« Aktan stellte sich hinter Narek und klopfte ihm auf die Schulter. »Aber unser Held hier hatte nichts Besseres zu tun, als den Liebesdienst von dem Junkie ausgerechnet an der Mine in Anspruch zu nehmen.«

»Du weißt, warum«, krächzte Narek, dem anzumerken war, dass er am liebsten im Boden versunken wäre.

»Ja, sicher«, sagte Aktan. »In unserer kleinen Männerwelt ist es besser, wenn andere nicht wissen, dass man schwul ist.«

Jetzt wussten es jedenfalls alle. Diese Art des Outings war sicher nicht in Nareks Sinne gewesen. Die beiden waren keine Freunde.

»Und warum ausgerechnet bei der Mine?«, fragte Aktan Narek.

»Er hat mich dorthin geführt. Durch ihn bin ich erst auf die Idee gekommen, die Mine für uns zu nutzen.«

»Aber warum wolltest du so weit aus Frankfurt raus? Um etwas im Verborgenen zu machen, muss man nicht gleich eine halbe Weltreise unternehmen.«

»Ich weiß nicht.«

»Aber ich weiß es. Du hast einen Ort gesucht, an dem du den Mann vergewaltigen kannst. Ist doch so?«

»Ich habe ihn bezahlt.«

»Für eine Vergewaltigung? Das geht wohl kaum. Nein, du wolltest ihn ganz für dich haben. Irgendwo, wo man garantiert ungestört ist. Und der arme Mann hat dir in seiner Unwissenheit dabei geholfen. Er hat dir von der Mine erzählt, und du bist darauf angesprungen. Diese Mine kam dir gerade recht. Du wolltest ihn nämlich nicht nur vergewaltigen, sondern danach auch umbringen. Ist doch so. Darauf stehst du doch.«

»Er hat doch noch gelebt.«

»Ja, weil du es verpatzt hast. Wie alles andere auch.« Aktan wandte sich an Tigran. »Du musst wissen, dass Herr Brinkmann versucht hat, unseren Freund Narek zu erpressen. Was im Übrigen einer der Gründe ist, warum er nun nicht mehr lebt. Das Problem mit Narek ist vierfach. Erstens ist er ein brutales Arschloch. Zweitens redet er zu viel, was zur Folge hat, dass seine Geheimnisse keine sind. Drittens reflektiert er sein Handeln nicht. Ansonsten hätte er keinen Ort zur Leichenbeseitigung gewählt, an dem er kurz zuvor einen Stricher vergewaltigt und fast umgebracht hat. Und viertens ist er der Neffe von Çağlar und steht unter seinem besonderen Schutz.« Narek

316

war sichtlich blass um die Nase geworden. Aktan redete weiter. »Ich lebe in der Hoffnung, dass sich Letzteres bald ändert. Jedenfalls hat es der Stricher mit dem Erpressungsversuch übertrieben, und als wir erfahren haben, dass er auch noch von der Mine wusste, beschlossen wir, ihn aus der Welt zu schaffen. Das sollte eigentlich Narek erledigen. Er hatte uns den Mist ja schließlich eingebrockt. Was soll ich sagen? Der Auftrag wurde ein weiterer Fehlschlag. Statt den Kerl zu töten, haben sie seine Eltern abgeschlachtet. Wie auch immer es dazu gekommen ist.« Aktan sah Narek an. Der starrte nur zu Boden. »Du siehst also, dass wir dir den Job gegeben haben, war nicht zum Spaß. Der Mann musste weg. Außerdem konnten wir auf diese Weise feststellen, wie weit du für deinen Auftrag gehen würdest. Offenbar sehr weit. Damit wurdest du zu einer echten Bedrohung.« Aktan trat näher an Tigran heran. »Du bist als Kind entführt worden?«

»Ja.«

»Und du hast es ganz offensichtlich überlebt.«

»Mein Bruder nicht.«

»Das erklärt allerdings deine absolute Hingabe. Wie lautete dein Auftrag im Detail?«

»Die Führungsspitze zu liquidieren.«

»Ich habe keinen Zweifel daran, dass du ihn zu Ende gebracht hättest.«

»Ganz sicher.«

»Sollten wir nicht zur Sache kommen?« Narek hatte die Fassung halbwegs wiedergefunden.

»Das müssen wir wohl«, sagte Aktan.

»Komm schon, Tigran.« Narek fuchtelte mit der Pistole herum. »Du kannst uns beim Tragen helfen.«

Aktan verließ den Raum, und Tigran folgte ihm über den Flur. Die restlichen Männer, angeführt von Narek, liefen in Tigrans Rücken. Nach ein paar Metern zog Aktan eine

Tür auf, die zur Kellertreppe führte. Als sie den Treppenabsatz erreichten, befanden sie sich in einem Gang. Aktan bog nach rechts ab und betrat einen Raum. Dabei schob er schwere durchsichtige Plastikstreifen zur Seite, die eine Art Vorhang bildeten. Tigran kannte so etwas aus Fleischereien oder Kühlhäusern. Als Tigran durch den Vorhang geschlüpft war, blieb er wie angewurzelt stehen.

»Willkommen in der Hölle«, sagte Narek.

* * *

JO LASKER

Grimm musste schreckliche Schmerzen haben. Sein Gesicht war blass und verschwitzt. »Ich verstehe nicht, was du hier willst«, stöhnte er. »Du hast das Geld. Was noch?«

»Das war ein Missverständnis. Ich habe gedacht, dass ihr wisst, wer das Geld hat. Darum wollte ich dem rechtmäßigen Besitzer ein Geschäft vorschlagen. Ich bringe vier Millionen zurück und behalte zwei als Finderlohn.«

»Und du dachtest, dass sie sich darauf einlassen?«

»Spielt keine Rolle mehr.« Die Idee war Lasker im Präsidium gekommen. Sie war äußerst unausgegoren, und er war erleichtert, dass sich das Thema erledigt hatte. Dass die Mafia nicht wusste, wer das Geld hatte, war die beste Nachricht seit Langem. Damit standen ihm nur noch Tanner und Cora im Weg. Jetzt hatte er eine echte Chance.

»Du vergisst mich. Ich weiß jetzt, wer das Geld hat«, sagte Grimm.

»Ich habe dich nicht vergessen.«

»Das heißt, du willst mich umbringen.« Lasker sagte nichts. »Ich glaube nicht, dass du dazu fähig bist. Du als Polizeibeamter hast sicher noch niemanden kaltblütig ermor-

det. Das ist etwas anderes, als jemanden ins Bein zu ste-
chen.«

Jetzt hatte Grimm ihn kalt erwischt. »Du weißt, wer ich
bin?«

»Natürlich.«

»Woher?«

»Du hast keine Ahnung, wo du hineingeraten bist. Mich
wundert, dass du noch nicht tot bist. Das sollte längst erledigt
sein.«

»Woher weißt du, wer ich bin?«

»Das würdest du gerne wissen.« Lasker zog erneut sein
Messer. »Ist ja gut. Ich erzähle es dir.«

»Ich dachte, du kennst keine Angst.«

»Ich kann mir logisch herleiten, was als Nächstes passiert.« Grimm holte Luft. Die Schmerzen in seinem Bein hatten anscheinend etwas nachgelassen. »Ich kenne sowohl diese
Schwartz als auch Fuhrmann. Die Schwartz habe ich so kennengelernt, wie ich es dir erzählt habe. Fuhrmann hatte in der
Vergangenheit ein anderes Anliegen. Früher gab es eine Zeit, in
der ich Menschen mit bestimmten sexuellen Interessen zusam-
mengebracht habe. Ekelhafte Sache. Die Idee mit dem Drogenhandel, den du bereits angedeutet hast, kam von mir. Ich habe
diesen ganzen Bürgerkriegsmist in Syrien in den Nachrichten
gesehen und hatte eine Eingebung.«

»Du wolltest eine humanitäre Aktion mit dem Drogenschmuggel verbinden. Man nimmt syrische Kinder aus einem
Flüchtlingslager aus der Türkei und stopft sie zusammen mit
Drogen, die über Armenien ins Land kommen, in ein Flugzeug
nach Deutschland.«

»Im Prinzip ist es das. Allerdings klingt es bei dir etwas tri-
vial.«

»Und Fuhrmann und Schwartz besetzten zufällig Stellen,
die dir bei dem Plan nützlich sein konnten.«

»Sie machten ihn erst möglich. Die beiden zu überzeugen war leicht. Die Schwartz ist ohnehin schwer gestört, und der liebe Professor hatte sich durch seine peinlichen Sexeskapaden erpressbar gemacht. Das ist der Fluch, der an einem haftet, wenn man tief im bürgerlichen Leben verwurzelt ist. Man muss alles für sich behalten. Mein Problem war nur, dass ich jemanden brauchte, der die Drogen schmuggelte. Ich hatte lediglich die Idee. Aber die war wertlos ohne die nötigen Verbindungen und Mittel.«

»Da kam Çağlar ins Spiel.«

»Den Kontakt herzustellen war kompliziert. Allerdings kenne ich eine Menge Leute, sodass es mir schließlich gelang.«

»Was hat das mit mir zu tun?«

»Fuhrmann kannte ein junges Mädchen. Frag mich bitte nicht, woher. Er wollte von uns Crack haben, um sie zu versorgen.« Lasker erschrak. Hanna hatte er völlig vergessen. Hatte er sich nicht eigentlich zum Auftrag gemacht, ihren Mörder zu finden? Das Geld hatte ihn völlig vom Kurs abgebracht. Geld. Genau. Er brauchte das Geld. »So weit, so gut. Dass er das Kind mit Drogen versorgte, machte ihn noch erpressbarer; außerdem hatte er bis dahin gut mitgearbeitet. Daher gab man ihm das Crack. Aber dann rannte dieser bekloppte Professor zu Çağlar und erzählte ihm, dass die Kleine mit einem Polizisten rumhing. Nämlich mit dir.«

Lasker räusperte sich. »Woher wusste Fuhrmann das?«

»Das Mädchen hat versucht, Fuhrmann davon zu überzeugen, seine Drogenquelle ans Messer zu liefern. Also meine Geschäftspartner. Ich denke, dass du daran nicht ganz unschuldig bist. Du musst dem armen Kind ganz schöne Flausen in den Kopf gesetzt haben.«

Lasker dachte an die SMS, die Hanna geschrieben hatte. Das war also die Dummheit gewesen, die Lasker bereits vorausgeahnt hatte. Damit hatte sich Hanna bei ihm Respekt verschaffen wollen. Als wenn ihn irgendwelche Mafiatypen interessieren würden. Einen Dreck interessierte ihn dieser ganze Quatsch. Er hätte sie einfach bei sich einziehen lassen sollen. Dann würde Hanna noch leben, und er wäre nicht alleine.

»Und dann?«, fragte Lasker.

»Wir haben Fuhrmann aus Gründen der betrieblichen Sicherheit fristlos gekündigt.«

»Und das Mädchen habt ihr auch umgebracht.«

Grimm sagte etwas, aber Lasker verstand ihn nicht. Der Krebs hatte sich genau diesen Moment ausgesucht, ein Lagerfeuer in seinem Bauch zu entfachen. Lasker fiel auf die Knie. Der Schmerz blockierte seine Sinne. Nur schemenhaft bekam er mit, dass Grimm vom Sessel aufsprang und an ihm vorbeihumpelte. »Nicht jetzt!«, schrie Lasker. Die aufkommende Wut war stärker als die Qualen. »Nicht jetzt!« Er stellte sich auf die Beine und versuchte Grimm zu folgen, der mittlerweile das Zimmer verlassen hatte. Lasker taumelte wie ein Betrunkener und räumte auf seinem Weg ein Sideboard mit antiken Vasen ab. Entweder wackelte das Haus oder er. Das ließ sich nicht verifizieren. Vielleicht war auch die ganze Welt aus den Fugen geraten. Lasker hatte den Flur erreicht. Er bewegte sich in Richtung Wohnungstür. Dabei pendelte er zwischen den Wänden hin und her wie eine Flipperkugel.

Erstaunlicherweise war Grimm nicht nach draußen geflohen, sondern hatte sich neben seinen Bodyguard gekniet. Grimm wandte ihm den Rücken zu. Lasker erreichte ihn und trat ihm mit voller Wucht von hinten zwischen die Beine. Grimm brüllte, fasste sich mit den gefesselten Händen an seine Hoden und fiel zur Seite.

»Was hattest du vor, du Penner?« Lasker lehnte sich gegen die Wand. Er steckte die Pistole mit zitternden Händen in das Holster und fingerte nach der Packung Schmerzmittel in seiner Innentasche. »Ich habe dich etwas gefragt. Hast du seine

Knarre gesucht? Denkst du, dass ich die bei dem Kasper lasse? Die steckt in meiner Jackentasche. Vollidiot!« Lasker schüttete sich einige Tabletten aus einem Röhrchen in die Hand, warf sie sich in den Mund und würgte sie nach unten. Er stand immer noch gegen die Wand gelehnt da und schloss die Augen. Widerwillig zogen sich die Schmerzen zurück. Einige Minuten vergingen. »Memo an mich selbst. Beim nächsten Mal Beine fesseln«, flüsterte Lasker.

»Bist du krank?«

Lasker öffnete die Augen. Grimm hatte sich hingesetzt und musterte ihn. Der Mann war ziemlich schmerzresistent, das musste man ihm lassen. »Was?«

»Ich habe gefragt, ob du krank bist. Steck mich bloß nicht an, ich war erst erkältet.«

»Halt die Fresse.«

»Du hältst mich für geisteskrank.«

»Spielt das eine Rolle?«

»Es würde mich interessieren.«

»Verhaltensauffällig.«

Grimm grunzte. »Auch wenn ich Bullen nicht leiden kann, so liebe ich doch euren Humor.«

Lasker sah, wie sich die Beine des Leibwächters langsam bewegten. Hatte der Kerl den Angriff also überlebt. Lasker zog die Waffe des Bodyguards aus seiner Jackentasche und überprüfte den Ladestatus.

»Was hast du vor?«, fragte Grimm.

»Du hast bereits selbst erkannt, dass ich dich nicht mehr brauche.«

»Du bist kein Killer. Das ist nicht so einfach.«

Lasker hob die Waffe und schoss dem Bodyguard in den Kopf. Der Schuss hinterließ ein pfeifendes Echo in seinen Ohren. Damit hatte er die Brücke hinter sich gesprengt und den Zweifel gleich mit. Jetzt war die Richtung vorgegeben, und auf seinem Weg konnte er niemanden gebrauchen, der ihn wiedererkannte. Die Klarheit tat ihm gut.

»Sagt man nicht, dass einem das Töten beim zweiten Mal schon viel leichter fällt? Ich wäre dann so weit.« Er richtete die Mündung auf Grimm.

»Halt. Stopp. Ich weiß, wer das Mädchen umgebracht hat. Interessiert dich das nicht? Du kanntest sie doch.« Die Angst in Grimms Stimme wirkte gekünstelt, so als würde er Lasker nicht ernst nehmen. Das machte ihn noch wütender. »Ist mir egal.«

»Was hältst du vom Bundesverdienstkreuz?«

»Was redest du da?«

»Versprich mir, dass du mich ausreden lässt, bevor du mich erschießt.«

Lasker ließ die Mündung ein Stück sinken.

»Flipp aber nicht gleich aus. Die Geschichte wird dir ganz sicher nicht gefallen.«

»Na, los, worauf wartest du.«

»Richtig ist, dass wir die Kinder benutzen, um Drogen ins Land zu schmuggeln. Das ist aber nicht alles. Du weißt, wie die Menschen sind. Bekommen sie viel, dann wollen sie noch mehr. Also habe ich eine Idee entwickelt, wie wir unseren Profit erheblich steigern konnten. Hast du eigentlich eine Vorstellung, wie viel Geld man mit Organhandel verdienen kann?«

* * *

MARK REINDERS

Tanner hatte sich in blinder Hast in eine Falle manövriert. Statt in den Wald zu rennen, hatte er sich in eine bewachsene Nische in der Felswand geflüchtet. Das kleine Stück Wald, in dem sie sich befanden, war ungefähr zwanzig Meter tief und dreißig Meter breit. Die gute Nachricht war, dass Cora ihm nicht folgen konnte. Schließlich war auch er bewaffnet. Die schlechte war, dass er nicht weg konnte, ohne in ihr Schussfeld zu geraten.

Dass Cora zu so einer Tat fähig war, hätte er nie für möglich gehalten. Er konnte nachvollziehen, dass sie das Geld nicht mit ihm teilen wollte. Aber dass sie ihn dafür töten würde?

Er saß mit dem Rücken an einen Baum gelehnt und umklammerte mit beiden Händen seine linke Wade. Zumindest wusste er jetzt, wie sich eine Schusswunde anfühlt. Wesentlich schlimmer als gedacht. Tanner biss die Zähne zusammen, um sich nicht zu verraten. Cora musste nicht wissen, dass sie ihn erwischt hatte. Er schaffte es, eine Hand von seinem Bein zu lösen, und zog sein Handy aus der Tasche. Die Nummer hier war erledigt. Er musste Hilfe holen. Besser in den Knast gehen als im Sarg liegen. Das Display zeigte ihm, dass er keinen Netzempfang hatte.

Bam, bam, bam.

Tanner warf sich flach auf den Boden und kroch panisch unter einen Busch. Wie blöd war er eigentlich? In der Dunkelheit hätte er gleich eine Leuchtfackel anzünden können. Er schob das Handy zurück in die Tasche.

Einige Minuten geschah nichts. Dann hörte er Cora rufen. »Lebst du noch?«

Tanner blieb stumm.

»Wen wolltest du denn anrufen?«

Tanner konnte sich nicht beherrschen. Seine Stimme würde von den Felsen reflektiert werden. Er würde also seine Position nicht verraten, indem er etwas sagte. »Warum hast du das Handy nicht weggeschmissen?«

»Reine Dummheit. Wir machen alle Fehler. Es waren stressige Tage.«

»Ich dachte, du liebst mich!«, rief er.

»Schon mal was von Ablenkung gehört?«

Tanner hoffte, dass Cora der Versuchung erlag, ihre Taschenlampe zu benutzen. Aber offenbar war sie schlauer als er. »Ich hatte es dir sowieso nicht abgenommen. War viel zu gekünstelt.«

»Irgendwie musste ich ja erklären, warum ich das Geld dabei habe. Mir ist auf die Schnelle nichts Besseres eingefallen, aber es hat seinen Zweck erfüllt. Du warst mit den Gedanken woanders.« Nach einer kurzen Pause rief sie: »Ich wollte das Geld mit dir teilen! Aber du hast dermaßen die Hosen voll gehabt, dass ich dir nicht mehr trauen konnte. Also habe ich beschlossen, dir etwas Angst zu machen und dafür zu sorgen, dass wir das Geld zurückgeben. Natürlich nur zum Schein. Du hättest deinen Seelenfrieden gehabt und ich sechs Millionen. Der Plan war gut. Aber du hattest nichts Besseres zu tun, als dich Jo anzuvertrauen. Damit war die Idee im Eimer!«

Ein weiterer Schuss durchbrach die Stille. Das Echo schallte durch den Wald. Tanner drückte das Gesicht in den Schnee. Wenn sie ihr Ersatzmagazin dabei hatte, verfügte sie über dreißig Schuss. Wie oft hatte sie abgedrückt? Fünfmal, sechsmal?

»Was denkst du denn, was Jo macht? Dir die Mafia vom Hals halten? Das Blöde ist, dass die gar nicht wissen, dass wir das Geld haben. Du hast alles kaputtgemacht.« Erneut krachte ein Schuss. »Wo bist du?«, schrie sie. Tanner meinte Schritte zu hören. Vorsichtig zog er seine Waffe. »Blieb mir nur noch ein Weg übrig. Gestern habe ich gekündigt. Heute Nachmittag hätte ich meine Waffe abgeben sollen. Dann hätte ich meine Überstunden und meinen Resturlaub genommen und wäre verschwunden. Du glaubst gar nicht, wie einfach so eine Kündigung geht. Die haben mich nicht einmal gefragt, was los ist. Das ist der Segen des Stellenabbaus. Die Behörde freut sich über jeden, der verschwindet. Alles wäre super gewesen. Was solltet ihr schon machen? Zur Polizei gehen? Darum hatte ich das Geld dabei. Ich habe mich nur mit dir getroffen, weil es so dringend klang. Hätte ja wichtig sein können. Und dann erzählst du mir diesen Mist mit deinem Ausweis. Ich dachte, ich höre nicht richtig. Wenn die deinen Ausweis finden, dann gehst du in den Bau. Und wenn du in den Bau gehst, dann hast du keinen Grund mehr, die Klappe zu halten. Ich hätte es darauf ankommen lassen sollen. Wahrscheinlich hätte niemand deinen Ausweis gefunden. Jetzt ist es zu spät.«

»Du hast mein Kind getötet!«, rief Tanner.

Coras Stimme wurde leiser. »Das wollte ich wirklich nicht. Niemandem sollte etwas geschehen.«

»Es ist bereits geschehen.«

»Richtig.« Sie wurde wieder lauter. »Und darum bringen wir es jetzt zu Ende.«

»Wann hast du den Entschluss gefasst, mich umzubringen?«

»Du hast mir keine Wahl gelassen. Was hätte ich tun sollen? Entschuldigung sagen? Nach dem, was ich getan habe, hättest du mich hier im Wald totgeschlagen.«

Das hätte er vermutlich in seiner Wut getan. Auf eine verrückte Art handelte Cora in Notwehr.

»Was ist mit den Kindern in der Mine?«

Keine Antwort.

»Cora? Was ist mit den toten Kindern?«

Wieder nichts. Tanner spürte den Schweiß auf seiner Haut. Sein Bauch wurde vom Boden, auf dem er lag, schockgefroren, während der Rest von ihm förmlich glühte. Seine Wade pochte schmerzhaft. Wie lange würde er es so aushalten? Unter ihm begann der Schnee zu schmelzen. Seine Hose hatte sich bereits mit Wasser vollgesaugt. Wann würde ihn die Unterkühlung in die Ohnmacht treiben? Merkt man das rechtzeitig? Hätte er kein Loch im Bein, hätte er eine Flucht riskieren können. Ein bewegliches Ziel in der Dunkelheit zu treffen war schwer. Aber mit der Verletzung konnte er das vergessen. Es war fraglich, ob er überhaupt laufen konnte.

Hatte Cora tatsächlich sein ungeborenes Kind getötet? Die Abtreibungspillen hätten auch ohne Coras Eingreifen dafür gesorgt, dass Sylvia das Kind verloren hätte. Coras Theaterauftritt im Garten hatte die Sache nur etwas beschleunigt. Entscheidend war, dass Sylvia das Kind nicht haben wollte. Sie hatte selbst versucht, es loszuwerden, als wäre es ein bösartiges Geschwür. Und warum wollte sie das? Weil er sie weggestoßen hatte. Ebenso wie seinen Sohn. Wie war es dazu gekommen? Wann hatte das angefangen? Nicht Cora hatte sein Kind auf dem Gewissen, sondern er selbst. Weil er sich wie ein Idiot verhalten hatte. Weil Sylvias Vater ihm auf die Nerven ging und er das an seiner Frau und Patrick ausgelassen hatte. Und weil er beleidigt war, dass Spaß in seinem Leben keine Rolle mehr spielte. Das war der Punkt. Er hatte nie verstanden, was es bedeutete, Verantwortung zu übernehmen und erwachsen zu werden. Während sein Körper langsam verfiel, war er im Geist ein Lebemann geblieben. Er hatte den Absprung verpasst.

Das alles konnte er nicht mehr rückgängig machen. Genauso wenig wie Cora rückgängig machen konnte, dass sie ihn angeschossen hatte. Aber er konnte wenigstens jetzt das Richtige tun. Es war oft nicht schwer, zu erkennen, was das Richtige war. Nur danach zu handeln bereitete immer solche Schwierigkeiten. Diesmal nicht. Diesmal würde er einfach tun, was zu tun war. Als Erstes musste er hier lebend wegkommen, dann würde er seinen Fund melden.

Seit wann schwieg Cora? Tanner versuchte, das Ziffernblatt seiner Armbanduhr abzulesen. Es war zu dunkel. Einige Minuten mussten vergangen sein. Was hatte sie vor? Cora hatte die Autoschlüssel. Wenn sie wollte, konnte sie sich aus dem Staub machen. Ergab das einen Sinn? Sie musste damit rechnen, dass sie nicht weit kam. Oder aber sie hatte sich auf die Lauer gelegt und wartete darauf, dass er aus der Deckung kam. Und was hatte sie mit Jo vor? Den musste sie auch noch aus der Welt schaffen. Wie konnte sie nur glauben, dass sie damit durchkam? Hatte sie am Ende völlig die Kontrolle verloren?

Tanners Wade fühlte sich feucht und klebrig an. Wie viel Blut hatte er verloren? Konnte er mit einer solchen Verletzung verbluten? Verbluten, erfrieren, verhungern. Was auch immer. Es wurde Zeit, aktiv zu werden. Vorsichtig robbte Tanner unter dem Busch hervor und näherte sich leise der Lichtung vor der Höhle. Er hatte noch zwei oder drei Meter zurückzulegen, als er innehielt. Da war ein Geräusch. Ein Brummen, das anschwoll. Ein Auto, das zur Mine kam.

Offensichtlich war der Weg passierbar. Die große Frage war, wer da kam? Hatte Cora den Wagen geholt? Warum? Um ihn zu überfahren, damit es wie ein Unfall aussah? Fast hätte Tanner trotz seiner Lage lachen müssen.

Nein, das war Unsinn. So schnell hätte sie das niemals geschafft.

Er kroch weiter, bis er freie Sicht auf den Höhleneingang hatte. Der Motor des Fahrzeugs heulte auf, und Tanner hörte das schleifende Geräusch von durchdrehenden Rädern. Cora war nirgends zu sehen. Der Felsen, an dem der Weg zur Mine einen Knick machte, wurde plötzlich hintergrundbeleuchtet. In der nächsten Sekunde schwenkten Scheinwerfer um die Ecke und tauchten die Lichtung in Xenonlicht. Das Fahrzeug kam näher. Es war der schwarze Sprinter, in dem das Geld gelegen hatte. Da saßen definitiv keine Freunde drin.

Bam, bam, bam, bam, bam.

Tanner hatte Cora entdeckt. Besser gesagt, ihr Mündungsfeuer. Seine Expartnerin lief immer noch im Kampfmodus. Statt sich in die Büsche zu schlagen, hatte sie zwischen dem Höhleneingang und dem Transporter Aufstellung bezogen und das Feuer eröffnet. Zehn Meter trennte sie von dem Fahrzeug. Der Sprinter schlingerte, brach nach links aus, kam vom Weg ab und wurde durch einen Baum gebremst, bevor er die Böschung hinunterschlittern konnte. Schatten tauchten in der Nähe des Transporters auf. Tanner sah zu Cora. Er konnte nur ihre Umrisse erkennen, aber es sah aus, als ob sie das Magazin wechseln würde. Schüsse hallten durch den Wald. Cora schrie auf, und Tanner sah sie zu Boden gehen.

Mit einem Schlag war alles, was sie getan hatte, vergessen. Als wären sie nur Geschwister, die sich ein wenig gestritten hatten. Und jetzt kamen die bösen Nachbarsjungen. Tanner humpelte aus der Deckung, ließ sich auf die Knie fallen und eröffnete das Feuer auf die Schatten am Sprinter.

* * *

JO LASKER

Grimm hockte auf dem Boden. Nachdem er ihm das Geschäftsmodell der Arkadaş erklärt hatte, drückte ihm Lasker die Mündung der Waffe fest gegen die Stirn, als wolle er ihm ein Loch in den Schädel bohren.

»Ich wusste, dass du die Kontrolle verlieren würdest«, sagte Grimm.

»Ihr schlachtet die Kinder aus wie einen alten Ford Taunus?«

»Deine Sprache ist sehr vulgär. Ich würde es eine Umverteilung von biologischen Ressourcen nennen. Wir retten damit andere Kinder.«

»Welche Kinder?«

»Kinder von Eltern, die über die entsprechenden finanziellen Mittel verfügen.«

»Und diese Kinder sind mehr wert?«

»Genau. Erheblich mehr wert. Wenn du verstehst, was ich meine.«

»Was ist mit deren Eltern? Tragen die das mit?«

»Die wissen natürlich nicht im Detail, woher die Organe stammen. Aber ich weiß nicht, ob es viel ändern würde, wenn sie es wüssten. Philanthropen sind die Menschen nur, solange es ihnen nicht selbst ans Leder geht. Gerade jemand wie du sollte das erkannt haben.«

Und ob Lasker das wusste. Ein guter Mensch zu sein war einfach, solange es damit getan war, einen Fair-Trade-Tofu-Burger zu essen und damit den Armen auf der Welt zu helfen. Wenn das Schicksal einem aber die rostige Klinge an den Hals setzte, dann war der Gesinnungswechsel Formsache.

Was Grimm ihm gerade erzählt hatte, würde erklären, warum Lasker den Bus am Flughafen nicht hatte finden können. »Fällt niemandem auf, dass die Kinder verschwinden?«

»Man schmiert ein paar Leute und hat keine Fragen mehr zu befürchten. Wir behaupten einfach, dass die Kinder in Deutschland unter dem Schutz des Asylrechts stehen. Das reicht den Türken völlig aus. Und die hiesigen Behörden glauben, dass die Kinder wieder in der Türkei sind. Das ist denen auch recht. Dafür war die Frau Schwartz übrigens auch zu gebrauchen. Und bevor du fragst: Die allermeisten in dem System wissen gar nicht, was sie da tun. Und da es eine Menge Geld gibt, hinterfragen sie es auch nicht.«

»Du hast gesagt, dass du dich wunderst, dass ich noch lebe. Ich nehme an, ich wurde nicht von einem MEK observiert. Wen habt ihr mir auf den Hals gehetzt?«

»Was glaubst du denn, wer sich Organe auf dem Schwarzmarkt leisten kann?«

»Leute mit viel Geld.«

»Geld alleine reicht dafür nicht aus. Du begehst einen Denkfehler. Die Transplantationsskandale hierzulande beziehen sich nicht auf die Organe als solche. In Deutschland werden die Listen manipuliert. Das heißt, es wird ein Patient vorgezogen, obwohl er gar nicht an der Reihe ist. Das ist etwas völlig anderes. Wir verkaufen Organe. Du kannst nicht mit einem Herzen unter dem Arm in eine Klinik fahren und es denen auf den Tresen knallen. Geld alleine reicht bei Weitem nicht.«

»Man braucht zusätzlich Beziehungen und Einfluss.«

»Richtig. Und von alldem reichlich.«

»Dann war gar nicht die Polizei hinter mir her.«

»Das weiß ich nicht. Wenn man über den nötigen Einfluss verfügt, kann man auch den Staat dazu bringen, Dinge für einen zu erledigen. Vielleicht haben sie dich zum Topterroristen befördert.«

Das würde erklären, warum die Jungs auf ihn geschossen hatten. Wenn das tatsächlich Kollegen gewesen waren, dann konnte man denen nicht einfach einen Mordauftrag geben. Man musste vielmehr Umstände herbeiführen, die eine Tötung unumgänglich machten. Vielleicht hatte man den Männern erklärt, dass er einen Anschlag durchführen wollte. »Und das verdanke ich dir«, sagte Lasker.

»Jetzt überschätzt du mich aber. Ich habe mit meinen Verbindungen nur den Stein ins Rollen gebracht.«

»Wer steckt dann dahinter? Wer steht oben?«

»Wer schon? Die Illuminaten.« Die Schläge trafen Grimm ohne Vorwarnung. Er beugte sich nach vorne und versuchte den Kopf zwischen seinen Knien zu verstecken.

»Ich schlag dich tot!«

»Hör auf!«, schrie Grimm. Lasker trat schwer atmend einen Schritt zurück. »Ich dachte, ich bin der Einzige, der keinen Sinn für Humor hat.« Grimm rappelte sich hoch, kniete nun vor Lasker. Die gefesselten Hände hielt er wie zum Gebet vor seinem Bauch.

»Halt dein Maul. Wo sind die Kinder?«

»Jetzt kommen wir zum Punkt. Die Zeit drängt. Aufgrund der Turbulenzen der letzten Tage haben wir beschlossen, unser Geschäft sicherheitshalber aufzugeben.«

»Ihr wollt die Kinder loswerden.«

Grimm nickte. »Wir müssen uns beeilen, bevor es zu spät ist.«

»Wo sind sie?«

»In der Mine.«

»Wie viele sind es?«

»Das ändert sich stündlich.«

Lasker rammte Grimm das Knie ins Gesicht. Von der Wucht des Stoßes wurde Grimm auf den Rücken geworfen. Blut lief ihm aus der Nase.

»Du führst mich dahin.«

»Du hast mir die Nase gebrochen.« Grimm liefen Tränen über die Wangen.

Lasker brüllte. »Wenn du mich nicht zu den Kindern führst, schlag ich dich tot.«

»Ich sehe schon, du bist auf dem Weg, mir die Menschlichkeit einzuprügeln.«

Lasker griff Grimm an den Kragen und zog ihn auf die Beine. »Sofort!«

»Nur, wenn du mir versprichst, mich am Leben zu lassen. Als Bonus verrate ich dir außerdem, wer deine Freundin auf dem Gewissen hat.«

»Wie viele Wachen sind bei den Kindern?«, fragte Lasker.

»Vier.«

Wenn er vier sagte, dann waren es sicher mindestens sechs. Außer dem Überraschungsmoment hatte Lasker nichts, was für ihn sprach. Ein hoffnungsloses Unterfangen. Konnte das mit den Kindern überhaupt stimmen? Viel sprach dafür, dass Grimm ihn in eine Falle lockte. War nicht gerade das Manipulieren von Menschen sein tägliches Brot? Hatte er womöglich nur Laskers schwachen Punkt erkannt? Wollte nicht jeder Bulle mal Kinder vor dem Tod retten? Lasker wagte es nicht, Unterstützung anzufordern. Am Ende kämen die Gleichen, die ihn observiert hatten. Die würden erst schießen und dann Fragen stellen. Apropos Unterstützung. Ihm fiel plötzlich ein, dass Tanner und Cora bei der Mine waren. Wie passte das zusammen? Dann wurde es ihm klar.

Das Geld war bei der Mine versteckt. Natürlich. Sie hatten es dort gefunden und dort versteckt. Das war einfacher und sicherer, als es mit sich herumzuschleppen. Das Geld brauchte er. Die Kinder brauchte er nicht. Was war das für ein Gedanke? »Wenn ich die Kinder lebend da heraushole, dann werde ich dich nicht töten«, sagte Lasker.

»Dann haben wir einen Deal.«

»Wir haben einen Deal.«

* * *

TIGRAN BEDROSSIAN

In einer Ecke des fensterlosen Raumes stand ein altes Kofferradio auf dem Boden, aus dem leise Popmusik plätscherte. In der Mitte befand sich ein metallener Tisch mit einer leichten Innenwölbung und Löchern, um Flüssigkeiten abzuleiten. Neben dem Tisch lagen auf einer Art Servierwagen medizinische Gerätschaften: Skalpelle, Wund- und Knochenspreizer, Elektrosägen. Ein Mann in einem weißen Kittel spritzte mit einem Wasserschlauch den Tisch ab. Er trug einen Mundschutz, der den Großteil seines Gesichtes verbarg. Drei weitere Männer waren damit beschäftigt, Alukühlboxen auf einen kleinen Wagen zu stapeln.

Auf dem Boden neben dem Tisch lagen drei gefüllte Leichensäcke.

Tigran starrte die Leichensäcke an. Genau deswegen hatten sie ihn losgeschickt. In der Türkei verschwanden jedes Jahr Hunderte von Kindern. Einige wurden verkauft und landeten bei Paaren, die selber keine Kinder bekommen konnten. Das waren in der Regel die Glücklichsten. Die Unglücklichen wurden an Bordelle ins Ausland verkauft oder zu Arbeitsdiensten gezwungen.

Und dann gab es noch die Geschichten von Kindern, die entführt und ausgeschlachtet wurden. Mit deren Körpern die weltweite Gier nach Organen gestillt wurde. Herz, Leber, Nieren, Lungen, Knochenmark. Zerlegte Menschen, die in Styroporkisten verpackt wurden.

Ob das seinem Bruder widerfahren war? »Hurensöhne«, flüsterte er und sah Aktan an. »Ihr werdet in der Hölle brennen«, sagte Tigran leise. Aktan wich seinem Blick aus.

»Aber nicht jetzt«, sagte Narek. »Pack mit an! Wir müssen die Kadaver verladen.«

»Nein.«

Narek baute sich vor Tigran auf. »Du sollst mit anfassen.« Tigran spuckte ihm ins Gesicht. Narek wischte sich mit dem Unterarm das Gesicht ab, hob die Pistole und zielte auf Tigrans Kopf. »Letzte Warnung.«

Tigran trat einen Schritt vor und drückte seine Stirn gegen die Mündung der Waffe. »Toten kann man keine Angst machen.«

»Hört auf mit dem Schwachsinn«, mischte sich Aktan ein. »Steck die Waffe weg.«

Narek gehorchte widerwillig. »Warum erledigen wir es nicht gleich?«

»Weil wir ihn dann auch noch schleppen müssen.«

»Guter Punkt«, kicherte Narek.

Die Männer griffen sich die Säcke. »Kann man alleine tragen. Wiegen ja kaum etwas«, sagte der Fahrer des Transporters.

Tigran sah zu, wie die Leichensäcke geschultert wurden. Narek stieß ihn in den Rücken. »Los geht's.«

Die Leichen wurden in den Transporter geladen. Tigran saß auf dem gleichen Platz wie bei der Hinfahrt. Neben ihm saßen Narek und einer der Männer, die ihn abgeholt hatten. Auf dem Einzelsitz entgegen der Fahrtrichtung hatte Aktan Platz genommen. Außer ihnen gab es noch zwei Männer, den Fahrer und den Beifahrer. Damit hatte sich seine Gegnerschaft auf nunmehr fünf verringert. Im Gebäude hatte Tigran mindestens sieben weitere Männer gezählt. Das erhöhte seine Chancen. Wenn auch nur unwesentlich.

Sie hatten ihm zwar seine Pistole abgenommen, ihn aber sonst nicht durchsucht. Schließlich trug er noch den Dolch an seinem Knöchel. Ihn nicht zu durchsuchen war ziemlich dumm gewesen. Allerdings war es auch irgendwie deprimierend. Seine Chancen wurden als so schlecht eingeschätzt, dass man sich keine große Mühe mit ihm gab. Die einzige halbwegs realistische Möglichkeit für ihn bestand in einem Fluchtversuch. Sie hatten ihn nicht gefesselt. Bei einer günstigen Gelegenheit würde er versuchen, aus dem Wagen zu springen. »Die Tür ist verriegelt«, sagte der Fahrer, als hätte er Tigrans Gedanken gelesen. Die Optionen wurden mit jeder Minute geringer.

Als der Sprinter die beiden Gatter hinter sich gelassen hatte, sprach Tigran Aktan an. »Wo fahren wir hin?«

»Zu deinem Grab«, lachte Narek.

»Ich habe nicht mit dir gesprochen.«

»Wir fahren zu einer alten Mine. Dort entsorgen wir die Leichen in einem Schacht und sprengen ihn«, sagte Aktan mit ruhiger Stimme. Er machte auf Tigran einen nachdenklichen Eindruck.

»Sprengen?«

»Ja, sprengen«, mischte sich Narek erneut ein. »Und das nicht zuletzt deinetwegen.«

»Sei endlich still«, zischte Aktan Narek an. »Du bewegst dich ohnehin auf dünnem Eis.« Dann sprach er wieder zu Tigran. »Wir hatten in den letzten Tagen einige Probleme. Es gab einen Zwischenfall an der Mine. Zunächst dachte ich, dass die Russen dahinterstecken. Aber mittlerweile habe ich meine Zweifel daran. Und um die ohnehin angespannte Situation weiter zu verschlimmern, kommst auch noch du daher und läufst Amok. Das war wenig hilfreich. Du erinnerst dich an das Mädchen in dem Wagen, den du zersiebt hast?«

Wie könnte er sie vergessen. »Ja.«

»Sie war mit einem Polizisten befreundet, der uns nachstellt und Unruhe stiftet. Inwieweit dieser ganze Unsinn zusammenhängt und ob er uns gefährlich werden kann, ist nur schwer zu beurteilen. Aber unsere Tätigkeit verträgt keine Aufmerksamkeit. Also haben Ata und Çağlar beschlossen, unser Geschäft abzuwickeln.«

»Das waren die letzten Kinder?«

»Nein«, sagte Narek, dem es sichtlich schwerfiel, die Klappe zu halten. »Es gibt noch acht. Aber die müssen wir anders loswerden.«

»Und warum sprengt ihr den Schacht dann jetzt schon?«

Narek wollte etwas sagen, aber Aktan schnitt ihm das Wort ab. »Es reicht.«

Tigran lehnte sich zurück und schloss die Augen. Wenn sie anhielten, musste er beim Aussteigen den Dolch ziehen und dem Nächsten in den Hals rammen. Und dann rennen. So schnell er konnte. Was war mit den acht Kindern? Anscheinend hatten sie etwas anderes mit ihnen vor. Wenn Tigran die Sache überlebte, musste er sofort zur Polizei. Wenn er es überlebte.

»Wo ist Ata?«, fragte Tigran. »Ist ihm das nicht wichtig genug? Oder hat er sich vorsichtshalber nach Südamerika abgesetzt und überlässt dir die Drecksarbeit? Dass Çağlar sich hier nicht blicken lässt, verstehe ich. Aber Ata ist doch der eigentliche Verantwortliche für diesen Dreck.«

»Für diese Dinge werde ich bezahlt«, entgegnete Aktan knapp.

Narek lachte. »Wie in *Pulp Fiction*, kennst du den? Er ist der Cleaner, der den Dreck wegräumt und die Probleme aus der Welt schafft.«

Die Ohrfeige hatte Narek nicht kommen gesehen. »Es ist mir egal, wer dein Onkel ist. Wenn du dich nicht beherrschen kannst, wird das auch dein letzter Ausflug sein.« Narek hielt sich die Wange wie ein Schuljunge. Aktan wandte sich an Tigran. »Ich weiß immer noch nicht, ob ich dich für besonders mutig oder für besonders dämlich halten soll.«

»Das eine schließt das andere nicht aus.«

Aktan lachte. »So muss es wohl sein. Ein mutiger Narr.«

»Besser ein Narr als ein Kindermörder.«

»Du hast auch getötet. Vergiss das nicht.«

Wieder blitzte das Bild des Mädchens in Tigrans Kopf auf. Er erinnerte sich an die Stecknadeln, die er sich früher unter die Fingernägel geschoben hatte. Wenn er das hier überlebte, würde er sich wieder eine Packung kaufen. »Genau deswegen sitze ich hier.«

»Du willst damit eine Schuld begleichen?«, fragte Aktan.

»Diese Art von Schuld kann allein Gott verzeihen. Ihr hättet sie ohnehin getötet.«

»Vermutlich.«

Damit war das Gespräch beendet. Tigran konnte nicht ansatzweise sagen, wo sie sich befanden. Durch die getönten Scheiben sah er rein gar nichts. Nach zwanzig Minuten hielten sie an. Fahrer und Beifahrer begannen damit, sich zu streiten, ob der Weg zur Mine passierbar sei. Narek mischte sich ein. »Wollt ihr vielleicht alles da hochschleppen?«

Das wollten sie nicht. Unter Fluchen bog der Fahrer nach links ab. Der Weg wurde holprig, und die Steigung nahm zu. Tigran leckte sich nervös über die Lippen. Nicht mehr lange, und sie hätten ihr Ziel erreicht.

»Wir sind da«, sagte der Fahrer. Er klang erleichtert.

Es knallte mehrmals in Folge. Der Fahrer beugte sich zur Seite und schien etwas zwischen den Sitzen zu suchen. Dann bog der Transporter unkontrolliert in den Wald ab und knallte gegen einen Baum. Tigran wurde aus dem Sitz gehoben und landete auf dem Boden des Innenraums. Langsam verstand er, was geschehen war. Sie waren beschossen worden. Niemand interessierte sich mehr für ihn. Der Beifahrer sprang nach draußen. Narek stapfte über Tigran hinweg und zog die Schiebetür auf. Was auch immer gerade geschah, eine bessere Chance würde es nicht mehr geben.

* * *

JO LASKER

Lasker hatte Grimm auf den Beifahrersitz des Passat gehievt. Als er sich hinter das Lenkrad setzte, spürte er, wie ihm der Schweiß von der Stirn tropfte. Ihm wurde schwindelig. Grimm sah ihn an, sagte aber nichts. Wie viele Schmerztabletten hatte er genommen? Offensichtlich zu viele. Das kam davon, wenn man den Beipackzettel ignorierte. Hatte Goldmann ihn nicht gewarnt, das Zeug sei kein Paracetamol? Er sah alles nur noch verschwommen. Mehrmals kniff Lasker die Augen zusammen. Er verlor langsam, aber sicher die Kontrolle. Seine Gedanken waren glitschig wie Seifenstücke in einer Badewanne. Er startete den Passat und fuhr los. Die Straßen waren leer.

»Dir ist schon bewusst, dass deine Heckscheibe fehlt?«, fragte Grimm.

»Ja.«

»Ich wollte es nur erwähnt haben.«

Lasker kostete es Mühe, den Wagen auf der Straße zu halten. Grimm saß neben ihm und hatte die Hände auf den Schoß gelegt. Abwechselnd zog er die Finger zusammen und spreizte sie wieder. Der Kabelbinder um seine Handgelenke schnürte ihm das Blut ab. »Tut es weh?«, fragte Lasker.

»Ja.«

»Gut.« Nach einer kurzen Pause sagte Lasker: »Du erzählst mir Scheiße.«

»Ich weiß nicht, wovon du redest.«

»Zwei meiner Leute sind an der Mine. Da ist nichts. Vor allem keine Kinder oder Wachen.« Grimms Stirn legte sich in Falten. »Du erinnerst dich. Ich habe vorhin telefoniert. Das war ein Kollege, der sich in diesem Moment bei der Mine aufhält.«

»Wieso ist der bei der Mine?«, fragte Grimm.

»Lenk nicht ab. Da ist nichts.«

»Dann sind sie an einem falschen Eingang. Es gibt drei.«

Das passte Lasker nicht. Sein Bauch sagte ihm, dass Grimm ihm Mist erzählte. Kinder, Organe, Grimms Märchen. Geld.

»Warum sollte ich dich anlügen?«, fragte Grimm.

»Was?«

»Warum sollte ich lügen? Du würdest mich erschießen. Glaub mir, daran habe ich keinen Zweifel mehr.«

Lasker fasste einen Beschluss: Wie auch immer der Tag enden würde, Grimm würde keinen neuen mehr erleben. Am Ende wollte er noch etwas von dem Geld abhaben. Das ging nicht.

Die Scheibenwischer liefen auf Hochtouren. Lasker starrte durch die Windschutzscheibe. Vor ihm im Scheinwerferlicht tat sich ein unaufhörlich sich teilender Schneekosmos auf. Lasker trat mit aller Gewalt auf die Bremse. Der Passat begann zu schlingern und blieb schließlich quer auf der Straße stehen.

»Was ist jetzt los?«, fragte Grimm.

»Da war jemand auf der Straße.«

»Da war niemand.«

»Ich hab's genau gesehen.«

»Wenn du willst, steige ich aus und sehe nach.«

»Halt die Klappe.«

»Was hast du denn da für Tabletten genommen? Hast du noch welche übrig?«

Er musste sofort zu der Mine. Dort hatten die Kinder das Geld versteckt. Sie hatten sich am Flughafen aus dem Staub gemacht, das Geld geklaut und bei der Mine versteckt. Grimm war ihr Anführer. »Wo ist das Geld?«, schrie Lasker.

»Wie bitte?«

»Wo?«

»Du hast das Geld gar nicht. Du bist auf der Jagd danach. Egal. Tja, ich will ehrlich zu dir sein. Deine Kollegen, die Kinder und das Geld warten bei der Mine. Die haben eine Überraschungsparty für dich geplant. Sag ihnen bloß nicht, dass ich dir das verraten habe. Die bringen mich um.«

Grimm war gefährlich. Wie er aussah, wie er redete. Diese unglaublich nervtötende Gelassenheit, die er verströmte. Warum war der Mann so gelassen? Weil Grimm ihn töten würde. Er war der Dämon auf dem Bild. Eine Schlange, die ihre Gestalt gewandelt hatte. Ein Dämon, der sich seiner Sache sicher war. Darum war er auch so ruhig.

Er musste sich zusammenreißen. Lasker stieß die Fahrertür auf, beugte sich nach draußen und schob sich mit Gewalt einen Finger in den Hals. Nachdem er sich erbrochen hatte, zog er die Tür wieder zu, lehnte sich zurück und schloss die Augen.

»Keine dumme Idee bei Intoxikation. Nur etwas spät. Willst du ein Kaugummi gegen den Geschmack im Mund?«

Lasker rieb sich die Schläfen.

»Vielleicht sollte ich besser fahren«, sagte Grimm. »Aber

dazu musst du mir erst die Armbänder zerschneiden. Ich habe mich zwar sehr über dein Geschenk gefreut, aber mit denen kann ich nicht fahren. Du bist ja Polizist. Du weißt ja, dass man im Straßenverkehr vorsichtig sein muss.«

Lasker biss sich auf die Lippe, bis es blutete. Sein Restverstand sagte ihm, dass sein Gehirn gerade in einem Chemiecocktail badete. Er versuchte, sich auf eine einzige wichtige Sache zu fokussieren. Geld. Geld bedeutete Leben. Das Geld war bei der Mine. »Wo geht's lang?«, fragte Lasker.

»Du solltest wirklich nicht mehr fahren.«

»Wo lang!?«

»Aber beschwer dich nicht, wenn du ein Kind überfährst. Den kleinen Jungen auf dem Fahrrad hast du ja auch fast erwischt.«

Lasker zog seine Pistole und drückte sie Grimm gegen die Stirn. Der verzog keine Miene. »Also bitte. Immer der Straße nach, an der nächsten Möglichkeit links.«

Lasker kam sich vor, als würde er einen Alpenpass befahren und nicht die albernen Hügel im Taunus. Jedes Mal, wenn er abbog, wurden die Straßen schmaler, und der Wald rückte von beiden Seiten näher an sie heran. Wo waren sie? Führte ihn Jesus in den dunklen Wald? Da, wo die Hexe wohnte?

»Halt an. Wir müssen da vorne rechts hoch«, sagte Grimm.

Im Scheinwerferlicht konnte Lasker außer Schneeflocken nur die erste Baumreihe des Waldes erkennen. Dahinter schien die Welt aus schwarzer Tinte zu bestehen. »Da ist kein Weg«, sagte er.

»Da ist einer. Fahr noch ein Stück vor.« Lasker gehorchte. »Siehst du?«

Reifenspuren führten von der Straße in den Wald hinein. Lasker öffnete die Tür. »Bleib sitzen«, sagte er, als er ausstieg.

»Bei dem Wetter steige ich ganz sicher nicht freiwillig aus.«

Lasker ging in die Knie, nahm mit beiden Händen Schnee auf und seifte sich das Gesicht ein. Die Kälte tat ihm gut. Die Welt war weiterhin verschoben, aber seine Gedanken kamen ihm klarer und strukturierter vor. Oder bildete er sich das nur ein? Lasker betrachtete die Spuren im Licht der Scheinwerfer. Tanner und Cora? Der starke Schneefall hatte begonnen, die Abdrücke mit Neuschnee zu füllen. Fest stand, dass er nicht dort hinauffahren konnte. Das war viel zu riskant. Der Wagen könnte liegen bleiben, und außerdem würde man den Motor lange vor seiner Ankunft hören.

Lasker ging zur Beifahrertür. »Steig aus.«

»Das habe ich bereits befürchtet.« Grimm sah furchtbar aus. An seinem verwundeten Oberschenkel hatte sich die Jeans mit Blut vollgesaugt. Die Nase hing ihm schief im blutverschmierten Gesicht. Auch das Oberhemd hatte sich dunkel eingefärbt.

»Du siehst aus wie das Leiden Christi«, sagte Lasker und öffnete den Kofferraum.

»Ich nehme an, das soll eine witzige Anspielung auf meine äußere Erscheinung sein. Sehr gelungen.«

Lasker öffnete die Sporttasche, die im Kofferraum lag, und nahm die MP heraus. Mit Paketklebeband befestigte er seine Taschenlampe an der Mündung der Waffe.

»Respekt. Zumindest ziehst du nicht unvorbereitet in die Schlacht«, sagte Grimm.

»Da...«

Es knallte. Lasker zuckte zusammen. Da war eine richtige Wildwestschießerei im Gange.

»Hörst du das? Die fangen bereits ohne uns mit dem Feuerwerk an.« Lasker blinzelte irritiert und hob die Mündung der MP an.

»Verstehe. Ich nehme an, immer den Schüssen nach«, sagte Grimm und begann ungerührt in den Wald zu humpeln. Lasker drückte die Stütze der MP fest gegen seine Schulter und folgte ihm den Hügel hinauf.

* * *

MARK REINDERS

Tanner schoss in schneller Folge das gesamte Magazin leer. Fünfzehn Mal hämmerte die Waffe in seiner Hand, dann blieb der Schlitten hinten. Mit dem Zeigefinger der rechten Hand betätigte Tanner den Magazinauswurfknopf, während er gleichzeitig mit der freien Hand versuchte, das Ersatzmagazin aus der Gürteltasche zu ziehen. Im Schießstand waren fünfzehn Schuss eine große Sache. Jetzt hatte er sie innerhalb von Sekunden in den Wald verballert. Mit klammen Fingern bemühte er sich, das neue Magazin einzuführen. Immer noch fielen Schüsse. Tanner wusste nicht, ob er jemanden getroffen hatte. Der Transporter stand zwanzig Meter von ihm entfernt. Feuerten *die* auf ihn? Oder war das Cora? Das Magazin glitt ihm aus der Hand und fiel in den Schnee. Als er danach griff, spürte er einen Druck in der Brust und kippte nach hinten um. Er empfand keinen Schmerz. Wie oft hatte Sylvia ihm gesagt, dass er die Schutzweste tragen sollte? Tanner hob den Kopf und sah einen Mann auf sich zu rennen. »Ihr blöden Wichser!« Das war Cora. Ihre Stimme klang schrill. Wieder knallte es. Der Schatten vor ihm strauchelte und ließ etwas aus der Hand fallen. Trotzdem rannte er weiter, erreichte Tanner, stürzte sich auf ihn und legte die Hände um seinen Hals. Der Angreifer trug einen Trainingsanzug. Mehrere schwere Goldketten baumelten an ihm herab. Er schrie Tanner in einer fremden Sprache an und spuckte ihm dabei ins Gesicht. Tanner wollte schreien, aber er konnte nicht mehr atmen. Seine Arme fuhren nach oben, die Hände fanden das Gesicht des Mannes. Tanners Daumen rutschten an den Nasenflügeln entlang, bis sie ihr Ziel fanden. Mit aller Gewalt drückte Tanner seine Daumen in die Augen des Kerls. Der Griff um seinen Hals löste sich augenblicklich. Tanner hatte im Bodenkampf immer Geschick bewiesen. Gemeinsam wälzten sie sich durch den Schnee. Dann bekam er den Angreifer unter Kontrolle. Tanner lag auf dem Rücken. Der Mann auf ihm drauf. Ebenfalls auf dem Rücken. Tanner hatte ihn im Schwitzkasten. Mit den Beinen umklammerte er den Unterkörper des Angreifers, um zu verhindern, dass er sich von ihm herunterwälzte. Er spürte, wie sich die Fingernägel des Mannes in seinen Unterarm bohrten, und verstärkte den Druck. Tanners Herz schlug wie verrückt. Mit jedem Schlag verließ ihn das Leben. Sein Tod war sozusagen getaktet: Je mehr er sich anstrengte, umso schneller würde er sterben. Tanner versuchte an Patrick zu denken. Aber jedes Mal, wenn sich vor seinem inneren Auge ein Bild aufbaute, zappelte der Körper, der auf ihm lag, und zwang ihn, im Hier und Jetzt zu bleiben. Es tat ihm alles unglaublich leid. Er hatte alles falsch gemacht. Warum erkannte man seine echten Fehler immer erst, wenn es zu spät war?

»Gib endlich auf«, flüsterte Tanner. Das Zappeln ging weiter. Tanner spürte eine Hand, die ihm am Ohr zog. Tanner stöhnte und mobilisierte die letzten Kräfte. »Du sollst aufhören!«

Die Gegenwehr erlosch. Tanner wälzte den Körper von sich herunter. Er blieb auf dem Rücken liegen und sah in den dunklen Himmel. Es war still. Keine Schüsse, keine Schreie. Alle Unannehmlichkeiten seines Lebens wurden zu dem, was sie letztendlich waren. Bagatellen.

Noch einmal atmete er tief ein, dann wurde es dunkel.

* * *

Die Schüsse waren längst verhallt, als Lasker und Grimm die Mine erreichten. Was auch immer geschehen war, es war vorbei. Ein Mercedes Sprinter war vom Weg abgekommen und gegen einen Baum gefahren. In unmittelbarer Nähe des Fahrzeugs lagen zwei Körper im Schnee. Lasker leuchtete das Innere des Transporters aus. Er fand zwei weitere Leichen.

Er überquerte die kleine Lichtung. Grimm begleitete ihn wortlos. Er zeigte sich in keiner Weise beunruhigt. Was für ein Glück es sein musste, keine Angst zu spüren, die einem die Kehle zuschnürt. Lasker fand noch einen von diesen Mafiatypen. Neben dem Mann lag Tanner regungslos auf dem Rücken. Lasker schluckte. Er riss den Blick von Tanner los und näherte sich einer Felswand. Kurz vor der Steinwand lag Cora. Noch immer hielt sie die Pistole in der Hand. Lasker ließ die Maschinenpistole sinken. Das war's dann mit den sechs Millionen. Irgendwo hatten die beiden das Geld versteckt und konnten es niemandem mehr verraten. Die Millionen würden vor sich hin schimmeln und sich in Kompost verwandeln. »So eine gottverdammte Scheiße!«, zischte er. Game over.

»Hast du nicht etwas vergessen?«, fragte Grimm.

Lasker starrte weiter auf Cora, schien sich nicht für Grimm zu interessieren. »Du dumme blöde Fotze. Du solltest den Idioten im Griff behalten und dich nicht zusammen mit ihm abknallen lassen!« Der Aufstieg zur Mine war anstrengend gewesen. Seine Wutattacke nahm ihm den letzten Atem. Langsam beruhigte er sich wieder.

»Standet ihr euch sehr nahe?«

»Was habe ich vergessen?«

»Wie bitte?«

»Du hast mich gefragt, ob ich nicht etwas vergessen habe.«

»Sehr gut. Es scheint, als ob der Laden bei dir da oben allmählich wieder läuft.«

»Was habe ich vergessen?«, schrie Lasker.

In diesem Moment trat ein Mann aus dem Gebüsch. Lasker riss die MP hoch. »Bleib stehen!«, schrie er und strahlte ihn mit der Taschenlampe an. Der Mann hatte die Arme erhoben. Er war ungefähr dreißig Jahre alt und hatte eine riesige Narbe im Gesicht. Den hatte Lasker schon einmal gesehen. In seiner rechten Hand hielt er eine Pistole. »Schmeiß die Waffe weg«, sagte Lasker.

Der Mann warf die Waffe ins Unterholz. »Du bist der Polizist«, stellte er fest.

»Was meinst du damit?«, fragte Lasker.

Neben Lasker begann Grimm künstlich zu lachen. »Mein Gott, wie klein die Welt ist. Das ist der Kerl, der deine Freundin erschossen hat.«

Lasker begriff nicht, was Grimm damit meinte. Aber er verstand, dass der Mann aus dem Gebüsch vermutlich dafür verantwortlich war, dass Tanner und Cora tot im Schnee lagen und das Geld mit in ihr Grab genommen hatten. Damit hatte der Schweinehund auch ihn auf dem Gewissen.

Die MP war auf Einzelschuss gestellt. Zweimal drückte Lasker ab. Dann ging der Mann zu Boden. Er ließ die Waffe sinken.

Grimm konnte nicht an sich halten. »Hervorragend. Ein Mann sieht rot. Du gehst mit der richtigen Einstellung an die Sache heran. Schade, dass wir auf verschiedenen Seiten stehen. Du hast eindeutig Talent.«

»Talent? Was für Talent?«, schrie Lasker ihn an. Er stand kurz davor, diese elendige Erscheinung umzublasen.

»Das Talent, böse zu sein.«

Lasker richtete die Waffe auf Grimms Kopf.

»Jetzt lass dir das Lob mal nicht gleich zu Kopf steigen.«

»Also? Was habe ich vergessen?«

»Erstaunlich. Du hast dir meine Frage immer noch gemerkt. Das gibt wirklich Anlass zur Hoffnung. Man muss sich nur den Rest, den du hier fabrizierst, wegdenken.«

Lasker drückte ab, und die Kugel jagte knapp an Grimms Kopf vorbei. Der bewegte sich keinen Millimeter. »Du hast die Kinder vergessen«, sagte Grimm ruhig. »Arme syrische Kinder. Organhandel. Wir, die Bösen, halten sie hier versteckt. Und du bist der Ritter in schillernder Rüstung, ausgesandt, sie zu erlösen. Du darfst das Drehbuch nicht vergessen.«

Lasker reagierte nicht.

»Oh, Mann. Du solltest deinen Arzt verklagen. Ich versuche es anders. Die Mine ist groß. Dort gibt es viele Versteckmöglichkeiten. Das Geld ist ganz sicher da.«

Lasker bedeutete Grimm mit einer Bewegung der Waffenmündung, voranzugehen. Grimm erreichte das kleine Stahlgatter und zog es auf. »Wenn das hier vorbei ist«, sagte Grimm, während er sich bückte und die Mine betrat, »hätte ich noch eine klitzekleine Bitte. Es wäre nett, wenn du mir diese blöden Kabelbinder losschneiden könntest. Mir fallen bald die Hände ab.«

Grimm war im Eingang verschwunden. Lasker folgte ihm und ließ die Taschenlampe kreisen. Sie befanden sich in einer Art Gewölbe, das in etwa die Ausdehnung eines Wohnzimmers besaß. Lasker konnte keine weiterführenden Gänge feststellen. »Was soll das? Das ist doch nicht groß«, sagte er.

»Wart's ab. Da ist ein Schacht. Dort sind die Kinder und sicher auch das Geld.«

Grimm näherte sich einem gemauerten Brunnen, den Lasker zuvor übersehen hatte. Neben dem Brunnen bückte sich Grimm und sah über die Schulter zurück in Laskers Richtung. Dabei fixierte er einen Punkt hinter Lasker. Grimms Augen weiteten sich vor Erstaunen. Lasker wirbelte herum und begriff, dass er auf einen Bauerntrick hereingefallen war. Es gab nichts, was Grimm in Erstaunen versetzen konnte. Zur Bestätigung hörte er Grimm rufen: »Hände hoch! Lass die Waffe fallen.«

Langsam drehte sich Lasker um. Grimm stand vor ihm und hatte einen Revolver auf ihn gerichtet. »Tut mir echt leid. Dass ich dich so überrumple, ist mir ein wenig peinlich. Das hast du nicht verdient. Ich bin ein Mann der Vorsicht. Darum habe ich überall Waffen deponiert. Warum auch nicht? Die fressen kein Brot, und wenn man sie braucht, dann braucht man sie wirklich. Und jetzt soll sich mal jemand über diesen Tick lustig machen.«

Lasker hatte die MP losgelassen. Die Waffe baumelte am Tragegurt vor seiner Brust. Langsam lief er einen Kreis. Grimm folgte der Bewegung, bis sie die Positionen getauscht hatten. Lasker stand in der Nähe des Schachtes, Grimm am Eingang. »Was das Geld angeht, muss ich dich enttäuschen. Keine Ahnung, wo das ist. Aber falls es dich beruhigt. Die Kinder sind wirklich hier. Allerdings nur die Toten. Man kann ja nicht alles haben. Nimm es als Teilerfolg mit auf die Reise. Der einzige Grund, warum ich dich nicht gleich abgeknallt habe, sind diese beschissenen Kabelbinder. Du musst sie mir losschneiden. Viel…«

Plötzlich ließ Grimm die Waffe fallen, drehte sich um und griff sich an den Rücken, als wollte er sich kratzen. Ein Messer steckte bis zum Griffstück zwischen seinen Schulterblättern. Dann ging Grimm rückwärts. Der Mann mit der Narbe im Gesicht hatte Grimm am Kragen gepackt und schob ihn in Richtung des Schachtes. Lasker konnte sich nicht bewegen. Er sah zu, wie Grimm über die Brunnenwand gedrückt wurde. Er versuchte sich am Schachtrand festzukrallen. Für den Bruchteil einer Sekunde meinte Lasker, Freude in Grimms Gesicht zu erkennen. Dann verschwand er lautlos in dem Loch.

Der Narbenmann sah Lasker an. Mit einer Hand hielt er

sich den Bauch. »Du bist der Polizist, der hinter der Arkadaş her ist«, presste er hervor.

»Und wenn es so wäre?« Lasker hatte die MP auf den Mann gerichtet.

»Es tut mir leid, dass ich das Mädchen erschossen habe. Wie war ihr Name?«

»Hanna.« Genau, sie hieß Hanna. Ihr Name war Lasker schlagartig wieder in den Kopf gesprungen.

»Ich habe Fehler begangen. Und bevor ich Gott gegenübertrete, muss ich versuchen, sie wiedergutzumachen. Dazu brauche ich deine Hilfe.«

Hilfe? Das Mädchen, das seit Jahren auf dem Hauptfriedhof wohnte, hatte auch seine Hilfe gebraucht. Was sollte das? Alle brauchten Hilfe. Und er? Wer half ihm? Er sollte den Kerl erschießen. Im Grunde wäre es ein Akt der Gnade. Er würde die beiden Bauchschüsse hier draußen im Wald ohnehin nicht überleben.

Der Mann mit der Narbe erriet Laskers Gedanken. »Tu das nicht. Du bist kein böser Mensch.«

»Darüber kann man streiten. Ich habe getötet.«

»Wenn ein Engel sein Schwert führt, ist er deshalb nicht böse. Du musst dich entscheiden: Licht oder Schatten.« Der Narbenmann ließ sich an der Schachtmauer hinabgleiten. »Ich will nicht in den Schatten«, stöhnte er.

Lasker fiel das Gemälde ein, das er bei Grimm gesehen hatte, und die Geschichte von den entführten Kindern. »Redest du von den Kindern?«

»Du weißt davon? Gott sei Dank.«

Wenn Lasker in seinem Leben eins gelernt hatte, dann, dass die Begriffe Gut und Böse nur Illusionen sind. Alles war nur grauer Matsch, den man nicht bekämpfen konnte, weil kein echtes Ziel auszumachen war. Und wenn das nicht stimmte?

»Du erzählst die gleichen Lügen wie Grimm. Ihr wollt nur mein Geld.«

»Ich weiß nicht, was du meinst. Bring mich zu dem Transporter, ich zeig dir was. Wenn du mich dann immer noch erschießen willst, tu es.«

Vielleicht lag das Geld in dem Transporter. Lasker ging zu dem Mann, bückte sich und griff ihm unter die Arme. Gemeinsam stolperten sie aus der Mine. Als sie den Transporter erreicht hatten, bedeutete ihm der Narbenmann, die Heckklappe zu öffnen. Er gehorchte. Auf der Ladefläche lagen drei Kunststoffsäcke. Warum hatten die Müllsäcke Reißverschlüsse?

»Mach einen auf.«

Lasker zog einen der Reißverschlüsse auf und leuchtete mit der an seiner MP befestigten Taschenlampe ins Innere. Einige Sekunden lang ließ er das Bild auf sich wirken. Dann drehte er sich um und übergab sich in den Schnee. Diesmal traf seine Krankheit keine Schuld.

* * *

AKTAN

Als Aktan die Augen öffnete, dauerte es einen Moment, bis er wusste, wo er war. Das Atmen fiel ihm schwer. Dann setzte die Erinnerung wieder ein. Als sie an der Mine angekommen waren, hatte man auf sie geschossen. In dem ganzen Chaos war Tigran irgendwie an eine Waffe gekommen. Ein halbes Magazin hatte er auf ihn abgefeuert. Kein Wunder, dass es sich anfühlte, als ob ein Nilpferd auf seiner Brust sitzen würde. Aktan fasste sich mit der Hand unter den Pullover und befühlte seine Brust. Er spürte die deformierten Kugeln, die in den Kevlarfasern der Schutzweste steckten. Tigran hatte angedeutet, dass bestimmte Taten nur von Gott vergeben werden konnten.

Das sah Aktan genauso. Aus diesem Grund trug Aktan auch eine Schutzweste. Er wollte die Begegnung mit Gott möglichst lange hinauszögern. Das war ihm gelungen.

Es dauerte noch einige Minuten, bis es ihm gelang, aus dem Transporter zu kriechen und auf die Beine zu kommen. Aktan verschaffte sich einen Überblick. So wie es aussah, waren alle tot. Allerdings konnte er Tigrans Leiche nirgendwo entdecken. Dafür fand er zwei Tote, die er nicht kannte. Einen Mann und eine Frau. Beide Deutsche. Die mussten sie angegriffen haben. Aktan durchsuchte die Leiche des unbekannten Mannes. Ohne Ergebnis. Wenigstens sah es so aus, als hätte der Mann Narek erledigt. Dafür schuldete er ihm etwas.

Bei der Frau hatte Aktan mehr Glück. Er fand einen Polizeiausweis und einen Fahrzeugschlüssel. Dass die beiden Polizisten waren, überraschte Aktan kaum. Die gehörten mit Sicherheit zu dem Kerl, der ihnen seit einigen Tagen nachstellte. Fragte sich nur, wo der sich aufhielt. Hier war er jedenfalls nicht.

Aktan nahm eine der am Boden liegenden Waffen an sich. Was er zu tun hatte, war klar. Aber dafür brauchte er ein Fahrzeug. Der Transporter schied aus, es sah so aus, als habe er sich festgefahren. Aber er war sich ziemlich sicher, dass das Polizistenpärchen nicht zu Fuß in den Taunus gelaufen war. Aktan stolperte in Richtung Straße. Wenn er das Auto finden würde, hatte er noch eine Chance.

* * *

JO LASKER

»Wir sind gleich da«, sagte der Narbenmann, der auf sein Handy starrte und Lasker lotste.

Beim Anblick der Kinderleiche war Lasker schlagartig wieder klar im Kopf geworden. »Bist du sicher, dass du das tun willst?«, fragte Lasker. Der Narbenmann nickte und steckte sich zwei Päckchen in die Jackentasche, die aussahen wie in Frischhaltefolie eingewickeltes graues Knetgummi. Den Plastiksprengstoff hatten sie aus dem im Wald havarierten Transporter mitgenommen. Der Narbenmann hatte Lasker erklärt, dass die Mafia vorgehabt hatte, den Brunnen zu sprengen, um die Kinderleichen unter Felsen zu begraben.

Lasker sah die ersten Flachbauten, von denen der Mann erzählt hatte. »Mein Name ist Tigran. Ich habe versucht, das Richtige zu tun«, sagte er. Es schien ihm besonders wichtig zu sein, dass Lasker ihm das glaubte.

Was sollte Lasker dazu sagen? Alle versuchten das zu tun, was sie für richtig hielten. Oft stellten sie dabei fest, dass es viele Menschen gab, die ihre persönliche Einstellung nicht teilten. »Warum hast du Hanna getötet?«

»Ich dachte, sie könnte mich verraten. Es tut mir leid.« So war es oft. Am Ende tat es allen leid. Nur half das niemandem mehr.

Lasker bog nach rechts ab. »Da vorne«, stöhnte Tigran und zeigte mit dem Finger auf ein großes Gebäude. »Ich glaube, die Kinder sind im Keller. Es gibt einige Wachen. Ich weiß nicht, wie viele. Du darfst nicht zögern.«

»Das werde ich nicht.«

Sie näherten sich einer Stahltür. Wie Tigran es beschrieben hatte, standen zwei Wachen davor. Lasker hielt zehn Meter vor ihnen an. Die beiden wurden durch die Scheinwerfer geblendet. Sie machten sich bereit, die Waffen zu ziehen. Tigran stieg aus und rief dabei etwas auf Armenisch. Die Männer entspannten sich etwas. Tigran setzte sich in Bewegung und ging in ihre Richtung. Das war das Zeichen. Lasker nahm die MP und erschoss die beiden Wachen durch die Windschutzscheibe mit zwei gezielten Feuerstößen. Dann stieß er die Fahrertür auf und sprang nach draußen. Tigran hatte mittlerweile die Stahltür erreicht, zog sie auf und verschwand im Gebäude. Lasker blieb neben dem Wagen stehen und wartete. Er hörte Schüsse. Dann wurde die Tür aus den Angeln gesprengt. Die Druckwelle hob ihn von den Füßen. Als Lasker wieder auf den Beinen stand, sah er eine Staubwolke aus einem Loch quellen, wo noch vor wenigen Augenblicken die Tür gewesen war. Jetzt oder nie. Er rannte durch die Wolke aus zermalmtem Bauschutt in das Gebäude hinein. Trotz der Lampe sah er praktisch nichts. Er folgte dem Gang, wie Tigran es ihm beschrieben hatte. In einem der Räume zu seiner Linken brannte es. Er riss eine Tür auf und stellte erleichtert fest, dass hinter der Tür eine Treppe in den Keller führte. Hier war die Sicht wieder besser. Lasker hustete und stolperte die Treppe nach unten.

Es schien niemand hier zu sein.

Im Erdgeschoss explodierte etwas. Hatten die dort oben Benzin gelagert? Lasker bekam keine Luft mehr. Er musste die Kinder finden und sofort verschwinden, bevor er erstickte. Lasker riss Türen auf. Dann fand er die Kinder. Sie hockten in Käfigen, eingesperrt wie tollwütige Hunde, die auf ihre Einschläferung warteten. Er schob die Riegel beiseite. Bis hierhin hatte er es geschafft. Damit war nicht zu rechnen gewesen. Aber was hatte Grimm gesagt? »Versteh es als Teilerfolg.« Wenn er sich und die Kinder nicht sofort aus dem Gebäude befreite, würden sie hier drinnen elendig verrecken.

»Kommt raus! Beeilt euch!«, schrie Lasker. Die Kinder waren zwischen sieben und zehn Jahren alt. Fünf Jungen und drei Mädchen. Sie rührten sich nicht. »Ihr sollt herauskommen!« Lasker drehte sich um und zerrte die Tür auf, die hinter ihm ins Schloss gefallen war. Beißender Qualm waberte in den Raum. Er schlug die Tür wieder zu. Mittlerweile hustete er so stark, dass er kaum noch zum Atmen kam. Das würden sie niemals schaffen. Bereits auf dem Weg zur Treppe würden sie ersticken. Durch die geschlossene Tür hindurch hörte er das aufgeregte Geschrei von Männern. Also war doch noch jemand hier unten gewesen. Lasker fand einen Stuhl und klemmte die Rücklehne unter den Türgriff. Vermutlich war das nicht nötig. Die hatten jetzt andere Sorgen.

Lasker fand ein Oberlicht. Das war die einzige Möglichkeit, die ihnen blieb. Er zog einen der Jungen aus seinem Käfig und schob die Box unter das Oberlicht. Das Fenster ließ sich nur kippen, das würde nicht reichen. Er stieg nach oben und schlug mit dem Kolben der MP die Scheibe ein. Dabei keuchte und hustete er. Ihm wurde schwarz vor den Augen. Die anderen Kinder waren mittlerweile aus ihren Käfigen gekommen, hatten offenbar verstanden, was die Stunde geschlagen hatte, und dass Lasker ihnen nichts tun wollte. Lasker hatte den Fensterrahmen so weit von Glassplittern befreit, wie es in der Hektik möglich war. Er reichte einem der Jungen die Hand. »Komm.« Das Kind griff die ausgestreckte Hand und kletterte nach oben. Lasker machte eine Räuberleiter. Der Junge schwang sich hoch und klammerte sich am Fensterrahmen fest. Lasker schob ihn ohne Rücksicht nach draußen. »Weiter!«

Zwei Minuten später waren die Kinder draußen. Lasker musste feststellen, dass es niemanden gab, der für ihn eine Räuberleiter machen konnte. Er sprang hoch, griff den Fensterrahmen und zog sich nach oben. Klimmzüge waren noch nie seine Stärke gewesen. Ohne Sauerstoff im Blut wurde es nicht besser. Mittlerweile hatte er es geschafft, dass sein Kopf aus dem Fenster ragte. Schon wieder ein Teilerfolg. Die Kraft verließ ihn. Noch konnte er sich halten, aber seine Muskeln blockierten und ließen keine Bewegung mehr zu. Nein, es war mehr als ein Teilerfolg. Die Kinder waren draußen. Er hatte alles richtig gemacht, und es hatte funktioniert. Bis auf die Kleinigkeit, dass er in diesem Fenster festhing. Obwohl er die

Augen weiterhin geöffnet hatte, konnte er plötzlich nichts mehr sehen. Dann verlor er das Bewusstsein.

* * *

MARK REINDERS

Tanner öffnete die Augen. Ihm war kalt. Das war an sich eine gute Sache. Immerhin war er am Leben. Es dauerte eine Weile, bis Tanner begriff, wo er sich befand. Er lag auf dem Rücken und versuchte sich aufzurichten. Ein stechender Schmerz in der Magengegend war die Quittung. Stöhnend fiel er zurück in den Schnee. Eine halbe Minute später versuchte er es erneut, drehte sich auf die Seite und versuchte aufzustehen, ohne seine Bauchmuskulatur zu beanspruchen. Obwohl es kaum weniger schmerzte als zuvor, schaffte er es, auf die Knie zu kommen. Tanners Erinnerung setzte ein. Das war kein muskuläres Problem. Mit der rechten Hand tastete er seinen Bauch ab. Schnell wurde er fündig. Kurz unterhalb des letzten Rippenbogens auf der linken Körperseite hatte es ihn erwischt. Als er die Stelle berührte, konnte er einen Schrei nicht unterdrücken.

Seine Kleidung war völlig durchnässt. Er begann zu zittern, dass seine Zähne klapperten. Wenn ihn die Verletzung nicht töten würde, dann die Kälte. Für einen Moment spielte er mit dem Gedanken, sich wieder in den Schnee zu legen. Das wäre der einfachste Weg.

Ein Stöhnen unterbrach seine Gedanken. »Cora?«, krächzte er.

Keine Antwort.

Tanner stellte sich auf die Beine. Seine Wade schmerzte nicht mehr, dafür fühlte sich sein verletztes Bein an, als würde es nicht zu seinem Körper gehören. Wie etwas Totes, das an ihm dranhing.

Er humpelte zu Cora und ließ sich neben sie auf die Knie fallen. Cora lag im Schnee, als wäre sie während des Versuchs, einen Schneeengel zu machen, eingeschlafen. Als er eine Hand auf ihren Bauch legte, spürte er sofort die Schutzweste. Sie war schon immer schlauer gewesen als er. Allerdings hatte sie das nicht davor bewahrt, angeschossen zu werden. Unter ihrem Kopf hatte Blut den Schnee dunkel verfärbt. Ein Projektil hatte ihren Hals gestreift. Sie hatte ganz offensichtlich eine Menge Blut verloren.

»Cora.« Er tätschelte ihr Gesicht. »Kannst du mich hören?« Sie stöhnte, öffnete aber nicht die Augen.

Tanner durchsuchte ihre Taschen erfolglos nach dem Autoschlüssel. Im Prinzip war es egal. Nie würde er es zu Fuß den Hügel hinab schaffen. Er tastete seine eigenen Taschen nach seinem Handy ab. Nichts. Auch bei Cora konnte er kein Handy finden. Tanner sah sich um und erkannte den Schatten des Transporters.

Der Weg zum Fahrzeug erschien ihm endlos. Auf dem Weg stolperte er fast über eine Leiche am Boden. Kurz überlegte er, ob er den Mann nach einem Handy abtasten sollte. Aber er befürchtete, nicht wieder auf die Beine zu kommen.

Der Mercedes schien festgefahren zu sein. Es gab nur eine Möglichkeit. Die Schiebetür des Fahrzeugs stand offen. Er nahm sich zwei Fußmatten und legte sie unter die Reifen. Dann umrundete er das Fahrzeug und stützte sich dabei mit einer Hand an der Karosserie ab. Als er die Fahrertür öffnete, fiel ihm ein Toter entgegen. Fast hätte der Leichnam Tanner unter sich begraben.

Am Ende lag unter jedem Reifen eine Fußmatte. Tanner zog sich auf den Fahrersitz und startete den Motor. Der Sprinter war praktisch fabrikneu und sprang problemlos an. Glücklicherweise hatte der Transporter ein Automatikgetriebe. Mit seinem linken Fuß hätte er keine Kupplung mehr drücken können. Nachdem er den Rückwärtsgang eingelegt hatte, hielt er für einen Augenblick inne. Was war jetzt besser? Wenig Gas geben oder Vollgas? Mit Gefühl? Oder mit Gewalt? Er war sich sicher, dass er nur *eine* Chance bekommen würde.

Tanner gab Vollgas. Die Gummimatten wurden unter die Reifen gezogen, die Räder bekamen für einen Sekundenbruchteil Halt. Der Sprinter machte einen Satz nach hinten. Das Fahrzeug schüttelte sich, die Räder drehten durch. Trotzdem reichte es. Tanner hatte den Transporter frei gefahren.

Er stellte die Automatik auf Drive und fuhr an. Nach wenigen Metern bremste er.

Cora lag hinter ihm im Schnee und verblutete. Das hatte sie sich selber eingebrockt. Man erntet, was man sät. Warum sollte er sie retten? Sie hatte versucht, ihn zu töten.

In den letzten Tagen war alles falsch gelaufen, was falsch laufen konnte. Nichts schien mehr vertraut. Tanners Welt war aus den Fugen geraten. In dieser verschobenen Wirklichkeit fand er keine Bezugspunkte mehr. Es gab keine Orientierung, kein Leuchtfeuer auf hoher See. Das machte ihm Angst. Es gab nur eine Lösung. Wenn etwas aus den Fugen geraten war, musste man es einrenken. In diesem Fall bestand das Heilmittel darin, eine scheinbar vorbestimmte Kausalkette von bösartigen Handlungen zu durchbrechen. Einer schlechten Tat durfte nicht automatisch die nächste folgen.

Tanner setzte ein Stück mit dem Sprinter zurück, stieg aus und humpelte zu Cora, die unverändert auf dem Rücken lag. Er kniete sich hin und fühlte ihren Puls an der Halsschlagader. Noch lebte sie. Tragen konnte er sie nicht, dafür war er zu schwach. Er griff sich einen ihrer Knöchel und zog den schlaffen Körper in Richtung des Sprinters. Als er den Transporter erreicht hatte, musste er sich abstützen. Vor seinen Augen tanzten Sterne, seine Atmung beschleunigte sich, sein Herz raste. Das deutete auf hohen Blutverlust hin. Das wenige Blut in seinen Adern konnte nicht mehr genügend Sauerstoff transportieren. Der Körper versuchte das auszugleichen, indem er den Kreislauf beschleunigte. Tanners medizinisches Laienwissen half hier nicht weiter. Aber ihm war klar, dass er bald das Bewusstsein verlieren würde.

Er schaffte es, die Schiebetür des Sprinters zu öffnen. Nach mehreren Anläufen hatte er Cora in den Wagen gehievt. Er keuchte. So müssen sich Bergsteiger in der Todeszone fühlen. Man erstickt, obwohl man wie verrückt Luft in seine Lungen pumpt.

Schließlich schaffte er es zurück auf den Fahrersitz. Er betätigte die Automatik und rumpelte mit eingeschaltetem Fernlicht den Hügel hinunter. Tanner fasste etwas Hoffnung, als er die Straße erreicht hatte.

Bis nach Wiesbaden würde er es auf keinen Fall schaffen. Aber nach Schlangenbad war es nicht weit. Der Sprinter bahnte sich seinen Weg durch das Schneegestöber. Bis in den Ort waren es knapp fünf Kilometer. Kein einziges Auto kam ihm entgegen.

Im Scheinwerferlicht leuchtete das gelbe Ortsschild von Schlangenbad auf. Die Straßen waren leer. Zu Tanners Rechter ging eine Straße ab, an der mehrere Kurkliniken lagen. Er bog ab.

Wenn man die Aufmerksamkeit der Menschen erregen will, dann muss man sie dort treffen, wo es ihnen wehtut.

Ungebremst rauschte er von hinten in eine Parkreihe hinein und schob ein halbes Dutzend Fahrzeuge ineinander. Sein Kopf wurde unsanft vom Airbag aufgefangen. Alarmanlagen hupten zornig durcheinander.

Es wurde schwarz.

Als das Licht zurückkehrte, war es blau und flackerte. Tanner schien zu schweben. Dann schob ihm jemand eine Nadel in die Armbeuge.

Tanner war zufrieden. Was immer auch weiter geschehen würde, er hatte die Kausalkette durchbrochen und das Richtige getan. Er hatte seine Partnerin nicht im Schnee liegen lassen. Das fühlte sich gut an und war ein Anfang.

Dann verlor er endgültig das Bewusstsein.

EPILOG

Als Lasker die Augen öffnete, war er zutiefst enttäuscht, am Leben zu sein. Das konnte nichts Gutes bedeuten. Er sah in das lächelnde Gesicht eines Mannes, dessen dünne, eng anliegende Haut sich über den Wangenknochen spannte. »Ich habe dich zusammen mit den Kindern aus dem Fenster gezogen. Du hast eine Rauchvergiftung. In ein paar Tagen bist du wieder in Ordnung.«

Wieder in Ordnung? Nichts würde jemals wieder in Ordnung sein. »Wo bin ich? Wer bist du?« Lasker hustete. Seine Lungen brannten.

»Du bist in Sicherheit. Mein Name ist Aktan.«

Lasker versuchte den Kopf zu drehen. Er befand sich in einer Wohnung auf einem Bett, die Schuhe hatte man ihm ausgezogen. »Du bist einer von denen«, stellte er fest.

Aktan reagierte nicht auf die Bemerkung. »Ich nehme an, Tigran ist tot.«

»Ja«, hustete Lasker. »Er hat sich in die Luft gesprengt, damit ich eine Chance hatte, die Kinder zu retten.«

»Tigran war ein guter Mann. Es tut mir wirklich leid, aber ich konnte ihm nicht mehr helfen. Die Gelegenheit hat sich nicht ergeben.«

»Warum solltest du ihm helfen?«

»Ich bin sozusagen freiberuflich für die Organisation tätig. Wenn es Probleme gibt, werde ich geholt, um sie zu lösen. Zum Beispiel im Bereich der Reorganisation.«

»Du bist also eine Art Sicherheitsbeauftrager der Mafia.«

Aktan reichte Lasker ein Glas Wasser. »Das könnte man so sagen.«

»Und jetzt hat man dich gerufen, um das Problem mit den Kindern zu lösen.«

Aktans Gesicht verfinsterte sich. »Ich wusste nicht, was da vor sich geht. Ich würde lügen, wenn ich behaupten würde, dass ich zimperlich bin, aber alles muss eine natürliche Grenze haben. Selbst das Schlechte im Menschen.«

»Die haben dir den Auftrag gegeben und gedacht, dass es dir nichts ausmachen würde.«

Aktan nickte. »Das war ein Fehler.«

»Das ganze Leben erscheint mir wie ein einziger Fehler.« Lasker versuchte aus dem Glas zu trinken, wurde aber von einem Hustenanfall unterbrochen. Aktan nahm es ihm aus der Hand.

»Wo wir gerade bei Fehlern sind. Ich nehme an, die Frau und der Mann, die ich bei der Mine gesehen habe, gehörten zu dir.«

»Ja.«

»Ich habe mir das Auto der Frau ausgeliehen. Der Wagen stand etwas versteckt unten an der Straße.« Aktan lachte. »Ihr hattet also das Geld.«

Lasker sah ihn irritiert an. Woher wusste er das? Cora hatte es ihm sicher nicht mehr verraten.

Aktan schien seine Gedanken zu lesen. »Das Geld lag im Kofferraum des Mazda.«

Lasker, der sich ein wenig aufgerichtet hatte, ließ sich wieder zurückfallen. Das durfte nicht wahr sein. Das Geld war nicht im Wald vergraben. Es lag einfach in einem Auto herum. Über diesen Schicksalsschlag wollte er lieber nicht nachdenken.

»Übrigens scheint es so, dass die beiden noch leben.«

»Was?« Lasker saß senkrecht im Bett.

»Ich höre aus Gewohnheit den Polizeifunk mit. In Schlangenbad wurden eine Frau und ein Mann gefunden. Beide schwerverletzt. Sie lagen in unserem Transporter.«

Lasker ließ sich auf die Matratze fallen. Mein Gott, er hatte Tanner und Cora einfach sterbend zurückgelassen. Er hatte in seinem Leben nie jemanden im Stich gelassen. Und auf diese Art schon gar nicht. Er wünschte, er wäre nicht wieder aufgewacht. Auf diese Information hätte er gerne verzichtet.

»Was ist mit den Kindern?«, fragte Lasker.

»Ihre Herzen schlagen, aber ihre Seelen sind tot.«

»Sind sie in Sicherheit?«

Aktan nickte. »Ich habe dafür gesorgt.«

Aktan legte eine flache Hand auf Laskers Brust und beugte sich tief zu ihm herunter. »Was hältst du vom Prinzip der Rache?«, fragte er.

Zeitfracht Medien GmbH
Ferdinand-Jühlke-Straße 7
99095 Erfurt, Deutschland
produktsicherheit@kolibri360.de

Druck:
CPI Druckdienstleistungen GmbH
im Auftrag der
Zeitfracht Medien GmbH
Ein Unternehmen der Zeitfracht - Gruppe
Ferdinand-Jühlke-Str. 7
99095 Erfurt